国家出版基金项目
NATIONAL PUBLICATION FOUNDATION

“百部好书”扶持项目
GUANGDONG PUBLISHING

本丛书入选：
2018年度国家出版基金资助项目
2017年广东省重点出版物暨“百部好书”扶持项目
2018年广东省原创精品出版项目

丛书总主编

蒋述卓
陈剑晖
贺仲明

文化自信与中国现当代文学丛书

汉语之美与现当代文学书写

郭小东 周建江 郭蕤 等著

广东高等教育出版社
Guangdong Higher Education Press
·广州·

图书在版编目（CIP）数据

汉语之美与现当代文学书写/郭小东等著. —广州：广东高等教育出版社，2018.12

（文化自信与中国现当代文学丛书/蒋述卓，陈剑晖，贺仲明主编）

ISBN 978－7－5361－6388－1

Ⅰ.①汉…　Ⅱ.①郭…　Ⅲ.①中国文学－现代文学－文学研究　②中国文学－当代文学－文学研究　Ⅳ.①I206.6　②I206.7

中国版本图书馆CIP数据核字（2018）第300620号

出 版 人：唐永亮
策划统筹：黄红丽
责任编辑：管晓芹
责任技编：肖宿华
责任校对：张艳芳
装帧设计：国　梁

书　名	汉语之美与现当代文学书写 HANYU ZHIMEI YU XIANDANGDAI WENXUE SHUXIE
出版发行	广东高等教育出版社 地址：广州市天河区林和西横路　电话：（020）87554153 http://www.gdgjs.com.cn
印　刷	佛山市浩文彩色印刷有限公司
开　本	890毫米×1 240毫米　32开
印　张	10
字　数	270千
版　次	2018年12月第1版
印　次	2018年12月第1次印刷
定　价	48.00元

总　序

党的十八大以来，以习近平同志为核心的党中央要求全党要坚定道路自信、理论自信、制度自信与文化自信。在这几个“自信”中，文化自信是更基本、更深沉、更厚重和更持久的力量，因它深植于中华优秀传统文化的沃土之中。而中华优秀传统文化既是中华民族独特的智慧结晶，也是全人类共享的精神财富，体现了“人类共同价值”。那么，当前应如何传承传统，实现中华优秀传统文化的创造性继承和创造性发展，从而提升中华民族的文化自信？这是近年来党和国家在思想文化建设领域关注的重点，也是当前学术界关注的热点。“文化自信与中国现当代文学丛书”正是立足于这一历史和现实语境，希望通过对传统文化的挖掘和再发现，将其有价值和有现实针对性的精神资源植入中国现当代文学，以此推进“文化自信”这一重大命题的理论与实践，为中国梦提供有益有效的精神支撑和文化滋养。

本丛书不是面面俱到地阐释传统文化，而是以专题为统领，针对中国现当代文学，尤其是当代文学存在的弊端，将优秀传统文化的基因与其对接并灌注其中，从而催生出一种符合新时代的新文学。比如，丛书的第一本《“文”的传统与现代中国文学》，针对中国现当代文学语言技巧越来越高，艺术形式越来越精致，但文学的路子却越走越窄，文学精神越来越稀缺的事实，提出中国现当代文学有必要到传统的源头去汲取营养，以丰富和强大自身。所谓“传统的源头”，就是“文”的传统或“杂文学”的传统。在“文”的传统中，文体既是体也是用，既是道也是器，文体的变革也是文学的变革。本书还从文章的体制、风格、文气以及叙事传统等方面，论述现当代文学应如何从传统文学中汲取营养，而不应矮化自己，“以西方的标准为标准，以西方的是非为是非”。

从文学所体现的实用价值和政治功能方面的内涵看，以“修身齐家治国平天下”的“家国情怀”，是文学忧患意识、使命感和责任感的集中体现。它主要从“入世”“有用”的精神维度，确立了中国文学“文以载道”的传统。但中国当代文学自20世纪90年代以来，随着人的欲望的膨胀，人文理想的失落，多元价值观的出现，作家的写作立场也发生了重大改变：从20世纪80年代的“大叙事”变为个人的“小叙事”，从过去高扬理想主义和集体主义，转变为犬儒主义、物质主义和享乐主义，不少作家失去了介入时代和社会现实的激情和勇气，而忧患意识、责任感、使命感与他们也就渐行渐远。因此，要振兴当代文学，就必须要求作家“文以载道”，追求文学的“有用”功能，要求作家创作要有“家国情怀”，要修身齐家治国平天下，将“小家”和国家民族的“大家”统一起来，这样才有可能创造出无愧于新时代、无愧于当下的优秀作品。丛书的第二本《载道传统与文学的使命意识》通过对“文以载道”概念的梳理阐释，重申文学的伦理道德与使命意识。

我国的另一个优秀文化传统，就是“道法自然”。老子说：“人法地，地法天，天法道，道法自然。”庄子说：“天地与我并生，万物与我为一。”这都是强调人与物即自然的融合和转化。在“万物将自化”的理念中，物化既包含人的变化，也包含物的变化，同时也是物与人的互化。在中国的传统散文中，如《世说新语》《秋声赋》等，都达到一种“神与物游”的境界。而中国现当代文学已在很大程度上丢掉了中国传统文学这一优良的传统。中国现当代文学过于夸大人的地位、作用和力量，从而导致对天地自然的忽略乃至无知，也导致了社会和谐的失衡。所以，在倡扬文化自信和文化自觉的当下，当代作家要向古典文学学习遵循天地自然的法则，克服人类至上的立场，将人与自然同一化，从而将自己及其作品培育得臻于完美。丛书第三本《天人合一与当代生态文学》对此做出了回应。

中国文学一直有一个浪漫翱翔、瑰意琦行的传统，从庄子的"鹏之徙于南冥也，水击三千里"、屈原的《离骚》，到李白的诗歌、陶渊明的"桃花源"，这一浪漫传统的归潜与飞扬，一直是中国文学的骄傲。然而，新中国成立以来，这一浪漫主义的传统几近绝迹。尽管有过"现实主义与浪漫主义相结合"的倡导，但那不过是一个口号，并没有真正成功的文学创作实践。因此，中国当代文学要从重物质、轻精神，重欲望、轻理想的状态中解脱出来，就必须继承浪漫主义文学传统，为文学注进生命激情和梦想。唯其如此，理想的文学才有可能出现。丛书中的《中国新时期文学的浪漫与理想》既重拾这一文学传统，又恢复了中国文学应有的文化自信。

总体来说，丛书确立了三个维度：一是优秀传统文化的维度；二是中国现当代文学的维度；三是中西文化比较的维度。通过对三个维度的融会贯通，推进中国现当代文学的文化自觉与文化自信。为此，丛书共收录 12 本著作，有些侧重从传统文化的思想内涵方面挖掘有价值的精神资源，有些侧重从艺术方面探讨中国当代文学如何从传统文化中汲取营养。

丛书虽属主题性出版，但具有鲜明的个性特色和原创性。具体表现在以下几方面：

第一，强烈的问题意识与建设性和前瞻性。中国现当代文学面临的问题：一是写作技巧越来越高，越来越精致化，但同时却是越来越小气和匠气，创作的路子越走越窄。二是许多作家缺乏社会时代担当和家国情怀。三是缺乏理想的文化生命人格塑造，也缺乏诗性精神和浪漫情怀。四是审美缺失，文风粗鄙。五是当代作家大多言必称西方，一切"以西方的标准为标准，以西方的是非为是非"。丛书正是以问题意识为导向来设计主题，这样便既有现实针对性，也不会重复别人。与此同时，丛书又注重“大传统”与“小传统”的传承对接，尽量从现当代文学中挖掘“文化自信”的因素，并强调在“解构”中“建构”，力图使丛书既有建设性又有前瞻性。

第二，注重传统文化的传承与创新。中华传统文化虽历史悠久、博大精深，但也存在着不少糟粕，因此要立足于现实，用时代精神去凝练、去整合传统文化，并善于进行创造性的转化。丛书从传统文化中提炼出“文的传统”“文以载道与家国情怀”“道法自然与天地并作”“超然浪漫与文学理想”“诗性飞翔与审美之维”“理想文化生命人格的重塑”等主题，正是在创造创新中彰显传统文化的时代价值，让中华优秀传统文化在当代文学创作中焕发出新的生命力。

第三，宏观研究与实证研究相结合。丛书虽有较宏大的构想和命题，但绝不同于那种假、大、空的理论。因为丛书要求每位分册作者，一定要把“文化自信”的理念落实到某个层面、某一个点，要有具体细致的个案分析。总之，命题要宏大，观点要创新，方法要实证，细节要丰满。

第四，强调学理性，又兼顾可读性。丛书作者均为国内知名，长期从事中国现当代文学研究，且有较好的古代文学素养的学者，这为将丛书打造成学术精品这一总体要求打下了坚实的基础。同时，为了让读者更好地了解传统文化，提高他们阅读的兴趣，丛书兼顾了学理性和可读性两方面，尽量回避过于“学院化”的表述，用鲜活优美、灵动诗性的文字来探讨传统文化与中国现当代文学问题。当下的中国已进入一个需要理论而且一定能够产生理论的时代，一个需要思想而且一定能够产生思想的时代。中华民族伟大复兴的生动实践为理论创新提供了丰厚土壤，构建“中国学派”可以说是恰逢其时。但是，过去中国的思想理论贡献与经济的高速发展，与中华民族的伟大复兴极不相称，这其中有西方话语霸权的原因，更主要的在于我们热衷于向“西天取经”，在为西方思想提供注脚方面花费了太多时间和精力，而忽略了从中华优秀传统文化汲取营养，这样自然便不够自信，便妄自菲薄，一切“以西方的标准为标准，以西方的是非为是非”，无法让世界知道“学术中的中国”“理论中的中国”。“文化自信与中国现当代文学丛书”希望通过对中华优秀传统文化的挖掘与价值再发现，在构建“学术中的中国”方面有所作为，有所贡献。

文化是民族的灵魂和血脉，是人民的精神家园。习近平总书记一再指出：要加强对中华优秀传统文化的挖掘和阐发，为人类提供正确精神指引，要围绕我国和世界发展面临的重大问题，着力提出能够体现中国立场、中国智慧、中国价值的理念、主张、方案。是的，在有着5000多年文明发展历史中孕育出来的中华优秀传统文化，积淀着中华民族最深沉的精神追求，代表着中华民族独特的精神标识，是中华民族生生不息、发展壮大的丰厚滋养，是中国特色社会主义植根的文化沃土，是当代中国发展的突出优势。它将对延续和发展中华文明、促进人类文明进步，发挥重要作用。“文化自信与中国现当代文学丛书”由于有着深厚的文化情怀和自觉的文化担当，坚守中华文化立场，立足中国现当代文学现实，面向世界，面向现代化和中国文学的未来，用时代精神去凝练、整合中华优秀传统文化和中国现当代文学，以文学来阐述“文化自信”，以此推进“文化自信”这一重大命题的理论与实践。因此，丛书获得了评审专家和有关部门的充分肯定，先后获得“2018年度国家出版基金立项”“2017年广东重点出版物暨‘百部好书’资助”和“传承弘扬岭南优秀传统文化和原创精品立项”。相信随着丛书的出版，“文化自信与中国现当代文学”这一命题，会越来越广泛地引发中国现当代文学研究者和读者进一步探究的兴趣。

蒋述卓　陈剑晖　贺仲明

2018年9月4日

前　　言

中国语文之成为一个学术问题，原因是多方面的。自西方印刷术与现代传播术传入中国之后，中国的现代文化与中国语文的关系，就发生了微妙却颠覆性的变化。线装书的写读与传播，从内容到形式，都精要地蕴含了中国语文的全部传统与诉求，是一种具典范性的中国人的生存及生活方式的体现。它包罗并突出了中国政权的制度及人的精神面貌。耕读、诗礼中国的传承，线装书以及无标点书写的神秘分切，都在祠堂与书斋中，散播并强调着春秋大义在广袤耕读中的至重至道。这就是中国语文在中国人性格与心灵中的礼拜。这种礼拜中经民国的革命，之后，戛然而止。彻底而且无情，语文的春秋大义不再。

中国的活字印刷使用的是木活字，传到欧洲以后经过长时间的使用，德国人谷登堡对此进行了重大改良，主要是两点：第一，改用金属活字。第二，使用脂肪性油墨。谷登堡的金属活字印刷术，先从德国传到意大利，再传到法国，到 1477 年传至英国时，已经传遍欧洲；一个世纪以后传到亚洲各国，1589 年传到日本，翌年，传到中国。谷登堡的铸字、排字和印刷方法，以及他首创的螺旋式手板印刷机，在世界各国沿用了 400 余年。这一时期，印刷工业的规模都不大，印刷厂多为手工业性质。

之后的几百年，印刷术及传播的现代科技，在更新嬗变及成果方面，是以电流的速度更新。它在长期促进自身的广泛性的同时，在互联网时代，进入并彰显了个人性的地位。简化与便捷，使原本繁缛与典雅的中国语文，面临了致命的打击、摧毁性的打击。这就是粗鄙与“短命”短见的网络语文，包括哗众取宠、毒化语文常识的所谓网络文学。这不是中国语文的正道。现代汉语在百年成长期中的退步，足资证明。

中国现当代文学，从新文学主流，中经革命文学，至今化为边缘，在消费娱乐时尚戏说的鼓噪下，催生异相的网络生态，汉语之美消弭在技术性的压榨之中。教科书、日历、尺牍、文本、手稿以及一切源于心灵同时付诸相应形式的书斋，文房四宝、中国书法、绘画等，这些承载中国语文之美的形式，早已消失无形，仅为少数斯文者存。各种形态的博士，比肩接踵，熙来攘往，亦为庸官彰目。在旧时代，博士不输进士，至少也算个举人吧，但现今学界，有几人识得线装书？

中国文学是否能安静下来，远离革命与反革命的无端鼓噪，给平凡的人生一张平安的书桌。让高贵雅致的中国语文，回归它的古典情怀、礼数的风致以及温润深蓄的品格，让中国人不论贫富、粗雅，都处于和谐的语文关系中，起码不再在语言环境中，血雨腥风地相互加害与无端呵斥，好好地沐浴汉语之美的和风丽日。

中国文学是否能安静下来，听一听 3 000 年中国语文的娴静声音。它们在呼吸，会说话，有时间的嘀嗒，看得见灯盏中灯芯的长度、空气和光的温度、照幅的宽度、明暗的亮度、沙漏无言的流滴。公鸡之鸣，在于无声处：“鸡声茅店月，人迹板桥霜”的意境。

当然，时代的流变，使线装书的中国语文有相应新变，但这种新变是旧窠的解放，而不是颠覆的破坏。在中国现代文学史上，胡适是最早从语言与思想关系上来思考语言本质功能的。他在 1920 年发表的《谈新诗》中说；“不论古今中外，大概都是从‘文的形式’一方面下手，大概都是先要求语言文学文体等方面的大解放。欧洲 300 年前各国国语的文学起来代替拉丁文学时，是语言文字的大解放；18、19 世纪法国嚣俄，英国华次活（Wordsworth）等人所提倡的文学改革，是诗的语言文字的解放；近几十年来西洋诗界的革命，是语言文字和文体的解放。这一次中国文学的革命运动，也是先要求语言文字和文体的解放。新文学语言是白话的，新文学的文体是自由的，是不拘格律的。初看起来，这都是‘文的形式’一方面的问题，算不得重要，却不知形式和内容有密切的关系。形式上的束缚，使精神不能自由发展，使良好的内容不能充分表现。若想有一种新内容和新精神，不能不先打破那些束缚精神的枷锁镣铐。”强调语体解放的形式束缚，很容易令人有矫枉过正的误读，取其革命性而忽略其根本性。汉语之美与心灵自由之间，有一条新路，新路的开通绝不是以文化断根为前提的。这就是问题所在，也是这本书的目的。

本书作者，大部分为笔者的中国现当代文学研究生。中国文学中的语言问题，始终是他们学业的基础问题及课程。将他们引入这种研究，是秉承私塾与秀才的耕读传承，期望经过这种训练，他们起码能做一个有学识、合格的教书先生或文员。做不成秀才贡生举人进士状元，即便戴顶硕士博士帽子，也不至于贻笑大方。

郭小东

2018 年 10 月 25 日

CONTENTS
目 录

第一章

虚幻中的汉语

——中国现代主义小说中的“间离”

以古代文言文为基础的现代汉语，面临现代主义文学叙事的各种语文挑战。这种挑战在新中国的现代汉语的语境状况中，呈现了一种怎样的现代气象？这是值得思索与诘问的！文言的中庸，现代汉语的直接介入，现代主义语言的虚幻与想象，乃至魔幻与荒诞的语文诉求，它们各自的修辞方式，与其说是技巧的不同，倒不如说是认识论的不同。汉语在这种多元的、嬗变的、不稳定且充分拓扑的表达诉求中，在主题及题材的书写方面是拘谨的，但在修辞上（汉语语法修辞及叙事结构修辞）却又适得其反地迎合并切近了现代主义的美学要求与原则。

现代汉语为现代主义小说修辞很好地营构了一种在语义、语态、语风诸方面的语文环境，充分体现了汉语的神奇效果，与现代主义在意绪的朦胧、主题的不确定性、结构的碎片化以及语境的开放与释义的多样性方面，提供了修辞的艺术保证和语句的丰富性。现代汉语如何营造“间离”的戏剧效果，并充分释义“间离”的现代美学，本章以此呈现汉语之美。

现代主义小说的形式表述，也即对主题切入方式的选择。这种选择从表面上看，似乎是现代生活时尚与潮流取向使然，对现实的感性认知，迫使作家的表述倾向于主观和非理性的情感方式。意识流就是其中一种，它超越常规的时空形态，使小说的主题切入呈现一种前所未有且反抗逻辑的表象。大多数作家在小说的现代潮流中顺势而为，只有少数优秀且冷峭的作家，始终把握并控制着现代潮流冲击下的现实，而以超乎寻常的理性精神，以自己殊异的方式，克制着现实对之的冲动，在以欲望诉说为主要特征和生存方式诉求的现实生活中抽身而出，有意识地“间离”作家与小说叙述之间的关系，在作家和叙述人之间留存了一个隐匿着的空间。

这个空间是隐匿着的，同时也隐匿了作家不愿明说、蛰伏得很深的理性思索。这种理性思索，已经不仅仅作为内容，而是已成为一种高超的小说艺术，非常睿智地控制着主题的发挥、演绎和阐释。这就形成了这样一种事实：作家—叙述人—故事也即人物性格、情节和事件—整个小说氛围以及主题蕴含的丰富性和复杂性，等等，它们之间原本似乎是互为照应并统一倾向、无间前行的意义状态，但由于作家埋藏得很深又显露得很少或根本不显露的设计，这个设计背后的理性精神，使小说的各种关系处于一种距离状态，也即间离。间离使小说形成的各方力量处于势均力敌的各自位置，非常有张力地支撑着小说叙说的最大限度发挥。

现代小说的修辞手段，因为间离，自然也就形成了各种修辞效果的最大化：对话、复调、反讽、呈现乃至讲述以及中断等，对之的解释和演绎也因之获得更充分的空间，它们自成系统同时又凸显着作为创作者的理性思索的深度。这种深度，在以第一人称或变相第一人称的小说叙述中，赋予小说修辞方式以无限展开的可能性，显现出一种无穷动的活泼泼的肆意伸张的小说形态。小说的意义空间，随着小说间离效果的增大而被无限度地拓展了。在突出个性演绎的文学时代，从“五四”到新时期再到 21 世纪，从个性解放到思想解放再到个人性极度张扬的文学表述，间离作为现代小说的修辞方式，也作为隐匿着的作家理性思索的手段，越来越彰显着它的魅力，及对作家创作的要求。

一、间离：是修辞技巧更是主题蕴含

“间离”的语义，近似于“离间”。“离间”是使两个原来密切结合在一起的异质分离出来。“间离”虽然也基于这个意思，但是它似乎更注重于凌驾其上的力量支配，也即使之间离的力量。创作是一种事前的设计、事中的发挥、事后的审视。事前、事中、事后的各种创作元素，都显示着作家对整体的思考与把握，只不过这种把握不是以规划的方式，而是贯彻“部分并不比整体少”，并强调重视变动和灵感的创作原则，在这种原则下通过部分，尽可能大地发挥并实现着对全部的理解和营构，也即现代思维模式中的解构模式：结构—解构—再结构至无穷的思维链条。

解构在很多情况下，是人与客观环境相互影响发展的结果，而解构的线索也就是把事物的发展看作是“变”的轨迹。全球化、网络化、信息高速公路等现代科技，在使社会更为理性的同时，也更加凸显人类社会运动与变化的特质。人类思维更倾向于结构与结构之间的相互距离与联结感，“部分并不比整体少”也在某种意义上强调了这种思维的现代性。人类的生存模式渐渐地倾向于“文本化”或“网络化”。现实以“存在”的形态存在着，“在场”也以“不在场”显示着虚拟的缺席。小说的间离状态，在解构的意义上，是修辞技巧更是主题蕴含，也充分体现作家理性精神的学养高度。

在中国作家中，鲁迅对此最为清醒，同时始终保持着警觉，并在其小说中取得后人难以企及的成就。哈雷特·密尔斯对鲁迅有如下评价：作为“一种新形式的成熟典范，它们达到的高度也许至今无人可能企及”①。其中的道理也正证明鲁迅小说技法的不可模仿性。因为在鲁迅那里，技法以及各种小说形式元素已经不是其本身的问题，而是鲁迅思想和人类精神的体现。那是一个对人与宇宙、自然与命运、人生与艺术都具有阔大认识并对人世间的各种歧异洞若观火，对已死与方生、去路与来世有着明白清醒冷峻的观念解释的哲人所理解的小说世界。他以解构的思维方式，面对他笔下的四处游走着的神灵。

“借作家与叙述者有意识的间离来提供理性思考的线索，这需要较高的艺术修养，‘五四’时代除了鲁迅，还很少人能胜任。”②鲁迅在“间离”方面提供给我们的广阔空间，还很少有人去穿越。

---

① 密尔斯．鲁迅：文学与革命——从摩罗到马克思［M］//乐黛云．国外鲁迅研究论集（1960—1981）．北京：北京大学出版社，1981：9.

② 陈平原．中国小说叙事模式的转变［M］．北京：北京大学出版社，2003：99.

作为“五四”文学传统之一的间离，在后来的左翼文学和解放区文学，那种强调作家介入成为作品人物故事代言人、评判者，以及文学成为革命号角和传单的文学潮流中，间离这种原本未及充分发现和重视的文学思想方式，在研究鲁迅的热潮中，却很少被作为鲁迅精神来研究。以至于当今的作家即便是评论家，对之也所知甚少。可以说，间离是20世纪90年代、21世纪文学中，作家理当最为重视并充分实行的一种结构文学的思维方式和文学的修辞方式。也许已经有不少作品在创作效果上多少有所实现，但作为一种作家的创作自觉，作为真正渗透时代意义并为意义时代的结构奠基的自觉文学精神，几乎很少能从作家的创作主体中明确牢固地生长着。这也许是我们这个时代的作家和文学面临的重大辩难，也是我们与鲁迅的区别。

帕特里克·哈南在《鲁迅小说的技巧》中指出：“在《伤逝》中，那个叙述者尽管满心悔恨，却并没有在道德上和感情上公平对待被他抛弃的子君”；“他并没有特别说谎，但却都没有充分地反映事实，也没有真正凭良心说话”。① 作为第一人称叙述，鲁迅并没有站在涓生的立场上。鲁迅的小说，越到后期，第一人称指认的人物身份，与鲁迅的个人经历和性格特质的相似性和重叠性就越少，且非常疏离。如果说，同为知识分子的涓生，他的某些处境或爱情审视与鲁迅尚有可类比的质素，那么《孔乙己》中的“我”的叙述者店小二，则从身份到经历都与鲁迅大相径庭。相去甚远的人物造型与精神经历，可以说是鲁迅小说中唯一的。这种外在的类比也许并不能说明问题，重要的还是叙述人所代表的立场观念以及所担当的思想角色，及其在作品中所能形成的“间离”空间。这种空间效果的历史批判和现实蕴含，可能才是最为炫目也最值得重视的。

---

① 哈南．鲁迅小说的技巧［M］//乐黛云．国外鲁迅研究论集（1960—1981）．北京：北京大学出版社，1981．

作为知识分子的鲁迅，虽然他已然有“见证”的充足理由，但是，他的见证，在那个混浊的时代，是并不具备强势的力量的。他继而寻找到一个与知识分子、与孔乙己相去甚远的纯真角色——12 岁的店小二，来审视一个形同怪物、在孩子的体验中从未出现过的怪老头孔乙己。鲁迅的用意是明确的，即在一张白纸上印上孔乙己也即那个时代的畸零人，一个找不到生路也没有任何前途的旧式知识分子。鲁迅在超越自我的同时，连自我的身份也被超越了。他把那个世界“吃人”的本质，渗透在孩子纯真的眼底。孩子在这个过程中成长了，体验了一个漫长时代的罪恶与惨烈。这种体验不是以作家的主观自我作为媒介，通过教化的方式灌输给读者的，恰恰相反，是以店小二—— 一个孩子的眼光和心灵表达，这种与鲁迅惯常风格殊异的方式，传递给读者的是，一个纯真心灵所经历的震撼，这绝对不是一个老辣、圆熟、世故的心灵所受到的挫折可以比拟的。《孔乙己》的叙事并非一味是鲁迅的自我体验，叙述者店小二被置于一个客观现实格局之中，他既是叙述者，同时也被孔乙己等小说人物叙述着。叙述与叙述者的共述同构，形成小说殊异歧异着的各方，相互距离着又相互联结着。店小二的成长，从 12 岁到此后的 22 年间，既是时代变动也是人物命运变动的过程。随着孔乙己命运的每况愈下，店小二自身也在发生着深刻的变化，他纯真的眼底有着云翳与血丝，他也尝味了人生的惨烈。社会的不平和人生的残酷向他展开，他对孔乙己的目睹和评价引领读者去做更多更广的思索，这正是鲁迅的用心。鲁迅克制着自身的愤忿，他和店小二的间离，有效地实现了小说的初衷，达到思想和社会批判的最深层面。

因为摆脱了鲁迅作为同时代同阶层中人的种种羁绊，所以同样是第一人称，但身份却发生极大变异，鲁迅也就借这种间离状态，走出自身的身份局限。第一人称叙述的选择，使小说叙述暂时疏离了自我抒情、自我体验的弊端。小说客观性的获得，与此不无关系。鲁迅把自己置于一个同样也被审视、审问、质疑的身份，只不过是以自己审问自己的形式。

鲁迅不是显形的店小二，这易于理解。但鲁迅是不是隐形的店小二呢？这是间离要回答的问题。作为技巧，很容易解释，答案自然是否定的。作为思想，就较为复杂。策略，不仅是技巧，更包含着思想的精深和独到。在这种意义上，答案又是肯定的。鲁迅包容了小说中的所有人物、故事和情节所要趋向的那个目标。走向那个目标的过程是现实的、在场的、活泼泼的生命状态的。但小说要实现的那个目标却是虚无化的、一个不在场的在场、一种存在。那是超越《孔乙己》具象的小说叙述、现场空间和时间线索的。那是流贯于几千年的一种存在形态。它形而上为一种精神、一种文化，反抗着现实的秩序。以一个人的命运，囊括一个阶层或族群的命运走向，分化、瓦解的历史向度。《孔乙己》中那个曲尺形柜台象征、暗示了现实秩序：“鲁镇的酒店的格局，是和别处不同的，都是当街一个曲尺形的大柜台……”柜台里有热水可以温酒，穿长衫的人才可获准入内坐着喝酒，柜台外则是站着喝酒的短衣帮、做工的。这两个不同阶层的人，身处两种不同待遇，这在旧时代是天经地义的事。问题出在，孔乙己既是一个穿长衫的人，却只享有在柜台外站着喝酒的待遇。他期望入内而不及，“学而优”却并未“则仕”。这是孔乙己的悲剧与不幸。这是旧时代知识分子的“存在”状态，一种分化的结果，在一个分崩离析的大时代中的窘迫。这种尴尬的状态，在百年间愈演愈烈。自鲁迅写作《孔乙己》的1919年至今，不管是潜在或显现的现象，都在无声地证明着这种规律，这与毛泽东对知识分子的论述，那种皮与毛的关系评析，是非常贴切的。这就在小说中形成两条深富意味的线索：显性线索是关于孔乙己的个人故事。这类故事在旧时代司空见惯，《儒林外史》中也不乏描写，但格局变了，叙述变了，充满着变数和歧异的人物命运，非异人难以觉察，店小二就是一个异人的视角。另一条线索是隐性的，那就是关于中国知识分子群体与社会的集体冲突。这种隐喻性的情节发现，经由作家的间离手段及对时间的现代认知，也即在 1919 年这个中国革命的制高点上，对知识分子问题的思考而来。这种理性思考是立足在对过去与未来的当下认知之上，由曲尺形的柜台而延伸到知识分子命运的“围城”格局。进入不了“围城”的知识分子，意味着得不到体制与秩序的承认，也就无法完成从学人到“仕”的目标。孔乙己不是一个特例，而是一种普遍命运的形象代表。他最终不确定、没有明说的结局，充满着时代变数和叵测的前路。就他的主观意志而言，他终生的追求就是进入柜台。作为失去阶级依附、无根浮萍的知识分子，无论新旧，都在这个无形的柜台外徘徊，从现实追求到心灵诉求，都无法摆脱这种羁绊。

店小二的童真，使作品的客观性显得透明、没有杂质，超脱，同时单纯，有一种天籁的纯真性。它迫近真相而且毋庸置疑。这是鲁迅小说间离效果的出色表现。这个潜在的角度，摒弃了所有主观的误解和世俗的杂质，使笔底沿着一条客观冷峻的轨道前行。我们今天对之的解构，也许是当初的鲁迅始料不及的。是时间使鲁迅的初衷变得更为合理、更为醇厚。

二、间离：更高超更理性的艺术表现

如果说《孔乙己》的间离状态尚可一眼看出，在鲁迅以“我”为叙述者的小说中，它实在是一个特例，那么，《伤逝》《孤独者》《在酒楼上》等篇什，其间离状态就显得不太容易辨认，但其中却存在更高超更理性的艺术安排。

《伤逝》的发表，是在写作《孔乙己》之后的 1924 年年底，相距 6 年之久。鲁迅对西方现代主义文学的认识，已经达到一个更为成熟理性的高度。《伤逝》意味着鲁迅小说的现代主义自觉以及文本上的圆熟。对于解剖者的解剖、思考者的思考，也到了异乎深刻的地步。这是对“娜拉走后怎样”的实践性拷问。

“托尔斯泰的那些人物都始终保持着距离，保持着一定的历史超脱，而在作者与人物之间这一适当的距离就包含着对人性和价值的起码的、初步的，也是基本的保卫。保卫人物性格的完整，不至于支离破碎。保持这个适当的距离，就能更冷静地、更富于理智地使人物跟作者及其经验有所区别，使一个人物同生活在小说篇幅中的其他人物相区别，从而使他作为活生生的人物而树立起来。”① 这里说的正是“间离”。间离之有无，是大作家与小作家的区别，小作家把自己等同于作品叙述者，或成为其中人物，由此失去了观照和超脱的立场。大作家永远站在人生边上，从不直接介入作品的各种关系中，不去轻易发表意见。因为作品有一个“场”，过于介入其中便无法出乎“场”外。作品的“场”总是有边界有局限的。《伤逝》中涓生的自省不可谓不真诚，但即使如此，也同样是有局限的，这种局限是作品所处的时代生活使然。鲁迅是一个深刻的现实主义者，他的目光始终洞见这种局限，他深刻地明了人性忏悔的边界和限度，他把握了这种人性深度的尺码，也就与涓生保持了适当的距离。这些在作品的叙述轨迹上，都是不着痕迹且显得尤为圆通流畅的，以至于我们很难从中找出空隙来予以辨认。

这与其说是技巧，不如说是鲁迅对自我的严苛认识和批判的结果，他对自我的严厉解剖引发了他对自我的拷问，这种拷问是无情的，也是撕裂的。他不断变换着审视自我的视角，以不同的方式审讯着自我的灵魂。这就导致他有可能也以对待自我的方式去看他的人物，于是一种新表述方法自然而生。“五四”文学的主观倾向，郁达夫小说的倾诉性调子，自叙传文学形式的风行，“他那大胆的自我暴露，对于深藏在千年万年的背甲里面的士大夫的虚伪，完全

---

① 陈燊．欧美作家论列夫·托尔斯泰［M］．北京：中国社会科学出版社，1983：49．

是一种暴风雨式的闪击，把一些假道学、假才子们震惊得至于狂怒了”①。这种对自我灵魂狂撕怒裂的精神风貌，说明了作家对自我的认识和估计发生了根本性的变化，创作中作家主体性以及小说中人物心理描写的地位也就相应发生了变化。因此，小说叙事中作家与人物的距离，也就依据作家对自我位置的把握程度而有了不同程度的间离。鲁迅在利用小说改造国民意识和精神风貌上，永远具有前驱者的风范。

“涓生的手记”——这是《伤逝》的题记。在鲁迅以第一人称叙述的小说中，这种特别标识的“题记”是唯一的，本无须特别标出，但以简约为文的鲁迅居然特别标出，究竟意欲何为？我想，以显示间离并有意识地让读者获取这种间离的信息，应是鲁迅的本意。“如果我能够，我要写下我的悔恨和悲哀，为子君、为自己。”题记是这篇小说营构宗旨的注脚。不单是为子君，还要为自己，也许后者是更为重要的。这故事所展开的全部悲剧，除却社会环境所由的责任外，其直接的责任，全在于涓生自己。至少他是以回避逃离放弃的态度，坐视子君向火坑走去。他带出了子君而又抛弃了子君，在浓重的犀利的社会批判氛围中，涓生本身也有着不可推诿的责任。鲁迅从对中国知识分子的劣根性中，拷问出了一个懦弱的逃避着的苟活着的涓生。鲁迅是把涓生作为一个人物来塑造，而不仅仅是让他承担叙述人物的角色，涓生的“悔恨和悲哀”，同时也是更犀利地面向自己。故他既是叙述者，又是小说的主角。他的双重身份的确立，在鲁迅这儿是非常明确的。鲁迅非常明晰地拉开这个距离，“题记”和开篇首句互为益彰地表达了他的创作意图。对这个创作意图的清醒把握和深刻认识，是解读《伤逝》并充分认识鲁迅小说“间离”状态的价值要点。

---

① 郭沫若. 论郁达夫［M］//王自言，陈子善. 郁达夫研究资料：上集. 广州：花城出版社，1985：86.

鲁迅在涓生身上，通过旧时代分崩离析的爱情描写所投射的，正是对中国知识分子在任何重大问题，包括爱情与革命的不彻底性劣质的严厉批判，这种批判是犀利、尖刻甚至严苛的，有无限的失望和沉沦的况味流贯其中。他把涓生那种无力承担却又忏悔无门的窘迫，予以充满人性理解的描状，并渗透着一种悲恸的忧思与愤慨。这正是小说的“间离”所带出的人文价值和信息：“用遗忘和说谎做我的前导……”这不是鲁迅的人生信条和人性风格，但却是鲁迅在长夜漫漫中，为着一种人性的勇气和尊严的时代缺失而发出的歌哭。在涓生身上，鲁迅大面积地暴露了涓生灵魂的猥琐的一面，在社会无形的压迫和生活的窘迫面前的软弱与逃避。涓生是善良的，但也是推诿和猥琐的。他的自视清高其实也仅仅是对自己无能为力的命运窘态的一种开解。他无力为子君创造崭新的生活，却又有意无意地在空泛的自我谴责中，为自己的懦弱开脱，以沉默和无言去应对严酷的现实。他把最终子君的归去，开罪于“揭去许多先前以为了解而现在看来却是隔膜，即所谓真的隔膜了”。这种责任转移无异于栽赃，但却又令人同情。涓生忏悔的真诚与深刻性自然仁者见仁，自然可以视为并不十分真诚和良知，但是，其中的尺度是很难规范和标准化的。就其当时的文学来说是如此，即便是今天，与文学中类似的题材和方式相比，涓生的满心悔恨也依然是同样感人至深的。尤其是鲁迅那种雕刻刀般的充满着哲人的叙述话语，所牵带出来的隽永且耐人咀嚼的语词，令这种感动有一种人性的浸润。鲁迅始终让他的人物处于无边的黑暗中，只透露出一点点的心灵幽光：“新的生路还很多，我必须跨进去，因为我还活着。但我还不知道怎样跨出那第一步……但忽然便消失在黑暗里了。”涓生的风格不是鲁迅的风格，涓生的自省也不是鲁迅式的自省，正因为涓生与鲁迅之间有着如此巨大的区别，鲁迅才把以涓生为代表的中国知识分子群落辨认得如此清楚：“我要将真实深深地藏在心的创伤中，默默地前行……”这更不是鲁迅的做派，鲁迅是反其道而行之的。但其中，自有鲁迅作为这个群落中的另类人物对之的深刻检讨。这种检讨的全部意义，最终落实在“承担”这两个字眼上。

关于承担，鲁迅的态度是明确的：“肩住黑暗的闸门，让千千万万人到光明的地方去”“铁肩担道义”“横眉冷对千夫指，俯首甘为孺子牛”等。涓生的最大问题，正是无力也不敢承担。但这不仅仅是涓生的个人问题，而是中国知识分子的普遍问题。无力无奈和无能，乃至没有勇气承担，这是鲁迅心目中的中国知识分子的处境和基本面目。鲁迅的小说中所有知识分子的形象，大多属于这一类型，旧式知识分子如鲁四老爷、孔乙己，新式知识分子如涓生、魏连殳等。鲁迅是苛刻的，他并未以自己为蓝本，或在小说中加进自己的影子，像郁达夫，像丁玲，像大多数“五四”作家那样，以自叙传的形式，去做贴近自我的抒情。他从未在自己的作品中再现一个类似鲁迅的知识分子。他并没有把自己关于承担的基本立场，加附在其他人身上。把鲁迅和他小说中的“我”放在同一天平上，我们几乎寻找不到鲁迅的影子。他始终非常坚执地把自己与这个阵营中人分隔开来。这意味着什么呢？鲁迅洞穿了自己，也洞穿了中国知识分子的千年命运。在历朝历代的社会暴力和政治运动中，知识分子被打断了脊骨，或被招安，或被收买，达则兼济天下，穷则独善其身。极少数的知识分子敢于站在社会权力的对立面，抵抗到底。鲁迅深刻地悟觉了知识分子的这种根性和不可逆转的命运。涓生逃避的虽然是爱情，以毁灭子君作为自己希望、新生的代价，而实际上是对一种社会责任的恐惧，也即对自由的恐惧。鲁迅对涓生的态度是决绝的，而他自身则又是孤绝的。正是因为这种人格的独立和立场的奇崛，鲁迅对他的小说中的人物，基本上都取一种批判的态度。而间离，令这种批判获得一种极大的空间。

三、间离的消沉：人与文学的失落

自左翼文学至解放区也即延安时期文学，中国文学的性质和表述发生了重大逆转。中国左翼作家联盟在1930年3月2日的成立大会上通过的理论纲领和行动纲领中指出：“我们不能不援助而且从事无产阶级艺术的产生。”无产阶级文学的倡导，使其天然地处于与资产阶级文学的历史对抗之中。作为旗手的鲁迅，一方面严正地指出：“现在，在中国，无产阶级的革命的文艺运动，其实就是惟一的文艺运动。”继而，鲁迅在读到苏联“拉普”纲领和组织情况时，“很仔细地同时也很吃力地阅读了那份文字简直像从外文翻译过来的纲领。后来慢慢地说：‘我没意见，同意这个纲领。’又说：‘反正这种性质的文章我是不会做的’”①。鲁迅对左联成立初期就隐伏着“左”的偏颇和隐患，是有所觉察的。对此，他心情复杂。此刻，离他发表《伤逝》时又恰好过去了6年。接下来，鲁迅还剩下6年的时间，他正在或即将思考什么文学问题呢？

文学开始转向“革命的通俗文艺”，为普罗大众服务，成为战争的宣传机器。左联要求作家“注意中国现实社会生活中广大的题材，尤其是那些最能完成目前新任务的题材”。《崖边》《村中》，这些由革命者写就的有关战争场面和苏区农村的作品相继问世，这些作品的作者彭柏山、耶林与鲁迅的培养都有关联。左翼文学是在世界“红色三十年代”的巨大背景中崛起的，它以极大热情关注着世界无产阶级革命文学的发展。鲁迅在这个背景下，也曾想仿效绥拉菲摩维支的《铁流》。在这个时期，像《伤逝》这样悱恻缠绵、充满着小资觉醒和忏悔的作品，已不流行。鲁迅此后也就很少再“做小说”。而有着自觉“间离”意绪的作家作品，也便难以登无产阶级文学的大雅之堂。在延安名噪一时的赵树理、柳青、孙犁等人的小说或散文，闻捷、贺敬之的诗，也都与文学的间离无关。诗成为革命传单，小说成为宣传各种革命法规和运动的播种机、宣传队、宣言书。这种缺失作家个人性和文学主体性，张扬革命现代性，也即把现代性当作意识形

---

① 文艺界消息·左翼作家联盟的成立［J］. 萌芽月刊，1930（4）.

态和政治性的标准术语，剥离了它作为美学的启蒙现代性。“枪杆子里出政权”的革命观念的激进化，完全用政治取代意识形态，把革命作为信仰。这种信仰方式直接地落实在文学创作中，就产生了“十七年”时期文学中的如下几种结果：一是“人与文学的失落”，在文学中人不再按人的方式，而是按政治观念的要求去塑造。二是文学的内部冲突被单一视觉化，失却文本的文化张力和矛盾冲突的真实性。三是文学向公众思想的无边开放。这种开放的极端后果是由公众决定写作，作者只能是一个“语言形式转换器”。文本被当作公众交流的工具，书写的个人性丧失殆尽，等等。马克思的“文学的目的是文学自身”成了一句空话，作家的个人风格和正常的文学规律无从谈起。这种状况一直延续到“文化大革命”结束、新时期文学开始。尽管早在“文化大革命”中就已经存在对这种文学现象的反叛，包括张扬、赵振开等的潜在写作，但作为地下文学，它们并未在公众的文学视野中发生作用。

上述内容旨在指出文学的主体性和鲁迅所开创的优秀文学传统，早在鲁迅在世之前，就已经开始出现断裂。鲁迅预感到这一点，但却无能为力，只是表示：“反正这种性质的文章我是不会做的。”他的文学良知，并未在以描写暴力为中心的革命文学运动中彻底地转向或至泯灭，但他又并不坚决反对。他所做出的妥协是违背他的文学良知的，却是为着一种已经腐朽的政权的行将败落和一个有希望的新生政权的有望诞生所做出的绥靖。因为在鲁迅这儿，“鲁迅的深刻性主要是表现为他在跟外在心灵思想作斗争的同时，亦毫不迟疑地展开对自我心灵的残酷的不懈的追问、拷问！在《野草》这类充满‘阴森鬼气’的文本里，我们可以看到一个脱离了现实存在根基的心灵是如何痛苦扭结一团而不能自拔的惨状”①。“而鲁迅的拷问是没有出口的，它是一个‘铁屋子’，是一团团地

①② 蓝爱国. 解构十七年［M］. 上海：华东师范大学出版社，2003：6.

狱之火，除了烧尽自我心灵的最后能量，别无他途——‘绝望’，这个西方现代主义主题，既表明20世纪现代性的心灵所指，也标明20世纪现代性的来源。在美学现代性维度上，鲁迅的确比20世纪的任何一个中国人都要深刻，也更能代表它的深度。”②

四、间离：对真相的呈现，是对人类行为的回应

从“十七年”时期文学的几部重要作品，即长篇小说“三红一创”③及后来浩然的《艳阳天》《金光大道》看来——它们还不是最极端形态的“革命通俗文艺”、讲义式的革命教程——间离，作为20世纪文学中最具艺术性、美学追求和现代意识的文学精神或叫作文学状态，在“十七年”时期文学中已然丧失殆尽，完全没有理论和实践的空间和创作的可能性。关于政权的合法性和建立民族国家的权力叙事，关于歌颂这种权力的浪漫主义抒情，关于对抽象的国家本质的象征，这些政治意识形态的特指内容，被当作文学创作的基本任务和唯一的指令性文学话语，并逐渐被驯化为一套格式化、脸谱化、程序化的文学创作范式，文学批评也是如此。文学文本被格式化的结果，是文学创作完全丧失个人空间和风格，成为填空和复制。即便是在“十七年”时期文学中被公认为最优秀的、史诗式的长篇小说《创业史》，这部投注了作家柳青全部生命激情的小说，同样无法与鲁迅一部短短的《孔乙己》或《伤逝》相提并论，无任何间离可言，这是尤为可悲的。以鲁迅为现实主义文学尊师，继承他开创的文学传统为荣的中国当代文学，居然在这样一些问题上难以望鲁迅项背，且反其道而为之。这是什么道理？

《创业史》之所以被称为史诗性的，自然是围绕着梁生宝这一

③　“三红一创”是对“十七年”时期文学长篇小说代表作的简称。“三红”指吴强的《红日》，罗广斌、杨益言的《红岩》，梁斌的《红旗谱》。“一创”指柳青的《创业史》。

形象的确立展开的。冯牧认为梁生宝"应当被看作是十年来我们文学创作在正面人物塑造方面的重要收获","在梁生宝身上,我们可以看到:一种崭新的性格,一种完全建立在新的社会制度和生活土壤上面的共产主义性格正在生长和发展"。①

只有严家炎对《创业史》发表了不同意见。他肯定在书中被作为批判对象、代表落后势力的农民梁三老汉,对书中着力歌颂的人物梁生宝提出了批评:"作品里的思想最先进的人物,并不一定就是最成功的艺术形象。""艺术典型之所以为典型,不仅在于深广的社会内容,同时在于丰富的性格特征,在于宏深的思想意义和丰满的艺术形象的统一,否则他就无法根本区别于概念化的人物。"②严家炎的观点引起强烈的反响,他触及了作为英雄人物梁生宝的评价问题。

柳青当即对此表示反感,认为严家炎提出了一系列"重大的原则问题"。对此,他不能保持沉默:"《创业史》这部小说要向读者回答的是:中国农村为什么会发生社会主义革命和这次革命是怎样进行的,回答要通过一个村庄的各阶级人物在合作化运动中的行动、思想和心理的变化过程表现出来。"③

共产主义性格、正面人物、社会主义革命的艺术丰碑、回答重大的原则问题、典型人物等,都是些宏大宏深的问题,而独独缺失人、人性和人的欲望及人的社会存在。赞成和批评《创业史》的人,其实都站在同一视点和立场对之进行发问,并没有太大歧义。而柳青,则对自己的创作有一种非常清楚的认知。他的创作,就是在回答问题,简单明了,毋庸讳言。主题明确,答案早就在文件中写明,他只是演绎而已。他之所以举家迁出北京,去陕西米脂县皇甫村,只是

---

① 冯牧. 初读《创业史》[J]. 文艺报,1960(1).

② 严家炎. 谈《创业史》中梁三老汉的形象[J]. 文学评论,1961(3).

③ 柳青. 提出几个问题来讨论[J]. 延河,1963(8):57-61.

一种决心，和体验生活本身并无太大关系。他在农村捕捉到的人物原型王家斌，在《创业史》中被一分为二，王家斌的先进部分被丰富塑造为梁生宝，其落后部分被夸大张扬为变质分子郭振山。

柳青为了最大限度地展现《创业史》回答“重大的原则问题”的正确性，回答中国农村社会主义革命的变化过程，他时时以叙述者的身份站出来，在小说中进行大段大段的议论。《创业史》的议论曾被当作长篇小说创作中的一种风格表现、一种优秀文体风格和创作特色。

《创业史》的确创造了一种独特的农村社会主义革命话语，也为后来的农村小说树立了一个模式。浩然的《艳阳天》《金光大道》，便是《创业史》的翻版。农村两条路线斗争的现代神话被牢牢地固定在文学史上。

文学的深广，要求作家具有历史的客观性。作家的立场，自然要体现在作品之中，但是，作为伸张历史正义、把握历史方向、延伸人类文明维度和人性尊严的作家，他的文学叙述必然坚持一种人文取向，至少他必须如实地叙述人类现象并对之作出最充分的呈现。它的任务是通过呈现人类真相并从真相中提取一种人类存在，即上升为精神形态的人类存在。他无须急于回答那些悬而未决或许正在发生着、演进着且看不到终点，也无法给出答案的人类问题，他对真相的呈现就是对人类行为的一种回应。这种回应是非常有价值的，它为后世提供了形象真实的历史画卷。答案无须作者给出，而正确的答案永远属于历史自身。它变动着的同时延展着各个时代人们对之的想象虚构和评价。这个过程同样也是一个解构的过程，这就是作品“间离”的效果。大多数作家无法真正实现这一点。而各个功利时代的文学，也总是有意回避这样的文学规范，像“文化大革命”前“十七年”时期文学这样，完全服从于统一的政治意识意志的文学，文学向公众无边开放且成为政治引导公众舆论的手段，政治假手于文学，作家的创作意志沦丧为政治环节中的一环，它已然失却了“间离”的立场。

《创业史》的问题也正是这里，它的时代太急于要求作家以文学的方式去回答现实的问题，而这种回答又是已经有了现成的政治上的答案的，只是换一种形式表达而已。柳青的创作无非就是对一种现成答案的文学演绎。为了真切地演绎，柳青必须贴近他的文学对象，事实上他已经成为他者的一员。他没有自己站立的余地，他被溶解在他的对象中。他就是对象。一个被异化为对象的作家，他的全部真诚，就是对权力的效忠。当他的作品被做出游离于他所要回答的答案范畴的设问时，他就非常惶恐而义正词严地予以回击。柳青对严家炎关于梁三老汉和梁生宝歧异评述的严正态度，正好解释了他对《创业史》创作期望所包含的全部秘密。柳青的真诚是对一种权力的忘我尊崇和听命，而这种尊崇和听命是以违背生活真相和文学本真为代价的。

作家作为公共知识分子，本应与权力保持间离，客观地退出历史，却又主观地进入文学现场。间离既是他的文学修辞方式，更是他的文学操守。鲁迅虽然身为知识分子群落中的一员，但是他坚决地站到了涓生的对立面。他更清楚地看清涓生的同时，亦深刻地审视了自己。他与涓生之间，有一片开广的空地，这就是他作品中由间离效果所指引的，留给读者的更为开广的思考空间。而在《创业史》中，不存在这样的空间，我们也无法分辨柳青和梁生宝之间是否尚有空隙，柳青的思想就是梁生宝的思想，其正确或荒谬全无讨论的余地，也无须争辩。这是一个边界完整、周正的人物形象，全无回味回旋的余地。这就是失去间离的代价——文学成了教科书。

而《创业史》中有大量的议论，这等有违小说艺术规范的政论手法，曾被当作柳青小说的创作特色。议论是柳青在小说情节和人物性格之外的一种政治强调，也是他借以回答“重大的原则问题”的必要手段。“在文学形式上要看不出有作者在，方能令人读了如目见身历。得到纯粹的印象。一经作者逐处加入说明或议论，就可灭杀读者的趣味。”① 夏丏尊先生的这段话固然并不适宜于所有类型的长篇小说创作，但对《创业史》这类政治意识特别强烈，同时肩负着解说当下政治运动和政策法规任务的小说而言，是十分恰切的。柳青的议论和现代小说中通常使用的“概述”与作者的主观介入是有所不同的。柳青的议论和介入是非主观、非个体意态的介入，带有强烈的政党意志和政策观念。他既不是客观的也不是主观的，而是一种既定的教条。也不应看作是一种题外的插话，或中国传统小说“讲—听”传统所必需的习惯话语，如“却说”“正是”“原来”“也是合当有事”“说时迟，那时快”等说明性文字。柳青的议论，带有指令性和强迫性的话语元素，教导和教诲的意味相当浓烈坚决。

你看！你看！事实证实了改霞的感觉了吧？这感觉是一切自觉的共产党员和青年团员的良心表现，倒不在于年龄和水平。昧着这良心的，只有那些只顾自己不顾社会的人。②

革命的狂风暴雨时代啊！一个人一生能经历几回呢？对那个时候的回忆，永远鼓舞人在新的情况下，做出些意志坚强的果敢决定。③

这并非柳青个案，而是那个时代的通常话语。它们脱离小说修辞技巧和小说文学规范层面，而直接诉诸宣谕教化式的直白。作为人物性格蕴含和情节的补充文学，它们的议论目标是显示政治姿态而不是对小说主题的艺术开掘。“应该尽可能让读者少听到作者的声音。”而不是让作者“硬要牵着读者的手，带他们一步一步地通过整个场景，详细地给他们讲解每一段话的意思”④。

---

① 严家炎．二十世纪中国小说理论资料：第二卷［M］．北京：北京大学出版社，1997：409.

② 柳青．创业史：第一部［M］．北京：中国青年出版社，1960：446.

③ 柳青．创业史：第一部［M］．北京：中国青年出版社，1960：448.

④ 塞米利安．现代小说美学［M］．西安：陕西人民出版社，1987：14.

灌输、贯彻，这是柳青《创业史》的基本创作模式。《创业史》始终只有一个声音，作者始终以此操纵读者的视听，是作者在不断明确告知读者，小说内容，包括问题的对错、人物的正邪、主题的阐释乃至为此进行的小说修辞上的努力，都明确地代表着作者的立场和声音，并且毋庸置疑，其中不存在讨论想象的空间和余地。作家成为法官，而读者的感受只有一个，那就是提供绝对服从于法官立场的革命证词。

审美的单一和贫乏，反让作家的个人思考荒凉和僵化。艺术形象的直白和干瘪使小说陷入一种失却了人类痛苦和人性复杂的窠臼中。柳青的才华被模压在这窠臼中而黯然失色，了无情趣。生活本赋予他一个丰富多彩、深富人性内蕴的王家斌，而窠臼的模压却令他把活生生的王家斌一分为二，扁平化为梁生宝和郭振山。从旧时代、旧文学中走出的柳青，他应是明白其中的蹊跷的，否则他就不会如此出色地写出梁三老汉这个人物。在没有间离的地方，柳青的艺术感觉陷落了。而在他对人性保持了警惕和排斥的同时，他的艺术被微弱地保存了。如果没有了梁三老汉，那么，对《创业史》的评价，也许就是别样的风景。

第二章

绵延中的汉语

——中国现代主义小说中的时间

萨特说，时间是一种“绵延”。在汉语中，绵延是一种什么东西？它是一种存在吗？如果没有任何参照，所谓时间是不存在的。因为如果没有痕迹，它就是虚无的，痕迹要靠想象予以认定而成为一种存在。不管它以何种形式，汉语是它最为丰富的形象形式。汉语的语义广延尤其生动地赋予这种形式以充分的质地和感觉。时间是一种虚无的现实，它诞生于想象并落实在器物及其流动之中，譬如漏斗、鸡鸣，譬如旭日与暮色等，或存在于数字或文字之中。汉语便以语义和语态，表明了这种从思维状态到形体状态之错综的复合。

汉语以它“无所不能”的结构方式和“万能”的释义，确定并延伸着它作为语言艺术的魅力，以无穷的方式，留驻着并不存在的过去、曾是、以往，并将它们成为“此在”，一种艺术形态的“此在”，也即艺术性的现场。它使艺术的精神性发挥到极致，并成为一种“将来”。将来，在心理上表达为期待，在物理上表达为预知，在审美上表达为一种愉悦，而在现实中，它是一种不可多得的阅读与聆听。时间因为汉语的叙述与叙事而呈现了它的骨感，并成为一种可分配有支撑的东西。温庭筠的《商山早行》：“晨起动征铎，客行悲故乡。鸡声茅店月，人迹板桥霜。槲叶落山路，枳花明驿墙。因思杜陵梦，凫雁满回塘。”震动出行的铃铛，冬日虽枯而不落的叶子，枳花开放在驿站墙上；长安的梦境，南飞的候鸟，正在明净的池塘中……时间是和心情一起呈现的，它们共同突出了其中的痕迹。

文学在虚构中想象。所有的时间都只不过是集结于现时的瞬间，在这一瞬间集体地回响。只有对此有深刻认识的作家，才能在心灵深处，听到时间从远古到现代轰鸣的回响，才能紧紧地把握住他所处时代的来龙去脉，把人的生命变成命运，变成他小说中人物的命运。

着眼于时间才有可能把握存在。对于存在的阐释与象征，是现实主义小说的要义。时间作为现实与存在的绵延符号，想象时间，就成为以表现存在为归依的现代主义小说的基本方式。环境的时间性，构成了小说形式的姿态。在所有时间的回响中，现实虚无化为存在，时间也因此变质为想象的虚构。鲁迅的小说，几乎都是在追忆的方式下的“当下”展开。他所展开的是一条向后之路，以此引导人们向前。马原等也因叙述圈套的设计，把时间错位和重构作为现实主义的对抗因素。小说表象的现实内容，变质为一种自为的时间状态，一种在时间绵延中被重新安置的超现实的存在符号。记忆的保存性被追忆的消解性所代替。这是中国现代主义小说的基本表现。

着眼于时间才有可能把握存在。对于存在的阐释与象征，也许正是现代小说要苦苦寻觅的终极理想。因此，小说的时间性，就成为现代小说思维和结构的主要对象。它意味着小说已不再把时间当作岁月的量词，当作事件展开的过程或人物成长的容器，时间逃遁了时间本身而作为一种艺术方式。时间不再是背景而成为被阐释演绎的对象，同时也成为阐释演绎的手段。时间因此也就从与空间紧密胶合着的现实状态中被分离出来，超越了它曾经被人为物理化的情态而虚无化为一种存在。小说现实也就因为时间的被虚无化而被赋予了一种超越性。它成为揭示世界存在的条件。

那么，时间是怎样成为揭示世界存在，包括艺术世界存在的条件的呢？

一、时间，游走于现实与存在之间

首先，作为一个哲学问题，存在是相对现实而言的。简单地说，假设将现实理解为一种“在场”，而存在就是一种“不在场的在场”。“在场”是现实主义小说的基本范式，对之的揭示描状都遵循着“在场”也即时空的统一，时间和空间有一个物理关系，它们互为维持并呈现着一种“场景”和动作。而存在则是超越一切

“在场”的超现象性的“不在场”，但却是一切“在场”的必要条件。这样，所谓我们所面对的“现实”，以及由现实呈现着的意识，从来就被一个不是自身的存在支撑着。现实也就被虚无化为一种精神，一种将被不断绵延着的东西。文学所谓实现的，也将是这样一种属于“本体论证明”的东西。

时间，在现实与存在之间扮演了一个重要的角色。它穿透其间，既联结着又离间着现实与存在的关系。它像一根针，一根穿着各种颜色、各种质地和感觉的线的针，游走在现实与存在之间，既塑造着一个文学世界，本身又被当作这个文学世界中的对象，被充分地运用和认知着。它既是对象，又是解剖对象的方法。具体到文学作品中，也即它既是内容又是形式。

在大多数以现实主义为主要艺术方式的文学作品中，时间成为具有的必要条件。在小说的三要素时间、地点、人物中，本就具有虚无特质的时间，其在陈述过程中被物质化并固定在地点和人物上。它既物理地显现地点，也固执地标志着人物。这三者互相固定，构成了一个凝固的世界。因之也就框定了这个世界有限的边界。“在场”也就常常被囿于一种“历史事实”，也即疏离了“历史真实”从而在真实之上悬置了一个实存在过，而不是存在的可能性的先决条件。这把悬置着的剑，常常干扰着现实主义的本真，而使现实主义变得可疑和游移不定，因之也就伤害了文学的现实主义诉求。现实成为“事实”且必须是曾经发生过的“事实”，而剥离了它得以支撑着的另一种“不在场的在场”——存在的客观性。这种现象，是导致我们长期以来对现实主义的误解和歪曲的原因之一。

现实主义本无所谓对错好坏，而当被我们冠之以各式各样的名目，诸如“革命现实主义”“社会主义现实主义”“批判现实主义”等，它就失却了它作为“素朴的诗”的诗学意义，成为某种功利的工具。时间，也就被非常简单地处理为“纪年”或者某些重大历史事件的标志。20世纪40、50、60年代的社会主义现实主义的作品，基本上都恪守这样的时间法则。叙事时间并未获得独立的文学品质，没有从物理学的时间模式中摆脱出来。时间被不断固定，却从未被“想象”。那一时期的重要作品概莫能外。最明显的是欧阳山，他的《一代风流》的前两部：《三家巷》和《苦斗》，每章开篇便标明年代“公元一千九百……年”，而其叙事也就严格固守于这一时间范围之中。柳青的《创业史》“题叙”：一九二九年，就是陕西饥饿史上有名的民国十八年，然后“二十年过去了”，进入“一九四九年的夏天”。即便是新时期文学的作家路遥，他的作品与他的前辈作家，在时间问题上，没有哪怕是一点点的松动。以路遥的《人生》而言，第一章的时间标明“农历六月初十”，第二章则是“近一个月来”，第三章开头是前一年结尾的时间提示“明天到县城赶集去”的实施：“吃过早饭不久”。每章都有一个明确的时间标示。某年某月某日某个时辰，在作品中都交代得清清楚楚。全部创作都是实时叙述。一切都被形而下，被具象地固定在某时某地某人的物理模式中。而作为人类存在的无限空间，被遮蔽、忽略或有意抹杀了。文学的虚构和想象空间被粗暴地关闭。时间仅仅成为历史的容器或标识，而缺失了它对这个世界的表达和认知的功能，我们无法透过同时穿越时间而看到时间，感知时间的无限神秘和睿智，而仅仅是形而下地看到时间，被告知时间。时间成为一种集体记忆和脚下坚实的土地而被牵囿成一种有限的、固定的、凝冻的格局。它没有在文学中飞升起来，或成为被文学不断地解释和演义着的对象。

单向度地理解时间，单质地处理时间，并非是中国文学的传统。即便是在最古老的、诞生于文化元年的那些记载，时间也并非仅止于具体可视的物象。《山海经》中的神话故事，如《淮南子·览冥训》中写道：“往古之时，四极废，九州裂，天不兼覆，地不周载，火爁炎而不灭，水浩洋而不息，猛兽食颛民，鸷鸟攫老弱，于是女娲炼五色石以补苍天……”① 这是关于开天辟地的故事。时间在这里是无限绵延的，没有起始，也没有终点。这是先人意识中最素朴的时间形态。它是非现实的，然而又是可感知的一种存在。在现实的真切描绘中，时间被虚无化为想象中的无限绵延的空间。文学在人类童年中的幼稚表述里，体现着一种对时间的神思。没有纪年反而开启了人类对时间的一种神秘的感应。这种感应通过对现实的异度还原而产生了难以言说的深邃。

老子《道德经》第二十五章道：“有物混成，先天地生。寂兮寥兮，独立而不改，周行而不殆，可以为天地母。吾不知其名，字之曰道，强为之名曰大。”② 这是先天地生的时间观，全文章句45字，无一字不与时间有关。虽说的是道，道与天地人的关系，正因为意欲揭示的是关系，是现实与存在的关系，而且是在混浊的广渺无涯的时间背景上凸显其运动的相对性和永恒性。五千言首章说：“名可名，非常名。”道是无法用一个“名”来规范的，因为既是说明，就有限制，而“道”是不可限制、无法规范的，故老子用“字”来表述“道”，勉强为之。《管子·心术上》更为具体地阐释了道：“道在天地之间也，其大无外，其小无内。”道是无限的（“吾不知其名”），道是运动且永恒的（“独立而不改，周行而不殆”），道是产生一切的（“可以为天地母”）。道，可作时间解。“大曰‘逝’，逝曰‘远’，远曰‘反’。故道大，天大，地大，王亦大。域中有四大，而王居其一焉。”《说文》：逝，往也。逝、远、反（返）指永不衰竭的运动。有什么是永不衰竭的？唯有时间，这是最朴素也最深邃的时间本体论。逝去、远去而又追返，这不是时间又是什么？现代主义小说中的时间观念，正是遵循着这样的逻辑。存在与虚无，有与无的关系也一定由此而生原则。因为，时间就是进程。

---

① 游国恩，等. 中国文学史［M］. 北京：人民文学出版社，1979：21.

② 刘坤生. 老子解读［M］. 上海：上海古籍出版社，2004：131.

这种古典的中国哲学，在此后的现实人生理念中，渐行渐远，而在20世纪40年代被推至一个死胡同中。文学在革命与暴力的危机中，被诠释为阶级斗争的武器而丧失了文学自身的目的诉求。在一个动乱的年代，现世的危机太多而危机感太少，为了生存而屈就的人生处境与态度是难以产生幽深的思想的。生活向度以阶级功利和个人苟活为标尺，文学上的权力话语、人际关系中的群体制衡，人生活于一种范式中，人无法思索道，也无法自由地焦虑，现实主义被曲解、被歪曲、被固定于某种模式中去理解，就并不奇怪。

二、想象时间，是现代主义小说的基本态度

中国的现代主义小说，时间作为形式是它的革命性内容。由话本、说话发展而来的中国的白话小说，在叙述上照顾了说话的功能和听者的习惯。中国传统叙事文学的时间观念，始终受“史传”和“白话小说”的制轭。重质轻文和文以载道的传统致使文学的形式创新囿于道统的规范之内，虽有老子等大学问家的哲学传承却始终与文学隔阂，且未能成为文学创新的哲学先导。超稳定的制度结构也使文学观念止步不前。与时间顺序同步，与历史进程同步，复述历史、再现历史的文学，是和文以载道的期许并行不悖的。“五四”运动的锣鼓和“打倒孔家店”的文学革命，对于中国封建文学和八股文体制而言，无疑有着《易经》中“梦占”的鬼诡。而鲁迅是反叛得最为彻底的。对《呐喊》和《彷徨》重新的想象，在时间问题上，鲁迅比同时代人乃至今人都锻炼得更为纯熟。

想象时间，是鲁迅小说的基本态度。普罗提诺认为，时间有三个，这三个都是现在。既然都是现在，那它们之间有什么差别呢？他指的是一个事关现代性的问题，也即是说：我说话的这个时间，即现时，它已经成为过去；过去的那个现时，也就是记忆；将来的现时，它可能成为我们想象中的希望或者恐惧。

对于一个明了现代性的作家而言，这种对时间的定位解释也许

更适切于文学。文学是在虚构中想象。他站立的位置始终都是现在：现在的现在、现在的过去、现在的未来。所有的时间都只不过是集结于现时的瞬间，在这一瞬间集体地回响。只有对此有深刻认识的作家，才能在心灵深处听到时间从远古到现代轰鸣的回响，才能紧紧地把握住他所处时代的来龙去脉，把人的生命变成命运，变成他小说中人物的命运。

鲁迅就是这样的作家。尽管他的小说大部分离不开他的故乡鲁镇那个小小的地方，尽管他的作品所描写的并不属于他那个时代里最重大、最伟大的事件，即便他梦想过写红军的长征，那也只不过是他永远也不会实现的梦想而已，但他的生命和他站立的人生位置，以及这个位置所指明的文学方位，是如此天然地契合，以至于从他笔下流泻出来的东西，最终成为百年文学中最为韧长的文学主题：中国知识分子的命运、中国社会底层的人生况味。那种永远也不会过时的社会人生冲动，在百年文学发展中，愈来愈见其人性的光芒和关怀。正因为他永远处于现在，永远紧扣现代中国人“在场”的心扉，他所悲悯关心的是中国人永恒的命定。这命定从祥林嫂到童年闰土，到孔乙己再到魏连殳，从狂人到阿 Q 乃至小 D 和吴妈。这些人属于过去，也属于现在。他们在过去现在未来合奏而成的时间旋律中，活泼而又神情沉重地从历史深巷中走来，一直走到今天，走过现场，还在继续向未来走去。鲁迅把人性的永恒性置于时间的施洗中，凸显为每一个中国人的精神印记。即便是远古的神话，在鲁迅的笔下，也只不过是发生在今天的事。《故事新编》里的篇什，分明就是现代中国人的德性，远古的风习和人心与当下的风景和冲突，在本质上有什么不同？五千年，在鲁迅心目中，只是眼前一瞬，这一瞬里凝练着太多的统制。故事本身承载的人物情节已不重要，重要的是，“到足以几乎完全发表我的意思为止”

（《我怎么做起小说来》）①。这意思自然是当下的意思。

问题还在于，这个“当下”是如何取得的。鲁迅的全部小说，几乎都是在追忆的方式下的“当下”展开。他所展开的是一条向后之路，以此去引导人们向前。海德格尔说：“思最恒久之物是道路。而且思想的道路在自身拥有那种神秘的性质，它允许我们在思的道路上自由徜徉，向前或向后，而且只有向后之路才能引导我们向前。”这或许正是鲁迅的小说大多以第一人称为叙述方式的理由之一。

“五四”时期是一个充满着反思的年代。这是每一个新旧文化交接转型的时代的思想特征。在汹涌而来的新思潮面前，鲁迅并非盲目地趋向这种“新”的鼓吹，他的小说更多地倾向于以往的历史，寻觅着旧路上的陈迹。“我觉得仿佛久没有所谓中华民国”，“我觉得革命以前，我是做奴隶的；革命以后不多久，就受了奴隶的骗，变成他们的奴隶了”，“我觉得什么都要从新做过”（《华盖集·忽然想到》）②。他清醒地忧思着正在革命或革命之后的中国是如何在重蹈着以往的历史。他以小说来展现这历史覆辙的过程。因此，他以“我”的身份，见证以往的历史沉疴，以个人介入时间的方式，沉静地冷峻地剖析着历史。郁达夫曾称赞鲁迅：“当我们看到一部分时，他看到了全般，当我们着急要抓住现实时，他把握了古今未来。”（转引自增田涉《鲁迅的印象》）“全般”和“古今未来”是鲁迅在向后的路上时刻警醒着的思想姿态。他借小说展开被卷起来的时间，让时间从容不迫地通过当下的滤器，一点点地过滤着，剔除着历史的沉渣，瓦解着旧中国黑沉沉的铁屋。

鲁迅这种以时间的方式对历史与现实做整体性观照的视野，是宏阔且深邃的。奇怪的是，鲁迅小说，就单篇而言，从未向我们展开完整的历史以及系统的编年。他的故事，都是些横断的碎片、一

---

① 鲁迅．鲁迅全集：第四卷［M］．北京：人民文学出版社，1981：513.

② 鲁迅．鲁迅全集：第三卷［M］．北京：人民文学出版社，1981：60.

个小人物的几个人生片断，如孔乙已、魏连殳、陈士成、闰土、祥林嫂、狂人、阿Q等，这些人物在篇幅不长的格局中却并不缺失人生的全貌。小说情节不缺少史诗般的建构。若以常规论，三千字的《孔乙已》如何有史诗的恢宏？但以它所揭示的主题的深广和忧思的隽永，它对中国知识分子总体命运格局和思想走向以及小说所提供的现代信息和想象空间，实在是同类题材的鸿篇巨制所无法比拟的。这当然首先得益于鲁迅以小说参与历史的发展本身所开创的伟大传统，“文起百年之衰”的伟大气韵，更与鲁迅独创了一种深富他个人特质的小说文体相关。而其文体的精要之处，非一般的修辞学所能概括。

可是关于时间的启迪，却能引导我们走近鲁迅小说文体的璀璨之河。博尔赫斯在《时间》中写道：“时间是惟一重要的，我想说的恰恰是我们不可能摆脱时间，我们的思维不断地从一种状态过渡到另一种状态，这本身就是时间，是时间的流程。”流程！鲁迅小说正是依凭这流程形成小说独特的结构方式。这方式全然是时间的方式，由时间的方式营构起一种鲁迅独到的目光。这目光弥漫在小说氛围中，无处不在。时间仿佛是一只巡逻的猎犬，游走在黑沉沉的中国大地上，嗅出了社会人生的种种怪味道。每个局部的嗅出，都意会着全部和整体的创伤。这正所谓“部分并不比全部少”。这种审美效果由小说的时间性直接显现，也是鲁迅小说的时间观念的产物。

三、环境的时间性，小说形式的况味

在20世纪初期中国传统白话小说强大但是僵化的叙事格局中，时间从未成为小说家手中得心应手的器物，甚至也没有人去细细品味时间对于小说的味道。他们也讲究味道，也讲究曲笔，也有插叙、倒叙的叙事应对，但这些都与主观重视时间并从中发现时间的思维形态无关。时间是和历史的流淌同步同向线性进行的，是在历史时间的大范畴中向前或向后的线性补充。几千年间，时间依附于空间显现其存在。在文学中，它和历史纪年同向流动。它从未被当作文学的对象和手段，也从未被作为物件折叠、变形、重复和虚无化。鲁迅小说的现代性正是开启了中国小说对时间的崭新理解：时间的方式，就是思维的方式。至此，我们知道了鲁迅小说所选取的叙事策略。正是以此为原则，其实践改变了中国现代小说的走向，开创了现代主义小说的先河。

鲁迅小说的时间性，与其小说中的其他现代主义元素一样，并未在后来的革命现实主义小说中得到推广。一方面是鲁迅小说的不可模仿性和不可超越性，它的小说形式并未引起后代作家们特别的重视；另一方面是对鲁迅小说的政治解读演变成一种对之的祭拜，反而忽略了对其形式的研究，同时并没有意识到鲁迅小说中的现代主义元素，而仅仅将之作为现实主义文学文本来认知。作为文学圣坛上的神像，鲁迅已然被彻底地封闭起来。我们无数次地读过《祝福》首句“旧历的年底毕竟最像年底”，以至于到了麻木的地步，而没有读出鲁迅小说中无处不在的这种对时间的泛时间意识。这是向五千年间所有的“旧历的年底”，向着传统和经典展开了既认同又饱含着隐忧的叙事。

鲁迅借时间的顽强向传统与经典挑战、质疑。在民国已经过去了十三年的1924年，人们遵循的依然还是旧历的新年。今天的中国，仍然还处于“旧历”的围困中，还有就是“圣诞节”正在吞食着元旦。鲁迅又借鲁四老爷这位讲理学的老监生“比先前并没有什么大改变”，“说我‘胖了’之后即大骂其新党”等，意喻时间的停滞和守旧的文化氛围。虚化年份也就拓展了背景的时间范围，文中虽然出现了“新党”和康有为，隐约点出了较为具体的可供联想的年份特点，但小说的时间分布已然隐入了旧中国茫茫的无边幽暗之中，旧历的年底在祝福的祭祀中和中国的古旧事物一起成为一种时间的绵延，幻化为旧时的象征。时间也就被塑造成为环境。沈雁冰在《人物的研究》① 中说："从近代小说发达的过程看来，结构是最先发展完成的，人物的发展较慢，环境为作家所注意亦为比较晚近的事。"而"五四"作家对于环境渲染的曲意求工，已较清末的新小说有大的突破。

乡土、情调、社会画面都落实在叙述中，烘托出了特定的环境。而在时间的处置上突出环境的特异性和漫漶的意向，鲁迅的表现尤见功力。他的每一篇小说，都有意地用过去时间留下的现在遗迹，引发人物情绪、内心活动的叙写，从中击发出一种或悲怆或反讽的声息，使人物在特殊的环境中活动着殊异的作态。如《祝福》中鲁镇"旧历的年底"、鲁四老爷的书房、河边岸上。《故乡》："时候既然是深冬，渐近故乡时，天气又阴晦了，冷风吹进船舱中，呜呜的响，从蓬隙向外一望，苍黄的天底下，远近横着几个萧索的荒村，没有一丝活气。我的心禁不住悲凉起来。""啊！这不是我二十年来时时记得的故乡？"20 年间的变迁，环境由时间写照，由心境过渡而成。寥寥数笔，完成了叙事的时间跨度。悲凉是从来就有的。如《在酒楼上》，又是回故乡之路，这回是"深冬雪后，风景凄清，懒散和怀旧的心绪联结起来……我的意兴早已索然"。时间的指认被定格为一种别致的色彩，由季节来承担风景的蕴含，由此渡向并塑造为一种心情，给小说的人物和情节营造了一个基调，这个基调十分宿命。这是鲁迅惯用的手法。

也许在那些岁月里，鲁迅从没有过清朗和绚丽的心情，也没有给他的小说环境以这样的机会。他总是在压抑沉郁的情绪中摆布着时间，并由这时间随着他的心情变幻着色泽，以此烘托出环境的意向。这样的环境，非常适合引导人物忏悔和自我开解。诸如《伤逝》就更为明显："如果我能够，我要写下我的悔恨和悲哀，为子君，为自己。"这是涓生正在，即将要做但不知能否去做的忏悔。

---

① 沈雁冰. 人物的研究［J］. 小说月报，1925，16（3）.

时间从未来向现在迫近，间接地道出了一种心理环境和外部环境的双重压迫，没有正面写出环境的窘迫和现实的险恶。随后，“会馆里的被遗忘在偏僻里的破屋是这样的寂静和空虚。时光过得真快，我爱子君，仗着她逃出这寂静和空虚，已经满一年了。事情又这么不凑巧，我重来时，偏偏空着的又只有这一间屋。依然是这样的破窗，这样的窗外的半枯的槐树和老紫藤，这样的窗前的方桌，这样的败壁……”破屋，窗前衰败破落的陈设，败壁、半枯的槐树和老紫藤，没有一样是生气勃发的，生命正在枯萎之中挣扎。而这一切，皆因为“满一年了”的时间使环境有着物是人非的印象。

小说叙事也就从现在向过去，由事后向事件引渡。向后的思路，将从这破屋向过去展开。环境因为时间的介入而体认了惊心动魄的人生运命。涓生和子君所有曾经的美好，被浸淫在可预见的设局之中。小说突兀的开局，向藏匿着的过去时间展开了全部的想象。环境中无处不有着来自时间的印记，这些印记无一不预设着悲剧的发生。涓生饱含着悔疚和忏悔、自责同时自我开解的复杂性格，在这由时间摆布而成的环境中，显露得异常地幽深。环境的时间性已经成为鲁迅小说非常重要的因素。由时间而泛时间而无时间(时间的相对性)，涓生和子君的悲哀，也就由部分漫滤为全般，这正是鲁迅的意图。

四、在时间的回响中，现实虚无化为存在

在鲁迅的小说中，时间失去了原初的完整、绵延的顺序性，而被主观地切割、中断、颠倒、重叠、组合和跨越，同时泯灭过去现在未来的界限，而进入心灵视界：由任意的时间碎片所构成。时间因此而获得了一种独立的品格：类似梦的无序性成为小说叙事的基本方式。博尔赫斯说：“为什么只能想象一种时间？我不知道你们的想象能否接受这样的观点：许多时间即许多种时间系列的并存，既有各单位间以前后或者同时发生关系的时间系列，也有既不属于

前后关系也不属于同时关系的时间系列。所有系列都各不相同，自成体系。这是我们每一个人都可以想象得到的。”这种小说的时间观念，使叙事获得了前所未有的自由。这种自由的叙事对接了心灵的自由驰骋，暗合了思维的无边界特质。

鲁迅小说常常在极短的章节中，迅速地转换着时间，形成千变万化的时间序列。《伤逝》开篇，就异常迅速地转换着时间，“我要写下我的悔恨和悲哀”，以未来的现在开篇，然后“时光过得飞快……已经满一年了”，从当下流向过去又回到当下。紧接着，“我重来时”，“依然是……”，又迅速回到现在。笔锋一转：“……就如我未曾和子君同居以前一般，过去一年中的时光全被消灭，全未有过。”叙述逆溯至更早的时间跨度：“不但如此，在一年之前，这寂静和空虚是并不这样的，常常含着期待，期待子君的到来。在久待的焦躁中……然而现在呢……”

时间的踪迹遍布涓生的思绪，宛如一条蜿蜒曲折的时间之蛇，交错倒置，起伏腾挪，令人目不暇接。错综的时间之网，网结起的是满怀着复杂和犹豫的心绪，交织着的是悔恨和自责的思虑。许多时间的碎片，互为错综，互为拼接，构成另一形态的时间连续。“时间之所以连续，就因为永恒需要回到永恒中去。这就是说，未来的概念来自我们回忆起始的渴望。上帝创造了世界，世界和整个生命宇宙要求回到永恒的源泉：无时间，即既非先时间亦非后时间，而是非时间。这早已进入我们的生命冲动。”（博尔赫斯《时间》）① 对于涓生而言，过去的时间充斥在现在之中，以悔恨和自责为前提，而最难把握的却是现在。因为他抓住的是追忆中的过去，而恰恰抓不住的，是正在进行中却又迅速逝去的现在。过去有长度、有进程，而现在没有，所以他无法把握。对于未来，也因此只剩下虚无的希望。时间以多种多样的形态和情状，在涓生思绪中

---

① 博尔赫斯. 博尔赫斯文集：文论自述卷［M］. 海口：海南国际出版中心，1996：187.

流动、穿插或驻足。因为时间的迅速轮转，它们便成为人物性格的组成部分，非常适切处于焦虑的反思状态中的思维特征，又近似于梦呓与梦的结构。

子君的死，是一个固有的时间起点，也是叙事策略中一个至关重要的死结。所有从现在向过去、过去向未来的叙述，都包含在这个已有的现存在的死结中。涓生的一切努力——他在梦幻中的进取或现实中的退却——都围绕着这个死结。当初他与子君的出走是满怀着希望的，但在那个充满着绝望的20世纪20年代，他们如羔羊进入荒原，与吕纬甫和魏连殳一般，无论他们如何努力，都依然逃脱不了颓靡的结果。这是中国知识分子的整体命运。吕纬甫自称“庸人”，魏连殳自谓“失败者”，涓生写满悔恨和自责，“觉得新的希望就在我们的分离”。他一心只想着卸去肩上的责任，任子君在“严威和冷眼中走着所谓人生的路”。他们敏于认识而疏于行动。这个悖论，由于时间进程而被不断反复地证明着。涓生坠入过去的时间，他是清醒同时敏感的。他游走在由所有过去缠结而成的死结中，努力开解着自我，也原谅着自我，他在心灵的视界中清楚地看见自己和子君的一切关系，剖白着这关系中的若干个自我和若干个子君的种种冲突，释放着由这冲突而成的紧张。他把握着轻重缓急的节奏，在心灵的独白中一点点地开解着那个明知无望解开的死结——子君是死了，这是在一开局便就已注定的结果。但是，涓生一进入现在，从未来向现在叙述的当下中时，他就变得茫然无措，虚空与黑暗笼罩着他，他只有以说谎与遗忘去做前导。而他所期待得来的，无非是死的寂静。

时间以多元形态穿插在涓生的叙述里，同时改变着、改造着涓生对过去未来和现在的认识，也铸造着他被现实咬噬得百孔千疮的病态人格。他矛盾着过去，也错乱着前途，又谅解着自己的虚伪。一个弱者和怯懦的人格，在时间的受洗中，让人看到一点点浮现的圣洁。这点圣洁，因子君的死而渐显惨白的残酷。谁之罪呢？终将由时间去回答这个永远也无法回答的问题，由是也就使其坠入永恒，在时间的回响中，现实也就虚无化为存在。时间得以在这种陈述中完成了它独立的充满着特别内涵的品格。涓生在这种洗练中也同样获得一种文学史上无可取代的独特性。

五、时间，变质为想象的虚构

由涓生我想到马原小说中那些个叫姚亮、陆高和“我”的男人。他们分别出现在《冈底斯的诱惑》和《上下都很平坦》之中，充当“叙述圈套”的编织者。我很想知道他们和鲁迅有什么不同。《伤逝》《祝福》等的叙述不是圈套。作为百年文学中现代主义小说的启蒙者的鲁迅，他在 20 世纪初期为之奠基的现代主义小说为后来的人们所提供的经验，在马原的小说中，有什么积极的影响吗？这些先锋实验同时前卫的年轻作家，包括韩东、于坚、朱文等，他们对鲁迅是不屑一顾的。韩东说：“鲁迅是一块老石头……因此他的反动性也不证自明。”于坚则认为：“我就觉得他正是乌烟瘴气鸟导师，误人子弟啊！”朱文干脆说：“让鲁迅到一边歇一歇吧！”东西以为鲁迅“对我没有指导意义”。① 这些不会是他们理性的真话，也不知道他们今天是否也还这样认为，因为这些人今天已不年轻，应该有些阅历而不至于“童言无忌”了。如果他们从不读鲁迅或根本就对鲁迅无动于衷，那就另当别论了。但想来作为大学教师的马原，一定不会这么想，因为他绕不开鲁迅。尽管在《阅读大师》这本书中，阅读的大师都是外国人，里面自然没有鲁迅，而他好像连提也没有提到过鲁迅，但是可以肯定，他知道阿 Q，因为他在《海明威的男人哲学》里写道：“我还经常愿意举一例子，是很阿 Q 式的一个说法。”

---

① 朱文. 断裂：一份问卷和五十六份答卷［J］. 北京文学，1998（10）：19－40.

其实，被大家反复谈论着、论证着的马原的“叙述圈套”，稍作拆解，我们将会发现，这所谓的“圈套”，在鲁迅那儿已经发展得相当圆熟，可谓炉火纯青到了无痕迹的地步，而在马原这里尚有人为痕迹。鲁迅有圈套却令人看不出编织的痕迹。《故乡》《祝福》《在酒楼上》《示众》《伤逝》等，在叙述的时间性上，都表现了鲁迅对时间思维的了然于心且运用自如。他绝对不人为地提示读者关于叙述方面的设置，而马原却经常会有这方面的动作，最著名的就是《虚构》中那句让许多人欣赏的“我就是那个叫马原的汉人”，以此来模糊“叙述人”“作家马原”“汉人”几种身份，然后又画蛇添足、故弄玄虚地表白：“我下决心在这个故事里不出现我，也许我只是其中的某个令读者可怜的角色。”且不说在小说叙述中有没有这种必要，或者仅仅是一种吸引读者、模糊读者阅读追踪的烟幕，使它看起来更像先锋或更像形式主义。

鲁迅从不表白：我就是那个叫鲁迅的鲁镇人。但是，鲁迅、鲁镇和小说中的叙述者“我”，他们之间的时间关系和“间离”关系，我们是看得明白且绝对不会混淆的。鲁迅让“我”引导读者进入他的小说，但绝对不用提醒我们对“我”须另眼相看，以防花眼。他叙述的线索很明晰，从现在向过去——马原也不例外，这是现代主义小说在时间处置上的共同原则，即现在的过去、现在的现在和现在的未来——但时间的虚点却非常复杂，正是这些散落在叙述链条上的“虚点”或叫作“碎片”，在叙述过程中不断被“重拾”着。每一次“重拾”都是一个叙述的转折，同时也是一种危机的消殆或诞生，以至于叙述的危机感和小说现实的危机感四处丛生，因之悬疑迭出。小说布局也为时间分布所主宰。作为叙述者或被叙述者的“我”，现在的“我”和过去的“我”也是变化中的，有很大的不同。这不同，自然也因时间的序列而发生着变动。

马原的《冈底斯的诱惑》《虚构》《拉萨河的女神》，特别是《拉萨生活的三种时间》中，不管他的“叙述圈套”如何玄虚诡秘，其实都是有原则可循的。那就是，他还是更经常地让其讲述的故事处于一种“正在发生”的状态之中，或把已经发生的故事置于“正在”或“可能”的情势之中去叙述，只不过鲁迅比较委婉也比较遵循现实生活的时间流向，让人从小说效果上去体味这种状态，而马原则是特别说出。尤其是在写“明天的故事”时，他把未来也作为一种小说中的实时讲述，这是有悖于生活常理的。但是，明眼的读者不难看出，这依据的其实还是马原过去的生活经验。尽管马原并不承认这一点，但他确实在写一种“可能性”，一种与“存在”有关的，也即“不在场的在场”的存在状态。时间在这里显示了特殊的意义。

马原在《虚构》这篇小说中，有几个时间概念。这几个概念都是由马原编撰的：第一，“我”在麻风人的玛曲村度过了七天；第二，“我”是五月三日下午来到玛曲村的（则应是在五月九日离开）；第三，我“从昨晚也即五月三日一直睡到今天上午五月四日”（他根本就没有去过玛曲村，何来七天玛曲之旅?）这七日抑或是梦游，抑或是未来时间，或根本就不存在。但故事却是情节完整，人物性格鲜明，时间、地点、人物均形神毕肖地存在过。这是一个在时间上玩了障眼法或属于未来时的故事，他只是在开头和结尾的叙述上做了圈套，所以马原把小说取名为“虚构”。这虚构的生存方式所表现出来的人性的温馨，正是马原在残酷的生存竞争中渴望和期许的东西。他的“叙述圈套”的设立，因着时间的错位而表达了一种非常复杂的现存判断。他把真实最终虚无化而将其坠入无时间状态的意图，正是《虚构》这部小说最终的理想。它似乎在某一点上和《伤逝》有所联结。“我”遭遇的爱情或叫作本能，很纯粹，也很可怖：“那张女人的面孔叫我毛骨悚然。鼻子已经烂没了，整个脸像被严重烧伤后落了疤，皮肤发亮，紧绷绷的。”“我”终于在这七天中，与这样的女人有了爱情。“临睡以前，我又感到了那种发生在心底深处的颤动。我开始把它当成了放纵的激动……

我爱它们。我不在乎她乳头已经烂掉。我早就知道她的手指脚趾也都烂掉了半截。她是个温馨的女人，这比什么都要紧，我还知道另一件也很要紧的事——就是她爱我。”在这种近乎病态的爱欲中，“我”的意欲反而是健康的同时也是忘我的，这是一种超越俗常的纯真和博爱的本能。在想象的时间里，马原完成了一次精神的施洗。他意欲穿越一切人性的偏见和障碍，而这样的穿越，也许只能在未来的时间里方可实现。马原有意规避了现实。

鲁迅面对淋漓的鲜血和惨淡的人生，怀着疗救的想望，在追忆中苦苦地寻觅，让主人公以说谎和遗忘去救赎自己；马原则是悲悯地去完善自我。当马原回到现实时间中时，马原这样写道：“我本来明明记得我在麻风村里呆了四五天时间，我完全没意识到这四五天时间可能是虚妄的，可能根本不存在。我知道我是五月三号走进麻风村的。但是当我在道班醒来的时候，那天早上是五月四号。我曾经真切度过的，那么深刻地进入我记忆的一段时间，我却突然发现其实从来没存在过。”① 小说所叙述的和现实判断的矛盾性，梦魇和清醒处于两极状态中彼此消长，正好说明文学与现实、虚构与实存之间的冲突。马原夹生于这种冲突之中，因而有了他非同寻常的小说虚构。他所努力的，是企图把自己的虚构纳入对时间的想象中去，同时将所叙述的在想象中复活且还原为现实的一部分。这就是他这部共 22 节的小说。第一节可看作“题记”，最后一节可视作“后记”，其中 20 节均是一种完整的严格意义上的写实、一个按原始的时间序列讲述的故事。设若去掉“题记”和“后记”，则这篇小说就没有什么新奇之处。但是因为这前后两个部分的交代与说明，便彻底地改变了马原小说与现实主义的关系。原始时间也自然而然地变质为心理时间，变质为想象的虚构。其中蕴含的现实因素，全然变质为一种自为的状态。

---

① 马原. 虚构中的时间［M］//阅读大师. 上海：上海文艺出版社，2002：317.

“自为以对绵延的非正题意识的形成绵延着。”① 写实变成一种人物和心理绵延。而心理绵延的一切进程都属于反思了的意识。“我”在玛曲村的所有遭遇，都带着一种强烈的反思人类行为的意识、人类的病象及对这病象的态度。“我”在自我牺牲和自我指涉中，跨出了人性的第一步。这是“放纵的激动”所引领出来的人性反思。这种反思的行为不是发生在过去，也不是现在，而是在未来，在想象的虚构之中。这是马原小说真正的忧虑。时间的想象和对之的永恒性渴望，使这种忧虑提早抵达。永恒是什么？永恒是集结了所有时间的回响，它并非所有岁月之和，因为它不但覆盖了过去、现在，更重要的是它代表了将来。时间之流不仅仅流经现在和过去，而更是从未来流向现在的。这就是我们对永恒的理解。马原的另一部小说《拉萨生活的三种时间》，所揭示的时间概念，其实是他所有小说的时间观念。《虚构》自然也提示了三种时间，人类对这三种时间存在的态度、价值观和认识，也许比故事本身更为重要。这才是马原的“叙述圈套”的真正用心。除了时间，马原将一无所有。这才是我们想象马原的同时想象时间的理由。

鲁迅是由时间的想象开始他小说的革命性创造的。其动机全然因为精神反思而需要这种绵延、进入这种绵延。

从鲁迅到马原的这种追寻，是沿着时间、泛时间乃至于无时间这样一条线索进行的。20 世纪 20 年代的中国和 80 年代的中国，它们尽管是如此不同，但是其间 60 年的空白，在时间问题上的文学静默，足以让我们有足够的时间和理由去反思，此处不赘。还是回到想象。是什么切断我们对时间的想象呢？鲁迅早在翻译厨川白村的《苦闷的象征》时，就已经悟觉到这个问题。当文学的缘由回归它自身——苦闷的象征时，我们还有什么理由不去想象，包括对时间本身的想象呢？

---

① 萨特．存在与虚无［M］．陈宣良，等译．北京：生活·读书·新知三联书店，1987：211．

第三章

章回中的汉语

——莫言《生死疲劳》的叙事语言

《生死疲劳》在莫言的小说系列中，因多种文化因素的影响，并不是其最有影响力的作品之一。相较起来，莫言的每一部小说的分量都很沉重，所讲述的故事都深入到中国当代社会生活的深处和中国普通民众精神世界的深处，将中国社会的深层次结构和内容揭示出来，将中国普通民众的精神状态暴露出来，并给予深刻的评判。

《生死疲劳》有着属于自己的文学特点。一方面，《生死疲劳》在小说的叙事体制上选择了中国传统的章回体模式。虽然不尽工整，却也达到了章回体小说要义明确、集中的效果，为读者的阅读和品味提供了很大的便利，让作品更贴近于读者，为生活服务。另一方面，作为乡土作品，《生死疲劳》不仅有着浓郁的地方乡土情调，而且显现出地方乡土语言特有的风格，颇具喜剧性和悲剧性两种风格的融合，因此具有冷峻之美的语言效果。

一

在叙事方式上，《生死疲劳》与莫言的其他同类小说不一样，它选择了当下小说家，不论是主流小说家还是非主流小说家，极少选用的中国传统小说的叙事方式——章回体。从叙事的外在形式上，《生死疲劳》便显现出它的独特性。

中国传统叙事文学，自宋元时期开始将自己的目光转向以市民阶级为代表的社会中下阶层的成员以来，获得了突飞猛进的发展。叙事语言从传统的文言转向世俗的白话，叙事篇章从短章转向长篇，思想文化被打上了深深的市民文化的烙印。适应这种新的文化需求和文学转变，小说的叙述方式也从简单的短篇连缀演变为独立的鸿篇巨制，处于阅读和讲唱的新变化。每一章回的题目都被连接在一起，一章一回地连续下去，章回体的叙事方式就此诞生。

章回体的叙事方式一经诞生，便迅速扫荡和占领了中国叙事小说的阵地，从而将小说的其他方式彻底地清除出去，并迅速一支独大。问题是这种一支独大的小说叙事方式并没有因此而失去生存力，相反，在以后的历史岁月中伴随着整个中国封建社会结构的存在。当时的中国叙事小说，不论是短篇、中篇还是长篇，都选择了章回体的叙事方式。以短篇小说集《醒世恒言》为例，全书收录了40篇短篇小说，每篇小说都有自己的题目。例如第一卷“两县令竞义婚孤女”、第四十卷“马当神风送滕王阁”，构成了叙事内容的便捷与醒目。以短篇小说集《拍案惊奇》为例，每篇小说题目发展为双句偶言，例如卷之一“转运汉巧遇洞庭红　波斯胡指破鼍龙壳”，卷之四十“华阴道独逢异客　江陵郡三拆仙书”，进一步将章回体短篇小说的回目系统化。以十八回中篇小说《好逑传》为例，第一回“省风城侠怜鸳侣苦”，第十八回“验明完璧始成名教终好逑”，回目结构颇为工稳。以中篇小说《平山冷燕》为例，第一回“太平世才星降瑞　圣明朝白燕呈祥”，第二十回“圣主临轩亲判断　金銮报捷美团圆”，回目结构颇为工整。至于这一时期的长篇小说，自然是章回体的回目。《西游记》《三国演义》《水浒传》《金瓶梅》《红楼梦》等，无一不是如此。叙事小说完全是章回体的天下。

民国以降，伴随着西方文化传入中国而来的西方小说叙事艺术，终结了中国传统章回体叙事小说的繁荣。西方小说叙事艺术，从语言文字到叙事方式，开始占据中国小说的阵地。打倒旧文化、提倡新文化，打倒旧文学、提倡新文学的文学革命运动，掀开了新小说的篇章。这种文学潮流势不可当，连鲁迅这样的旧派诗人也在创作《阿Q正传》这样的新小说，更不用说那些新生代的文学革命的倡导者和践行者。传统的章回体小说看上去遇到了自己的生存危机。然而，作为一种扎根于中国文化土壤中的文学形式，章回体小说并未终结自己的命运，相反，在新形势下利用各种机会顽强地生存，甚至有着一定的蔚然大观。以民国时期著名的小说家张恨水为例，他的小说利用报章迅捷的传播优势和连载的吊人胃口的心里期待方式，成功地以章回体的形式将传统小说发扬光大，其《啼笑因缘》《金粉世家》等作品得到了大众的热烈欢迎与追捧，可见章回体小说的叙事魅力。事实上，当时很多的小说，在世俗生活的审美层面上，依旧是章回体小说的天下。这样的局面一直持续到20世纪的中后期。梁羽生的作品系列，例如《白发魔女传》《七剑下天山》等，金庸的作品系列，例如《射雕英雄传》《倚天屠龙记》等，代表着章回体小说的中兴，说明了章回体小说顽强的生命力。当然，这种顽强生命力存在的背后，必然是成熟与成功的小说叙事艺术。

即使是在当代无产阶级革命文学的园地里，章回体小说依旧有着醒目的表现。出版于解放区根据地、署名为“袁静、孔厥”的无产阶级革命叙事《新儿女英雄传》，明显是模仿清代文康的旧小说《儿女英雄传》而来的，自然是章回体的叙事方式。出版于1958年、署名为“刘流”的无产阶级革命叙事《烈火金钢》，显而易见是从民间走过来的，其章回体的叙事方式把读者带回到传统叙事的天地间，品味着章回体小说叙事的艺术魅力。①

在这样的小说叙述的历史背景和革命现实的影响和作用下，莫言的小说《生死疲劳》选择用章回体的叙事方式表现，当然有着特别的意义。

章回体小说在回目上颇能显示出作者的语言功力。一般而言，面向世俗生活大众的章回体小说，因读者和听众的文化文学水平所限，回目的提炼多少还是粗糙些。以《水浒传》为例，回目固然交代了自己的叙事内容，但各个回目之间并不整齐划一。例如第一回“张天师祈禳瘟疫　洪太尉误走妖魔”、第十八回“美髯公智稳插翅虎　宋公明私放晁天王”、第五十八回“三山聚义打青州　众虎

① 严格意义上讲，《烈火金钢》应该是《烈火金刚》。“金刚”是中国传统文化里的战神，有着强劲的战斗力；“金钢”则出自“百炼成钢”的成语。《烈火金钢》寓意着在无产阶级革命的烈火中，无产阶级革命战士百炼成钢，从而具有了革命文学的性质。

同心归水泊”、第七十三回“黑旋风乔装鬼　梁山伯双献头”等等。《三国演义》也是这样。例如第一回“宴桃园英雄三结义　斩黄巾英雄首立功”、第二回“张翼德怒鞭督邮　何国舅谋诛宦竖”等，彼此之间没有统一语句。《西游记》更是如此。例如第一回“灵根孕育源流出　心性修持大道生”、第十四回“心猿归正　六贼无踪”、第四十一回“心猿遭火败　木母被魔擒”，语句之间更是错落。而面向精英读者的章回体小说，回目是相当整齐的。《红楼梦》一百二十回的超大，各个回目均是八言双句，单从回目的排列上看，就颇有一种辉煌的堂皇气势，占据着小说的制高点。更为重要的是，各个回目的语言极为精巧与精致，文雅得很。例如第一回“游幻境指迷十二钗　饮仙醪曲演红楼梦”、第二十七回“滴翠亭杨妃戏彩蝶　埋香冢飞燕泣残红”等，看上去既舒适又妥帖。即使是一些看上去有些粗糙的回目，例如“贾宝玉初试云雨情　刘姥姥一进荣国府”“刘姥姥是信口开河　情哥哥偏寻根究底”，也是根据小说的叙事内容而决定的。整体上看，《红楼梦》的回目整齐美观，文雅精致，例如“西厢记妙词通戏语　牡丹亭艳曲警芳心”“情中情因情感妹妹　错里错以错劝哥哥”，比比皆是。

相对于传统章回体小说回目的表现，无产阶级革命叙事的章回体小说显然在这方面是难以企及的。即使面向的是工农大众，虽然他们的文学欣赏角度不同，欣赏水平不高，但长期受到传统文学的熏陶，也还是有一定的判断力的。《新儿女英雄传》的回目是这样的：

第一回　事变

第二回　共产党

第三回　农民游击队

第四回　毒计

第五回　新女婿

第六回　水上英雄

第七回 一条金链子

第八回 大扫荡

第九回 生死关头

第十回 睡冰

第十一回 拿岗楼

第十二回 最后一滴血

第十三回 探虎穴

第十四回 结婚的谜

第十五回 指引

第十六回 爱和仇

第十七回 鱼儿漏网了

第十八回 冤家路窄

第十九回 大反攻

第二十回 胜利

是不是有些太简单了?

与传统的章回体小说相较,《烈火金钢》的回目有些差强人意。例如第一回“史更新死而复生 赵连荣舍身成仁”、第六回“搜捕无踪伪军遭袭 寻找未见支书突围”、第十回“听情报敌伪军起纠纷 探洞口卫生员效忠诚”,整齐归整齐,不过语言太实诚了些。当然,这是无产阶级革命文学的性质使然。

在这个问题上,莫言的《生死疲劳》中,其回目游走于传统与现实之间,整齐与错落相杂,例如第一章“受酷刑喊冤阎罗殿 遭欺瞒转世白蹄驴”、第五章“掘财宝白氏受审 闹厅堂公驴跳墙”;粗俗与文雅共处,例如第二十九章“猪十六大战刁小三 草帽歌伴奏忠字舞”、第四十章“庞春苗挥洒珍珠泪 蓝解放初吻樱桃唇”。总的来说,达到了章回体小说历史传统和现实存在的标准。

章回体小说是从宋元以来的说话艺术发展而来的。所谓的章回,即说话过程中的段落。每个章回各自独立,各个章回间又有联系。特别是对于长篇说话的人，更要加强这种联系，以保证说话内容的连续性以及各个章回间的过渡。因此，章回的开始部分一般要有开场白，以交代背景和烘托渲染气氛，制造情绪，吸引听众或读者的注意力，以便进入正题。这时，往往需要由小体量的诗词担任这个任务，然后由“说话”或“上回书说道”这样的开场词导出说话内容。而在每一章回结束时，也经常有定场诗，一般是四句诗，作为总结性话语以概括本章内容，之后用“欲知后事如何，且听下回分解”的术语结束本章叙事，并导向下一章回叙事。就这样，长篇章回说话被一章一回地连缀起来，组成一个完整的结构。环环相扣，却又各自独立。这就是章回体小说在叙事方式上的特点。

按照这个特点，20 世纪以来的章回体小说绝大多数不符合要求。张恨水也好，梁羽生、金庸也罢，都没有做到，倒是无产阶级革命叙事《烈火金钢》基本上做到了。《烈火金钢》在每一章回的结尾处都用两句定场诗作结，例如第一回“史更新死而复生　赵连荣舍身成仁”的结尾：“正是：热血写成无畏字，壮志坚定永恒心”；第二回“白手夺枪排长奋勇　仰面喷血鬼子丧魂”，开卷便是“上一回说到……”结尾处仍是两句定场诗：“看来：丑恶强盗这般蠢　英武勇士如此精”。就这样，一回连着一回，演义成三十回的长篇，实践了章回体小说的写作。现在看来，在当时轰轰烈烈的无产阶级革命叙事小说的创作大潮中，似乎只有《烈火金钢》是真正意义上的章回体小说。

相对而言，莫言的章回体长篇小说《生死疲劳》在形式上是章回体，但在叙事方式上并不符合章回体小说在此方面的要求。从叙事的风格与特点上看，《生死疲劳》更似魔幻现实主义风格，但是因其内在的深邃的思想文化，一般的段落式切割难以把握作品的内容及思想，因此有必要为每个段落提供点睛之笔的指示。在这个方面，章回体小说分章回的片段式结构是便利的，每个章回的作用就是如此。所以，《生死疲劳》以章回体的形式切割自己各自的叙事单元，配以标题，既在形式上做到了段落的分割和章节上的区别，又在内容上交代了叙事概要，让读者对作品内容的把握和作品思想的理解更为透彻，何乐而不为！这种写作方式的好处，外人也看得很清楚。有的批评家从章回体的文体特征上批评《生死疲劳》章回体的“挂羊头卖狗肉”。“‘章回体’的运用也是外在于文体，小说的结构并无‘各章回自成段落’的特点，叙述者也无‘说书人’的特质，除了‘字数长短’外，把章回回目换成西方小说式的章节标题并无区别。”① 对此，莫言回应说，这样做也是出于阅读的考虑。“我的本意只是想让读者阅读的时候更加醒目一点。我自己在阅读几十万字的长篇小说的时候，如果是一、二、三、四那么分的话，看一会我就糊涂了；我想，假如用了章回体，在阅读的时候就方便了许多。”② 因此，《生死疲劳》的章回体更多的是外在形式上的，对作者莫言而言，只是一种形式上的借用而已。

虽然如此，《生死疲劳》小说体制上对章回体的应用，又让久违的章回体小说重新回到了文学的阅读视野中，这是否会唤起章回体小说创作的回归，是一件值得期待的事情。正像莫言自己所说的那样：“我也确实想用这种方式，唤起读者对我们伟大的古典小说传统的一种怀念，当然也是我对古典小说的致敬。”③ 这是一件好事。

一般来说，选择双句作为回目的章回体小说，其回目基本上是对仗的形式。即使不是工整的对仗，流水对也还是要的。这种双句的回目标题难度之大，使得相当多数的章回体小说回目选择单句的形式。例如署名“明教中人”的《好逑传》，其回目就是单句的：

---

① 邵燕君．放弃难度的写作［N］．文学报，2006－07－06．

②③ 崔立秋．不同的声音是好事——莫言回应对《生死疲劳》的批评［N］．文学报，2006－08．

第九回“虚捏鬼哄佳人徒使佳人喷饭”，第十回“假认真参按院反令按院吃惊”。当然，就文学性功底的展示而言，章回体小说回目的双句式倒是能让作者炫耀才华的所在，颇具实力的作家们往往选择双句作为章回体小说的回目。例如署名“荻岸山人”的小说《平山冷燕》的回目便很工整：第四回“六儒绅气消彩笔　十龄女才压群英”，第七回“公堂上强更逢强　道路中美还遇美”。在这方面，曹雪芹的《红楼梦》做得最好，每回回目都如同工整美妙的诗句，令人赏心悦目。例如第十九回“情切切良宵花解语　意绵绵静日玉生香”，第四十回“史太君两宴大观园　金鸳鸯三宣牙牌令”等。现代作家张恨水的小说，虽然在叙事上没有使用章回体的形式，但在回目上做得也很工巧。以《啼笑因缘》为例，第一回“豪语感风尘倾囊买醉　哀音动弦索满座悲秋”，第八回“谢舞有深心请看绣履　行歌增别恨拨断离弦”，如此工整的九言双句回目一直落实在全书二十二回的回目间，文雅之致，难怪会打动无数读者的心。以《金粉世家》为例，虽然回目的对句工整程度不如《啼笑因缘》的回目，但是语句的工整也着实了得。例如楔子“燕市书春奇才惊客过　朱门忆旧热泪向人弹”，第十三回“约指勾金名山结誓后　撩人杯酒小宴定情时”，仅仅从回目的对句中便可以看出大家风范。即使是像《烈火金钢》这样的无产阶级革命叙事，并不因其内容的革命崇高性就忽略其章回体小说回目的提炼，有些回目写得相当好。例如第二十八回“唇剑舌枪宣传战　生龙活虎埋伏兵”，第十四回“抗强暴妇女尽坚贞　逞淫凶敌伪小火并”，起到了回目导入的作用，为作品增色颇多。

在这个问题上，《生死疲劳》做得也还可以。全书共分为五个部分，前四个部分使用了章回体形式，第五部分是欧式小说的形式。前四个部分的章回回目全部为工整的双句式，其中有八字句，例如第四章“锣鼓喧天群众入社　四蹄踏雪毛驴挂掌”；有七字句，例如第八章“西门驴痛失一卵　庞英雄光临大院”；有十字句，例如第三十一章“附骥尾莫言巴结常团长　抒愤懑蓝脸痛哭毛主席”；有九字句，例如第三十五章“火焰喷射破耳朵丧命　飞身上船猪十六复仇”。根据叙事内容的要求，章回回目间杂错落，也是一道景观。虽然如此，但在章回回目的句法结构上则不尽一致。以七字句为例，第一章“受酷刑喊冤阎罗殿　遭欺瞒转世白驴蹄”，句法为×××○○○○○格式；第四章“锣鼓喧天群众入社　四蹄踏雪毛驴挂掌”，句法为××××○○○○格式。以七字句为例，第五章“掘财宝白氏受审　闹厅堂公驴跳墙”，第六章“柔情缱绻成佳偶　智勇双全斗饿狼”，句法分别为×××○○○○和××××○○○两种形式。九字句、十字句仅仅各出现一次，也就没有可比性。总之，《生死疲劳》小说章句回目上的不尽工整，影响到小说的美感。如果在这个问题上能够做到整齐划一的话，是否会更好一点呢？

二

莫言始终说自己是高密作家，作品所依托的生活背景也是高密东北乡的生活。在这个意义上讲，莫言属于山东省的乡土作家。从农村生活中走出来表现中国广阔并有特色的农村生活，决定了他的作品语言的质朴性，极具生活的味道。“红高粱”系列如此，“红树林”系列如此，《生死疲劳》亦如此，随手拾来，都令人产生无穷尽的想象。

我搬进新舍已是深秋时节，太阳光线里红色增多白色减少。红色的太阳把杏树的叶子全部染红，不亚于香山的红叶——我当然知道香山在哪里，我当然知道红叶象征着爱情，红叶上还可以题诗——每天的傍晚和清晨，太阳落下和升起的时候，也是养猪人吃早饭和晚饭的时候，猪舍里异常安静，我便直立起来，将两个前爪蜷在胸前，从大杏树上摘下红叶，塞进嘴里嚼着……①

---

① 莫言. 生死疲劳［M］. 北京：作家出版社，2012：221.

这是典型的农村秋日的风光。天空与大地同辉，猪舍和八戒齐光，呈现出一片宁静的氛围和怪异的图景。

这样的语言现象，体现在《生死疲劳》小说的回目里，也充斥着乡野童趣。例如第八章“西门驴痛失一卵　庞英雄光临大院”是如此粗俗，第六章“柔情缱绻成佳偶　智勇双全斗饿狼”又是那般浪漫；第七章“花花畏难背誓约　闹闹发威咬猎户”对句工整，第十七章“雁落人亡牛疯狂　狂言妄语即文章”一语中的。平实的语言却有着不平实的意境，对句中暗藏着棱角分明。时而风光霁月，例如第二十五章“现场会高官发宏论　杏树梢奇猪炫异能”，第十六章“妙龄女思春芳心动　西门牛耕田显威风”；时而低俗乱语，例如第二十四章“庆喜讯社员燃篝火　偷学问猪王听美文”，第三十七章“老冤魂轮回为狗　小娇儿随母进城”。就在这高尚与低俗之间，文雅与粗鄙内外，《生死疲劳》游戏成文，构成了一部宏大的叙事。

重要的是，充满如此多种风格意境的语言有着强烈的指事性。小说中人物的姓氏名字构建起一部社会进化的历史和芸芸众生的怪异象。解放、抗美、互助、合作、天红、春苗、改革、开放，分别对应着 20 世纪 50—80 年代的社会生活，从中透露出各自的时间节点，以及在这个时间节点上所发生的重大社会历史政治事件，包括各个事件的全过程，呈现出强烈的社会政治属性。迎春、秋香，一看就知是旧时代的大户丫头；金龙、宝凤充满了强烈的权力财富欲望；泰岳、光第，则是中国传统文化的精神。最值得提到的人物是“蓝脸”“黄瞳”，构成了狰狞的鬼面孔，光怪陆离。这些人物的姓氏名字寓意着一个诡异的时代，以及在这个诡异的时代里所发生的诡异的事件。这些并不是一个“魔幻”语词就可以解释、讲清楚的。因此，平实质朴的乡土语言却能够勾勒描绘出如此精彩的画卷，着实令人敬佩作者的语言功底之深厚。

有意思的是，小说中有四种动物的称谓：西门驴、西门牛、猪十六、狗小四。驴、牛、猪、狗是农家生产生活必备的物种，驴、牛自然不必说，猪排行为十六，狗排名为四，而且都是最后的数字，呈现出一幅六畜兴旺的景观。但其命运结果呢？驴被分尸，牛被火烧，会游泳的猪被淹死，通人性的狗自绝。它们用各自的视角审视着生活的变化、世事的变迁、人事的翩跹。正像小说《生死疲劳》中对西门牛的礼赞："作为一头牛，你很可能流芳百世。"①

诙谐性是传统文学主要的外在表现，是满足读者精神愉悦和心理需求的主要手段。小说《生死疲劳》叙事中的动物界如此，人物形象也一样。洪泰岳是小说叙事的发生地西门屯村的村长、曾经的合作社的社长、曾经的党支部书记。这是一个在西门屯村曾经一言九鼎、跺一跺脚地皮颤三颤的强权人物。土地改革时期，他带领着乡亲们抄地主西门闹的家；合作化时期，他牵头领导成立了农业生产合作社；社会主义建设初期，他闹出许多先进事迹。洪泰岳的作风霸道，当年土地改革时，便以武力威胁贫农雇工蓝脸"我赔你一颗子弹"，为自己开脱。在以后的大办农业、积极响应上级领导号召"大力发展养猪事业"的日子里，洪泰岳又冲锋在前。他永远是一副凛然的神态，似乎革命真理在胸，似乎革命钢枪在手，俨然是正义、真理的化身。然而这个人物在本质上是低俗的，早年走江湖时养成了一副泼皮无赖相，曾经在乡村大集上卖唱。

太阳一出照西墙，东墙西边有阴凉。锅灶里烧火炕头上热，仰着睡觉烫脊梁。稀粥烫嘴吹吹喝，行善总比为恶强。俺说这话您若不信，回家去问你的娘……

也算是"劝教"在其中。正因为这点，在庄户人家看来，"这样的好嗓子，这样的好口才，不当官才是咄咄怪事"。这样的诙谐性当然有着灰暗度在其中。有意思的是，洪泰岳的这种歌唱都是在他不得志的时候作为。于是，诙谐与权力勾结在一起，让权力具有了灰暗的色调。30 多年过去后，洪泰岳又一次重操旧业，这时他

---

① 莫言. 生死疲劳［M］. 北京：作家出版社，2012：199.

已经不是权力的潜在者或者当权者了。他以自己的歌唱让这样的诙谐所具有的灰暗度又一次曝光，权力又一次被暴露在阳光之下。

哗啷啷，哗啷啷，牛胯骨一打咱开了腔。

今天咱要说哪一段呢？表一表西门金龙复辟狂……

话说这高密东北乡，有一个西门小屯好风光。

这小屯曾有杏园一百亩，大养其猪美名扬。

五谷丰登六畜旺，毛主席革命路线放光芒。

这屯中有个恶霸地主西门闹，遗下个杂种白眼狼。

这小子名字叫金龙，从小就花言巧语善伪装。

他伪装进步入了团，他伪装进步入了党。他篡党夺权当书记，反攻倒算逞疯狂。

他分田单干搞复辟，把人民公社家底一扫光。

他给地富反坏摘了帽，牛鬼蛇神喜洋洋。说到此处我心悲痛，鼻涕一把泪两行……

他一扫自己当年权力在手时的威严，完完全全是江湖人牛二的风格。说到底不忘自己的出身，时时刻刻惦记自己的道具——卖唱时候的家伙什，“小兔崽子，你还我牛胯骨！”又回到他的本初上。于是，所谓的庄严在诙谐的闹剧中解构。

同时，暴力性是传统文学的核心所在。草民、小民的卑微并不意味着中国民众的软弱。传统的“杆棒”说唱文学内容，时时处处代言着民众的抗争心声。在这个方面，《生死疲劳》通篇充斥着暴力的场景，使用着暴力的语言，渲染着暴力革命的色调。早在土改时期，便大革地主分子的命，“斗地主、砸狗头、砍高草、拔大毛，欲加之罪何患无辞”。更有甚者，剥夺了被剥夺者的申辩机会，“不允许我争辩”；而剥夺者则是通篇大论。“我洪泰岳……如果不是共产党，我只怕要把那块牛胯骨敲到死。但现在，你倒运了，我们穷哥们儿时来运转，浮到上水头来了。我们清算你们。”在20世纪60年代的动荡中，上演出草菅牛命的血腥场面。即使是到了新时期，经济建设都成为中心了，暴力仍旧是解决问题的集中手段。小小县城里的普通青年地痞们莫名其妙地械斗，大打出手，暴力似乎是唯一的手段，当然也是终极手段了。

先是广场南侧那家名叫“好再来”的酒馆里，传出了吵嚷喧闹之声，接着有四个头破血流的小青年从酒馆里逃出来，后面有七个手持棍棒、一个拖着墩布的小青年追赶出来。那四个小青年绕着广场逃窜，他们虽然头脸上受了伤，但似乎并没有恐惧与痛苦。那些追赶者们，脸上也没有凶煞之气，有几个脸上还带着傻呵呵的笑容。这场械斗在初发阶段看上去竟像一场游戏。

以下是大篇幅的打斗场面描写，过于血腥。看得出人与人之间有的只是竞争关系。问题是这种竞争关系也传染到由人所豢养的动物们身上。“猪十六大战刁小三”，仅仅从回目上就见出分晓。

我后腿猛蹬地面，身体腾起，直冲刁小三而去。当我对着刁小三跃起之时，刁小三也对着我冲过来。我们在距地约有两米高的空中相遇，嘴巴与嘴巴响亮地碰撞在一起，我感受到了刁小三嘴巴的坚硬，并且还嗅到了它嘴里那股腥甜的气味，我鼻子酸嘛，耳朵里回响着草帽之歌，从空中跌落地面。我打了一个滚爬起来，举爪抹了一下鼻子，爪上沾着蓝色的血迹。我低声骂道：

“你奶奶个熊！”

看得出深受人类的影响，即使是狗之间也充满了竞争。如果不是狗小四凭借着拳头的威力，自然是做不了狗头的，也就没有了在城中狗协会里坐第一把交椅的威风发号施令，而且得到众多狗们的追捧与吹捧。一声号令，全场的狗们一起散去，“今晚聚会，到此结束。三分钟之后，这个广场上不许有一条狗存在。下次聚会，时间待定。散会！”多么威风啊。当然也并不是说所有的狗聚会都是在暴力威胁下完成的，最近的狗游戏是叫“快闪”，快一点来，闪身而去。“一个新的时代，一个充满了刺激和狂想的时代已经开始。”都是人闹的。

莫言在解释自己作品的语言问题时说："极度夸张的语言是极度虚伪的社会的反应，而暴力的语言是社会暴行的前驱。"① 小说《生死疲劳》的语言恰恰就是要表现作品潜在观念和生活的。

小说《生死疲劳》的叙事选择了变异化的方法。作品使用想象化的图景反映现实中的生活，亦幻亦真，真真假假，构成一幅瑰奇的画卷。"诺贝尔文学奖"对莫言作品的评价也正是在此："高密东北乡体现了中国的民间故事和历史"，"在那里，爱和恶的呈现已达到了超自然的程度"，"莫言的故事富有神话和讽喻的旨趣，所有的价值在这些故事中都全然改观"。

的确如此，《生死疲劳》在最深刻的层面上表现了当代中国近四十年激烈动荡的生活，这段生活却是用动物的眼光被打量出来，展现中国农民对于命运的抗争。然而，细细打量，《生死疲劳》呈现的是现实主义的光芒。有些情节看上去不尽合理，有着现实中的非现实性，但它流露的是中国农民最现实的生存需求与价值观，其中"蓝脸"对于自己土地的坚守发人深省。一个普通的中国农民，占据着时代政治的无产阶级的阶级优势，顽强并且艰难、艰辛、艰苦地与时代列车滚滚前进所带来的巨大压力抗争。土改时期，蓝脸顶住阶级解放压力，毅然同地主的小老婆结婚。他没有别的想法，只是想用这种方式守住"老掌柜"的一份念想，或者说是希望。在合作社时期，蓝脸始终没有加入合作社，即使是自己的儿子——西门金龙——以分家形式割去他的一半财产，而且加入了合作社，蓝脸也依旧坚守自己的信念，特别是对土地的执着热爱，默默地在分给自己的少得可怜的一亩六分土地上耕种。"四清"社会主义教育运动和无产阶级"文化大革命"时期，蓝脸依旧我行我素。在这个相对漫长的历史过程中，蓝脸相继失去了自己心爱的西门驴、西门牛这样的强有力的生产资料。其间，失去驴、牛的理由竟然是那样

① 莫言．生死疲劳［M］．北京：作家出版社，2012：276.

的诡异：“走在人民公社的大街上”，“呼吸着人民公社的空气”。尽管蓝脸的辩解是公正公义的，大街、阳光、空气“是老天爷送给每个人、每个动物的，你们人民公社无权独占”。但西门驴仍不免被刀砍斧剁，西门牛则是“走出了人民公社的土地，走进全中国唯一单干户蓝脸那一亩六分地里，然后像一堵墙壁沉重地倒下了”。这个普通得不能再普通的中国农民坚守着亘古不变的真理：“只有当土地属于我们自己，我们才能成为土地的主人。”坚守着顽强生活下去的信念：“他死了，我还要活下去。地里的谷子该割了。”直到土地出现诡异的变化后，“自从分田到户后，农民自家做自家的主”后，中国农民才能够多少安心地生活。所有这些叙事场景都是围绕着“土地”这个中心问题展开的，暴露出中国社会生存的根本所在。这是真正的现实主义文学精神，到位的语言表达将之沉重地表现出来。

语言的深刻程度以表现主题和作家的社会政治批判力度，在《生死疲劳》叙事中随处可见。一头猪的形象竟然可以上升到令人生畏的政治高度。西门金龙对党支部书记洪泰岳斩钉截铁地说道：“洪书记，从今之后，公猪就是我的爹，母猪就是我的娘！”得到了洪书记的欣喜表扬。“在人类的历史上，猪的地位从来没有如此高贵，猪的意义从来没有如此重大，猪的影响从来没有如此深远，将有成千成亿的人，在领袖的号召下，对猪顶礼膜拜。”更有甚者，这件事被创作成为《养猪记》舞台剧而得到大力宣传，绽放出革命的光芒，却有着反讽的意味在其中，“是一个活生生的后现代的标本”，是极度虚伪的社会的反映。

今夜星光灿烂……南风吹杏花香心潮澎湃难以安眠……小白我扶枝站遥望青天……似看到五洲四海红旗招展鲜花烂漫……毛主席发号召全中国养猪事业大发展……一头猪就是一枚射向帝修反的炮弹我小白身为公猪重任在肩一定要养精蓄锐听从召唤把天下的母猪全配完……

同样，这种极度夸张的语言也表现在对中国曾经的政治运动的暴露。对于中国普通百姓，特别是质朴的中国农民来说，是以看热闹的心态看待轰轰烈烈的革命政治运动，“谁管你革命还是反革命”。西门金龙在西门屯村成立了自己的革命组织，大演革命现代京剧，“一时间，西门家大院里，胡琴与笛子合奏，男腔与女调共鸣。革命的指挥中心，蜕变成一个文艺俱乐部。天天批斗打人，一片鬼哭狼嚎，初始还觉得刺激，日久便觉心烦”。城里的妇女们居然也成立了红卫兵，“闹红嘛，哪能不入?”至于是哪一派的，是“井冈山”还是“金猴奋起”都不重要，重要的是把自己的私货兜售出去。“去你娘的，别对我说这些没有的，要买鸡就买，不买滚你娘的蛋!”革命成为快乐的天堂圣地和一块一块的遮羞布。“运动就是演戏，运动就是有热闹看，运动就锣鼓喧天，彩旗飞舞，标语上墙，社员白天劳动，晚上开大会。”鸡飞狗跳，不得安宁。一句“都是被文化大革命闹的”直接掀开了革命的底牌，看到了革命的底色和真相。《生死疲劳》由此使用夸张和戏仿的笔法，对以往的过去做出了可信而严苛的修正。这一切都让其中的载体——语言——得到了很好的彰显。

总之，《生死疲劳》用中国传统的章回体小说的形式，叙述了当代中国半个多世纪的社会政治历史和人生的变化，复兴了章回体小说在当代文学的写作，并赋予了这种传统的中国小说的叙事以新的生命和新的精神，传统与现代相结合。同时利用中国大众化、民族化的语言风格，或诙谐或庄重，充分发挥了文学想象的功能，以变异化的视角和载体宣讲中国当代社会政治生活，剖肌析理地解读与解构中国当代文化的存在与特征，将其本质尽情地揭示出来，并伴以嘲讽的意蕴。所有这些努力赋予了当代语言以鲜活的生命力，呈现出当代语言的冷峻之美。

第四章

哲思中的汉语

——史铁生小说与蒙克画作的共通

汉语在何种程度上实现了哲思，或文学是怎样通过汉语的运用实现作品的哲思效果？这是一个必须通过作家对汉语创造奇迹，从而进行呈现与证明的问题。史铁生的创作很能回答这个问题。

史铁生是当代中国最具代表性的作家之一，爱德华·蒙克是19世纪北欧著名的表现主义画家。史铁生与蒙克的作品，表现了人类共同的某些主题，即爱与死亡，以及深藏于我们内心的孤独与恐惧。

史铁生和蒙克在创作基础与艺术诉求上有着相同和不同指向，但是他们对生与死、苦难与人生的理解却相通。通过史铁生的作品与蒙克的绘画，透过他们笔下的绘画和语言，穿越这两位生于不同时代，却有着相似的人生坎坷和创作灵感的画家与作家的心灵领地，进入他们与世人殊异的精神空间。

一般的作品是用来读的，非凡的作品是用来聆听的。阅读的过程就是聆听的过程。从某种意义上说，史铁生是一位以文学的话语方式描绘人文风景的画家。他为读者描画出了必须用聆听的方式方能达到的一种特异的人文风景。他将笔下的世界，置于可能或无限的视域，一个浩瀚的空间和绵延不绝的时间。这空间与时间形成史铁生的文学世界。在这个世界里，到处都是他的心灵所表述的风景。蒙克的世界是人类复杂多变的精神世界，他刻意表现死亡、忧郁、孤独、恐惧、怀疑与焦虑。他所描绘的，不是一个断面，而是充满人物情绪内涵的、具有极大张力弹性的紧张与不安的瞬间情绪，因而它又是多解且无解的，任何人都可以在这些画面上找寻到与自身有关的某些情绪记忆。

史铁生的话语世界，以文学的声音，让人聆听话语中流动着的人文风景。蒙克绘画的视觉意象，以色彩和敏感的光色，描绘奇异的人文风景，让人聆听心灵的声音。史铁生作品的文学画面感与蒙克画作意象具有本质上的共通性。向死而生的追问与诘疑，以生证死、以死论生的思维方式，跃出了他们艺术创作的生命视野。他们向死而生的追问，在不可经历的死亡中，领悟到生存的意义与价值。史铁生与蒙克的创作，是自在自由的生命音乐，是一种独特的关于死生的艺术自觉。吸引他们的是人们内心最深处的声音，他们创造的是向人性致意的艺术。

艺术是一种超越性的存在，每一件艺术品都是人类精神层面的丰硕果实，揭示了人类丰富多样的内心世界。我们透过艺术作品，可以深刻地感知艺术家们赋予作品的深刻的精神内涵和强大的艺术张力，这是经典艺术品永恒的魅力。在人类的审美实践中，任何美学观念都依附作品的生成而实现，而作品的精神内涵才是其经久不衰的因由。因此，艺术创作的内驱力是艺术家的内心世界。精神苦痛是艺术的永恒命题，艺术家将其表现于作品中生命的诉求。艺术有了这种永恒的命题而内涵丰蕴，内涵决定了艺术品的生命力，正如克勒律治所说："它们唤醒了心灵，使它不再在习惯的诱引下沉睡，而是让他看到我们眼前世界的诸种可爱和新奇之处。世界上本有取之不尽、用之不竭的宝藏，但由于我们眼睛上蒙着'习惯'制造的薄膜，由于我们种种自私的欲望，使我们有眼不能见，有耳不能听，有心不能感、不能悟。"① 正因为有着这些"唤醒人们心灵"的艺术品，我们才能在苦难和矛盾之中自我拯救与解脱。

文学和绘画属于艺术不同的门类，但都是艺术家们展示内心世界的媒介。自古以来，文学和绘画的界限就难以明晰，它们彼此独立又相互交融，中西方皆然。本章通过比较研究，探析中国当代作家史铁生和挪威表现主义画家蒙克的作品，他们的作品有着相似的精神意蕴和共同命题，既是对痛苦的解释与抒发，更是一种对生命的追问与诉求。他们的作品里面都有着人类的终极关怀，对人类内心精神苦闷的解读的诗化，共同的心灵诉求和向死而生的追问，当

---

① 转引自：布洛克. 美学新解：现代艺术哲学［M］. 滕守尧，译. 沈阳：辽宁人民出版社，1987：187.

然也因艺术表达方式的不同而有着各自的局限和缺失。这两位艺术家在不同的文化语境中成长，个人经历有所不同，文学与绘画表现形式也不一样，但是作品的内涵有着相似之处，尤其是史铁生的散文《我与地坛》与蒙克的油画《呐喊》。本章探究这两部作品文学画面感与画作意象的共同性，探求艺术品之间人类永恒寻觅的主题。

一、史铁生的话语世界：聆听中的人文风景

一般的作品是用来读的，非凡的作品都是用来聆听的。阅读的过程就是聆听的过程，文学与绘画概莫能外。史铁生的作品就是须以聆听的方式，方能深解其中的韵律与音调。这就牵涉到史铁生的文学话语及它所形塑神异的话语世界。在那个世界里，生与死、人与神、天空与大地，无不以声音的方式，在世界万物间行走。在史铁生的长篇小说、散文随笔里，我们听得见它们或匆忙、或恬静的行走之声，听得见它的钟摆在嘀嗒声中虽然单调平淡却又隽永无穷地前行，偶有停顿，那也是天籁之音的叹息。这就是史铁生作品的形貌，那形貌也像是一缕缕飘逸的音符。从某种意义上说，史铁生是一位以文学的话语方式描绘人文风景的画家，他为读者描画出了必须用聆听的方式，方能达到的一种特异的人文风景。那么，史铁生的话语方式在作品中是如何表现的？

话语最本源的意思，是曼弗雷德·弗兰克在《论福柯的话语概念》中所说："一种话语是一种言说，或具有（不确定的）一定长度的一次谈话，其展开或自发的展开并不受到过分严格的意图的阻碍。"① 而批评家一般认为，"话语"这个术语本身强调的是它作为交流的方式和手段而存在。米哈伊尔·巴赫金《语言创作美学》

① 王先霈，王又平．文学理论批评术语汇释［M］．北京：高等教育出版社，2006：223．

说："话语总是要求有人聆听，有所回响，但并不停留于最直接的理解，而是在开拓出一条愈来愈远，没有止境的道路。"① 根据以上观点，本章将话语的概念，定义于一种文学的言说，一种关于声音，由声音所表达与负载的言说。它的方式是多样同时丰富复杂的，基本上可以归结于一种为史铁生所独有的、黏附着他的身体残缺而生的对于残缺与反常态的智慧的诗性表述，这种表述有着某种不可言喻的神性气质与品格。史铁生的散文集《想念地坛》的所有篇章，都饱含着这种话语方式的主观意旨。它以肯定的无可犹豫的口吻否定着什么，他又以似乎是犹疑的否定口吻肯定着什么。所有的结论都通向一条追问与诘疑的路径，充分地表达着一种不确定的确定、一种似乎不正确的准确，那就是史铁生所要传达的某种立场与态度。他将笔下的世界，置于可能或无限的视域，一个浩瀚的空间和绵延不绝的时间。这空间与时间形成史铁生的文学世界。在这个世界里，到处都是他的心灵所表述的风景：老去的地坛，怀想中的银杏树合欢树，有关地庙的回忆和消逝的钟声……这些物事，化为声音由读者去捕捉，在聆听中成为一种人文风景。由声音而来，却效果为一种视觉化的图画，这与下文将要叙述到的画家蒙克的画作效果是互为对应的。蒙克绘画的心灵化，由画像聆听为心灵的声音，而史铁生却将写读的文学所流淌出的声音，幻化凝结成一种可视的图画。

在《我与地坛》中，开头那段并不为评论家所留意而忽略不计的话，最是深切地、丰富地凸显了史铁生话语方式及其话语性质的基本特点。

地坛离我家很近。或者说我家离地坛很近。总之，只好认为这是缘分。地坛在我出生前四百多年就坐落在那儿了；而自从我的祖

① 王先霈，王又平. 文学理论批评术语汇释［M］. 北京：高等教育出版社，2006：223.

母年轻时带着我父亲来到北京，就一直住在离它不远的地方——五十多年间搬过几次家，可搬来搬去总是在它周围，而且是越搬离它越近了。我常觉得这中间有着宿命的味道：仿佛这古园就是为了等我，而历尽沧桑在那儿等待了四百多年。①

古园在等待“我”，这不太合逻辑，但古园先于我而存在，这却符合基本事实。史铁生如何如此坚持地倔强地以为，一个荒废的庞大的古园，就单单在等待着一个人的降生、姗姗的到来？这个人有着何等的僭越常规常理常态乃至于倨傲的品性？他的言说是不确切的：“我常觉得这中间有着宿命的味道”，只好归诸宿命。宿命既是肯定的，却又包含着太多不确定的成分，“仿佛这古园就是为了等我，而历尽沧桑在那儿等待了四百多年”。“宿命”与“仿佛”，让人体味或感觉到无限，一种在空冥中的把捉，有着神明的吊诡与诡异。这是一种人世间无法明说也难以言喻的状况，但它又是非常肯定的。古园确实在那儿等待我，等了四百多年。后来十五年间发生的许多事，都与这古园有关，都有一种期待中的必然。古园的风景还完全没有展开，而古园的神性境界，却已经高高地悬置于无限的时空之中。史铁生在寥寥数语的言说中，构出了一个无限大的世界。这个世界的形构，是来自心灵与心灵对大自然的体悟的。这种文学的胸襟与话语视界，可以看作是史铁生话语方式的基本模式。

这里，话语充分体现了作为作者或陈述人言说的手段与方式，同时也包含了被传达的内容。这里分明有着史铁生刻意宣泄的某种特定的蕴蓄。首先是他与神的对话：叩问自己并仰望古园，说是古园在等“我”，不如说“我”在等神。他心中或许早有答案，却依然以敬畏之心在等待神赐。这样的对话模式，自此展开延宕至文章终点，再扩散到他所有的创作之中，形成了史铁生全部作品的一种太息、一种氤氲之气。

---

① 史铁生. 想念地坛［M］. 海口：南海出版公司，2003：7.

其次，是史铁生话语的视点。无疑，这是第一人称叙述的确定方式，是一种限定的视角。在第一人称叙述与古园之间所形成的夹角中，史铁生设置了种种假设与祈问，他以毫不犹豫的姿态表述了这种假设与祈问。他或许已经知道了结论是什么，那是一个肯定的结果。他跃出了这个以第一人称叙述限制形成的夹角。他的视线穿越了尘封四百多年的岁月，人有限的生命活动也穿越了四百多年间的空隙，而自由地游走于一个无限大的视野之中。“或者”“总之”“总是”，必然律与可然律共生于同一个语境之中，由限制延伸为全知。“我”作为人的位置高悬于神之上，他既看见自己内心的渴望，也洞悉了神的意志和天赐的灵光。这里几乎没有对古园的形似描画，但古园在读者心中已有着一种任凭想象的风景，这种视觉形象的诞生，来自于这些话语视点所由的意象魔力。“我”对于古园的印象描述，由于话语视点的转化与扩张，而将这印象形构出任凭想象的更为阔大和多样的古园风景。这风景因为紧接下段娓娓道来的古园景象的具象化而迅速幻变为一种人文精神，从而使读者的阅读，流淌着一种绵绵不绝的来自史铁生心灵迸发的声音，它使人聆听，无法不用心聆听，且听出史铁生有意传达的声音—— 一种人文风景，而不仅仅是古园风景。这种人文风景随着散文叙述的深入而渐次为轮廓分明、精雕细刻为多种多样金属般的发声。

最后，根据一般话语方式所包含的内容指涉，话语的方式还包含“态度”。这里可以理解为作者的态度、话语言说形构而成的作品的态度。这是一种怎样的态度呢？在史铁生的小说与散文中，有一种已然，即是对生命的难堪与尴尬持认可与承担的态度。在《命若琴弦》中，生命的柔韧，全在那弹断一千二百根琴弦的希望中，“永远扯紧欢跳的琴弦，不必去看那张无字的白纸……”① 这就是小瞎子得以支撑一生的期许。只要听得见小说叙述中的琴声，小瞎

① 史铁生．命若琴弦［M］．南京：江苏文艺出版社，2003：120.

子就依然活得如那欢跳的琴弦。而其中，又有着怎样的隐忍无法明白说出？

在《我与地坛》的开头部分，“宿命”似乎成为史铁生世界观的基本态度。他相信万物总有天意，有些事非人可把握，诚如命运。

这里其实埋藏着关于人的生命与生存的密码。古园之所以等“我”，等了“我”四百多年，而不是“我”等古园，等了四百多年，或有一个充足的理由：古园之等待，是它确知在此后的四百多年间，会有一个“活到最狂妄的年龄上忽地残废了双腿”的青年到来。它的诞生，为的就是等待这样的残疾、这样的青年。而这个过程，古园是和青年共生一个命运的：

四百多年里，它一面剥蚀了古殿檐头浮夸的琉璃，淡褪了门壁上炫耀的朱红，坍圮了一段段高墙又散落了玉砌雕栏，祭坛四周的老柏树愈见苍幽，到处的野草荒藤也都茂盛得自在坦荡。这时候想必我是该来了。①

人的二十年是古园的四百多年，“剥蚀”“浮夸”“炫耀”“坍圮”和“散落”，这些附加于生命本真，同时消解生命能量的东西，终于在漫长的岁月里渐渐消尽。生命依然以它的质朴与原生，在岁月的挣扎中追返另一种不可忤逆的愿景。

这种无可回避、不甚明朗、全无预告的生命历程，构成了人与物的共同命运。这就是人和自然共同历练的劫数。史铁生承认也承担了这种劫数的负压，接受了命运的指令。古园的沧桑，就是他的沧桑。古园以其沉默的老态表明它对世界的态度，史铁生本可以抱怨与叫喊，但他也选择了古园的态度。既然是宿命，既然是命运的指令与召唤，那么，“这时候想必我是该来了”。“该”，这就是史铁生的话语立场，也即他的世界观、他的人生态度。

---

① 史铁生. 想念地坛［M］. 海口：南海出版公司，2003：7－8.

十五年前的一个下午，我摇着轮椅进入园中，它为一个失魂落魄的人把一切都准备好了。那时，太阳循着亘古不变的路途正越来越大，也越红。在满园弥漫的沉静光芒中，一个人更容易看到时间，并看见自己的身影。①

这一段文字，为“我”以下的论述提供了一种话语证明。这种证明所要强调的话语语气，暗示和隐藏了更多更丰富、更复杂的东西。这些东西的内容，并非简单的等同话语所指，即“一个失魂落魄的人”、亘古不变的“太阳”等能涵盖的。这需要多次被聆听。在聆听中，无形的时间被赋予了形迹。在此，一切物理的合理性都受到挑战，构建了一个超越物理与逻辑的哲学话题，同时它隐藏了这个哲学话题被有意义地谈论和追问的可能性。“看到时间，并看见自己的身影。”后者在有阳光的时候是可能的，而前者似乎并无可能。没有比照物的存在，人几乎不可能看到时间，尤其是在“弥漫的沉静光芒中”。史铁生看到了，而读者却是在史铁生看到的视域中，感觉到，或更准确地说，听到了时间。史铁生以他的话语方式，传达了关于时间的声音。

二、蒙克的视觉意象：人文风景中的聆听

爱德华·蒙克，这位与史铁生有着相似的命运劫数和艺术气质的画家，似乎就是《我与地坛》中那座等待了史铁生四百多年的古园。

蒙克的绘画，在潜在的精神世界里，其实是与古园的种种坍圮有着非常相似的迹象。画作呈现的视觉意象，形态怪诞诡异，但仍然让人悟觉画家努力挣扎表现着的属于另一个世界层面的人文意图。那里的人文风景扭曲变异，充满着忧郁、惊恐、焦虑和彷徨状态，充满着一些丧魂失魄的“幽灵”，那些“幽灵”逝去的脚步

① 史铁生. 想念地坛［M］. 海口：南海出版公司，2003：8.

声，需聆听方能觉察，或许说在聆听中才更为真切同时显现一种哲学的玄奥。这些丧魂失魄的“幽灵”，在史铁生作品中不也时时可以遭遇么？虽然，史铁生没有把十五年间古园里的所有人物，在形体上都这样扭曲，然而在灵魂深处，他们都处于寻找不到安放的处所而惶惑着。《我与地坛》中的所有人物，包括那位惶惶不可终日的母亲，“端着眼镜像寻找海上的一条船，她没看见我时我已经看见她了，待我看见她时也看见我了我就不去看她，过一会儿我再抬头看她就又看见她缓缓离去的背影”①。缠结的描述里埋伏着隐忍与对自我的鞭笞。中年夫妇、爱唱歌的小伙、饮者、长跑家、中年女工程师、弱智女孩等，不管这些人美丽与否，不管他们在史铁生的目光中是如何的备受悲悯，史铁生始终无法洗尽他们心头的烦忧，无法消解他们在那个时代、在那个环境中的种种异常。他们作为人同时又深伏着幽灵一般的魂魄。这是聆听的结果。

蒙克在45岁时患了精神分裂症，这之前之后他频繁地患病。身体的疾患直接地影响或主宰着他对绘画的精神灌注。他早年师从自然主义画家克罗洛，之后与高更和劳特累克过从甚密，并参加新艺术运动的设计和讨论活动。这一时期他抛弃了自然主义画风，开始转向表现主义。他在柏林期间，经常与象征主义作家普斯贝佐夫斯基、剧作家斯特林堡一起探讨尼采哲学和弗洛伊德精神分析学的命题，这使他的绘画创作带有强烈的主观性和苦闷、焦虑的悲伤情调。蒙克的家庭也是极度扭曲、支离破碎的。母亲因肺结核去世，父亲是精神病患者，小妹也患有精神病。一个兄弟和他最喜欢的姐姐苏菲先后去世，接着父亲也去世了。体弱多病的蒙克无法面对这些生存的厄运与打击。他在这种极其扭曲的环境中生活了很多年，感情与精神都承受了巨大压力。这为他的创作提供了最充分饱满的激情，一种在内心澎湃、燃烧着的激情，它们异乎寻常地表现在他

---

① 史铁生．想念地坛［M］．海口：南海出版公司，2003：13.

的作品中。

蒙克描绘的世界是人类复杂多变的精神世界，他刻意表现死亡、忧郁、孤独、怀疑与焦虑。蒙克曾经说过：我要描写的是那种触动我心灵的眼睛的线条和色彩。我不是画我所见到的东西，而是画我所经历的。经历的东西，也即在画作时，是浮现于追忆中的时间。蒙克与别的画家不同的是，他的创作是不建基于写生，也无法通过写生去实现某种内心的灵感。与文学创作极度相似的是，他在追忆，追忆似水年华中那些经历过的时间。史铁生也是如此。他的全部创作，也都是一种追忆，在追忆中再现逝去的时间。这些时间已不是物理时间所呈现的种种物理的形貌，而是一种心灵的历程，一种漂浮于记忆深处而又流动于当下的感受，被再度经验的时间。

蒙克与史铁生经历中的时间，其最严酷的挑衅是什么呢？疾患，身体的疾患加剧为精神的危机。这是他们虽处于不同时代，却共同经历与体验的时间。他们各以不同的艺术方式，共同表现着同一的主题，那就是深入到人的灵魂之中，把灵魂的每一次悸动，包括惊悸的怦动和默默无声的焦虑与惊恐，那种孤苦无告的内省与自辩的苦涩，一一以文学或绘画的方式，化作一种畸形中的声音，让读者或观众去聆听。对蒙克而言，是把视觉的绘画转化为心灵的声音，如《吸血鬼》《吸血鬼之吻》《呐喊》《病室里的死亡》等。

《呐喊》，挪威语 Skrik，也译作《尖叫》，或许译作《尖叫》更为贴切蒙克的本意。它是蒙克的代表性作品，被认为是存在主义中表现人类苦闷的偶像性作品。和其他作品的惯例一样，蒙克一共画了四个不同版本的《呐喊》。这幅作于 1893 年的油画，那震撼人心的呐喊，分明来自蒙克内心积淀已久的灵魂焦灼，它长久地沉积在他尘封锁闭的幽室中，等待着大自然不期而至的启迪。内心的尖叫本与宇宙太空无关，但是，心灵的尖叫是需要大气象的酝酿的。那就是追忆对于时间的启蒙与启示。一种来自生命绝望的可怕尖叫，常常于无言中在内心爆炸。蒙克如此，史铁生亦如此。“当牵牛花初开的时节，葬礼的号角就已吹响。”这是史铁生对于尖叫的另一种形式的文学描述。这里虽然没有蒙克画作中那个仰天的撕裂者大口的喉咙，它是初开的牵牛花拖带而出的葬礼的号角。它们共同一个动作，那就是“吹响”与“呐喊”、“喉咙”与“号角”，这一切也都源发于另外的同一情景。蒙克在散步时获得这种生命爆炸的启迪，而史铁生相似：“每一步每一步，其实一步步都是走在回去的路上。”然后紧接着便是：“牵牛花初开的时节，葬礼的号角就已吹响。”① 史铁生与蒙克，在同一情景与心灵相通中瞬间遭遇，在相距百多年的时光中，悄然暗合。

1894 年蒙克创作了油画《圣母玛利亚》，此画作加入了他的油画系列“生命的饰带”。他完全颠覆了传统意义上的圣母形象。经典图像的圣母，是温婉善良、体态圆润，周身散发着博爱慈悲的气息，是人类母爱的光辉典范。而蒙克的圣母玛利亚，却是一个垂死的女性形体。女体依然很美，形象舒张饱满，但却面色苍白，毫无血色，头发散乱。与这张脸相应的躯体，姿态显得颓废，背景色彩凝重，一种忧郁悲戚流荡其中。这是他死去的姐姐苏菲的另一种意象，是依照他姐姐的形神创作的。姐姐就是他的圣母，而这是另一种形貌的圣母。经典的圣母与现实中的姐姐，形象与精神的重叠，构成了蒙克内心世界中另一种价值观观照下的圣母。姐姐的伤逝造成蒙克心灵的伤害和无法消解的痛苦，在一种弥留之际的光照中，充满着病态的美感。

内心归于平静，这是蒙克对人类情绪的伟大渴望，也是史铁生作品中一个潜藏着的永恒的话题。这种对于人类大爱无可奈何、妥协与退让，而不是正面张扬的描绘，事实上饱蘸着画家内心对于通向爱的另一种解释，浓郁的悲剧气氛同时浓缩着人类之爱艰难抵达的忧虑与焦灼。大爱已将死作为代价，大爱在实现之旅饱经病魔及

---

①　史铁生．想念地坛［M］．海口：南海出版公司，2003：27.

种种阻碍而迟滞。《生命的饰带》此前命名为“爱的研究系列”。而《圣母玛利亚》是这个系列中的重要作品。这个设计安排已清晰地分辨出蒙克内心的这种秘密。他画作的视角形象所泄露的心灵秘密，恰当地真实反映了人类行为的各个方面。爱的阴暗面，如《玫瑰与阿美莉》《吸血鬼》；死亡与爱的关系，如《病室里的死亡》，是基于蒙克对姐姐苏菲之死的记忆。在这幅画中，蒙克的家人都到了，画面的焦点却聚焦在蒙克的背影上，形成了死亡与爱交织而成的阴影。画面浅显地交代着某个殊异的人类瞬间，却深刻地隐含着某种人类不可逆转的必须面对的永恒命运。

这种主题表述，在史铁生作品中比比皆是，汇成他的作品中挥之不去的永恒的声音。只不过在蒙克是隐晦之态，而史铁生却常常赋予它较为温暖明晰的智性之光，给它以东方神秘主义的智慧的亮色。时代不同，同一主题意旨的表达，自然也就变通或修饰了某种艺术的生命丝蕾。然而在生命的爱与死的哲学理解与阐释上，本质上是相通的，这就是蒙克与史铁生比较相生的意义。

三、倾听人们内心深处的声音

史铁生作品中，屡屡被提及、被强调的，是对于生命流动状态中的地坛的精神性表述。而蒙克的绘画，与史铁生作品的画面感，有着同一精神本质上的共通。

在这里突出的重点精神性，其实说的是诗，亦即蒙克绘画与史铁生作品中关于诗的特质，是从画面与文学语言中，聆听诗性的声音。

绘画的视觉化向诗的心灵化让渡，诗性是过渡之舟。在史铁生的作品中，我们看到了这种让渡的逆向运动。心灵化的文学由于诗性的缘故，而由话语构筑成一个个视觉世界。不同的是，蒙克的诗性是由画面指涉而来，而史铁生的诗性是由话语指涉形构而来。他们共同赖以支撑的，是诗性。诗性，使文学的画面感和画作的意象感实现了一种共通。

借用形式主义和结构主义批评的用语，以诗性概括“文学性”或诗的美学特征。如罗曼·雅各布森说：“诗性怎样显现自身？当词被作为一个词，而非被命名的对象的纯粹再现或某种情绪的爆发来感知时；当话语及其组构，其意义、其外在和内在的形式需由其自身，而不是无关痛痒地参照现实来估价时，诗性就表现出来了。”① 由此看来，诗性更为准确的解释，应是艺术作品话语形构中浸润其间的情绪爆发。这种情绪在不同的艺术种类中，以不同的艺术形式的紧张与不安，隐曲地体现在每一个表达自身的构成元素上。它强烈地烙印着个性和个人性的痕迹，也以个人性的方式彰显着独特的声音。雅各布森又说：“诗这概念的内容如上所述，是不稳定的，是为时间所限定的，而诗的功能即诗性，如形式主义者强调的那样，却是一个独一无二的要素，不可能被机械地还原为其他要素。”在《什么是诗》中，雅各布森也将诗性界现为“自我指涉的”即“情感性语言和诗歌语言中，语词的表现，无论是它们的语音或语文方面，都更多地集中在它们自身。声音和意义之间的联系更为紧密，也更为亲密”。这里所说的“意义”，并非指外部现实的某一对象，而是语言符号自身的可感觉性。②

这里强调了文艺作品各种形式元素，诸如语词、语义、声音等的表现，都必须是“自身”的、“自我指涉”的，同时又是可感觉的，内容和所传递的信息之间必须是关系紧密且亲密的。这就是诗性在艺术作品中的表现原创。这是一部艺术品具有诗性这种品格的重要条件。

---

① 王先霈，王又平. 文学理论批评术语汇释［M］. 北京：高等教育出版社，2006：411.

② 王先霈，王又平. 文学理论批评术语汇释［M］. 北京：高等教育出版社，2006：411－412.

蒙克和史铁生的作品，无疑是这方面的典范。他们的作品集中地体现着这一艺术原创。作为艺术品，它们强烈地、执着地表达且捍卫自身情绪爆发的自发性和不可模仿性，它们在自我指涉同时无限延伸这种指涉的客观性。也即在时间上，突破了一般的诗为时间所限定的特性，诗性所表达的意旨是泛时间性从而不为时间所限定的。这也是诗性抵达永恒的一个标志。神学家认为，永恒是一个集结了所有时间回响的瞬间。这就是作品中无处不在的诗性光辉。

蒙克的《吸血鬼》，我们无法以一种惯常的、固定的艺术标准或现实标准来衡量它，无法一语道破或明晰地判断它并划分它的图像构成意图的现实依据。在不同的观点观察下，它呈现着在他者看来过于多样、过于繁复、难以廓清的画面意象。它是蒙克于1893—1894年间创作的作品，30岁的蒙克正处于心灵冲突的荷尔蒙时期。对于爱的体验予他对爱的认知有多重的理解，亲情之爱与爱人之爱在他内心交织着光影与阴影，而过于扭曲的现实遭遇，又使他对爱的杂陈有一种厌倦。这一时期正是他“爱的研究系列”陆续面世的时候，因此，他的画作强烈地、激情地表达着自身，及非常自我地指认着对个性的渴望，就可以理解。他此刻的画作、线条、光暗、人物形体以及画的整体构思，都努力还原他长久以来的挣扎，将对之的歪曲、变异和多重的幢影，以瞬间的时刻，凝固在画作上。多种颜料色彩的涂抹，定格为诗，画面是凝固的，而其间的诗却是流动的，也即诗性功能，将观众的注意力集中到作者指涉的本质上来。诗性功能在那一瞬间破坏了能指与所指，符号与对象之间的任何自然的、显著的联系。如雅各布森所说，加剧了符号和对象之间的基本对垒。用萨特的理论来解释，艺术作品在这种情况下，实现了与在场决裂的“不在场的在场”也即存在的确立。

《吸血鬼》的主题是什么？至今莫衷一是，无人一语中的。作者自我指涉的主题是什么呢？即使他已明说，那也只是其中之一种解释而已。一部真正的传世的艺术作品，它隐藏内部的诗性，是一口永远发掘不完的金矿，随着时间与时代精神的变换与更迭，生生不息。《吸血鬼》中的男人与女人，其姿态有着强烈的现实场面感，只是这种场面过于特殊，充满着种种变异的可能性，他们是属于精神状况的。蒙克所要描述的，不是一个断面，而是充满人物情绪内涵的，具有极大张力、弹性的紧张与不安的瞬间情绪。因而它又是多解且无解的，任何人都可以在这些画面上找寻到与自身有关的某些情绪记忆。

《吸血鬼》的画面色彩对比非常强烈，首先只见到一个披散头发的女人，她红色的长发与雪白的胳膊形成强烈的色彩对立，这两个部分马上激发了人的情绪冲突。男人面部朝下窝在女人怀中，右手环抱着女人的腰。女人双手环抱着男人双肩，手微微蜷着。女人的脸颊是红润的。看不清她的眼睛，她像在亲吻男人的颈。而男人的脸大部分被女人的胳膊挡住，隐约露出右半侧脸颊和右眼，男人的眼睛似乎是闭着的，或许他正在享受女人的拥抱和亲吻。这个画面逻辑合乎情欲状态中的常规常态。爱的举动与死的伤害的举动，有时在形体上并无太大差别，至少在形体与姿态上有时无法弄清真相，从人物的外部动作看来，这幅画可以是一个爱欲的场面构图。

但这仅仅只是一种假象，如果画家的构思仅此而已，那么，画作的诗性与诗性功能便无从说起，它并没有表达人类更多更丰富也更隐秘的情绪体验。重要的是画的背景——完全的黑色，男人的衣服也是黑色的，身体的颜色与背景的颜色融为一体，凸显出女人在画中的主体性与独有性。男体成为一个被驾驭的物件。这幅画至少提供了两种以上的解读可能。就其画的题目《吸血鬼》来说，就有本意与象征的隐喻性、反讽性意旨存在。这是画作的天才构图和色彩明暗的精神向度所具备的阅读可能。姑且可做如下解读：一是依其题目，画中是女吸血鬼在实施对一个男性的吮血过程。画面提供了这种现实的简单依据，女性吸血鬼咬住男性颈部吮血，这种理解比较符合画家此时的精神状态，一个精神病患者意幻中的画面。这是一种浅表的单向解读。有没有另外一种解读可能呢？女人在深吻怀中的男人，男人尽情温馨地享受着迷恋着女人的吻与怀抱，浓重的无尽的黑色衬托出一种沉静安详的天籁之音的气息。这是一种美化和正常状态下的唯美的阅读，但这又不尽符合作者蒙克作为一个精神病患者的通常状态下的心境。也许这是一种更为平庸的画面理解。问题是黑色在画作中被解读被欣赏的程度与性质。女人脸颊的红色表明了什么？她被隐去眼睛，使我们无法通过它去洞悉她此时内心的真实感受。男人半闭的右眼又可以做多种解释，沉溺于情欲，抑或已死去？所有的结论都通向无限的不确定性和不可解释性。

画面中那种由黑红、光暗所透视的温暖依然挥之不去，哪怕这温暖与血腥的场面同在。作者似乎企望用一种暖性的、有爱的成分，表现无可回避只能面对唯一选择下的特殊情景中的死亡，这样，死亡就与爱发生了关联，因爱而不可避免地走向死亡，或是唯有死亡才能解释演义爱的真谛。人类复杂多变的诡秘的爱情，由死亡作为前提，抑或相反，由爱作为死亡的前提，种种可能连同画面的暧昧，向我们袭来，我们反而感到踌躇。紧张与不安本是画作的题中之义，而仅仅是这一些么？它留给人们在时间上的咀嚼，是经年的，是人力不可战胜的。作品题旨的指涉，向着蒙克的精神世界聚焦，而又耗散在人类关于爱与死亡的主题阐释上。

史铁生与蒙克的作品，表现了人类共同的某些主题，即爱与死亡，以及深藏于我们内心的孤独与恐惧。吸引他们的是人们内心最深处的声音，他们创造的是向人性致意的艺术。

四、苦难与信仰：史铁生与蒙克的心灵世界

史铁生是一个命运多舛的作家，他 1969 年到陕西延安插队，1972 年因双腿瘫痪回到北京治疗。1981 年，史铁生的病情加重，并患了严重的肾病，手术后只留下一个受损的右肾。身体的千疮百

孔给作家的内心带来极大痛苦。史铁生于 1979 年开始创作作品，写作成为他精神苦闷的唯一宣泄。但是，史铁生是一个智性和豁达的人，他以一种文学的诗化手法和自我宽慰的心态去面对苦难和困境。史铁生曾经说过："因为人生来残缺，人生艰难、充满困境，当人面临困难没有尽头的时候，会变得焦躁而脆弱，这时候需要一种对生命的理解。"① 坎坷的人生经历和残酷的病痛折磨，使得史铁生对生与死、苦难与人生有更深切的理解。他从个人的苦难，窥探整个人类的生存状态，并写下自我救赎的篇章。

从作家的创作历程看，史铁生并不是一开始就有这种思考痛苦和人生哲学的自觉性，"史铁生的早期创作自叙传的写实与世情的描摹，随着八十年代文学大背景中哲学语境的回归，文学也开始自身的言说，史铁生的创作从此走向一个自觉的有着更加深厚理论依靠的途径"②。从描情状物到对生命本质的思考，这是史铁生写作的发展路径，也是史铁生心灵诉求的一种深化。漫长的写作实践中，史铁生在字里行间表达出对人生和苦难的思考，他清醒地看到死的必然和生的痛苦，但是在爱的支撑下，把这一切诗化并赋予其生命的神性含义。将生命寓于过程的哲理性思考，同时还有着对精神世界彼岸的期待，是史铁生的心灵诉求。

幼年蒙受了巨大苦难的蒙克有着和史铁生相通的心灵诉求。蒙克的最初画作是以印象派为主的，深受印象派画作对瞬息光影、人生初变、天欲天从的精神影响。他开始对大自然中的光影变幻、蜂鸟鱼虫进行印象描绘。然而，这种抒发表达并不能缓解蒙克对死亡的恐惧对生存的悲哀。后印象派的出现给了蒙克极大的自由度与发

---

① 余勤．从残缺走向完美：访《我与地坛》作者史铁生［J］．语文教学与研究（读写天地），2006（6）：6－7.

② 徐源．诗性的追问：论史铁生创作对生命意义的四重构建［J］．理论与创作，2005（3）.

展空间。蒙克开始追寻后印象派的理念，将痛苦具象为一块顽石，将性欲具象为一个立方体，将解脱描绘成一个女体，然后把精神物化成为具象，借以排解内心的压抑。然而，后印象派仍然不能完全拯救蒙克心灵的苦痛，蒙克觉得自己的表达需要得到世人的认同、宽慰和爱抚，随后，他走出了后印象派的影响，开始寻找一种自己独创的艺术表达方式，也试图让世人明白他的苦痛和挣扎。因此，蒙克创立了表现主义绘画的全新领域。从某种意义上说，表现主义是蒙克的自我领域，他开始完全依照内心，摆脱了技巧束缚去描状自己的精神世界。蒙克的画通常通过将“人”和“自然”作为描绘主体来表现苦难。“人”和“自然”客观上是一种常态，但是蒙克将这种常态推翻且异化，以表现一种异于常态的精神困境。蒙克的构图，大多把苦难幻境置于前景，甚至是前景的下方，让人感觉即将要出画的倾向；而中景往往是一个看不清面孔、既像死神又像审判官，或可能是冷静关注的衣冠楚楚、礼服高帽的绅士。中景和近景的元素是在一个共同的时空内的，是触手可及的，往往是在同一条路上，或同一座桥上；而远景往往是市中的城镇，街道、房屋、建筑，细腻到让人能够按图索骥地在现实中找到那个场景。蒙克对现实场景的描绘往往笔触细腻，比例准确，一丝不苟，生怕观众认不出这是哪里，这是什么。

蒙克的精神困境，除了源于自身的生长经历之外，还源于第一次世界大战给艺术家们造成的普遍、悲观和颓废的心态。“这种状态甚至可以回溯到尼采，当然他们也存在于人类心里肯定和否认的两极。偏好紧张、痴迷、绝望这类极端状态的蒙克似乎更倾向于夸张的方法。”①

艺术创作带给艺术家抒情自由，它能使主体思想和精神内涵获

---

① 马若飞．蒙克：在患者与医者之间［J］．湘潭师范学院学报（社会科学版），2009，31（2）：97.

得一种形式。内在精神表达和外在审美形式如果和谐相融，那么，艺术家的创作意图便得到完整的表现。艺术载体给予艺术家心灵释放的空间和苦闷宣泄的渠道，这也是文学之于史铁生，绘画之于蒙克的艺术意义。不管是哪一种艺术形式、哪一个时代和哪一个国籍，艺术家在经历过人生的普遍磨难之后会有相通的生命体验和共同的心灵诉求，表现在艺术品中，会产生殊途同归的生命哲学意义和精神境界。

五、向死而生的追问

所有关于死亡的哲思，都因为生存的诘疑。尘世的生命是有限的，人难逃死亡。与死亡的确定性紧密联系在一起的不确定性，成为人类绝大多数生命意识中无法回避的困惑。史铁生与蒙克的作品，透视了生命的内涵。

向死而生的追问，在不可经历的死亡中，领悟生存的意义与价值。向死而生，是一种自由的创作理念。史铁生与蒙克的作品，是一种自由的、特立独行的生命音乐，一种独特的关于死生的艺术自觉。

德国哲学家贝克勒说："我们作为人，是注定要死的。我们分享这个恒定物的现在；只有在特定的前提下，人才会意识到它。这就是：我们要学会超越自我之在和对生命的规划。只有这样，我们才会对周围人的苦难采取旷达的态度，才会在行为之路上向超越一切人性并君临其上的来者敞开心扉。但是，在个别人看来，这还是超出了人的能力。因此，人总是环顾周围，寻找与他同一类型的人，寻找那些不怕千难万险也要亲历人生幸福和快乐的人们，寻找那些切盼以生克死的人们。"①

以生克死，向死而生，这是近代以来现代科学赋予现代人格的

---

① 贝克勒．向死而生［M］．张念东，等译．北京：生活·读书·新知三联书店，1993：5.

生存理念。这个理念在文学艺术中是一个隐藏着的永恒话题。伟大的艺术家，对这个话题都不可避免地有着一种宗教般的虔诚和沉溺。蒙克和史铁生都属于这类艺术家。他们都直接且毫不讳言对死亡探求的钟情。大凡注重文学艺术的精神气质和神性憧憬的作家和艺术家，其关于死亡与对死亡的描写、态度和表达方式，最能充分表现他们的艺术成就。

在他们的作品中，死亡的空间性退隐，而由死亡的时间性成为他们始终关怀关注的对象，死亡的场面与情景也退到其次，关于死亡的冥想——主要表现为对其情绪的哲思——被推到思维的中心位置。世间万物皆有生死，蝼蚁的生命短暂，神龟寿命千年万年，在他们看来都是一样的，并无贵贱高下之分。生命是上帝赐给生物的福分，空间的盛大并无多大的意义与价值，唯有时间，使生命得以延伸且把时间变得璀璨，遑论长度与宽度。探求死亡，是为着生命的光华，一种对人生苦难旷达悲悯的态度。

史铁生的作品，无论触及何等题材，涉及什么话题，总黏附着他对生死问题的无限追问与诘疑。这种近乎神性的痉挛，成为他作品的灵魂。如《合欢树》《秋天的怀念》《给盲童朋友》《务虚笔记》《有关庙的记忆》《想念地坛》等，本在别处，写着写着，却总有生死的思索潜入字里行间。母亲的去世，孩子的出世，树草的衰荣，说的是他者的人事，可隐含着的却是已死与方生。

在史铁生的作品中，对死亡的认知，更多地表现在他对生的态度。这是一个深刻的有趣的悖论。说到底，许多人回避而且忌讳的话题，是死亡。在许多人眼中，死亡是一件不可谈论和不洁的事，甚至是一种禁忌，在出行时，忌谈坠机或翻车，以为犯忌导致祸事应验，这都是对死亡心存恐惧的一种心理先兆。在史铁生那儿，他常常运用的叙述法则，是以生来证死，或以死来论生。

设若有一位园神，他一定早已经忘掉了，这么多年我在这园里坐着，有时候是轻松快乐的，有时候是沉郁苦闷的，有时候优哉游哉，有时候恓惶落寞，有时候平静而且自信，有时候又软弱又迷茫。其实总共只有三个问题交替着来骚扰我，来陪伴我。第一个是要不要去死？第二个是为什么活？第三个是我干吗要写作？①

三个问题，终极的那一个是回答死生发问的：是生呢还是去死？其他两个问题都是如何生的。活与写作，都关乎生活意义和价值。以生来证死，以死而论生。这里不存在答案是与否，或者干脆说，在假设这三个问题之前，史铁生就已经深思熟虑过，结果就是无果。全在于人如何面对这些充满着悖论又检验着人自身行为的实践。人生的这三个问题，史铁生在自我诘问中似乎已经获得一种澄明的圆通。由是，他写道："你看穿了死是一件无需乎着急去做的事，是一件无论怎样耽搁也不会错过的事，便决定活下去试试？是的，至少这是很关键的因素。"② 在此，史铁生洞悉了死亡的属性与真谛，明了向死而生的本质与法则。在他看来，死亡并非一件"着急去做"也绝不会"错过的事"，它有自身的必然安排与逻辑。关键因素是"活下去试试"。一切都在轻松平淡的推演之中，毫无禁忌也无须大彻大悟。死亡的发生与终结，全在于生者的态度。贝克勒认为，从死亡来看，人生的结构是消逝性的。人是死亡的对象，以死亡去推演人生，人是消极地处于死亡的调遣之中的。可是，从积极的人生来看，人"都以对一切来者以及整个未来的坦诚为自己的特色。人，由他的过去而成长壮大，又越过每一经历的时刻而渐渐逝去。这种情况就使得人始终面临重新做出决定的抉择……"③ 人面对这种抉择不可能不动声息。然而，犹疑与彷徨只是一个前奏，而对积极人生的理想召唤以及企望建功立业使生命得

---

① 史铁生．想念地坛［M］．海口：南海出版公司，2003：22.

② 史铁生．想念地坛［M］．海口：南海出版公司，2003：23.

③ 贝克勒．向死而生［M］．张念东，等译．北京：生活·读书·新知三联书店，1993：6－7.

以璀璨，去抵御死亡的灰冷，终将以一种悦己骄人的情状去面对死亡的挑战，去迎接死亡的降临，这就是史铁生鼓吹渴望的死亡态度，也是人生态度。

在古园流连的十五年间，史铁生认真地观察，关怀着园中的种种人物。这些活在这园子里的人，无一与死亡有亲缘的迹象。他们之所以活，活得如此样状，似乎都与死亡那个命题，有着某种神赐的关系。

那都是些非常平常的人，命运也并没有给他们太多的眷顾，反而常常作弄他们。“那是礼拜日的上午。那是个晴朗而令人心碎的上午”，史铁生以这样具有神性的话语，开始了他对即将发生的事件的描述。他发现那个漂亮的小姑娘原来是个弱智的孩子。几个坏少年做出怪样子在吓她、要弄她，她的兄弟赶来驱散了那些坏小子。

这时我认出了他们，小伙子和少女就是当年那对小兄妹。我几乎是在心里惊叫了一声，或者是哀号。世上的事常常使上帝的居心变得可疑。……哥哥把妹妹扶上自行车后座，带着她无言地回家去了。

无言是对的。要是上帝把漂亮和弱智这两样东西都给了这个小姑娘，就只有无言和回家去是对的。①

真是道尽人间最后的无奈和两难，在无法圆满的情状中，那就只剩下了无言。上帝的居心谁也无法猜透，可上帝的居心却使人间充满着幸福同时布满无法克服的两难与尴尬。在这样的现实面前，究竟生存下去是对的呢，还是结束生命选择死亡是对的？即使是史铁生，他也无法真正明晰。在这样的描述中，其实死亡与生存的抵牾如影随形。这里，对生存的维持与对死亡的抵抗，是悬置于人头顶的一把“双刃剑”。如果把这种并存的两难选择，当作一种苦难来面对，那

---

① 史铁生．想念地坛［M］．海口：南海出版公司，2003：20－21．

么，只有对其采取旷达的态度才是现实人生的唯一选择。

对宇宙无限性的洞知，是以悟知自身的有限性为前提的。贝克勒对此有相关的论说："人生是个持续的、也是相当成功的平衡过程。鉴于来自内外部的限制多得不可胜数，所以，每人所能拥有的可供选择的可能性的活动范围各不相同，而有关的设想则取决于生命视野的宽狭程度。作为个别的人，谁也没有无限的视野，总的来说，人类怕也从未曾有过。然而，人类的终极命运也同个别人的命运毫无二致，都是人的认识所不能及的。"①

生命视野，也许这正是问题所在，对于艺术创作而言，生命视野的宽狭、广袤、深邃的程度，也许正是取决人对于生死向度的把握的关键所在。

史铁生的时代，使他有其开放性和宽容度，有营构多种多样生命视野的可能，以东方式的豁达和向天求索、天人合一的神秘境界，乃至老庄等"空无"的古代哲学精神等，去消化并理解西方多年稳固的基督精神或其他什么宗教精神的精髓，从而建树属于一己的虽未能规范，却已在创作实践中加以运用与表述的。诸如阿城的《棋王》、汪曾祺的《大淖纪事》《受戒》等，把中国古代哲学大而化之地予以细微描写。史铁生作品的生命视野，是极近旷达开阔且近乎圆通的。他的作品处处袒露的那种通达的生命解释，对卑微人生的崇高礼赞以及对日常生存细节的欣赏，对平朴的性格特质的生命关怀等，都以一种温和温暖善解人意的方式予以表达。从某种程度上说，这正是中国文学在 20 世纪 90 年代的精神胜利。

而蒙克，生于一个心理学滥觞且成为文学艺术创作理论的时代，弗洛伊德等人的学说为文学艺术创作拓开新的疆域。蒙克的绘画内容一开始就倾向于规划内心世界而放弃临摹所在现实。

---

① 贝克勒. 向死而生［M］. 张念东，等译. 北京：生活 · 读书 · 新知三联书店，1993：12.

死亡和疾病始终伴随着蒙克的成长，造成了他忧郁、孤独和内省的性格，这种性格气质直接地影响了他后半生的创作。他对死亡和病态生命的敏感程度，达到了惊人的地步。他所描绘的世界，是人类复杂的精神世界，他刻意表现死亡、忧郁和孤独。他曾经说过，他要描写的是那种能触动他心灵的眼睛的线条和色彩，他不是画他所见到的东西，而是画他所经历的东西。他又说，他绝不描绘男人们看书、女人们结毛线之类的室内画，他一定要描绘有呼吸、有感觉，并在痛苦和爱情中生活的人们。通过人的神经、内心、头脑和眼睛所表现出来的绘画形象就是艺术。在蒙克生活的那个时代，没有别的艺术家能够像他那样深入到人的灵魂之中，把人类内心的美丑展现给世人，也没有人敢于那样赤裸裸地描写人类本能的丑恶，使善良与罪恶并存，让美丽与丑陋共生。由此可见，进入艺术家的生命视野的东西，正是人类永恒的话题：关于灵魂，关于生死，关于人对自身深邃的未知领域的不断发现。

蒙克在说到《病孩》的创作时，他宣称，几乎没有一个画家和他在《病孩》中那样，体验它的主题直到最后一声痛苦的喊叫，因为这不是坐在那里的孤单的他一个人，而是他的全部的爱……他说，他画这幅画时，在一年之内几易其稿—— 一再划掉，又重新设色——先是企图捕捉第一印象：那透明的苍白的皮肤、颤动的嘴唇、颤抖的双手。

蒙克的绘画直观传递的颜色与光暗给人的印象是尖叫或惊叫，是一种有限画框里的无限冲击；而史铁生的作品，是以动听的深富自然的呼吸气息的文学语言绘就的无框也无限的想象。两者放在一起，其表象或有不同，但是，就其生命视野所包容的人类情绪范畴，以及作品艺术所达至的对人的内心世界、灵魂向度的掘进，对事关生死的呐喊、痛苦、悲伤、孤独与忧郁乃至焦虑与恐惧的写照来说，他们都是共通的。重要的是精神向度与精神品格上的同一性与向心力，他们使人从事物的内部而不是外部，寻找到他们的共生点与共同点。向死而生的追问与诘疑，在灰暗或明丽的生命视野中，寻找通向无限、冲破局限的生死境界。

六、《我与地坛》：自然与人生命的景象

在中国当代文坛中，史铁生是少数能够悟透生死，在作品中倾心于某种信念，且努力为这种信念寻找现实的创作资源，并把这种资源建设成为自己文学创作的知识谱系的作家。尽管这种努力，在单个作家身上，在单个作家的文学创作实践上，显得势单力薄，但至少，他的努力对于中国当代文学价值观的建立，是非常有意义的。

史铁生的作品善于以哲思和情理来打动人，他的文章充满了浓厚的哲学气息与生命神性，这与作家经历有着密切的关系。作家在“活到最狂妄的年龄上忽的残废了双腿”，史铁生的作品因此思考着生与死、残缺与爱情、苦难与信仰、写作与艺术等重大问题，并解答了“我”如何在场、如何活出意义来这些普遍性的精神难题。

《我与地坛》是史铁生的名篇，作品一问世便在文坛上引起轰动，获得极高的赞赏，被誉为“中国当代散文第一篇”。韩少功曾在《灵魂的声音》中提到：“我以为一九九一的作品即使只有他的一篇《我与地坛》，也完全可说是丰年。”《我与地坛》中，史铁生描写了自己坎坷的生平、地坛里来来往往的人、母亲对儿子的关爱等。在与地坛的长期对视中，史铁生把自己对命运的个人体验融入其中，表达了一种对生命的终极思考和关怀。

不管是死亡还是痛苦，都只是组成个体生存状态的一部分，其余更多的部分由各种各样细微琐碎的事情组成。从精神层面讲，史铁生从饱经苦难的折磨中认识到生命的真理，领悟到生命和自然的真谛，这是他创作《我与地坛》的原始驱动。《我与地坛》是史铁生十五年间游离于地坛与家这两点之间生活与心灵的写照。地坛作为一个物化的标志，是作家显现个人生存的地方，也是作家内心栖

居的世界，更是他在母亲的眼光注视下生存的场所。十五年间往来地坛的人和事，构成了作家全部生活内容。如果把地坛作为一个承载沧桑的中心的话，那么改变的只有园子四季光景的轮回，十五年间去了又来的人们，就像是那对相互扶持从中年到老年的夫妻、那个洋溢着理想的热爱唱歌的小伙子、逍遥的饮者、屡屡不能达到目标的长跑者和那个可怜的弱智的小女孩等。从作家的视角看来，这是一个生存的大舞台，不仅容纳了作者的生存状态，还包含了一群人的生存状态，地坛就是一个世界的缩影，作家所窥探的就是这些人的心灵世界。“我”与这些穿行于地坛的人们，大多没有机会做更多的交往与接触，他只站在人生边上，静默地目送着他们匆匆地行过。只是久而久之，或者天天如此，他得以细细地近距离却无缘亲近地体味他们的行为，他们行迹的细节，他们的一颦一笑，都隐藏着他们的人生秘密，他在他们的行迹与光影中一点点地反视自己的人生，揣度他们在时间的行走中的心灵变动。在这种长时间的远视与细察中，他走进了这些人们的内心，成为他们灵魂的朋友，在这些川流于地坛十五年间的人物身上，发现了人生的奥秘与真相，也参悟了生命的道理。虽然文章没有完全写尽每一个走过园子的人的最后归宿，但是生命的全程似乎已见端倪。长跑家、唱歌的青年、捕鸟的人、只有用音乐方能概括的女工程师等，他们都成为史铁生灵魂的过客。史铁生的笔一接触到他们，笔致就附着一种异乎寻常的灵性。这些平凡平常的，或者说让时代的风吹卷到人生一隅的人们，他们身上的神性，因史铁生的笔触而尽情舒展，他们使史铁生心灵的冥想获得一种生命的丰润，史铁生因此获得了全新的生命感知，同时注入了生存的活力，也使他因此而对生死有一种超凡的理解。他像一个具有神赐的智者，穿行在由这些人构筑而成的大千世界里，他清晰地看到了时间行走的脚印，也沐浴在一个扩大的充满知性的空间里，这个空间是人类所遗忘的角落。史铁生重拾了、重塑了这个空间，借以建造自己精神的大厦，也探索了无限大的死生领域。他在十五年的时间流逝中看清了这个世界，同时窥见了自己的灵魂，极力解答人类终极命运的密码。《我与地坛》中描写的人物都是有故事的人，他们的生活都曾经和地坛有关，最后将会离开这古老的园子。命运的过程都不一样，他们或者因为死亡，或者因为搬家，或者因为更多的不可能，但是最后的结果都将殊途同归——园子只是他们历练现实和呈露生活真相的港湾。

史铁生说："这篇文章（《我与地坛》）是一篇带有自传、自诉意味的散文，我以真实的身份投入到创作主体中，坦诚地表现自己，所以写景、叙事、绘人自始至终都饱含着情感，而且都是真情实感的流露。"① 史铁生在《我与地坛》中从理性、情感、欲望等方面阐释了人生的价值，也不畏惧死亡，这是作家形而上的哲学思考，也是其内在的生命体验，呈现出一种"存在之澄明"的哲学理性。张路黎评价史铁生的文体特征曾说："史铁生经过自觉的文体探索与实验，创建了一种适合于表达个人哲理思考的文体形式，这种哲思文体以务虚为主，凭借生命印象点染人物，以平视的心态叙事，通过哲思意象的营造、周而复始的结构与混淆重叠的手法，来倾诉心魂，追问命运，展现哲思。这种新的文体形式正是史铁生对当代文学的重要贡献。"② 在当下人心浮躁、物欲横流的社会里，史铁生在《我与地坛》中对苦痛的释然和对生命的追问，越发弥足珍贵。

七、《呐喊》：心灵的恐惧与尖叫

爱德华·蒙克（1863—1944）是北欧表现主义的代表人物，他的绘画风格多变、笔法创新。蒙克的作品十分重视内心世界的表现

---

① 余勤．从残缺走向完美：访《我与地坛》作者史铁生［J］．语文教学与研究（读写天地），2006（6）：6－7.

② 张路黎．史铁生哲思文体的创建及特征［J］．江汉大学学报（人文科学版），2008，27（1）.

和阐释。他的作品对心理世界强烈的呼唤式的处理手法对20世纪初德国表现主义的成长起了主要的影响，其对内心世界描述的笔触方式对马蒂斯的野兽派和毕加索的立体画派都起到了重要的启蒙作用。

蒙克出身于挪威雷登的一个文化家庭，他在奥斯陆长大，家族里有著名的画家雅各布·蒙克和历史学家彼得·安德烈·蒙克。年幼的蒙克有着异于常人的痛苦经历，他曾经目睹了身边的13位亲人因为黑死病和肺结核相继死去，当中包括他的母亲。蒙克的父亲有精神分裂症，从小便对蒙克灌输对死亡的体验、对生存的恐惧以及对原罪的救赎。蒙克走过精神极度压抑的童年，开始研习绘画。蒙克的美术天赋极高，画作一开始具有后印象派的风格，积累了一定的创作经验后，他走出了后印象派中对光影具体描绘的桎梏，转而试图揣摩人物内心的情感，尤其是对死亡的恐惧和苦难的理解。蒙克把内心对生命的感观融入画作，自创一派，后世人称其为表现主义的开山鼻祖。由此，蒙克创作出一大批超前于当时风格的绘画作品，如《呐喊》《真凶》《仲夏夜之梦》等。但是，画家采用的象征苦闷、痛苦、焦虑的创作方式，并没有得到画评家们的认同，他们甚至认为他的画作让人过度恐惧，孕妇不适合观看他的画作。直至20世纪60年代，蒙克的作品和画风才再度获得世人的重新认知，并获得极高的评价。

从创作意义上讲，画家的童年经历是其后作品的一种内心使然和精神积淀。1876年，蒙克进入工学院学习并梦想成为工程师，这是历经童年磨难后的蒙克平静生活的开始。然而，蒙克的身体健康不断地出现问题，这让他一度中断学业。一年后，蒙克放弃了工程专业，转拜雕刻家朱利厄斯·米德尔顿为师，进入了奥斯陆皇家艺术和设计学院。1885年，蒙克前往巴黎，这期间深受印象派、后印象派及艺术造型的影响。由于学业和生活的压力，蒙克遗传自父亲的精神分裂症病发。病痛中的蒙克改变了自己的画作风格，他开始关注自然，如莫奈般从大自然中寻求人类苦难的答案和解决方式，他也试图像凡·高那样用浓烈的色彩抵抗和消融苦难。由于蒙克画作的苦难主题，他的作品在纳粹统治期间，被贴上了“颓废艺术家”的标签。

在长期的艺术实践中，蒙克发明了“时空凝结法”并成为其画作的主要特点。“时空凝结法”就是将一段时空的变化凝结在瞬间的平面画作中，如云的飘移、水的流淌、人的来往、情绪的浮动等，把这种动态的光景和事物固定在一个平面内，这种手法的代表作就是名画《呐喊》。此外，蒙克的作品中总有一个挥散不去的阴影，以或监视、或等待的姿态出现在远景中，这个阴影源自于蒙克内心的恐惧，作为苦难的标志若即若离地伴随着蒙克的主要绘画作品。

《呐喊》是一幅让人感到不安、彷徨、恐惧的油画。蒙克在1892年1月27日的日记里面写道：“……我和两个朋友还在散步，太阳已快下山了，天空间突然变得血一样红，我似乎感受到了一种悲伤忧郁的气息……极度的疲倦已使我快要窒息了……他们继续走着，而我却呆呆地站在那儿，焦虑得不停地发抖。我感到四周似乎被一声巨大而又不断的尖叫声震得摇摇晃晃。”① 那一刻，蒙克深刻地体会到来自心灵的一种空虚感和恐惧感，因而创作了这幅油画。《呐喊》的主体是一个异常扭曲的没有五官的人体，人体的脸上是惊恐万分的表情，苍白的骷髅般的脸上有着空洞的眼和呐喊的嘴，背景是奥斯陆高地的一座半山桥，桥上可俯瞰奥斯陆全景，桥下远景中有两个戴着礼帽的人的背影，他们仿佛在窃窃私语。整幅画意喻着人和世界的极度压抑和无法宣泄，这种痛苦把人和世界都挤压和异化成扭曲状。画中的大自然是一个动态的情绪空间，天空

---

① 向耘，刘辉．生命·心灵·表现：蒙克与他的《生命》组画［J］．零陵学院学报，2002，23（4）：52－54.

中的云如同流水般静淌，混浊但是色彩分明，紊乱但是流向一致。桥的纵深和远景都没有目的地和指向。

从蒙克的画作中，我们可以看出，在色彩运用中他选择了饱和度极高但色彩明度却相对暗淡的色彩，诸如蓝色、红色和黄色中较为浅淡的色谱。尽管画面的整体效果是色彩丰富、浓烈的，画作的明度却相对沉暗。其感觉如同在昏暗潮湿的房间内所摆放的一簇色彩鲜艳的玫瑰花，使观者的情绪陷入一种静谧而压抑之中。蒙克在画作中使用得更多的是一种精准度极高的粗长线条，所以他的画作充满了一种强烈的流动倾向。这种故意而为之的技巧，甚至令观者产生一种对焦不清的视觉误差。蒙克画作中的远景（实景）和近景（幻景）总显得若即若离，看似同属一个水平面，但是又有着明显的时空裂痕。实景与幻景的衔接是以色彩为主导的，暗淡的色调，令观者不由自主地陷入一种情感的空虚与无边无际的苦痛漩涡中。以实体桥梁作为分割线。蒙克的《呐喊》是绘画史上形象被复制和利用次数极高的作品，仅次于达·芬奇的《蒙娜丽莎的微笑》和德拉克洛瓦的《自由引导人民》，在一定程度上表现了蒙克画作的艺术价值和精神价值。

蒙克在笔触上多用粗级而精准的长线条，使画面中所有的元素都具有一种强烈的流动倾向，甚至给观者带来一种对焦不清的视觉误差，让人认不清元素间的具体远近和互相间的距离。也正是如此，蒙克的幻景部分和现实部分总是若即若离但却又不确定属于同一时空，这种奇特的时空处理手法，使得蒙克的幻景部分有了存在的可能和舞台，同时又不脱离现实空间给观者一种自由的苦痛取向和定向的苦痛归宿。

八、《我与地坛》和《呐喊》的生命精神

在艺术领域，对生命的痛苦和人性扭曲的描状是永恒的主题。艺术家们为这种情感寻找相应的对应物，因此会采取不一样的艺术

表现形式。艺术家们把人生的焦虑、思索、不安、痛苦和孤独等情感灌注于自己的艺术品中，为自己苦闷的精神寻找到依托。史铁生在文学领域的追问和蒙克在绘画领域的诉求，都是寻找自己情感的具象和物化的方式。文学的画面感是文学语言之外的艺术联想，意象是中国传统美学的基本组成部分。《我与地坛》和《呐喊》，文学画面感与画作意象相通。

有学者认为，“在中国传统文化中，生命精神被视为宇宙万物之本质，而西方现代派艺术家则寻求艺术作品中的生命精神，二者的同构性存在于共同的美学基础上和情感构造中”①。绘画与文学在中国的哲学和美学系统中是两种完美结合、相得益彰的艺术表现形式。中国文学的传统也有着“诗中有画，画中有诗”之说，诗画不分界意味着两种艺术形式的共同和互融，“画”作为“文”的一种视像表达而存在。中国画有独成一派的美学体系，而其中的核心便是“文”，反之，中国古典文学中也存在着一种“画”的视觉依赖和视觉倾向。正是由于这种依赖和倾向，使中国文学具有一种独特的可完美性和固然的缺失性。西方绘画自洛可可时期受中国园林和中国器物的影响后，进入了一种美学颠覆。西方绘画的发展规律中，从之前“求真”（即追求画像的真实感）到“求美”（即追求画像的艺术感）的态势，发展到了有精神诉求和精神表达的浪漫主义因素。

《我与地坛》中对四季的描绘富有画面感。

以园中的景物对应四季，春天是一径时而苍白时而黑润的小路，时而明朗时而阴晦的天上摇荡着串串杨花；夏天是一条条耀眼而灼人的石凳，或阴凉而爬满了青苔的石阶，阶下有果皮，阶上有半张被坐皱的报纸；秋天是一座青铜的大钟，在园子的西北角上曾

---

① 张苏卉. 西方现代派艺术与中国艺术生命精神的同构性［J］. 芜湖职业技术学院学报，2003，5（1）：37.

丢弃着一座很大的铜钟，铜钟与这园子一般年纪，浑身挂满绿锈，文字已不清晰；冬天，是林中空地上几只羽毛蓬松的老麻雀。①

这段文字的描写色彩明朗，构图层次分明，色调随着四季转换而改变。四季的颜色有着作家特质的深刻烙印，如春天的时而苍白时而明朗和阴晦，都蕴含了作家特殊的心理机制和本能流露。正如蒙克画中色彩的个体印记，史铁生文中的色彩也暗喻了作家内心的心理活动。蒙克的《呐喊》最显明的特征是其“时空凝结法”的运用：一个惊恐万分的无助的人，旁边是弥漫的远去的光景。云彩飘移和流水静淌都凝结在同一个时空内，表现了人在时间移动中的茫然和无助。这点在《我与地坛》中也有巧妙的暗合。

十五年前的一个下午，我摇着轮椅进入园中，它为一个失魂落魄的人把一切都准备好了。那时，太阳循着亘古不变的路途正越来越大，也越红。在满园弥漫的沉静光芒中，一个人更容易看到时间，并看见自己的身影。②

这种对时间和光影的感喟上的一致，也是文学与绘画艺术特质的共通。

《我与地坛》是长篇哲思抒情文章，史铁生把痛苦上升到一种哲学的思考问题。在《我与地坛》中，“爱与死是永恒的主题”。作家认为，“死是无须急着去做的事情”，只有“爱”伴随着母亲的背影如影随形地陪伴着作家。作品把爱和苦难诗化，把痛苦和无言淡化，显示出一种中国文人式的豁达开朗和精神顿悟。但是，《呐喊》中，天空是血红色的，人因为恐惧而尖叫得变了形，但是路人却对这种痛苦熟视无睹，呈现出一种“众人皆醉我独醒”的悲哀。

散文《我与地坛》和油画《呐喊》，两者对于痛苦的表达方式

---

① 史铁生. 史铁生自选集［M］. 海口：海南出版社，2008：329.

② 史铁生. 史铁生自选集［M］. 海口：海南出版社，2008：325.

并不一致。《我与地坛》是隐藏的、晦涩的、压制的苦痛；《呐喊》是张扬的、夸张的、尖叫的苦痛。两位艺术家对生命历程有着不一样的体验，但是他们对于生命精神的张扬和情感表现却有着共同之处，他们的作品内涵和意蕴表达无比丰富。

参考文献

一、著作类

[1] 史铁生. 史铁生作品集［M］. 北京：中国社会科学出版社，1995.

[2] 史铁生. 史铁生自选集［M］. 海口：海南出版社，2008.

[3] 金维诺. 世界美术全集：欧洲 19 世纪美术（第 18 卷）［M］. 北京：中国人民大学出版社，2004.

[4] 约纳斯. 灵知主义与现代性［M］. 上海：华东师范大学出版社，2005.

[5] 霍尔. 表征：文化表象与意指实践［M］. 北京：商务印书馆，2003.

[6] 布洛克. 现代艺术哲学［M］. 成都：四川人民出版社，1998.

[7] 沈语冰. 20 世纪艺术批评［M］. 杭州：中国美术学院出版社，2003.

[8] 叔本华. 作为意志和表象的世界［M］. 北京：商务印书馆，1982.

[9] 乌纳穆诺. 生命的悲剧意识［M］. 广州：花城出版社，2007.

[10] 弗格森. 幸福的终结［M］. 北京：中国人民大学出版社，2003.

[11] 刘小枫. 人类困境中的审美精神［M］. 上海：知识出版社，1994.

[12] 王先霈，王又平. 文学理论批评术语汇释［M］. 北京：高等教育出版社，2006.

[13] 贝克勒. 向死而生［M］. 张念东，等译. 北京：生活·读书·新知三联书店，1993.

[14] 史铁生. 想念地坛［M］. 海口：南海出版公司，2003.

二、论文类

[1] 王驰. 不安的生命与恐惧的呐喊：蒙克的艺术［J］. 文艺研究，2007（1）.

[2] 聂晓玲. 表现内心世界以灵魂作画：爱德华·蒙克的独特艺术风格［J］. 社会科学论坛，2006（1）.

［3］余勤．从残缺走向完美：访《我与地坛》作者史铁生［J］．语文教学与研究（读写天地），2006（6）．

［4］徐源．性的追问：论史铁生创作对生命意义的四重构建［J］．理论与创作，2005（3）．

［5］马若飞，蒙克．在患者与医者之间［J］．湘潭师范学院学报（社会科学版），2009，31（2）．

［6］张路黎．史铁生哲思文体的创建及特征［J］．江汉大学学报（人文科学版），2008，27（1）．

［7］张苏卉．西方现代派艺术与中国艺术生命精神的同构性［J］．芜湖职业技术学院学报，2003，5（1）．

［8］向耘，刘辉．生命·心灵·表现：蒙克与他的《生命》组画［J］．零陵学院学报，2002，23（A2）．

［9］苏宁．地坛中的人文沉思：论史铁生《我与地坛》中的人文精神［J］．科教文汇，2008（3）．

［10］汪文忠．史铁生作品生命意识解读［J］．青海师范大学学报（哲学社会科学版），2009（2）．

［11］张予阳．爱德华·蒙克艺术创造中的情结表达［J］．西安文理学院学报（社会科学版），2009（2）．

［12］刘晓红．蒙克《呐喊》形象表现性背后的语境阐释［J］．沈阳师范大学学报（社会科学版），2006（1）．

［13］陈凌腊．蒙克的艺术心理剖析［J］．和田师范专科学校学报（汉文综合版），2006（6）．

［14］侯伽．以思想度量生命：论史铁生作品中对生命的思考［J］．湖北广播电视大学学报，2009（1）．

［15］刘诗东．西洋画与中国传统画的同构性［J］．粤海风，2004（3）．

第五章

风土中的汉语

——郭小东小说中的南方书写

风土是汉语的故乡。

在中国语文中，风土是汉语表达得最为充分的对象，也是汉语借以生存的源泉。汉语在风土的环境与氛围中，把文学和文体妖娆为至境。

郭小东新著长篇小说《仁记巷》，读来让人困惑，令人怀想，引人思索。这是一部叙事方式与文学风格皆新异之作。在岭南百年文学流变中，它迥异于其他长篇小说，亦与郭小东以往的小说，有着全然不同的格致。

虽然在精读与细读中，在某种程度的辨别上，不难抽离出郭小东式的叙述与造句方式。那种时而将名词作动词，又时而将形容词作为名词或动词使用的手法，使一般的叙述，跳离了小说语言修辞的通常习惯和常识，显得别致、奇崛且颇有韵味，同时词义变幻，平添一种诗意的迷离。例如：

秀才六好几日没有上街了。山里连日大雨，三味橄榄送不出来，只有这种骨棱而肉紧、青涩却味甘的橄榄，能与秀才六的心情相通相惜。每一粒橄榄，都必从他掌心中通过，至少搓抚几个轮转，把甘草、糖和盐、黄梅等等别味，和掌心的温暖一起，深深地浸淫其中。每一粒橄榄，从花蕊到果实，从春华到秋实，到经冬霜降，以至于与人心的拥抱包裹之间，和人的情怀一起生长。秀才六自从废了科举，便立志于市井之乐，以橄榄自况，做一粒橄榄罢。况且三味而多味矣。

在小说叙事中，橄榄和秀才六，两个生命合体于一种契合的文字组织中，它（他）们作为一种人的生趣与辛涩的意味，在大时代的急转与意志的沉落之间，通过那种并不十分规范明朗的句式，实现意旨迷离、情意深切的渲染，引人入胜。

我们已经很久不去仔细研究小说的造句，而习惯于认同小说句式与日常生活说话的同一性或同质性，过于强调文学的生活仿真，而忽略抑或不重视文学对生活的殊意表达，特别是小说对生活淘洗的要义。小说的句式，应该与生活有一定的距离，因为生活本相与小说文本有本质上的差异。作为阅读的文本，它的艺术范例，是为着创造另一种全新的生存形式，一种以形式化艺术化的生活面貌，呈现出一种精神性的生命方式。它自然就要求一种不同于一般现实形态的全新的语言表述，以达至一种新的生活境界，同时倡导一种新的阅读文明，新的趋向于艺术或文学气质的人类表达。小说中有这样的描叙：

铜钵盂十字街口的字纸亭，是最僻静清雅，也是香火最旺的地方。字纸亭是为焚烧字纸，使与神通，敬若上天的地方。在潮汕，又兼顾为读书人读书说书讲学求艺的地方。这是秀才六每天必经之地。每经此地，又不禁悲从中来，顾影自怜，结果是灵魂又与科举年代相遇。看那焚烧字纸的袅袅青烟，终日不散，可知铜钵盂读书写字画画之众。

字纸焚而通神，秀才六对此有一种刻骨铭心的钟情。他的全部憧憬，都与字纸和字纸亭有一种天然的连接。字纸亭就是他的渡让，是他的命运之舟。舟还在，可却苦渡无人。生活与物事，在本无联结处，却以一种特别的伦理——字、字纸、科举、灵魂、宿命等，由通神之焚，得以贯通。这不是生存的本相，却是精神涅槃之后的境界，焚爇之可通神明。

郭小东近年的创作，更注重于小说语言语境方面的考虑与实践。这种实践动机的建设性，直接告白了郭小东的文学立场。

故事即事件。单纯地讲一个故事，已经不足以表明，或已无力真正实现他自觉的文学立场的尽情阐释：对事件的态度、感觉、印象、象征及微言大义的演绎，充分尊重并发挥小说文本对文明结晶的现代提升，是郭小东《仁记巷》的高蹈之处。这是他多年的文学实践，在文本观念及价值体现的全新体验，是他深含语体语义目的性及文本本身功利要求的一次更新。

从 1990 年出版的《中国知青部落》到新近的《仁记巷》，中经14部长篇小说的创作经历，从中不难发现，郭小东的创作，在语言文字及语言思维的现代汉语运用方面有所新变，有所提升与超越。

一方面，郭小东注重南方风格，即岭南书面语言——从南方文言文到现代汉语——表述之间的传统链接，并深受其影响，表现为他深谙潮汕话语的文学思维。

潮汕话是唐代以前——可追溯至先秦的中国古代汉语遗存，是中国方言中最古老、最特殊、最典雅的语言，有中国古汉语活化石之称。联合国教科文组织为其定义的国际语言代码是 ISO 639－6MIN。有研究表明，潮汕话是中国最古老的官方语言，是秦统一之后不断被改造、被忽略的语言正宗。这种正宗在源生地中原萎缩变味，却在潮汕被完整保留下来。它历经历史频繁的社会裂变，终由偏安一隅的潮汕而得以存留。

郭小东的语言思维，保持在一个相对纯正的古汉语范畴之中。这种语言思维与伦理，使得郭小东的小说创作始终没有偏离文明古国人文的文化传统，也使得他在现代汉语语言选择、语言运用上，有更宽广的余地与空间。郭小东的小说叙述，择字、组词、造句，以及词语的转折等，特别注重语义词意，轻淡现代汉语的副词以及补语、状语的加附，而并不生硬。他亦不拒绝现代小说的欧化方式。文言句法的简洁和欧化词句的叠加，所造成词意的绞缠、语句的递进或回环，形成一种特别的语式，在他的小说中极富表现力。

这样的叙述，简洁鲜明，散布着古代汉语在潮汕方言中的种种遗存，包括语音语义和语法结构的某些运用，是已在现代汉语中消失得了无痕迹的。小说叙述复杂多变，让读者在阅读中去感受别样的审美。个别细微之处的文辞，有一种难以理会的泥滞，却也无伤大雅，于莫名之中费心推敲、顿悟，并不影响文本的接受交流。

另一方面，郭小东对以北方方言为基础的普通话，既娴熟又深知其中的意识形态特质。对那种长期为公共语言所支配，变得坚硬僵化的语词，所意指的文学句式与句法，他始终有所警惕，且刻意回避。他尽量挑剔删除其中的暴力与绝对指向部分，尽可能使它们之间的话语对立，有所消竭或冲和，在精致的重造中，再现其中性与柔性的功能。另外，源自20世纪二三十年代的翻译作品，其欧化的直译或优美的意译，都激发了他对于异域文明与文法的想象。

我不知道，我的一切追忆，是否已然包含一种对不公，或无法不公的抗拒。我曾经努力想从他们各自的人生历程中，去寻找出可以辨认，可以寻找的痕迹。但是无果。生命永不会重复它已经发生再不回来的一切。像时间一样，失去了，就只有留存一个叫失乐园的东西。

因为失去，所以最好。

郭文雄后来的造反，或说加入了造反的队伍。不，应该说是革命，或说是走上了革命的道路，而且矢志不改，坚持终生。是在困顿与卑贱中，胜利地告别自己曾经高贵和圣洁的童年？

小说叙事在各方面的水乳交融，是郭小东小说现代叙事中语言语句的要义。这些要点得以充分表现，起初以散点方式见诸创作，然后逐渐散布，终于集中体现于他新近的创作中。以往，感觉郭小东的文学批评语言（郭小东在20世纪80年代以评论家立足于文坛，是岭南少数优秀评论家中颇具个人风度的），与其小说语言一样，不同的文体表达出同一语言语句的丰富美感。如诗如散文一般的文学批评文章，既透射深刻的哲思与理论光芒，又似乎黏附深富韵律之美的小说表达，兼具写实与象征主义的叙事表现。郭小东两栖于文学批评与创作，对逻辑与形象的不同思维运用自如，达至一种圆融的语言句法境界。怪不得有人说，郭小东的语言文字是无法摹仿的。

《仁记巷》写一条古老久远的街巷。它曾是一条从南到北的古驿道，已有千年的历史。由驿道而为街巷，漫长的岁月里，留下无法一一叙说的故事和人物。每个朝代，每个时期，每个重大的历史事件，包括血腥的战争、械斗，都在这条街巷中留下了痕迹与气味，血与铁的气味。这条街巷中匆匆过往或久久驻留的行脚，在可循的历史里，仅在近现代，便有康有为、梁启超、于右任、张大千、吴昌硕和刘海粟等人行走其中；更有一些仁人志士、草莽英雄和平民百姓，聚散浸淫，出演了无数人间活剧。小说依据史实，描绘了一群与上个时代一起沉浮的人物。

他们中有最早的中国同盟会会员，前朝遗老；有留洋的仁人志士，早期的中国共产党人；有最早传播西方进步思想的激进人士，《共产党宣言》的翻译者、传播者，传教士、神父，土匪、游击队；有早期的银行家、工商业者，批脚和水客、瞽师，官渡、义渡和私渡的经营者和摆渡人。官吏和地方乡绅、商人、文人，连同引车卖浆者流，熙攘过客，纷至沓来。岭南城市乡村的各式各样人等，尽在此中。他们在仁记巷中出入、徘徊，以各自的方式与姿态，汪洋恣肆，出演自己的魂灵。

小说从当下溯至晚清，把一条小小的、埋藏于市井乡野之中的驿道老巷，写得幽远绵长、绝色生香、义薄云天、呜咽流转。一件件遗失于草莽间、江湖上的前朝旧事、文明碎片，被捡拾拼接起来，以郭小东独有的语言风致、文学风度，连缀成一部阅世的画卷，把一个叫潮汕的神的土地，画出了神似的风景与人境。

《仁记巷》之书名，或许容易让读者想起欧阳山的《三家巷》。欧阳山也是借一条巷，写了三个家庭的时代变迁和人物的成长史。他以革命的名义，书写了一段以革命暴力为主题，同时制造了一种以阶级分野为依据的革命传奇。暴力与阶级仇恨，是《三家巷》的精神向往，也是他礼赞生命的缘起。而《仁记巷》，是温和温暖的，其主题是主张人性和解而非对立的。它所依托的是一种传统人文环境所必须恪守的精神伦理，不主张阶级对立方能自保的斗争逻辑。

郭小东对信义有特别的秉持，且有出色的描绘，甚或超出了一般现实的限度。他有着天然的潮汕和潮汕人的文化坚守与自持，这是郭小东笔下的《仁记巷》不同凡响的地方。诸如侨批，依然是这部小说在这方面的精神依托。在《仁记巷》里，侨批并没有大量出现，也未做特别的描述，但它作为《铜钵盂》的情节沿袭，其文化命脉却穿行于小说的人物、事件及其叙事语境与氛围之中。写到侨批，则其弘扬的神韵便自然而然地浸润在小说叙述指向之中。

由于《铜钵盂》对侨批已有很好的铺垫，故在《仁记巷》中，侨批已成为一个文化符号，它所在之处，其要旨不说自明，具有充分的象征意义。这种流贯于民间的文化信赖，是任何以阶级、以对立、以雠怼为基本生态的社会关系中不可能存活的现象。只有在充分信任，恪守信誉与仁义，且不分阶层，无论贫富的道德伦理中，它才可能坚持，并人人恪守。这是《仁记巷》有别于《三家巷》及其他同类小说之处，也是对中国乡村社会民间良俗的一种礼赞。

这种良俗，其实是扎根于几千年代代累积而来的以耕读传家的中国乡村现实的。郭小东对此自然而然地进行描写，将之作为一种潮汕人日常生活的伦常，做了特别的打捞与过滤，将其作为小说叙事话语的基本风格。在这些地方，他的用语及句式，尽可能沿用潮州歌册中的流行方式，并适当嵌入潮汕话的方言语词，还原其与普通话难以通释，却在其语式组合中产生的不难理解的妙意，能给读者以丰富的想象。这不一定是消解国语与方言隔阂的最好办法，却可能是阅读审美不可或缺的机缘。

方言在书写中的彻底消失，意味着文学地理的消失。岭南的文化风度，常常在当代被忽略、被曲解。特别是在汉唐语境中的潮汕人的文化风度，在以往的文学作品中，其独特的文化源流及其表现，并未被很好地理解与阐释。潮汕的人文蕴涵丰厚，潮汕人富有南方人的明秀机敏，兼具北方人的悍勇豪侠，南人北相，南北化合，滋养生成了别具特色独具品格的潮汕文化。这亦是少有呈现的人文现象。这种现象的汉语书写，在《仁记巷》中，作者有意识地表现，且成为一种具有独特潮汕风味的南方书写。读多了大量以北方语体句式为标准的南方小说，《仁记巷》别具南方味道的小说叙事，令人对南方书写有了更为明确的文学期待。

《仁记巷》的种种描绘，在与叙述意向而成的叙事中，作为小说话语，其略为偏离北方普通话文法规约的南方书写，带着潮汕意蕴的语义语意又稍为装饰而成的语句、段落，是为了特别地呈现于言说事件、情节和人物。它们在平常的现代汉语叙述中，不时变换一种在北方普通话中罕见的语风和口吻。它们并不拘泥于简单寄托在地方方言上的散布与聚焦，而是把方言的嵌入，尽可能化为一种无可替代的日常铺陈，让沾满南方风习的人物，自然地说出，毫无造作地予以流泻。那些性格使然的对白，是南方乡野民俗生活的一部分。处于南方偏远，却又以古文明隆盛自守的生存高地上的潮汕人，他们坦荡而又收敛的处世情怀、生气勃勃的生长架势，在《仁记巷》中被表现得如行云流水，又酣畅淋漓。

遍布潮汕大地的明清屋厝，在天高皇帝远的潮汕，以“潮汕厝，皇宫起”的非凡气势，无言地表达一种对皇权的亲近与疏离。这些深宅大院，极为矛盾却又机智地撑持着无须明说的社会伦理。它们忤逆皇权，却又在皇权对之的无可奈何中，修饰着一种与朝廷和畅的宽解。

《仁记巷》通过诸多乡情俚俗的描状，出色地表达了庙堂与草野的关系，隐忍奥妙的人际勾连，以及官与民、朝与野、家庙与祠堂之融会贯通。

美轮美奂的中式建筑，镶嵌的却是西洋人物图案与中国的古老传说。一条有着古老的中国情韵又弥漫着欧风美雨的古驿道，在郭小东笔下，以奇崛冷峭的姿势，穿越了千年的岁月，与古人神交。信奉自然、民居等，均与神明相存相依，绝无生分，且与生命相连。

潮汕人远朝廷，近民生，智慧地利用朝廷的威仪，在远于朝廷的潮汕，构建了一个别样的古代社会。他们生存于自觉自知自守之中，却又从不拒绝四通八达的可能。种种的微妙，在《仁记巷》中均有精彩的描写。

对这些古旧物事及情态的描状，通常的白话及现代汉语的运用，实在难以通达，而半文半白又已不合时宜。也许，有别一种可供探寻的叙述空间与手段？

郭小东醒悟到，这一定与潮汕神一般的灵地有关。深味别地所无的“皇帝厝，潮汕起”，便可知潮汕的文事，无不与这种禀赋相关。

《仁记巷》的困惑，至此应有一个较为明晰的答案，在《仁记巷》中，这种兼容了文言的简约与华丽、现代汉语的直接与平白的叙述方式与句式比比皆是。

石榴树红花白花正碎在枝头，一抹朝阳亮着了新翠暗绿……

突然来了借灯笼的莽人，乱了心思。心有烦忧，正想换笔重墨，免除运笔凝滞，再行说法，忽报逍渡又有客来。

这样的描写，这些遣词造句，有着古典文言小说的神韵，亦不失现代小说的格调。其择字组词，与文言无异；而其造句，亦文言亦白话，浑然一体。

信臣主张将其送去烟桥茶山劳役，既免受官衙之苦，又图革新做人，家人硬是不就，便成寨中刁泼。此乃信臣颇觉亏欠之事。

在简约的描述中，省却了人物与事件过程的铺陈，转折的过渡，以及细细道来的繁赘——此细部的描述，仅是相关情节的交代，无须展开。即便于全局无关紧要，可是每一个细部的精微处置，于郭小东而言，都是文字建筑中不可马虎的。

郭小东对句式的精心造设，遍布于小说之中，如散落盘中的大珠小珠，声色玲珑，大处旷达，小处把玩，相得益彰。小说通篇便见茂林修竹之状，更有细致入微的情绪描述，深得叙事状物传情达意的神韵。

那些在墙头上嵌瓷而出的宝相花、三国人马、水浒好汉以及三娘教子、岳母刺字、关公战秦琼等等活灵活现、五彩斑斓、过分俗艳的嵌瓷，仿佛在阴风中活了过来，随着马踏中原而来的腥风血雨，滚滚而来，在仁记巷晴朗却冷嗖嗖的巷道中，雄壮却又疲惫不堪地穿街而过。

这些充满古意却又附丽现代语言的描叙，在写实的格式里，鲜明显现议论的抒情与象征的意味。分明是现代汉语的修辞，却沉淀着浓郁的古意，而其延续而来的书写，更是尽显其作者蓄意为之的心情故事。

人马、铁骑、戈戟、旌旗，连同男男女女肩上的辎重，像轻风细雨，从郭信臣身上穿过，仿佛透明一般。

此刻，思绪便回到唐朝。唐朝的软语，软软的，又十分浑圆的韵味，使整条仁记巷忽然就歌舞升平，市声熙攘；忽然就丝竹琴弦，天籁希声；忽然就煎炒蒸煮，香气四溢，连卖三味橄榄的吆喝之声也显得悠扬。原本寂静无人的仁记巷，倒像日夜喧嚣的汕头小公园……

郭小东《仁记巷》的写作，是一次有意义的新的探索。《仁记巷》的问世，是可喜的、不可忽略的，对于岭南文学、岭南地理学的研究与建设，是有意义的。在这一方面，郭小东小说创作所显示的艺术追求与理论探索，其价值与小说的文本创新一样，弥足珍贵。

第六章

冲突中的汉语

——论鲁迅小说的焦虑

在古典文学中，焦虑通常是以另外的语言形式表达意的，也即在温婉、含蓄的语词结构中，得以诗意地宣泄。《水浒传》是中国古典小说中最为焦虑的作品。但是，焦虑被“礼数”与“礼治”的强大阴影遮蔽住，语词也因此蒙上了一层华丽的云翳，总不至于太过直接、暴露。现代汉语则不同，它产生于“文化大革命”及革命文化之中，自然沾染并天然地具有更加明朗、更加直接，也更加强烈的暴力特质。只是在不同的作家修养中，语文的修辞形式有所不同而已。鲁迅是这方面的大师，在爆发时克制，在克制中爆发，呐喊与沉默，都恰到好处。他把焦虑这种隐秘的人类意识，同样以隐秘的方式，张扬到极致，表达得异常自由，充分体现了自由于欲望中的焦虑过程。这一切，既源于他的古典文学功底，也得力于他对现代汉语——一种新的语法形式的构建与期许。

焦虑是自由的悖论。人在获得自由思想之后，焦虑也就如影随形。焦虑既作为文学主题也作为文学形式，可视作“五四”新文学孤绝的一脉。它绵延期间，倾注了许多中国现当代作家的努力，鲁迅是其中杰出的代表。鲁迅小说以焦虑的方式去讲述或呈现焦虑的时代内容，其讲述或呈现本身就已因承担了对焦虑的解释而成为焦虑本身。故事结构退隐，而感觉成为形式结构，形式也就成为内容。焦虑凝聚为对生存的思索、对本体生命的追问。

一

焦虑是自由的悖论。

因为自由，所以焦虑。以这样的逻辑关系来理解焦虑，未免显得过于简单，但你又不得不面对这样的事实：当允许人作为人去思想时，当人开始感觉到自身的诸多束缚并非天赐而是可以通过某种方式予以开解，而这开解也即意味着一种崭新的精神方式的诞生，人对自由便有一种新的豁然开朗的觉醒。不自由遏制了焦虑，而自由释放了焦虑。

中国文学尤其是小说，在20世纪很长的时间里，并不关注焦虑这种人类意识。这里所说的不关注，其实包含两方面的理解：一是焦虑被当作一种消极和颓靡的情绪，当作非英雄化反英雄化的悲观和没落的人性恶习；二是焦虑的小资成分启发着非常危险的小资情调乃至关于自由、欲望等想象。这些都是无产阶级文学亦即社会主义革命文学必须坚决杜绝的。焦虑在文学尤其是在表达人类情绪的小说中的隐退，就成为一种范式。甚至于在文艺理论中，我们遮蔽了关于这种人类情绪的文学魅惑。它在文学中被驱逐被隐匿被漠视的处境，只能说明一个问题，那就是文学在其自身诉求的过程中，往往是被人为歪曲和扭曲的。它无法宣泄自由的声音，同样无法还以自由的方式。

鲁迅是一个例外。鲁迅小说集《呐喊》《彷徨》等为我们提供了关于焦虑不仅仅作为文学的内容及主题诉求，同时作为形式的文学范例。这种焦虑首先是因为鲁迅作为新文学的先驱者，他对于所处时代，中华民族几千年从未有过之变局的感应，那种新旧文化处于天崩地裂的离析、军阀割据、国将不国的现实焦虑。这种焦虑来自对国人灵魂的失望，对旧文化吃人本质的透彻，对中国知识分子立场与秉性的辩难，故他在文学上所达至的焦虑困境及对之的表述是多重同时复杂的。

鲁迅小说的故事、人物、情节，都深切地同时适中地表达了这种叙述倾向。《孔乙己》的焦虑是从个体向全体再向历史传统制度的纵深展开。个体的焦虑在成长过程中，渐次完成为一种集体的焦虑。孔乙己、魏连殳、涓生等，最终都成为文学与思想的象征，在拷问灵魂的过程中，小说的道义承担、文体革命演进成为改变中国新文学历史走向的启蒙运动。

《彷徨》中的篇什，集中表达了鲁迅小说这种由内容的道义承担所由的独异性漫漶及小说修辞的形式异化，即不排斥现实主义精微的细节描写，却化入感觉、非情节因素、心理叙述以及泛时间或无时间状态等现代主义小说元素。现实主义的情节铺排，沉浮于情绪泛滥之中而成为点点孤帆。

我从北地向东南旅行，绕道访了我的家乡，就到S城……深冬雪后，风景凄清，懒散和怀旧的心绪联结起来……我的意兴早已索然，颇悔此来为多事了。（《在酒楼上》）

此间冗长的铺垫，尽是一些颇为颓唐、懒散及索然的情绪，沉浮于凄清、枯灭的心境中。开头部分几百字，泛滥漫溢着这样的语词：凄清/懒散/怀旧/生疏/颇悔/无味/如嚼泥土/渍痕斑驳/枯死的霉苔/铅色的天/绝无精彩/逃避/客中的无聊/买醉/狭小阴湿/破旧的招牌/生客/废园/倒塌的亭子/哀愁……在客寓的孤独无奈中，无端期待陌生酒客的心情，由旅途的百无聊赖的惆怅，引出了吕纬甫落魄的到来。时间在焦虑的瞬间被拉长放大，同时叙事形式也随着焦虑的心境而营构了一种期待不安、心灵危机四伏的心情故事。

我在这一石居中也完全成了生客。然而我终于跨上那走熟的屋角的扶梯去了。

既是“生客”，却又“走熟”，时间与经历在这儿由突兀转成象征与想象中的悠长。在“空空如也”的酒楼，既感深长的孤独，“但又不愿有别的酒客上来”，陷于孤独的困境，四顾无人又寻觅不到同道，宁愿以孤独去抚慰孤独。这是一种怎样的枯灭与抗拒？小说的叙事与其说是深谙现实主义的心情写照，不如说是现代主义的象征隐喻。不确定、模糊、犹豫、自相矛盾同时又充满期待的心绪，灵动地蹒跚于“当年”的时间遗迹之中。

我便害怕似的抬头去看这无干的同伴，同时也就吃惊的站起来。我竟不料在这里意外的遇见朋友了，——假如他现在还许我称他为朋友。那上来的分明是我的旧同窗，也是做教员时代的旧同事。

在密集的旧有且不断滋生蔓长的旧日颓唐中，出现了旧时的更为颓唐的旧同窗，又似乎是“无干的同伴”。小说的叙事形式由于新情节却又是旧人物的到来，所形成的转折，虽然至此一亮，情绪与语境似有转机，却更为曲折，先是“很以为奇”，“接着便有些悲伤，而且不快”，亮光瞬间熄灭，复入枯灭、颓唐之中。“无非做了些无聊的事情，等于什么也没有做。”辛亥革命之后长久的乱局和无产阶级革命前夜的沉寂，在 1924 年春天，鲁迅以精神病象，沉疴于《彷徨》之中。鲁迅认同并宽容了这种病象的合理性，此刻，离鲁迅的杂文时代已经不远。

可以肯定地说，对焦虑的宽容和对焦虑的哲学认知，是对人类精神的尊重，也是对人类自身的体恤与悲悯。焦虑作为正题，所可能展开的全部反题，是耐人寻味的。

从某种意义上说，宽容是自由的前提。而对自由的理解不仅仅是一种束缚的松动。自由只有当它成为一种自为的意识存在，也即人身不仅仅具备自由的条件，同时人作为人意识到自身是自由的，自由成为一种意识存在，而不仅仅是一种现实存在。这是自由的人和把自由作为一种意识的人的最大区别。你是自由的，可是你束缚了自己的心灵，这样的生存状况大有人在，并不鲜见。萨特在《存在与虚无》中，多次指认了对自由的阐释，他把焦虑与自由的关系提到一个骇人的程度。他说：“正是在焦虑中人获得了对他的自由的意识，如果人们愿意的话，还可以说焦虑是自由这存在着的意识的存在方式，正是在焦虑中自由在其存在里对自身提出问题。”①克尔凯廓尔在描述失误之前的焦虑时，也把焦虑的特征表示为在自由面前的焦虑。

作为大时代中的知识分子，鲁迅的痛苦来自他对自由的认知与对自由的渴望。应该说，大时代孕育了鲁迅的自由思想，而 20 世纪 20 年代世界范围内的现代主义文学主潮，其核心的美学追求是

---

① 萨特. 存在与虚无［M］. 陈宣良，等译. 北京：生活·读书·新知三联书店，1987：61.

反叛性、先锋性、实验性，是对既有文学规范的彻底颠覆。鲁迅身上分明浸润了这种文化品质，而他反叛的彻底性，是因了他比任何人都更通晓中国文化传统及国学的精华与精髓，他是少数站在中国文化废墟上辩难西方文化的学者与作家。这种辩难使他获得对中国现实与历史的崭新视角、开广的视域与深邃的历史目光，使他在卑微的人物身份中，切中了现实与历史压迫下的那种灵魂的焦虑，即便在《一件小事》及《示众》这样短小的篇章中，他对众多屑小的人物的精神勾画，也无不承载着对民族或阶层的精神状况的深度焦虑。

在《一件小事》中，焦虑似鲁迅批判的武器，它的存在方式是熬了灵魂的苦痛，因车夫所由的“异样的感觉”，“一种威压”，我的活力“有些凝滞了，坐着没有动，也没有想”，“我不能回答自己”。这些由自我鞭笞带来的心理冲突，所形成的尖锐拷问，悖于中国知识分子自视清高与明哲保身的文化伦常。这种现代精神在鲁迅这儿，比“文治武力”与“子曰诗云”更加“教我惭愧，催我自新，并且增长我的勇气和希望”。

《示众》的焦虑更纯粹地指向灵魂重生的无望。鲁迅对当下中国人麻木无知冷漠却又躁动不安的虚浮心态，有着足够的恐惧与惊悸。在一篇两千余字的小说里，他颠覆了以往小说的叙事规则，竟然写了十七个人物，而且个个活灵活现，凸显了内心的荒漠。车夫、巡警、胖孩子、秃头、粗人……一帮无聊的看客，与他们想看的“犯人”，完全是疏离的。在这篇小说中，焦虑被结构在小说的时间链条上。看者与被看者的时间构成，是一个有开头而没有结尾的开放性的、未完成的时间格局。时间的长度由一个又一个的看客的出场构成，却因对“被看者”的一无所知，而没能形成结局。结局倒成了开头的直接回归形式。这个形式没有时间性，只有空间性。由故事、人物所致的焦虑，成了一种了无结束又无尽绵延的焦虑形式，由国民现象而至心理、灵魂，而归结于时代痼疾。

鲁迅的小说由此密集无数杂陈又无尽延伸的问题。这些问题在当时是无解的，问题与问题的无解所形成的过程的繁复，多重地纵横于小说修辞的全程。自由地叙述却又疑虑重重，叙说自我的不幸分裂。人格与生存，也即东方式的灵肉冲突，蔓延于鲁迅小说的叙事之中。所以，时时追忆、忏悔中的消生，是并不也无法真诚的。

人在获得自由思想之后，焦虑也就如影随形。反之，按照萨特的说法，人便只有生存在恐惧之中。因为焦虑和恐惧的区别是，恐惧是对世界上“存在”的恐惧，而焦虑是在“我”面前的焦虑。晕眩之所以成为焦虑不是因为“我”畏惧落入悬崖，而是因为“我”畏惧“我”自投悬崖。处境引起恐惧是因为它很可能从外面使“我”的生活发生变化，而“我”的存在引起焦虑是因为“我”对“我”自己和对这种处境的反应产生怀疑……即他面对他本身而感到焦虑。可见焦虑是对自我反思的领会。焦虑就是反思的过程，它由恐惧生发却又并非恐惧本身。由是，我们知道了这样一个原则，自由作为一种意识，一种存在意识而不断地使我们坠入新的焦虑之中，对自由的渴望和探求越强烈，焦虑的程度也就越强烈，而其焦虑作为过程，它的表现也就越曲折，反思的可能性和深度也就越见其绵远。为了逃避焦虑——因为人生来有一种趋向快乐享乐的特质，有一种满足自我的欲望——人便不断逃遁于反思之中。这是趋向将来的唯一思想方法。

二

我们可以比较清晰地来梳理和观照中国百年文学的历史进程，作家的心灵历程究竟发生了怎样的质变？这些质变对中国文学尤其是小说有着怎样的伤害和收获？也许这是一个异常复杂的话题，但却是一个非常严肃的命题，回答与否，它都非常顽固地悬置在文学史家面前。

“五四”新文学已经把人性人道和人的心灵欲求，以“我”的自叙传的方式，以单元单向的“第一人称”叙述，表达了当时中国人对自由和心灵自由的渴望，以追求人的个性解放、自由恋爱等作为社会诉求，让人回至人自身。20世纪初期那种极端写实的“为人生的艺术”，为中国现代文学在20世纪八九十年代的长足发展奠下了文学的人性人道基础，也为文学的现代主义和所谓后现代主义的文学生存，抹出了黎明前的曙光。“五四”时期的大部分作家在这方面都还仅止于一种尝试：单向度地直抒胸臆，主观地表达个人对社会的呐喊和个人在社会中的彷徨。他们虽然非常丰富地表达人内心的欲望冲动，诸如丁玲的《莎菲女士的日记》，郁达夫的《沉沦》，茅盾的《腐蚀》等，但毕竟还是囿于对知识阶层的内心解剖，还不可能从个人的经验中“间离”出来，而获得一个独立的、清醒的、对生命有高度睿智目光的作家位置。固然这种尝试并没有真正进入反思人类行为的层面，但“五四”时期作家们的努力，给后来的特别是新时期文学的现实主义复兴，使文学从神到人的复位，提供了最直接也最丰富的营养。可以说，新时期文学的早期生命，得益于“五四”文学的“脐血”。

鲁迅也遵循“五四”那个时代现状给出的文学所有原则，但他与别的作家不同，他在遵循的同时并不完全服从那个时代的调遣，他穿透那个时代的迷障，而深邃地发现中国人的社会本质。黑格尔曾说，在中国人的意识里，生下来就是为着给皇帝拉车的。鲁迅深刻地悟觉到这一点，所以他才有《狂人日记》中“吃人”和《阿Q正传》中国民劣根性的表述。“狂人”的狂躁和“阿Q”深层的恐惧所埋伏着的焦虑，如果说仅仅是一种故事的精神呈现，一种意识到的主题阐释和对某种精神现实的演绎的话——这种演绎在“五四”时期的中国文坛已然掀起轩然大波，对于沉睡中的国人无疑是石破天惊的——那么，鲁迅后来一系列的短篇小说包括《故事新编》，就已然不仅仅是把焦虑作为一种小说内容的精神包容了，其焦虑已经冲破内容的樊篱而成为一种形式。只是，将焦虑作为形式的鲁迅方式，在长期把鲁迅作为“政治鲁迅”的同时，往往忽略了将之作为“文学鲁迅”来认识，即使是汗牛充栋的鲁迅小说研究，也常常在面对“文学鲁迅”的同时，无意识地把他当作“政治鲁迅”来解读，永远将之囿于“哀其不幸，怒其不争”的政治期望之中。这不是真正的“文学鲁迅”。

对鲁迅小说的解读，我们太缺乏的是对之的想象。而这种想象，时至今日，已经有着坚实的基础，那就是我们对 20 世纪八九十年代乃至 21 世纪以降的中外文学的阅读经验。这种经验提醒我们，我们必须再一次地发现鲁迅。鲁迅对于中国 20 世纪 90 年代、21 世纪的新进作家而言，绝对不是一块砸人的“老石头”。在现时文学中，我们是如此清新地嗅到鲁迅小说那种沉埋已久而焚之可通神明的气息。这种气息在现时的文学中，四处弥漫。也许毫无师承的关系，但是作为中国传统文化土地上衍生出来的中国作家而言，“脐血”，正是在百年之后诱发基因的神奇力量。

把鲁迅当作“政治鲁迅”来解读，其结果正如把马克思主义仅仅当作阶级斗争学说来传播，从而导致了马克思主义在中国处于重建的处境。我们不得不承认，我们曾经认识的鲁迅，不是真实的鲁迅，我们所认识的马克思主义，已不是原本意义、《资本论》中的马克思主义。那些号称马克思主义者的人，恰恰正是从未真正读过《资本论》等马克思著作的人，反倒把自己的面目弄得很可憎。

鲁迅，是早在 20 世纪初期就深得现代主义精要的文学家。因学贯中西，故他对西方现代文学的吸收，是在对中国传统痼疾的批判基础上进行的。他的借鉴是不动声息同时深得神韵的，不仅仅是内容，还有形式。诸如果戈理的《狂人日记》对之的启迪。在鲁迅研究中，我们很少把鲁迅小说当作现代主义小说来解读，很少注意鲁迅小说中的文学现代性元素。鲁迅小说中的现代性精神境界，他现代主义小说技法的娴熟，是现时的作家难以企及的。

与鲁迅相比，后来的一些作家大都只得西方现代主义文学的皮毛，其文学的现代及后现代标志，是由庸俗的文学批评吆喝出来或自我标榜的。作为20世纪五六十年代乃至70年代出生的这几代作家，在他们出生之前，中国文学就已经中断了现代主义文学的传输，而代之以单向单调单质的革命文学，以革命功利为文学目的的社会主义文学。它也积极，也乐观，也向上，但它们只代表了一种狭隘的阶级利益，同时矮化了这个阶级的人文需求和人文标准，从而把文学引向神坛而使文学丧失了文学自身。即使新时期文学迅速地改变了原有的文学格局和文学流向，但是，急功近利和浮躁的社会转型及其心理，是无法容纳一张安静的书桌的。鲁迅、胡适、王国维，尽管他们也积极投身于当时的新文学活动，有的还是旗手和前驱，但是，他们在学术上、在文学经营上，始终坚守一张安静的书桌的位置，尤其是鲁迅。他们都清醒地把握着文学的位置。

胡适在《文学进化观念与戏剧改良》中曾斥团圆式的小说为无价值，王国维也很反对始困终享、先离后合的小说与戏曲和圣谕广训式的文学。鲁迅在《中国小说的历史的变迁》中说：《红楼梦》“其要点在敢于如实描写，并无讳饰，和从前的小说叙好人完全是好，坏人完全是坏的，大不相同，所以其中所叙的人物，都是真的人物。总之自有《红楼梦》出来以后，传统的思想和写法都被打破了”。① 鲁迅、胡适、王国维那一代倡导的文学革命，是建立在学贯中西，对传统文化有一种学术批判之后，发自心灵要求的对中国现实文学的革命。而我们今天每一次所谓文学革命，都是因为外在的、功利的或许对某些政治意识形态的反弹或颠覆的隐秘动机所作的反动，或者是个体经验下的一种本能宣泄。自然，这种欲望冲动也在造就一种文学现象。这种文学现象，也就是本章题旨：焦虑不仅仅是作为意识到的生存内容，它更应被提升到焦虑本身，它是如何正在被作为一种生存形式来认知。这种生存形式的文学表达，在

① 鲁迅．鲁迅全集：第九卷［M］．北京：人民文学出版社，1981：338．

被小说横移之后，对文学也就自然产生了革命性的影响。

这样，也许就已经逼近了这样的情状，即不仅仅拉近了鲁迅和现时作家的精神距离，同时也重叠了他们之间的时间距离。鲁迅在那个时代的焦虑，已然成为他小说形式的主要部分，这种设计或叫作某种忧患的表述，依稀可以在村上春树的小说中，在中国 20 世纪 90 年代以降的新生代小说家的作品中，看到他们之间的默契及其精神的共通性。

三

笔者把鲁迅的小说，当作中国现代主义小说的起点，这个起点是温和的和内敛的，它与同时代的郭沫若的现代诗《女神》的怒发冲冠及对 21 世纪的无比热力不同，在鲁迅的诗歌和小说中，读不到郭沫若那种“如烈火一样的燃烧”“如大海一样的狂叫”“如电气一样的飞跑”这样狂飙突进的句式和呼喊。鲁迅并不浪漫。他的沉郁冷峻令人吃惊。他坚决且坚持地给自己一张安静的书桌，安静地写下了他那些关于童年闰土的追忆、关于社戏的追忆、关于鲁镇祝福的追忆、关于咸亨酒店孔乙己的追忆。在《在酒楼上》、在《伤逝》、在《故事新编》的诙谐和沉静中，表达着他对一个时代的焦虑。这个时代有着无限延伸的过去，而这个漫长的过去，历时性地呈现为“吃人”两个字。他借“狂人”的非智性思索和行为，反讽了一个抗拒着人的主体性的皇权体制，一个反人性反人道的历史隧道的罪恶。他已经非常敏锐同时深刻地接触了中国社会的根本问题，中国几千年的封建道统给现代中国所造成的、设下的重重障碍、这种障碍不仅仅是物质形态的，更是意识和精神形态的。《狂人日记》未尽的思考，在《阿 Q 正传》中得到进一步的进入，也即把狂人的现实，在阿 Q 那里升格为对中国人“存在”本身的求索。

鲁迅的小说并非仅止于对中国现实社会的解剖，也远不是仅为我们讲述一个个关于鲁镇的旧中国悲惨的故事。他对中国的现实批判，是包含着对旧中国更为尖锐的历史批判，同时努力把这种批判的矛头直指中国人的主体性的改造。他清醒地看到这种改造的艰难和无望。鲁四老爷的书房，固然已经衰败：“……一边的对联已经脱落，松松地卷了放在长桌上，一边的还在，道是‘事理通达心气和平’。我又无聊赖地到窗下的案头去一翻，只见一堆似乎未必完全的《康熙字典》，一部《近思录集注》和一部《四书衬》。无论如何，我明天决计要走了。”焦虑的时代氛围传染“我”在鲁镇的日子与心情。鲁迅对“我”面对鲁四老爷、祥林嫂所表现出来的无奈，始终持一种冷峭的、尽力控制着的情绪。作为作者他绝不介入叙述人及其人物的情绪。他隐匿着却无处不在，有意指导小说人物“无聊赖”的心绪焦虑化，渐次把所有小说人物都引入到焦虑这个迷津之中。鲁四老爷、四婶、祥林嫂，乃至叙述人“我”，都不约而同地陷入各自的焦虑之中。

鲁迅把这种焦虑处理得非常焦虑，渐次把焦虑凝聚集中结晶为一种对生存的思索，对本体生命的追问。祥林嫂表现得尤其突出诡异。她“极秘密似的切切地说，一个人死了之后，究竟有没有魂灵的”。这是祥林嫂在现世的唯一期待，这个期待其实是对自身生命存在的质询与追问，它顽强到了愚顽的地步。在鲁迅眼中，即使是祥林嫂这样“被人们弃落在尘芥堆中的，看得厌倦了的陈旧的现物”，也依然有着一种生存的权利和对这权利被剥夺之后的追问与质疑。鲁迅认同这种追问。于是，他借叙述人之口，发出了如此的哀鸣：“魂灵的有无，我不知道，然而在现世，则无聊生者不生，即使厌见者不见，为人为己，也还都不错。”

《祝福》中的“我”对这个世界，对现实鲁镇所发生的一切，对祥林嫂的命运，始终持一种若即若离和旁观的态度。这种态度所造成的距离感，非常深刻地表达了旧中国人与人之间的关系，尤其是不同阶层和不同知识水准之间的人的天然隔膜。鲁迅确乎千方百计地想穿越这种隔膜。但作为作者，他有着更深广的谋虑。他的目的不在于讲一个关于祥林嫂的悲剧。这样的悲剧，在20世纪清末民初积贫积弱的旧中国，遍地皆是。他企图揭示的是，中国人的存在状态，企盼国人在沉睡中醒来的热切，而作为个人，他又是无计可施的。其实，在他的写作规划中，鲁四老爷和祥林嫂，在“存在”这一人类命题中，并无太大的区别。他们的守旧和麻木是共同的。他们共同地生存在“搬动一只桌子也要流血”的中国现实中，这就是焦虑的因由。

“我”对现实的进取，就这样包容在对现实的步步退让之中。“我”总是在面对重大刺激之后，在反思的追问中，向现实做出种种妥协。“我静静听着窗外似乎瑟瑟作响的雪花声，一面想，反而渐渐地舒畅起来。”听到祥林嫂的死讯，“然而我的惊惶却不过暂时的事，随着就觉得要来的事，已经过去，并不必仰仗我自己的‘说不清’和他之所谓‘穷死的’的宽慰，心地已经渐渐轻松。不过偶然之间，似乎有些负疚”。以及在晚饭时，面对四叔俨然的脸色，“我”也放弃了想问问祥林嫂死讯的事的想法，而决意明天就回城里去，免得让四叔认为自己“也是一个谬种”。

这是一个经常处于焦虑和恐惧之中的人物，这个人物的所有思考都是没有行动而且没有行动的勇气的。不是他不能行动，而是他实在太思虑现实，特别是因为鲁四老爷所连带出来的那个沉闷得可怕的现实带给一切人的无声的加害。他在这种加害面前，连辩难的勇气和空间都没有，于是只能不断地自责和麻木地应对。这就把《祝福》的社会空间和历史时间无限地拓展开来，让我们看到无所依傍的中国知识分子，在社会苦难面前的无力无助和无奈。鲁迅非常杰出地表现了这一点，其深远广阔的忧愤，是带着对本阶层中人的深刻剖白的。知识分子的这种弱点，一直延续至今，而依然找不到解救的出路，从而沉淀而成这个阶层的历史性悲剧。他们并非不具备在恐惧中反思的能力，而是他们所处的社会地位和天生的缺陷，使他们只能永远地处于社会边缘的位置。他们中的大多数人，永远无法承担人类赋予的历史使命，而坠入“沉默的大多数”。鲁迅早在中国现代知识分子渐渐形成一个阶层的时候，就敏锐地发现了这一点，因而在他的小说中，他一而再、再而三地以极其悲愤的情绪，抒发了他对这个阶层中人的厌恶与鞭挞，他以他自身对之的焦虑，把自己炼成了焦虑本身。这也正是解读他的小说的最有力的见证。

鲁迅小说的现代性，不表现在技法上的现代元素，而表现在他小说叙事模式的不可超越性和不可模仿性。因为，在鲁迅这儿，焦虑真正成为形式。换言之，也即鲁迅把小说叙事以焦虑的方式去实现对焦虑的理解和铺排，而且是不着痕迹、不动声息的，做到这一点尤其难。而这正是为什么鲁迅的小说可以当作最浅显的记叙文来读，在中学生课本上依然并不艰涩，依然能够以传统的中国式阅读习惯来阅读却并无任何语法和技法上的障碍。

鲁迅的小说的现代主义特质，是一种学贯中西之后，深得其神韵的真正意义上的东方化过程。他小说的意识流形式的流转自如和不着痕迹，是沉静和内敛的精神磨合的结果。在鲁迅作品中，形式成为内容的重要部分。他的每一篇小说，不管是以第一人称或第三人称或两者兼而有之，其表现出来的技法都无可争辩地显示了这种事实，那就是，他已经把现实虚无化为一种存在，一种依照萨特的说法，虚无化为“不在场的在场”，也即对充满着无限可能性的揣度与抒写，以及对这种揣度与抒写的物质还原。

鲁迅笔下的鲁镇，咸亨酒店曲尺形柜台，长衫帮和短衣帮、社戏、酒楼、孤独者、伤逝等，都已经逃离了这些事象的原质含义，而成为一种对人的本体论认证、一种哲学象征，最终归为一种人类存在的哲理解释。他的小说也随之进入一个被后人无限自由解读的范畴之中。这其中自然也包括认识鲁迅小说的真面容，是需要读者具备一定的人生阅历的。阅历浅的读出了故事，这些故事并不难懂；而阅历深的则渐行渐远而收获渐丰，最终的阅读则完全背离故事本身而进入一种象征、一个自由解读的天地，也就是人类存在所暗示给我们的那冥冥之中的“存在”。

四

小说本身就是故事，从“山海经”到“街谈巷议”再到历朝历代的“遗事”，勾阑中的说话乃至说书人的话本，至明清终于完成了真正文本意义上的白话小说。这个非常完整的过程，线索所提示的都与故事有关。故事成为小说的目的。这是传统小说概念给定了的一个传统。而我们今天所说的现代小说，也许对此有所超越。正如自由，与觉醒到、意识到的自由并不相同一样。小说正在超越故事给定的元素，而成为一种负载各种各样叙事形式和内容的形式，也即小说形式是否同时也负载了相应的小说内容或本身就成为内容。正如本章题旨所强调的，焦虑作为形式，并以此负载焦虑的现实内容，两者已密不可分地融成一体，而只有在存在的意义或存在的虚无化情状上，才有可能辨其伯仲。

辨其伯仲也许并不重要，重要的是，焦虑是如何作为形式的，它为什么会成为现代主义小说或后现代文学的形式？

当文学开始从政治意识形态和专制权力话语的给定中解放出来，初步呈现了它自由的状态，或说有限度地给定自由的时候，焦虑就伴随着这种自由而在无意中复活了。

“焦虑事实上是对作为我的可能性的那种可能性的确认，就是说，它是在意识发现自己被虚无与其本质相割离，或被其自由本身与将来相分离时形成的。”①

焦虑作为小说内容的情绪弥漫于人物和情节的困顿之中，也就是我们通常在评价一部现实主义作品时所关心的，那种叫作忧患或

---

① 萨特. 存在与虚无［M］. 陈宣良，等译. 北京：生活·读书·新知三联书店，1987：69.

危机感的东西。对现实的恐惧，时刻在左右着作者话语表达的理性思索。“焦虑在这里来自我们可能预感到的东西，来自我们内心的赌桌……焦虑将消失而让位于恐惧，因为正是恐惧把超越的东西综合体会为可怕的。”①

一切都源生于可怕的时代生活。有一种反讽的意味，反抗现实的冲动，却以崇高的理想包装；分裂的精神困顿，却以昂扬的姿态去遮蔽，而这一切，流泻着的是对现实的恐惧。“内心的赌桌”无时无刻地隐藏在小说无限进取的陈述之中，处处呈现着悖论的迹象。所有的言说，都指向焦虑的意绪而呈现着“苦闷的象征”。焦虑正在成为形式。

作为形式的焦虑，是焦虑作为叙述方式的主体，也即叙述的焦点，从人物和情节的叙述退回到感觉的叙述，弱化人物和情节而强化感觉与情绪。故事从小说中渐次隐退而给精神探索和内心活动腾出时间和空间。叙述的重点从情节转移到感觉，从而把精神的“寻找”与“期待”作为小说发展的隐性情节，也即以贯穿小说始末的精神线索来展开叙述。这就彻底地改变了小说以情节为脉络的结构，而代之以感觉为网络的结构。情节结构向生命结构位移。“苦闷的象征”在小说结构中得到充分体现同时活跃于小说的每个叙述环节。不再是细节与细节的堆积或延递，而是细节的象征性无限延展，从而小说展开的是心灵的花园，是心灵与心灵的对话或心灵的自言自语，甚至是心灵的梦呓。意象开始取代情节，并由缜密的思绪，绵延而成小说新的结构形态。在这一点上发挥得最为圆熟也实践得最为完美的自然还是鲁迅。

《在酒楼上》，主人公吕纬甫出场之前，叙事出现一段无情节空白。冗长的心理铺垫，充满着诡异和莫名的惆怅，有些颓靡的但却异常明白清晰的情绪。懒散乃至索然的情绪，沉浸于凄清、枯死的

---

① 萨特．存在与虚无［M］．陈宣良，等译．北京：生活·读书·新知三联书店，1987：67.

心境中。

“我”、堂馆及酒楼，大凡人及物乃至空气，由物而入无形，成至一种生命气象，它是没落中的焦虑，是生命注满忧虑恐惧而反呈空漠的焦灼，是大期待之前的莫名反侧，一种毫无理由的临渊恐惧。人已然如此。在空无一人的酒楼，既感孤独，又“不愿有别的酒客上来”。以孤独去抚慰孤独，这是一种怎样的枯灭与对抗？小说叙事始终在这个调子中反复回环，其形式之链绞缠在不断孳生蔓长的颓唐之中，构成一种心情故事而非情节故事。这一切的冗长，都为着一个人的到来，他的到来，更增添了“我”心中的焦虑，而把心情的焦虑演变为生活形式、故事形式的焦虑。本以为吕纬甫这个“旧同窗”的到来，会浇灭心灵的枯寂，故事也为之一亮，毕竟有了转折的希望。“我起先很以为奇，接着便有些悲伤，而且不快了。”至此，此前的心情宣泄，被再度填满充实而且具有形式的意义。那些冗长的铺垫，其实正是吕纬甫无奈而又麻木的一生及其未尽的前路：

你看我们那时预想的事可有一件如意？我现在什么也不知道，连明天怎样也不知道，连后一分……

……屋宇和街道都织在密雪的纯白而不定的罗网里。

鲁迅的小说，正如当时中国的现实，看不见光明，被深重苦闷密织在焦虑的罗网之中。至少在鲁迅看来是如此。

鲁迅的焦虑是以理性的、出世的思维去编织的，这种焦虑在他的杂文中表达为狂桀和激烈；而在小说中，他却更尊重生活的俗常呈现，依据生活的惯常流程去贯彻他对焦虑的理解和认知，同时把焦虑的形式努力暗合人物性格的基本秩序和人性的正常运行，使之更切合人的故事和人的生活现实的基本逻辑。《在酒楼上》是这样，《伤逝》尤其如此。

鲁迅的小说是中国式的现代主义小说，其外砾已然被消化吸收得了无痕迹。所以说，作为现代主义小说的东方化，鲁迅是早已炉火纯青，无懈可击。如果说《狂人日记》尚还让人想起果戈理的中篇小说，则《伤逝》等篇什是鲁迅现代性思考与实践的结果。

《伤逝》，是已经从恋爱的罗网中挣脱出来重新获得另一种自由的涓生，对曾经的消逝了一年之久的爱情的追忆。是追忆而不是记忆。这是现代主义小说和传统小说，在技法上最起码的区别。记忆是保存性的，它是一种历史的再现，而追忆是消解性的，它是一种现在时的追诉，包含着强烈的现在观点。不是再现在场，而是感觉在场。这是准确理解《伤逝》的要点。

虽然一切都已过去，但是，“如果我能够，我要写下我的悔恨和悲哀，为子君，为自己”。“我”犹疑着，自我叩问已被自己轻慢了的自我，“我”不知道能够还是不能？已经自由了，同时也就陷入焦虑的泥淖。鲁迅不动声息地为小说设置了一个犹疑同时很不确定的前缀，由此展开人物自我审视的漫漫前路。如履薄冰、战栗、战战兢兢的心理蹒跚奠基了反思的前奏，一场灵魂的自我审判拉开了序幕。

涓生的追述，犹如辚辚的车轮，步步辗压在灵魂铺出的心路上，留下了点点滴滴的血迹。故事的结局已经预先知道了。而故事的过程，却在自由的此刻，渐渐地扑入纠缠之中，在网结中一点点地露出端倪。

子君的出现及至她命运的展示，是和一个叫涓生的男性同时出场的，而这种出场又是因着这个叫涓生的人满怀痛悔的陈述。他将被自己的陈述所感动。这是一个典型的小知识分子，由懦弱、多疑和屑小组合而成的男人。他永远地处于一种无法承担不敢承担爱情挫折的犹豫之中。他常常在树立起一个正题时，又犹豫地设置了一个反题去加以颠覆。

在一年之前，这寂静和空虚是并不这样的，常常含着期待；期待子君的到来。在久待的焦躁中，一听到皮鞋的高底尖触着砖路的清响，是怎样地使我骤然生动起来呵！……

然而现在呢？只有寂静和空虚依旧，子君却决不再来了，而且永远，永远地！……

子君来了，但是走了，而且永远地。这个美丽女人的结局远未到来，涓生焦虑的绝望却已昭然若揭。此后，关于这个女人的命运碎片，将在涓生泣血的追忆中，被慢慢地一片片地拾起，组拼成旧去的日历，渐次呈现在涓生睹物思人的感怀中。子君从未以独立自主的形象和性格从书页中走出，至死她都是由涓生的感怀来凸显的，这是小说人物塑造的要点，也是鲁迅为小说定下的人物格式。这个格式并非常规，而是鲁迅匠心独具的结果，是他小说动机的主要部分。子君，只有在涓生的悔恨中才愈见其人性与人生的价值，也即女性的存在价值是和一个时代对女性命运的关切与尊重程度紧密相关的。涓生所忏悔的，也正是那个时代应该忏悔的。涓生的不可原谅之处，也正是那个时代的不可原谅之处。社会罪恶和时代偏见，借涓生之手，来完成它们对子君们的杀害。

焦虑与焦虑的消解，也即与希望纠缠在一起，悔恨与悔恨的反思互相交融与抵触，构成了小说叙述的锁链，涓生挣扎其中，子君凸显其上。由焦虑派生的一切因果关系，互为知会而绵延着，从开头走向终点。这个终点叫作遗忘，它也是焦虑的另一种形式。由焦虑而希望，由希望的幻灭而主动地遗忘。以遗忘作为缓解内心痛苦的灵丹妙药，涓生因此也就完成了对自我的塑造和角色的指认。那是用更大的绝望来营构而成的自我："用遗忘和说谎做我的前导……"鲁迅有效地控制了这个人物和他的时代。

焦虑的"我"，和由焦虑的感怀联结起来的态势，把一个关于焦虑的爱情故事包裹其中，弥漫而成一出社会悲剧，同时获得对这个社会无可奈何的清醒认识。这就是鲁迅的小说形式所诉求的文学理想。以焦虑的方式去讲述或呈现焦虑的时代内容，讲述或呈现本身就已经承担对焦虑的解释而成为焦虑本身。形式也就成了内容。

哈雷特·密尔斯在《鲁迅：文学与革命——从摩罗到马克思》中这样评价鲁迅的小说：作为"一种新形式的成熟典范，它们达到的高度也许至今无人可以企及"①。

鲁迅的小说创作集中于20世纪20年代初，这个时期正是西方现代主义文学最为鼎盛的时期，普鲁斯特等西方现代主义大师的著作都出于这个时期，中国的新文化运动又"坚决要用西方现代文化意识取代传统的封建文化封建意识"。在这种历史语境下，中国新文学与象征主义的对接就成为历史必然。鲁迅的小说形式，暗合了这种以追忆与抒情为特征的象征主义文学形式。焦虑成了他小说的精神符号，而其表述无处不在地显示着这种精神存在。在笔者的阅读中，鲁迅小说的现代性，鲁迅的现代主义叙事，已经成为现代文学的精神资源。

---

① 密尔斯．鲁迅：文学与革命——从摩罗到马克思［M］//乐黛云．国外鲁迅研究论集（1960—1981）．北京：北京大学出版社，1981：9.

第七章

迷离之美

——郭小东小说的语言片论

情感的对象化既可诉诸确切的对象，犹可寓形于不确切对象。确切的背后隐含着不确定因素，不确定中可见诸多确切事象。哲学中的悖论在审美创造活动中反倒经常被运用。在小至个人命运、大至国家民族命运的历史变局中，这种悖论的运用无疑切合对个体命运的恍惚与历史碎片离奇组合的小说叙述。

郭小东的“中国往事”长篇小说系列自首部《铜钵盂：侨批局演义》问世，就被论者认为是作家本人文学创作的一个大转向。从青壮年以盘萦于个人经验的“知青”情结展开的《中国知青部落》等小说的创作，到1990年商品经济时代的《非常迷离》等书的写作，再到现时选择以身世解谜的方式回溯前世今生、故土族群形象，郭小东的写作动机都或深或浅地——始终摆脱不了个人深层心理之谜与现实的精神纠结——回应着中西方现代文学艺术“我是谁？从哪里来，到哪里去”的主题。不同只在，情感和精神于时间、境遇的迁移中各自有不同的变现。

泰戈尔说：“天空没有翅膀的痕迹，而我已飞过。”郭小东言：“从今天出发，于前天抵达。”（《铜钵盂：侨批局演义》三版序）这异曲同工的语言悖论产生的诗意，有浓郁的莫名的美感。我将这种莫名之美，称为“迷离之美”。

一、迷离之美，作为一种独特的美学风格

“美是什么？”柏拉图的这一发问至今没有答案，同“人是什么”一样无解。人们知道美，却不能说出美是什么，美因此变得恍惚、变得迷离。迷离是美本质的一种应和。美学是人的感官认识，区别于逻辑学与伦理学的知性认识，是关乎情感、意识流、梦幻、灵感等诸多非理性活动的学说。

“迷离”的原典见自《乐府诗集·横吹曲辞五·木兰诗》：“雄兔脚扑朔，雌兔眼迷离。”意谓“模糊不明，难以分辨”。之后在古诗词中被引申为美景意象的指代。如宋代张先的《山亭宴》：

“碧波落日寒烟聚，望遥山、迷离红树。”清代吴伟业的《鸳湖曲》：“烟雨迷离不知处，旧堤却认门前树。”就是说，在中国文学史上，“迷离”已经作为一种美学元素存在，它同“朦胧”一词有着相似的指代。如唐代来鹄的《寒食山馆书情》：“蜀魄啼来春寂寞，楚魂吟后月朦胧。”

同样是中国古代文学中的美学元素，“朦胧”一词却在中国当代文学思潮中歪打正着地上升为一种当代审美品格，即“朦胧美”。这完全得益于20世纪80年代“崛起诗群”旷日持久的论战，其性质近乎巴黎印象派因负面批评而得名。因朦胧诗经得起时间的考验，朦胧美在当代文学中随即作为一种当代美学品格被正名。实际上朦胧诗之所以朦胧，起因是“文化大革命”期间的意识形态高压，诗人因反抗言不由衷，不得不以一种曲隐的方式表达，借由诗学中的象征、隐喻、通感等，以诗歌独具的艺术形式发声，而实质上包含强烈的政治立场。其后时过境迁，朦胧诗仍作为一个诗歌流派而存在，但朦胧已失却成为当代美学品格的原旨，变成一种写作范式，保存着与古典美学的典雅象征相似的形式。

有必要厘清“迷离”与“朦胧”的区别。一者如上所述，“朦胧”在当代语境中已经“着相”，被赋予特定历史时期政治意识形态意义；二者，同为古典审美元素，朦胧直观上指向或静态、或缓慢的视觉感受。如“镜中花”“水中月”，烟云雾气的氤氲美感。而“迷离”始终与“扑朔”连为一说，更指迷阵、看不清的动态事实，易于引人联想的是“空城计”，张飞立马于长坂桥上的不辨真相究竟。故而，“迷离”作为传统的审美元素，因含有动态事象的特征，反倒与当代审美中的“魔幻、荒诞、时空倒错、色彩梦幻、交缠粘连”等特征产生对接。如果我们将“朦胧”定义为主体对客体的视觉感受，那么“迷离”将以这个定义的自然美为前提，同时被赋予主客体互动的心理感受，可以引申为第二自然的审美评判定义而作为当代美学中的一种品格。“艺术响应自然发出的这一召唤：艺术在表现自然所孕育的那些世界时表现自然，它赞颂自然。”（杜夫海纳《美学与哲学》）可以将文艺作品中呈现的“迷离”之美归为艺术的表现。

郭小东小说的细节真实若猎犬寻物，大块文章如云龙游天。其中迷离之美、迷离之魅的文本特色源于作家个人个性情性、独特心理的映射。郭小东说：“我生于辛卯年卯月卯日卯时，命中无土，注定四处飘零。过多的木，使这种飘零极度渴望扎根的机缘。”若将这句话转换到文学创作上，可以说，作家的心灵一直在寻找现实的屋宇，在适与不适的反复挪移中，冷暖自知，以亦实亦虚的文字注解个人与世运的轨迹。

二、社会角色的心理格式及宿世情怀

（一）多重身份的心理映射

郭小东是集作家、评论家、学者为一身的写作人。从作家角色来讲，自身的经验资源、知识思想储备、天赋、勤奋等，决定其作为与成就。作为评论家，更多的是从文学史的上下文关系，来打量所处时代已发生以及即将发生的创作现象。而作为学者，则需以学问道，于世间行使师者传道的良知与责任。创作的任性、评论的鞭笞与学者的稳健，三位一体的“生与克”，构成其写作文本的第一重迷离。

郭小东的文学创作可以说是与“伤痕文学”同时起步的。他在新时期文学创作中写过大量评论文章，《诸神的合唱》《转型期文学风度》等评论文集奠定他在新时期文学创作评论的一家地位，其中不乏对先锋文学诸家的关注与评论。但他自己的创作却绝不跟风，而是扎根于黎母山的《中国知青部落》三部曲，以及中国知青文学体系的提出，为自己在当代文学史中赢得了“中国知青文学之父”（王富仁语）的名分。这应该归功于作家身上的另外一重身份——评论家，是评论家的文学史观起了作用。之后郭小东提出

“南方精神的崛起”与“新南方精神”，可见其文学雄心与精神向度。但当个人理想与精神跟一个时代的萎靡相背而行时，作家因心眼的迷离继而迷惑，反映商业年代的人性卑污的《暗夜舞蹈》《非常迷离》《非常迷惑》等小说，可以说是作家对所处时代的价值观批判做了一回精神盘点。这个时期，小说名字的本身已透露了作家当时所处态度，作家价值观在世象面前的碎裂与迷惑，诉诸文字，就呈现为“迷离”之相的叙述风格。在《非常迷离》中，“合唱团”被作为欲望都市中丛林法则的一个谜团，由这个谜团盘绕的错综复杂的人物关系如乱麻纠缠：活跃在某市的民间女子合唱团里各式各样的女性，在情色、权力与金钱的旋涡中展示着各自人生的美丽与颓靡。道貌岸然的官场假面和穷奢极欲的挥霍淫乱，失踪、孽恋、自杀乱象中的卑鄙、猥琐、贪婪，沉船、朝圣、歌声悲情中的光荣与高贵，编织成一帧帧迷离的图景……

小说的结尾依然作为一个谜团被悬置：

尤欣发现一凡的工资卡里，有人存入了一笔巨款。她打听过，没有结果。林九江死后，她似乎有了什么悟觉。

老江的常委委员，因为常委扩大会议无法如期召开，被无限期耽搁下来。他再也不去想这件事了。

雅兰被初诊为免疫功能缺乏症阳性，还需进一步确诊。她已经离开广南，到北方一座城市去居住。

黄耀昌、佟希仁、陈大有和张博士，在林九江自杀当天夜里，乘机飞经香港潜逃东南亚。暂时没有下落，公安部门已向国际刑警发出通缉令。

孙丽娜在澳门被追杀，逃至泰国曼谷，在芭提雅红灯区失踪。

陈大有的妻子黄惠，单方面向法院提出离婚诉讼，有她与陈大有三年前的离婚协议，法院判准。

广南大学的领导博士班，近于舆论，无果而终。赵浩然得以回广州某大学当副校长，成功曲线做官。

李海辞去广南市政府公务员职务，回华北大学考博。当年考上博士研究生。

李海离开广南前，合唱团的朋友们给他饯行，伊达先生特别指挥为他演奏了《基督在橄榄山》。郑天一为他吹奏了一曲施特劳斯的组曲《布拉尼丛林》，苏格兰风笛在夜空中鸣出一连串持续的低音。林洁依依不舍一直将李海送到华北大学，索性留在华北大学所在的那座城市。

合唱团于当年9月参加马来西亚国际合唱节，获得一块银牌。

获奖的曲目，是《基督在橄榄山》。江雪接替雅兰唱高音，林布仍然唱低音。

合唱团又来了新的团员。

小说围绕“合唱团”展开的人物命运最后的结局不是结局，这正是郭小东写作的特色手法。优秀的猫擅长捕捉老鼠，只是逮住而不肯将老鼠吃掉。故而好戏连台。

“合唱团”是一个实有的团体，由都市文艺爱好者联合发起的自由组织。它同时又是作者设置贯穿小说的一个隐喻，暗示着商品经济年代文艺人士的复杂心理，“合唱”既有个人的心声又包含着诸多不得已的无奈，象征于是派生出广泛的外延。作者在小说《后记》中有一段话对此做了注解。

“合唱团”是我心中的圣地，这个圣地自然也不可避免地融入世俗、势利和窘迫。但它还是给人太多的憧憬和想望。毕竟在那里，我们可以谈到一些圣洁的诗章，可以听到由钢琴、提琴和苏格兰风笛吹奏的乐曲，把我们苍白无力的生活升华为一种经典，一种和《基督在橄榄山》一样的经典。可以暂时逃避烦扰、喧嚣和无谓的斗争。

作家作为介入社会体验的一员，合唱团既是自己的心声，同时又是纠缠着自己的心魔。这个影子同时被带入姊妹篇《非常迷惑》，与高校黑幕、黑社会团伙互相交织、渗透，共同构成又一个曲折迷离的都市故事。只是这样的故事所展开的虚伪与肮脏的一面就出现在人们以为神圣洁净的地方，与作者作为一名学人所张扬的知识分子的独立精神、理想人格背道而驰，因此令人倍感困惑与绝望。

《非常迷惑》开篇便是离奇的死亡案：

1969 年 12 月 31 日，海南岛万泉河边一个偏僻村庄，一对从北京某大学下放的青年夫妇，在午夜双双自尽。时年同为 36 岁。

当时的结论是：畏罪自杀，自绝于人民。定为现行反革命分子。就地掩埋。1979 年平反昭雪。

他们在东北老家，遗有一子，时年 3 岁。

这对学者曾写有《中国近代文学史稿》，其遗稿从此遗落民间。其子许楠生，30 年后从北往南，追寻父母遗稿。

1999 年 12 月 31 日，在广州一铁路道口，一中年男性，被火车辗去下半身，血肉横飞。

结论是：意外事故。死者追悼会盛大隆重，遗像两侧对联为：一代文学巨子，两袖清风学人。

死者系著名学者，其所在大学为其建立纪念室，陈列其生前著作，其中赫然摆放一本《中国近代文学史稿》。

小说就由这炫目的谜雾展开：刘兴桐因窃取自杀学者的一部《中国近代文学史稿》手稿，成为大学教授、校长，被戳穿真相后，卧轨自杀。围绕手稿的追寻，纠缠在高校黑幕、合唱团、黑社会团伙旋涡中的人们，在欲望与良知的交战中，有的自杀，有的他杀，有的不知所踪……

显然作家对于时代特定环境下的“金三角”只能作为现象的观察者，看着阳光底下“罂粟花”的盛放以及人欲的趋之若鹜。时代的卑污造成作家心灵从社会向个体退缩，回到他作为“学者”的另一身份：治学、教书育人。从《想象中的时间》（学术专著）及《南方的忧郁》（散文集）等当可看到一名学人的思虑及其表情。

（二）宿世情怀与故土族群形迹塑像

举凡朝向真理求索或为文学理想奋斗大半生的作家，时代的变局都不可能让其个人背负的心灵从此休止。他仍需要诗酒歌咏。或远追魏晋，续写《世说新语》；不曲学阿世，则效陈公寅恪，讳深心苦著《柳如是别传》。在郭小东，却是在耳顺之年，老骥回首，漫漫来路去之渺远，或至民国，或至清街明巷，而再究郭氏祖先，致意已是盛唐，归宗认祖领略名将郭子仪风范。清末著名画家金农题梅诗句曰："老梅愈老愈精神，水店山楼若有人。清到十分寒满把，始知明月是前身。"人生过半，贤者多半检阅来路，那些个命运恍惚，似曾相识。上代之于今生，貌似渺远，犹忽焉在前。

郭小东著"中国往事"长篇系列，评论家张志忠先生在郭小东新作《铜钵盂：侨批局演义》评论中指出："然而，行至今日，在没有新的思想高度、缺乏新的支点的困境下，要想取得重大的突破，显然是缺少现实的可能性的。值得庆幸的是，郭小东敏捷地进行了华丽转身，退后一步，天高海阔，他返回了自己的生身之地——濒临大海的潮汕平原，在家族记忆与历史风云的交织中，写出了新作《铜钵盂》，使他的文学创作，又拓展出一片丰厚肥沃的土地。"

张志忠所指主要在文学创作专业这个角度。我认为郭小东转向家族故土的写作，不宜以写作动机与策略揣度，他更多是遵从心迹流向，寻找自己命运轨迹的心灵安妥："从今天出发，于前天抵达。"他的前尘足迹，已往铜钵盂、仁记巷、田中央、光德里，与那些从这里走出的前辈英杰起游走于大世界。"他们垂死方生，幽闭于铜钵盂、光德里的深巷老宅之中，灵魂不散，我时时与他们擦肩而过，在匆忙中倏忽对视，彼此相遇掀起的和风，扬起巷中多年沉积的尘土，空气里便有了清末民初的味道。"（郭小东《铜钵盂：侨批局演义》三版序）

然而，郭小东写"往事"的目的却不仅在于家族回顾，而是"我一直把'铜钵盂'看作深潜于潮汕大地，又悬浮于潮汕天空的水、云、雨和阳光。我不将它看作一个具体的地方，不视为一个实有的地名。它只是一个读起来有些亲切，十分古旧，同时和那些遍及潮汕大地的祠堂寺庙有千丝万缕关系的语词"。基于祖宅、侨批、相片、书画、信稿及转传至今的旧物、陈迹，参合地方志、话本、各类传奇和传说，郭小东的写作便如同一场侦探，悬疑处交由追忆、想象，艺术地复活了众多人物形象，折扇式地展开家族波澜壮阔的历史场面。

1. **叙事角度的特殊**

时间是一条河流，现世是行走所至的堤围。作者像一名谙熟水族的渔夫，在鱼群可能行经的岸边每处节点，置入他的渔具，这样他来回踱步，从首先发现鱼贯而入的地方起，收获他之所获，接着第二处、第三处……随机的收网看似不按顺序排列，其实早经采点安排，理在其中。

小说的叙述可以不按时间线性，无论明清、民国、国共两党，时空可以切换，章节则浓墨重彩，力求真实逼肖，章节与章节之间，任由人物自身发展轨迹，互相呼应，形成网络。似乎，家族史早已写就，而现在小说里捕捉到的每一个典型人物，均像从旧书页中随机撕下的不完整的篇章，那些不完整的空缺，正好为作者写作艺术提供了创造的空间。

撇开康有为、梁启超、谭嗣同等民国史实中的赫赫人名，郭小东将更多的笔墨赋予了名不见经传的小人物。那些小人物从幽暗的角落里发声，让一个抽象的潮汕，在与草根一脉勾兑中，复活一个原滋原汁的真实的潮汕。

马伯良是一条可信的线索，侨批的最后一名证人，这位马氏家族忠诚的佣工的后代，侥幸活着进入解放后的侨批博物馆，同时也是光德里最后的守护人，延续了死去的怪僻叔公的角色。他成了坍塌的光德里模糊背影中尚存的一根线头，无疑也是作者探幽寻踪的一条线索，有时几乎变成作者与往昔沟通的灵媒。

马伯良少年时代光德里日日的风景，此刻却在这无人的深巷中，冉冉升起。

那些着长衫马褂瓜皮小帽的男人们；那些藏在小巧华丽锦轿中的姿娘们；那些颠着小脚，提着小小花篮食盒，在小巷深处的土地庙烧香祭拜的妇人们；那些倚在门楼边，啃着瓜子，对着街巷探头探脑的少妇们；或规规矩矩地坐在门楼照壁前，让挽面婆绞面的女孩们；还有卖三味橄榄、卖草粿的小贩们，挑八索的货郎担，补炉窗补锅的炉窗佬，牵着公猪游乡配种的“牵猪哥”们，阉鸡阉猪阉牛的阉佬们，穿行于街巷中四处流动的五行八作……此刻全从地底下浮出路面，在这些恬静无人的街巷中神出鬼没，荒凉多时的街巷忽然间就热闹起来，各种各样的吆喝此起彼伏。

马伯良儿时熟悉的歌谣，忽然就从深巷里隐隐约约飘浮而来。

正月二月掇柑皮/三月四月卖杨梅/五月六月煠草粿/七月去抢孤/八月来卖芋/九月绕鱼鲜/十月粜新米/十一十二鳌羔钱/一年过了又一年。

作家透过马伯良的眼睛看到一个原生态的潮汕市井。在《铜钵盂：侨批局演义》这本书里，光德里的忠仆良佣马文成、马伯良父子，作者没少给予同情、怜爱的笔墨，透过他们，一个忠信、静美的故乡得以呈现。

马文成是个花匠。花匠马文成终日都在花圃里忙。花圃在后库山墙外的池塘边，从后库的偏门出去，经过一小段堤坝一片小树林就到了。马文成一个人管理着花圃，他每天要好几次来往于花圃与光德里之间，把在花圃里培养好的花草鼓捣到光德里，又把光德里那些凋谢的花草弄回花圃里重新拾掇。马文成的拿手好戏，是培养一种叫水烛的咸水草，俗称“水蜡烛”。

水烛是一种属香蒲科的蒲草，是一种多年生的草本植物，植株高大，地上茎直立粗壮，叶片很长，如优美修长的长剑。夏秋开花时，会结战如蜡烛一般的花形。

五月的乡村，有流水经过的河沟滩涂，会生长着一片绿油油的丰美水草，细长细长的绿秆，和着茂密但又在风中疏朗的叶片，柔软如毯，迎风摇曳，空气中有微甘微苦的甜味，这就是俗称“香蒲”的水蜡烛。《汉乐府》有诗：“君当作磐石，妾当作蒲草，蒲苇韧如丝，磐石无转移。”七八月时，秋风已起，此刻的香蒲才真正显示了水蜡烛的艳丽与风采，细长细长的绿茎上，托举着深红、浅黄或娇白的花穗。那花穗说不清是花呢，还是果实，酷似红蜡烛、黄蜡烛或白蜡烛。这是六七月间的香蒲，“人生多寒露，蒲草畏秋风”，不知是哪位诗人的印象或感觉，在马文成眼中，蒲草从未怕过秋风。立秋过后，在潮汕平原，秋风已至，可寒露还离得遥远，霜冻就更是无影无踪。这时正是水灿长势喜人的时刻。河沟里，贯通练江榕江韩江水域的湿地，特别是靠近海水的地方，半咸半淡的湿地里，水蜡烛是水中天王。香蒲还是一款非常尊贵的野生菜蔬，埋在土里的根茎，白白的，嫩细如青。花穗结成的蒲棒，也就是所谓的水蜡烛，整个花穗布满毛茸茸的羽毛，那就是蒲黄。蒲黄是一种止血药，凉血止血，活血化瘀。这种卑微的水蜡烛，在一望无际的湿地中，成片成片地匍匐着。远远望去，只见如绿色的毛毯，绿莹莹的在微风中起伏，那红的、黄的、白的蜡烛花并不扎眼，而那铺天盖地柔软的绿却令人难以忘怀。

这一段在作者笔下细细道来，一定是他心中的一角敞亮，带着童年深远的记忆，述说着一个叫故乡的桃花源：一个水草摇曳，色彩淡雅仿如烛光，静美朗朗如同《诗经》，并有着草药传统的潮汕。

另一个作者引以为傲，于今无法释怀的潮汕——诚信部分的交代，托与马伯良，一个银信侨批的活符号。

马伯良每晚临睡前，都会打开匣子，取出一封死批，细细阅读。这些死封，他以前从未打开过，几十年了，他不知批封里夹装着什么东西。他只是小心翼翼地取出批封，凝视着这些不知抚摸过多少回，取出多少回，又原样置放于匣中的批封。年深日久的凝视和轻轻的触摸，这些批封已经粘附着一层有些油亮的物质，类似古董上的包浆，或红或蓝或黑的字迹，显得更为深沉厚实。而信封上的护封印章和如意章也越发油亮鲜红，这是马伯良几十年来，每一年几次阅读抚摸产生的油渍效果。他只有保持经常的翻拣，才能使这些批封不至于变脆、虫蛀，被岁月尘封毁损。每一次的看视抚触，他都是分外小心，每一次都想从中寻找到激活它们的灵感。他甚至还做了备份，用同样大小的规格，依样画葫芦地仿制了一份。

一个批脚，把经年找不到地址的那些死批如此爱护到了无以复加的地步。几乎将死批视如生命，它们虽死犹生，在马伯良的心中活着，侨批几成他尚存一线希望的活着的理由。

小说中码头老舵工与瞽师瞽姬合为民间话本，秀才六与胡须六互相构成潮汕市井草根的两类特例，太清先生的玄虚、郭仁卿的豪侠、马灿汉的义勇、周季礼的韬略、郭信臣的担当，以及水客批脚的横空出世，正是这些带着中原流民血液的潮汕子民们，冒险骁勇，开疆拓殖，将海隅之地，创造出一处“皇帝厝，潮汕起”、诗礼传家，又有拓殖精神的近代潮汕。

2. **修辞手法的奇特**

郭蕤在《仁记巷》序中开篇写道：“郭小东新著长篇小说《仁记巷》，读来让人困惑，令人怀想，引人思索。这是一部叙事方式与文学风格皆新异之作。在岭南百年文学流变中，它迥异于其他长篇小说，亦与郭小东以往的小说，有着全然不同的格致……那种时而将名词作动词，又时而将形容词作为名词或动词使用的手法，使一般的叙述，跳离了小说语言修辞的通常习惯和常识，显得别致、奇崛而颇有韵味，同时词义变幻，平添一种诗意的迷离。”指出郭小东语言风格的独具一格，同时列举了书中几处写法例证。

秀才六好几日没上街了。山里连日大雨，三味橄榄送不出来，只有这种骨棱而肉紧、青涩却味甘的橄榄，能与秀才六的心情相通相惜。每一粒橄榄，都必从他掌心通过，至少搓抚几个轮转，把甘草、糖和盐、黄梅等等别味，和掌心的温暖一起，深深地浸淫其中。每一粒橄榄，从花蕊到果实，从春华到秋实，到经冬霜降，以至于与人心的拥抱包裹之间，和人的情怀一起生长。秀才六自从废了科举，便立志于市井之乐，以橄榄自况，做一粒橄榄罢。况且三味而多味矣。

橄榄耐嚼。这里作者意在将橄榄指代“味道”。由味进道，在潮汕民间比比皆是，潮汕人的味蕾活跃，潮菜便是一例，骗不过众口的较真。一个落魄的秀才放弃了高远的瞭望，返身于形而下的玩味，在作者看来，仍然是值得一书的入道之人，不计论道之大小。或许正是由此，作者的文风修辞有了一次重大的转向。正如郭蕤所指："从 1990 年出版的《中国知青部落》到新近的《仁记巷》，中经 14 部长篇小说的创作经历，从中不难发现，郭小东的创作，在语言文字及语言思维的现代汉语运用方面有所新变，有所提升与超越。"诚然，郭小东新著中不乏采用潮州方言通古代汉语的运用，有一嚼橄榄的回味无穷。还可以从古诗词及欧美诗歌中象征、隐喻、通感等手法的习得，见出其语言的诗化。如"石榴树红花白花正碎在枝头，一抹朝阳亮着了新翠暗绿……"分明已经是诗歌的句子了。

结　语

从郭小东自《中国知青部落》（这个时期的郭小东的文学创作已是当时文坛的一处高地，在当代文学史中有评价与定论，故本章绕过不谈）后，从参与改革开时代社会生活体验，到返身文坛写作《非常迷离》系列，再到近期"中国往事"系列小说（已出版《铜钵盂：侨批局演义》《仁记巷》《光德里》）的阅读，看到两个有着较大反差的创作阶段倒可统一在同一的审美风格中看待，这个风格我将它称为"迷离之美"。或缘于一种人格结构，或始于一种宿世情怀。

"迷离"系列出现在中国从"文化大革命"之后进入的一个开放的年代，在全民狂喜的另一种狂热中，泥沙俱下的洪流制造新的迷失的大背景。"合唱团"的出现有"愚人船"的某些影子：那些困扰着整个文艺复兴早期想象力的愚人船很可能是朝圣船。那些具有强烈象征意义的疯人乘客是去寻找自己的理性。

在郭小东笔下的"合唱团"，是一群一边唱着圣歌，以满足曾经的人文理想记忆，一边却行为疯癫的文艺女性。作为一个侧面的影射，可以追忆到"文化大革命"时期理想的幻灭到 20 世纪 80 年代人文思潮的复兴，理想主义再度张扬，但却在短暂时间内，市场经济商品时代再次将人文精神扑灭。福柯的一段话对人类的文明进程的揭示有普遍意义：“疯癫在文艺复兴地平线上的出现，首先可以从哥特象征主义的衰落中觉察到：这个世界所细密编织的精神意义之网开始瓦解，所展露的面孔除了疯态之外都令人难以捉摸。哥特形式继续存留了一段时间，但是它们渐渐沉寂，不再表达什么，不再提示什么，也不再教诲什么，只剩下它们本身的超越一切语言的荒谬存在（尽管人们对它们并不陌生）。形象摆脱了构造它们的理智和说教，开始专注于自身的疯癫。”①

事实证明，疯癫成为一个时代的魔怔。倘若顺从人欲与物质说教，虚无将成为从内心体验到的持续不变的永恒生存方式。便印证了德尚的预言：

我们胆怯而软弱，
贪婪、衰老、出言不逊。
我环视左右，皆是愚人。
末日即将来临，
一切皆显病态。

作为学者和评论家，郭小东显然是有所悟觉的。

“新南方精神”的提出表明了这种触觉。其中包含了对传统智慧的诉求。

笔者在写这篇文章时刚好听闻郭小东的文学挚友雷铎先生去世。有意味的是我在《非常迷惑》序二中读到雷铎先生评述中的一段预言式文字：

郭小东刚过“知天命”，我想，他肯定知道“天命”是什么。

如此鸟瞰，则《非常迷惑》即便写得如此精彩，到底也还不是郭小东的最终追求。

---

① 福柯. 疯癫与文明［M］. 刘北成，杨远婴，译. 北京：生活·读书·新知三联书店，2007：15.

如果我的推理没有错，那么，郭小东第三部《非常迷乱》及其今后的作品，将以新面目示人。

雷铎先生真神人也。虽然我没能看到《非常迷乱》，但是《铜钵盂》系列却无疑是以新面目示人。

郭小东在新著中多次引祝允明手卷曹植诗《箜篌引》附之自识："冬日烈风下写此，神在千五百年前，不知知者谁也。"无异于夫子自道。

牟宗三先生说："生命原是混沌的。只是每一人冲破其混沌，透露其灵光，表露其性情，各有其特殊的途径与形态。这在当时是不自觉的。惟不自觉，乃见真情，事后反省，有足述焉。生命之秘，于此可窥。"①

① 牟宗三．牟宗三哲学与文化论集［C］．南京：南京大学出版社，2010：35．

第八章

闲适之美

——李颉人《死水微澜》的语言风格

创作的本质是为了自由地表达，可以说每一部作品都是作者心思意念的凝聚和升华，是作者内心世界的映衬。这些珍贵的体验和丰富的情感是通过语言来构筑的，它们是作品这部大厦的建筑材料。语言与作品关系密切，不容忽视。

首先，作品是通过语言来塑造“世界”的，这个“世界”包括氛围、人物、环境、心理、事件等。对于读者而言，阅读一部作品就是在进入一个世界，读者与这个世界产生联系的首要渠道就是语言。一首唯美的小诗，其语言应当是柔和、华丽、优美的，让人读出青草的芬芳和细雨的微凉；一篇抒情散文，其语言应当是诚恳、真挚、富有感情的，才能点亮读者心中那盏灯，让读者在柔和的橘色中找到自己的影子；一部推理小说，其语言应当疏密得当、引人入胜，让读者的心随着语言的展开而跳动，让时间在那一刻都静止，又在那一刻都复苏。

其次，语言是呈现作品意义的重要媒介。每一部作品都具有潜意识。这种潜意识是作者的劳动结晶，是读者在进入文本之后才能够慢慢探索的，是整部作品形式之下的灵魂，显得尤为重要。而语言的表达对潜意识的呈现有着直接的推动作用。李碧华的《青蛇》，语言灵异柔美，是传统小说与爱情哲学的高度融合；汪曾祺的《大淖记事》，语言多彩，可知可感，是风俗画描写的佳作；毕飞宇的《哺乳期的女人》，语言简洁精练，叙事力度恰到好处，为深刻主题的最终呈现打下坚实基础。

最后，语言是作家自身创造性的体现。语言是具有地方性和个人化的一种沟通工具。作家在进行作品创作的时候，可以随意选择自己需要的语料进行搭配组合。在这一过程中，埋藏于文本之下的多样化的意义就产生了。这种意义也恰恰是作家想要表达的意念。这个意念是个人化的，具有独创性。而独创性正是一部好作品不可或缺的部分。

总之，语言对于作品的意义，在于它是作品内容所涵盖的所有符号的集结，只有恰当的符号才能展示出该作品最具魅力的内涵。因此，语言的体悟和领会对于读者而言就十分重要了。

一

《死水微澜》是四川籍作家李劼人的重要作品，写成于1935年，描述了从甲午中日战争到《辛丑条约》签订的七年时间里，发生在川西坝子（成都及其近郊）的社会巨变，是一部内容丰富、思想深刻的作品。这部小说在中国现当代文学史上本应有一席之地，但事实上在很长一段时间里并未得到相应的认可。这种情况直到“文化大革命”之后才有所改善，周扬在第四次中国文学艺术工作者代表大会报告中把它列为“五四”运动以来的优秀长篇小说之一，与《子夜》《家》《骆驼祥子》《倪焕之》等并列。此后《死水微澜》逐渐得到应有的评价，它本身具有的强大魅力也渐渐渗进读者的心里。

《死水微澜》具有深广的社会意义。在1894年到1901年这七年当中，中国经历了与日本的第一次战争以及《辛丑条约》的签订，在外承受帝国主义的侵略，川西坝子内部也十分不安定，教民和袍哥两种势力互不相让。“死水”是李劼人对晚清社会的一个比喻，“微澜”则意指两种势力的较量以及像主人公蔡大嫂、顾天成、罗歪嘴等普罗大众上演的故事。故事的背景虽是发生在成都城外的一个小镇，但可以从这里窥见当时中国社会的一些现状，它是宏大历史背景下的一个缩影。李劼人亲历了辛亥革命，也是“五四”新文化新思潮的传播者，他对于历史和社会有着深刻的思考和敏锐的观察力。《死水微澜》虽然描写的是晚清，但李劼人已经看出了那时现代意识的来临和西方物质文化的进入。通过对人物形象的细致刻画，凸显出历史转折中，在偏僻的川西坝子，个体身上复杂的个性与思想，折射出特殊年代人们的精神世界。

然而，就目前关于《死水微澜》的研究情况来看，大多是基于小说主旨意义、人物分析，以及李劼人本人与法国小说之间的关系的相关研究。从语言角度去研究该作品的还不是很多，即便有，也只是依附于四川方言词汇本身的语言特色去进行剖析，没有细致地结合文本内容去探讨该作品的语言之美。而语言在其中所起到的作用恰恰是不能忽视的，它是这部作品得以成功的重要基石。

在《死水微澜》中，作者使用四川方言进行书写。这样的书写让整个作品充满了四川的生活气息，保留了这方水土的原汁原味，将这些发生在四川的故事淋漓尽致地描写下来，传递到广大读者的心间。方言在《死水微澜》中所起到的作用大致有以下几点：第一，口语化。大量四川方言词汇的使用，使得作品中很多语言书写、景物描写、心理描写都非常直白易懂，完全贴近生活，读来让人感觉这种种故事仿佛就发生在街头巷尾，发生在自己身边，而不是离自己颇为遥远。第二，生动形象。每一种方言里面都有自己独特的色彩，四川话的特点在于干脆俏皮，因此在进行描述的时候，作者可以很好地全方位地对物事进行概括，这种概括也使得读者能读出独属于四川的风韵。第三，四川生活方式的体现。自古以来，四川就是个自给自足的地域，在这片地域中，人们的生活方式非常轻松闲适。因此，成都才被冠以“休闲之都”之名。作为反映成都市及近郊生活的小说，关于其休闲的生活方式的书写应当说是重中之重，必不可少。而作者对这一主题的把握可谓是入木三分，相当精彩，这也应当归功于作品中的语言所起到的巨大作用。

二

综合起来，《死水微澜》的语言里最值得称道的，就是体现了一种独属于四川的烙印，这种烙印不仅关乎语言本身，还承载了四川的文化、四川人的精神风貌、四川生活的别样风景。具体来说，语言在这部作品中有以下几种表现。

首先，情节和片段的架构对于小说来讲十分重要，它是小说的骨架，也是故事的走向。《死水微澜》是一部体量不大但故事情节并不单薄的小说。通常我们认为小说的情节应当是紧凑的，那么叙述性的语言也应当是紧凑的，而在《死水微澜》中，我们看到了节奏缓慢、活泼俏皮的语言也可以构建故事框架，描写情节或片段。

邓幺姑顶喜欢听二奶奶讲成都。讲成都的街，讲成都的房屋，讲成都的庙宇花园，讲成都的零碎吃食，讲成都一年四季都有新鲜出奇的小菜："这也怪了！我是顶喜欢吃新鲜小菜的，当初听说嫁到乡坝里来，我多高兴，以为一年到头，都有好小菜吃了。哪晓得乡坝里才是个鬼地方！小菜倒都有，吃萝卜就尽吃萝卜，吃白菜就尽吃白菜！总之：一样菜出来，就吃个死！并且菜都出得迟，打个比方，像这一晌，在成都已吃新鲜茄子了，你看，这里的茄子才在开花！……"①

这段描写出现在小说第二部分"在天回镇"的第四节，字数并不多，也没有特别华丽的辞藻，对话十分直白，节奏也是慢慢悠悠的，但里面却包含了很多信息。女主人公邓幺姑平日里喜欢找由成都嫁到农村的二奶奶聊天，表明邓幺姑自身愿意接触见过世面的人，对城市生活的向往从不掩饰，也说明邓幺姑忙里偷闲，有自己喜欢的娱乐方式。二奶奶以前是过过好日子的，她的回忆为读者尽可能地勾勒了成都的市井生活，也勾勒了自己作为成都市民对吃食的讲究。"吃萝卜就净吃萝卜，吃白菜就尽吃白菜"一句不仅有音乐美，更是活泼俏皮，体现了二奶奶对乡下物质生活单调的埋怨，反衬出对美食的天然的追求。"在成都已吃新鲜茄子了，你看，这里的茄子才在开花！"一句话从侧面说明邓幺姑一心追求城市生活的心思，也为邓幺姑利己主义的形象刻画做了铺垫。

蔡傻子照例在吃了早饭尚未齐场以前，就与土盘子动手，将桌、椅、凳打抹出来，筷子，酒杯，大小盘子等，也准备齐楚。蔡

① 李劼人. 死水微澜［M］. 北京：人民文学出版社，1982.

大嫂也照例打扮了一下，搽点水粉，拍点胭脂——这在乡下，顶受人谈驳的，尤其是女人们。所以在两年前前数月，全镇的女人，谁不背后议论她太妖娆了，并说兴顺号的生意，就得亏这面活招牌。后来，看惯了，议论她的只管还是有，但跟着她打扮的，居然也有好些。

这个片段出现在小说第三部分“交流”的第二节，描写了兴顺号每日开店时的情景。口语化的描写把一个热火朝天的场景生动地展示出来，读者仿佛看到用具餐具一一摆放齐备，两个小伙子在店内手脚麻利地忙活，老板娘蔡大嫂每日淡淡地打扮就已风情万种，被镇上女人所嫉妒，说她是这家酒铺的活招牌，而蔡大嫂也不介意，仍旧站在柜台边展示她的万种风情。其他女人呢，说归说，跟随她的也不在少数。通过这段语言的描写，把天回小镇上人们的日常生活展现得淋漓尽致，既不过分用力，又颇有生活情趣，让读者能够以点带面地去想象成都近郊的休闲生活。

其次，除了叙事性的描写外，小说也离不开描述性的语言，因为对人物、环境、心理的描述是小说的血肉，是一个故事得以完整呈现的重要部分。作者在这方面的表现可以说是相当出色，既生动概括所描写的事物，又给人以美的享受。

青羊宫之东，一墙之隔，还有一所道士庙子，叫二仙庵。也很宏大，并且比青羊宫幽邃曲折，房屋也要多些，也要紧凑些。庙门之外，是一带楠木林，再外是一片旱田，每年赶青羊宫时，将二庙之间的土墙挖断，游人们自会从墙缺上来往。

青羊宫这面，是农具、竹器、字画、小饮食集合之所。二仙庵的旱田里，则是把小春踏平，搭上蔑棚卖茶酒，种花草树木的地方，而庵里便是卖小玩意儿和玉器之处。

这段文字出自小说的第五部分“死水微澜”的第八节，青羊宫被誉为“川西第一道观”，始建于周朝，是成都的名胜古迹，直到现在仍吸引众多中外游客。李劼人的这段描写依旧没有什么华丽的用语，但一座清幽的道观以及道观周边的景致却深入人心。这种淡淡的笔触、直白的书写，让文化气息与生活气息紧密结合的都市一隅跃然纸上，让人赏心悦目。

她的衣裳，也有风致。藕荷色的大脚裤子，滚了一道青洋缎宽边，又镶了道淡青博古辫子。夹袄是什么料子，什么颜色，不知道，因为上面罩了件干净的葱白洋布衫，袖口驼肩都是青色宽边，又系了一条宝蓝布围裙。里外衣裳的领口上，都时兴地有道浅领，露出长长一段脖颈，虽然不很白，看起来却是很柔滑，很细腻。

她似乎顶喜欢笑，从头一面和妈妈说话时，她是那么地笑，一直到最后，没有看见她不是一开口便笑。大概她那令人一见就会兴起“这女人还有趣”的一种念头的原因，定然是除了有力的小脚，长挑的身材，俏丽的打扮，以及一对弯豆角眼睛外，这笑必是要素之一。她自己不能说是毫不感觉她有这长处，我们安能不相信她之随时笑，随地笑，不是她有意施展她的长处？

这两段文字出自小说第一部分“序幕”的第五节。前面一段是对蔡大嫂穿着打扮的描述，从裤子到夹袄再到罩衫，非常详细地写出了每一处的样式和颜色，让人感觉到这个乡下女人的别致并不输于城里妇人。第二段话则是对蔡大嫂神态的描写，她是个爱笑的女人，她的眼睛像一对弯豆角。最有趣的是，作者认为蔡大嫂自己也知道自己的长处，甚至提出反问，怎么能说她随时随地的笑不是她自己有意地展示？这一句通俗俏皮的话，就把一个聪明漂亮并且随时微笑的蔡大嫂送到大家跟前，让大家从体态、面容、身段、神态上都有了一个立体的想象。

她仅仅答应了一件：在蔡兴顺放出来后就嫁给他。附带的是，仍然要三媒六证，花红酒果，像娶黄花闺女一样：坐花轿，拜堂，撤帐，吃交杯，一句话说完，要办得体体面面，热热闹闹，并且一定要邓、蔡、顾三家的亲朋、好友、家族、乡里们到场吃喜酒，会亲拜客，以便把事情打响，免得后来拿耳朵去装闲话。

这段话出自小说第六部分“余波”的第四节。为了救蔡兴顺出来，蔡大嫂的答应嫁给顾天成。此时蔡大嫂年纪已较之前长了几岁，且已经历了生活中的风雨波折、悲欢离合，但在再次出嫁这件事情上，仍然一点都不含糊，排场简直像黄花闺女嫁人一样。不得不说，蔡大嫂在历经困难之后仍然为自己保留了一份闲心。

他的回答，则是：“家有啥子味道？家就是枷！枷一套上颈项，你就休想摆脱。女人本等就是拿来耍的，只要新鲜风趣，出了钱也值得。老是守着一个老婆，已经寡味了，况且讨老婆，总是讨的好人家女儿，无非是作古正经死板板的人，那有什么意思？”

这段话出现在小说第二部分“在天回镇”的第三节。男主人公罗歪嘴本是一个袍哥子弟，生活向来潇洒。别人劝他早日娶个老婆，他就做出了此番回答。我们可以看出，语言的诙谐在里面起到了很大的作用，将一个简单的道理演绎得十分风趣，尤其是将“家”比作“枷”，颇有妙趣，将一个浪子不愿安定的心思以及对稳定婚姻的看法，形象地展示给读者。

三

若要说李劼人的《死水微澜》在语言上形成了什么风格，我们可称之为“闲适”。若要说他的语言有什么美，那也就是“闲适之美”。“闲适”这个词语从字面上理解就是清闲安逸，这与四川人骨子里对生活的追求十分贴合。其实，在中国现当代文坛上，提起“闲适”，人们首先想到的是林语堂、周作人的散文，那种气定神闲，那种能将万事万物都与“趣”字相联系的心境。周作人曾对“闲适”下过这样的定义：“闲适是一种很难得的态度，不问苦乐贫富都可以如此，可是又并不是容易学得会的。”① 闲适可分为两种：一种是安乐时的闲适；一种是忧患时的闲适。李劼人的字里行

---

① 钟叔河．周作人文选（1930—1936）［M］．广州：广州出版社，1995．

间也有着这样一份闲适、对生活的热爱和对人生的豁达。而这流淌在文字里的独特美感，恰恰是值得我们注意的。具体来说，《死水微澜》中的闲适之美体现在以下几个方面。

一是画面美。欣赏画作本身就是一件需要闲情逸致才可做的事，读《死水微澜》仿佛在欣赏一幅画作，因为里面有关于色彩的描写，有关于线条的勾勒，有想象的多维空间，给人以复合的美的享受。

首先表现为色彩美。小说里有很多关于色彩的描写。

又通气，又通光，而且后面空坝中还有两株花红树，长过了屋檐，在春夏之交，绿荫荫的景色，一直逼进屋来。

这是描写兴顺号后院景象的一个小片段，只“红”“绿”二字，便使无数惬意上心头，让人产生美的想象。

手是未曾停的，刚把乌云似的长长的头发用挑头针从脑顶挑开，分梳向后，又用粉红洋头绳扎了纂心，水绿头绳扎了腰线，挽了一个时兴的牡丹大纂，正用抿子蘸起刨花水……

这段文字是对蔡大嫂对镜梳头的描写，“乌云”“粉红”“水绿”三个表现色彩的词语跃然纸上，再加上“牡丹大纂”，不禁让人浮想联翩，仿佛在蔡大嫂的头上看到一朵盛开的牡丹花，再配上蔡大嫂姣好的容貌，真可谓是美人如画。

其次表现为构图美。任何一幅美术作品都要讲究构图和内部关系，在李劼人的小说中也能品味出构图的美。

房里靠壁各安了一张床，白麻布印蓝花的蚊帐，是栈房里的东西。前窗下一张黑漆方桌……有蓝花瓷茶食缸，有红花大碗盘，随时盛着芙蓉糕，锅巴糖等类的点心，有砚台，有笔，有白纸，有梅红名片，有白铜水烟袋，有白铜漱口盂，有虬鱼骨嘴的叶子烟杆，有茶碗，有茶缸。桌的两方，各放有一张高椅。

这段文字描写的是云集栈后院、刘三金厢房。这里写到很多器物，也写到这些器物与方位之间的关系。这就好比有一支画笔为我们勾勒出整幅画的基本线条，让我们知道它的整体布局是怎样的，哪里放着什么，器物的重叠和交织就产生了一种空间的美感。再加上此段还有颜色的渲染："蓝花""红花""梅红""白铜"，使得整个场景描写更加丰满和多彩，读来令人赏心悦目。

二是味道美。自古以来，关于食物的描写不胜枚举。中国的文人仿佛就爱在食物上倾注感情，从食物里吃出兴致。《死水微澜》里不乏对食物的描写。这些地道的四川美食，在李劼人的笔下变得鲜活而有滋味。

所以成都西北道的猪，在川西坝中又要算头等中的头等。它的肉，比任何地方的猪肉都要来得嫩些，香些，脆些，假如你将它白煮到刚好，切成薄片，少蘸一点白酱油，放入口中细嚼，你就察得出它带有一种胡桃仁的滋味，因此，你才懂得成都的白肉片何以是独步。

这一段是对成都白肉片的描写，从猪肉的来源到做法，以及最后入口的滋味都做了详细描述，没有过多的语言修饰，一句"一种胡桃仁的滋味"便说尽了个中美好。

兴顺号自然也热闹。它有不怕搁置的现成菜：灰包皮蛋，清水盐蛋，豆腐干，油炸花生糕。而铺子外面，又有一个每场必来的烧腊担子，和一个抄手担子，算来三方面都方便。

这段话是对兴顺号及周边饮食环境的描写，虽然只是铺排，但读者也尽可想象在那样一个小镇的酒铺上，除了有上好的绵竹大曲、资阳陈色、白沙烧酒，还有可心的小吃。语言的铺排在此时更像是闲适生活的展示，是人们生活选择的展示，虽未只写闲适，却已有了闲适。

蔡大嫂正高高挽着衣袖，系着围裙，站在灶前，一手提着锅铲，一手拿着一只小筲箕盛的白菜；锅里的菜油，已煎得热气腾腾，看样子是熟透了。

"哗啦！"菜下了锅，菜上的水点，着滚油煎得满锅呐喊。蔡大嫂的锅铲，很玲珑地将菜翻炒着，一面洒盐，一面笑嘻嘻地掉过头来向罗歪嘴说话，语音却被菜的呐喊掩住了。

这段文字描写了蔡大嫂在灶边炒菜的情景。小筲箕里的白菜，煎得喷香的菜油，玲珑的翻炒，共同谱成了一曲交响曲。读者没有近身灶台，却仿佛已经闻到那白菜裹着菜油的清香，听到了水与油一起制造的“呐喊”，既贴近寻常生活又让人产生想象。另外，小说中还常出现“芙蓉糕”“云片糕”“锅巴糖”“汤圆”“醪糟”等四川传统小吃，尽管用笔较少，但其名称如“芙蓉糕”已自带一分优雅、一分香甜，还没尝到嘴里就已好似有一股芙蓉香扑鼻而来。这也是语言的作用。

三是音乐美。阅读一部好的作品，也像是在欣赏一首好的乐曲，因为读者能从里面读到独属于它的音乐美。《死水微澜》是一部用四川方言写成的作品。四川方言自身俏皮干脆的特点，以及接近北方方言的铿锵有力的发声特征，使读者在阅读作品的时候，能够体会出流淌在语言中的节奏感和美感，这种节奏感往往给人以闲适的享受心境。

二姐道：“你不冷吗?”“怕啥子!”“着了凉，要害病，要吃药的!”“怕啥子!”

这是二姐和蔡大嫂儿子金娃子的对话。“啥子”是四川人最常用的方言之一，相当于普通话里的“什么”。当二姐担心金娃子着凉受冷的时候，小小年纪的金娃子连说了两句“怕啥子”，清脆有力，仿佛一支年老的童谣。而这一幕也显得格外有童真童趣，让人心底澄澈。

连讨口子都是快活的！你想，七个钱两个锅块，一个钱一大片卤牛肉，一天哪里讨不上二十个钱，那就可以吃荤了！四城门卖的十二象，五个钱吃两大碗，乡坝里能够吗?

这段话的背景是，邓幺姑疑心母亲说的话，因而问从成都嫁来的韩二奶奶，成都的穷人是否也很苦。从韩二奶奶做出的回答当中，我们能看出韩二奶奶的快人快语，以及对成都生活的褒扬。这段话里出现了很多数词，这些数词在四川方言里的发音都是非常干脆利落的，极富音乐的流畅感，再结合它所表达的内容，成都街头巷尾丰富的小吃文化就进入了读者的阅读体验。吃小吃要有闲心，听音乐也要有闲心，闲适的美感又流诸笔端了。

四川是人口大省，人多也爱热闹，热闹就有声音。《死水微澜》里多有这样的场景描写。

赶场是货物的流动，钱的流动，人的流动，同时也是声音的流动……于是，只有人声，只有人声，到处都是！似乎是一片声的水银，无一处不流到。

这两句都是形容天回镇赶场当天的情况。通过语言描写，我们完全能感受到那种人声鼎沸、各种声响混杂在一起的感觉，丰富立体，富有节奏感。赶场看似拥挤，其实也不过是赶一份闲心，买一份喜欢，热闹中赶的还是一份闲适的心境。

四

人活一世，活的就是个心境，四川人历来生活节奏慢，极度推崇悠闲的生活。李劼人是一位观察能力极强的作家，他把自己对四川人以及四川生活的观察用语言巧妙地表达出来，描述了多种状况下四川人闲适的心理状态，从而给读者带来闲适的心理体验。

有一句诗这样写道："春有百花秋有月，夏有凉风冬有雪，若无闲事挂心头，便是人间好时节。"心头没有闲事的情况可以理解成我们常说的顺境。在顺境当中，人自有一份安定和闲情，自有一双发现生活中美的眼睛，这在《死水微澜》中我们也能看到。

算来，唯有清明节最好了，每年此际，不但有三天不读书，而且还要跑到乡下坟园去过两夜。这日子真好！真比过年过节，光是穿新衣裳，吃好东西，放泼地玩，放泼地闹，还快活！快活到何种程度，可是说不出。

……

啊，天那么大！地那么宽平！油菜花那么黄香！小麦那么青！清澈见底的沟水，那么流！流得洄洄地响，并且那么多的竹树！辽远的天边，横抹着一片山影，真有趣！

这两段是描写在都市长大的“我”对乡野趣味的向往，以及出城之后“我”看见的景象。通过对“天、地、油菜花、小麦、沟水、竹树、远山”的细致描写，我们可以体会“我”坐在轿子里欢呼雀跃的心情。所谓眼睛看到的就是心里所想的，油菜花之所以那么香，小麦那么青，山影横抹在天边，那都是因为“我”——一个都市少年终于可以逃脱私塾的念书生活，去乡下撒欢，去呼吸新鲜空气，去另外一片“我”所不熟悉的天地。

跳累了，就仰睡在草地上，从苍翠的枝叶隙中，去看那彩云映满的天，觉得四周的空旷感，好像从肌肤中直透人脏腑，由不得你不要快活，由不得你不想打滚。衣裳滚皱了，发辫滚毛了，通不管。

这段话是描写“我”和二姐在坟园的青草地上玩耍。大户人家的少爷和小姐，不管不顾地在草地上打滚，尽情享受青草带来的清香，任凭衣服变皱、发辫变乱，只是将自己扔进这块绿地，任由身心和大地亲密接触，这是何等的童心童趣。

云集饭馆蒸炒齐备，就中顶出色的是猪肉片生焖豆腐。不过照顾云集饭馆的，除了过路客商外，多半是一般比较有身份、有钱的粮户们，并且要带有几分挥霍性的才行，不然，怎敢动辄就几钱银子地来吃喝！

……

到正午过后不久，已过了好几个吃酒的客。大都是花五个小钱，吃一块花生糕，下一杯烧酒，挟着草帽子就走的朋友。

这两段话，描写了天回镇上人们常去的两个餐饮地。富人前往云集饭馆，那里有上好的蒸菜、炒菜备着。戴草帽的过路客可以花五个小钱买花生糕和烧酒，颇像《孔乙已》里面站着喝酒的伙计。我们可以看到，无论贫富，无论坐着还是站着，都能吃出滋味。何处滋味？这便是拥有一份闲适的心情方能做到的。读者读到这里，想必也仿佛自斟了一杯美酒，一饮而尽。

有一句老话“人生不如意之事，十之八九”。人天生就趋利避害，不顺和逆境是我们不愿意面对的，但是我们却没有办法逃避，身陷逆境的时候，可以选择怨天尤人，也可以选择泰然自若，甚至还可以自嘲，或选择当下的宁静。《死水微澜》里人物形象众多，性格也比较突出。

姑太太却大笑起来，把纸牌向桌上一扑道：“才笑人哩！我默道天气太热，麻脚瘟又发了哩！又是北京城的事！听厌了，听厌了，也值得这样张张巴巴的！大嫂，刘姨太太，还是来打我们的牌！”

姑太太的话真对！北京城离我们多远啦！况且天天都听见在讲的事。于是众人把耸起的耳朵，都放了下来。

这一段是说郝达三来告诉各位太太，八国联军打进北京城一事，而姑太太和一干女人却表示不值得关心，打牌才要紧。但并不能因为这样就判断姑太太等一帮人没有爱国主义情怀，而是她们深知，北京尚远，自己又是一介女流之辈，还轮不到她们来操心，因此过好当下便是正题。

当义和团、红灯教、董福祥攻打使馆的消息，潮到成都来时，这安定得有如死水般的古城，虽然也如清风拂过水面，微微起了一点涟漪。但是官场里首先不惊慌，做生意的仍是做生意，居家、行乐、吃鸦片烟的，仍是居他的家，行他的乐，吃他的鸦片烟。而消息传布，又不很快，所以各处人心依然是微澜以下的死水，没有一点动象。

这一段可以说是小说的点睛之笔，照应了小说的名称和主题，可以看出在历史的转折点，这座古城虽偶有涟漪，但更接近于一潭

"死水"，但这死水并非真的"死"，对于处于当中的四川民众来说，生活依然风生水起，居家行乐毫不耽误。这种心境不可不谓之"闲适"。读者读到这里，尽可以去想象那样一座古城，那样一群四川人过着属于他们自己的生活。

她不禁伤心起来，说以前的头发多好，天回镇的姑姑嫂嫂们，没一个能及得到她，而今竟打落了这么多，要变成尼姑了。

……

一直流连到她把头发梳好，听她抱怨说着强盗们抢得连镜子脂粉都没有了。

这段描写是蔡大嫂被打伤之后，顾天成去看望她时，她说出的一席话。我们可以看到两个信息：第一，蔡大嫂曾经的头发在全镇都算是顶好的，没人赛得过，但如今被打落，她顿觉伤心；第二，强盗们把她的镜子脂粉全抢了，她以后连个打扮的家什都没有。按照一般人的生活经验，受了伤首先应该是怕自己的伤口好不了，或者以后造成后遗症，而蔡大嫂在身体还没痊愈的情况下，首先提到的两件事都是与自己美貌有关的。爱美之心人皆有之，可并不是在任何情况下都能谈美的，尤其是在自己还没安顿好的时候。可蔡大嫂依然在这个时候对于自己的美貌投入大量关注，是何等的气定神闲，仿佛经历的苦痛都算不得苦痛，而每一天能按照自己喜欢的美好样子去活才是重点。即使暂时境遇不好也不降低标准，是何等有闲心啊！

综上所述，李劼人的《死水微澜》是一部集历史、生活、文化于一体的小说，其内容丰富，意义深刻，语言具有闲适的美感，在中国现当代文学史上当有一席之地。

第九章

含蓄之美

——蒋韵、格非小说的语言风格

“含蓄”的内涵十分丰富，汉语字典里的释义即“包容、蕴藏于内而不显于外”。在文学创作手法上，“含蓄”则具体定义为“表达委婉，耐人寻味”。如孙犁在《秀露集·进修二题》中写道：“所谓含蓄，就是不要一泻无遗，不要节外生枝，不要累赘琐碎，要有剪裁，要给读者留有思考的余地。”① 汉语追求一种“言外之意”，它含而不露，隐而虚空，具备强烈的感染力，以语言表达语言之外的东西，恰是一种独特的语言技法。在诗词方面，“含蓄”又有隐秀之意。冯班曾在《钝吟杂录·严氏纠谬》中说道：“诗有活句，隐秀之词也；直叙事理，或有词无意，死句也。隐者，兴在象外，言尽而意不尽者也；秀者，章中迫出之词，意象生动者也。”②

早在中国古代，“含蓄”就已成为一种技法被广泛运用于艺术、哲学、生活的许多领域，它表达了一种内蕴的情思，虽不似大浪扑面，却丝丝缕缕渗进心头。诗经《蒹葭》有云：“蒹葭苍苍，白露为霜。所谓伊人，在水一方。”诗中不提及半分“情爱”字眼，却能将爱恋之情表达得丝丝入扣。临水怀人，情与景融为一体，在优雅的意象中，展现了唯美的含蓄。又如《左传》中的《郑伯克段于鄢》，情节富于故事性和戏剧性，作者花费大量笔墨叙述郑庄公与弟弟共叔段、母亲姜氏之间的权力斗争，直到结局才揭晓这原是一个讲述母子和好如初的故事。大隧之中，其乐融融，在转折的叙述间，展现了灵动的含蓄。

正如潘知常在《妙不可言——中国古典美学的批评观》这篇文章中写道：“在中国古典美学家看来，作品是一个充满内在生命、浑然不分的整体，它是不能用抽象的理性去分析、说明或索解的。因之，它蕴含的美是‘块然自生’‘无言独化’的，只能体会，不

① 孙犁．秀露集［M］．天津：百花洲文艺出版社，1981：144.
② 冯班．钝吟杂录［M］．何焯，评．北京：中华书局，1985：73.

能言说，‘道不可言，言而非也’。作品中的美是沉默不语的……”①“言外之意”也好，“言尽而意不尽”也罢，这都是含蓄之美的表现，将深意藏于丰富内涵的意象、情节之中，使读者用自己的想象来填补“不言尽”的余地。

本章以蒋韵、格非的小说为例，分析他们小说叙述语言的含蓄之美。意象的伏笔是蒋韵小说的闪光点，而情节的空缺是格非小说创作的语言实验。在笔者看来，含蓄之美是蒋韵笔下的丰富意象，也是格非述说的跳跃情节，“不言尽”的内涵是他们共有的含蓄之美，而在表现手法上具有各自的风格。

一

蒋韵是一位山西女作家，曾获鲁迅文学奖、赵树理文学奖等奖项。新时期以来，中国文学的发展具有方向性，一浪接一浪的文学潮流被命名，作家被群体化归类。在那个热浪涌动的年代，蒋韵却偏偏不去弄潮，既不“与时俱进”追逐集体热点，也不归属于任何流派，用她自己的话说，是一个处在中国当代文坛“热闹”之外的作家，“多年来我习惯了在聚光灯照不到的地方很安静地写作和生活。这一方面是形容心态，相对而言是比较安静的；另一方面是形容状态，现在无论市场也罢，文坛也罢，都是热闹的，我始终处在这个热闹之外”。即便蒋韵作品丰富，且多部优秀作品获得殊荣，她也常被人认为是一个边缘化的作家。

蒋韵一直在坚持书写“忧郁”“失去”“苦难”的文学母题。在她看来，“中国文学在人类的精神史和感情史上是不可取代的”，生命的悲情需要永久地被关注着，成为民族灵魂的印记。蒋韵前期的作品以描写经历过“文化大革命”的那一类人的命运为主，如处女作《我的两个女儿》，对“文化大革命”进行控诉，对主人公寄

① 潘知常．妙不可言：中国古典美学的批评观［J］．江海学刊，1986（2）．

予同情。到了1989年后，蒋韵的风格基本奠定在“美丽的忧伤”这类悲情与孤独的主调，比如《落日情节》探讨人的心理障碍对其命运的影响，作品侧重表现女性内心生活，作者在叙述中而不是在描写中来刻画人物的心理，塑造人物的形象。《落日情节》中的主人公郗童，她的形象描写非常冷峻。

郗童很瘦所以衣服就总是显得很肥大。郗童永远没有穿过较为合体的衣服。

郗童穿着古板。

郗童一身七十年代初期的装束走在如今颇为喧嚣的大街，红男绿女摩肩接踵，郗童脸不变色心不跳。脸是一张淡漠的白脸，上面传来空谷足音。①

由此凸显了简练又细腻的艺术风格，是人物形象塑造上的含蓄之美。

成一评价蒋韵的小说是一首“无处安置的诗意的史诗”②。诚然，蒋韵的小说语言有着典雅凄迷、精致哀婉的特点，她的作品运用了很多象征，致力于捕捉一种感觉、一种情绪、一种意象。所有的这一切构成了唯美的意境，这便是含蓄之美的表达。蒋韵作为一位细腻的女性作家，在她笔下不乏独特的意象类型：植物、时间与地域。意象是在瞬间呈现出的一个理性与感性的复合体，刘勰曾指出意象的概念是“独照之匠，窥意象而运斤”③，而伏笔是作品中必不可少的隐秘暗示。意象的伏笔是优美的，也是深邃的。蒋韵善于在作品中节制感情，节制感情最好的方法是使用适当的意象。笔者将通过分析蒋韵作品中伏笔的意象，来述说其含蓄之美。

其一是植物意象。

---

① 蒋韵．落日情节［J］．上海文学，1990（11）．

② 成一．无处安置诗意的史诗［J］．当代作家评论，1997（1）．

③ 张晶．神思［M］．天津：百花洲文艺出版社，2009．

花与树是蒋韵作品中最常见的植物意象。花是美好的事物，是希望所在，而花的凋零，暗示着美景不在，生命走向终结。在《落日情节》中，蒋韵将主人公郗童描述成“残花败柳”，暗示其命运的不幸。

九月的阳光下，郗童疲惫不堪，看上去极其凋零，像一枝残花败柳。①

蒋韵善于用花朵的凋零来表达生命的凋零，比如《栎树的囚徒》中描述金钗的死。

两百里外，洛阳城的牡丹盛开不败，六百里外，阳山的杜鹃盛开不败，牡丹杜鹃遥相呼应，为她壮行。②

金钗的一生是一场悲剧，她对自由生活的向往被残忍埋葬，她选择吞食鸦片自杀，是对现实生活彻底绝望后自我尊严和自由的维护。

蒋韵小说中的树始终是孤独的，它映照着人的命运，独自降生于世界，又独自回归虚无。《心爱的树》中反复出现了“槐树”：

那是一棵槐树，说不出它的年纪，枝繁叶茂，浓荫洒下来，遮住半座院子……梅巧不喜欢这树老气横秋的样子，她就在画上修改这树，她恶作剧地解气地把树叶涂染成了蓝色。一大片蓝色的槐林，有着汹涌的、澎湃的、逼人的气势，乍一看，就像云飞浪卷的大海，翻滚着激情和——邪恶。③

这段关于树的文字描写是在衬托年轻的梅巧孤独苦闷的心境。那时的她为了读书而嫁给大自己 20 岁的大先生，但她心有不甘，不愿像槐树般被围困在小小一方天地，不安分的她渴望走向更广阔的世界，遇见真正的爱人。所以，当她遇见大先生的学生席方平

① 蒋韵. 落日情节［J］. 上海文学，1990（11）.

② 蒋韵. 栎树的囚徒［M］. 广州：花城出版社，1996.

③

后，她真正地恋爱了，并且抛下自己的子女与新欢出走南方。许多年后，梅巧和大先生重新见面，那也是最后一次见面。大先生忽然提起那棵大槐树终究被锯掉了，满腔悲哀。而梅巧也说：

锯口那儿，就流出一大串眼泪；刺啦，刺啦，扯过去，又是一串眼泪，我看得清清楚楚，老槐树哭呢……①

岁月的痕迹，让梅巧眼中的树不复当年激情。她或许明白了，人就像树，会经历飞扬的青春，也会经受生活的磨炼后归于平淡。

其二是时间意象。

蒋韵曾表达她对“河流”这一意象的重视与喜爱：“河流是我最热爱的东西，站在一条河边，不管是黄河、长江，还是我的家乡汴水伊河，哪怕是地图上一条河流的标记，它们总能激活我心里沉睡着的一切创造的智慧和冲动。河流在我心中的意象，就是一个人和世界对话的方式。”尉天骄从美学的角度分析河水的意象，共有五种：长流不已的水蕴含着深邃悠长的历史人生意味，浩瀚博大的水象征着伟大崇高的境界，秀美的水具有温柔多情的灵性，清白的水标志着纯洁无瑕的品格，与“土”对应的水成为另一种生存领域。蒋韵将河流作为她与世界沟通的方式，一切世间的事物都在时间的长河上流过，人们沿着河流凭吊过往，达到灵肉合一。《冥灯》中，河流这一意象贯穿了全文，范西林为了看黄河来到一座小城，又在河流中看到了死亡，河流是时间的线索，带着人们的气息，通向神秘的终点。

于是，纸的灯顺黄河一路而下，黑的河面上，起伏出一星一点的温暖和眩感，极美丽地，在永远无法穿越的黑暗中，灭亡。

因为生命之河，蒋韵拥有了更多关于时间消逝的思考，而这将深刻影响着她的创作。

蒋韵的小说中经常出现落日西沉的情景。比如《晚祷》中，袁

---

① 蒋韵．心爱的树［M］．太原：北岳文艺出版社，2008.

有桃最喜爱看到的便是夕阳西下之景。

血红的一轮夕阳，挂在山巅。山峦、天空、长城、烽火台、千沟万壑，都变成了那样一种沉静的、安详的金红色。她眯着眼睛看夕阳的神情，让姥爷心疼。①

袁有桃被排斥、被欺侮。生存本身就是她的原罪，更何况间接害死了一位同学是折磨她一生的梦魇。日落西沉，是时间终结的预兆，暗示即将到来的绝望与沉沦。而《落日情节》则直接以落日作为小说题目，又以一句利落的落日之景作为结束语：“太阳将落未落，如一幅旧画。”② 更加渲染了生命的孤独、湮灭之感。

其三是地域意象。

虽然蒋韵生长在北方，但她毫不吝惜地在作品中展现南方色彩，南方具备着北方欠缺的温婉、诗意，或许她对南方情有独钟，或许明丽的南方是她小说中一抹不可或缺的重要色彩，重要的是，南方这一意象也恰到好处地表达了含蓄的风格。小说《琉璃》的主人公海棠在 16 岁那年去了一趟北京，正是这段短短的观光之旅，让她记住了四合院，记住了莫斯科餐厅，更记住了散发在空气中却触不可及的“优雅的生活”。从此，海棠想改变自己，她开始说京腔的普通话，开始接触种种与“优雅生活”有最细微的联系的东西。后来她成为崔护的妻子，但她内心仍惦记着初恋情人刘耘生。海棠知道刘耘生生活在南方，于是，南方成为她灵魂的追逐之地。因为当年刘耘生无意间所承诺的“十年之约”，海棠甚至选择了抛弃家庭，抛弃在北方所拥有的一切，奔赴南方。

南方，就这样，如同一支箭，射进了海棠的生活，给她那原本虚弱的平静射出了鲜血淋漓的伤口。她知道那伤口是无药可救的，那是致命的、又疼又甜蜜的诱惑和吸引，是黑夜的大海上妖女美妙

---

①② 蒋韵. 晚祷［M］. 北京：作家出版社，2015.

绝伦的歌声……除了赴死般地扑向它，她别无选择。①

起初她没有同伴，没有舒适的生活环境，幸而心中有充沛的爱，南方一切的不适应都变成了适应，一切的困难都是可以被克服的。

这真是一个炽热的地方，热烈、喧哗、生机勃勃，所有那些南方的植物，每棵树每朵花每棵草似乎都在叫喊着生长，长成不可思议的丰美、强势和夸张。生活也是这样，有一种热烈而欢快的、恣意肆意扩张的霸气。②

就这样，怀揣着强大信念的海棠，在南方找到了她的归属，也找到了她所希冀的“优雅生活”，那是自由的、美好的、罗曼蒂克的，而这一切，都在远方，都在南方。

当然，蒋韵小说中出现的意象不止以上所罗列的几种，但花与树、河流与落日、南方这几个是极为典型的意象，它们融入了作者细腻的感官和诗意的审美。在她的描摹下，这些意象将作品推向了更精粹的高度，含蓄的意象伏笔与作品总体唯美的氛围息息相关。

二

20 世纪 80 年代后期，中国小说有两种主要潮流：一种是先锋小说；另一种是新写实小说。新写实小说基本按照文学的语言与现实的对应性来写，代表汉语中维护现成规范的一极；先锋小说则致力于语言的实验，寻求变化的一极。格非早期的两部代表作《迷舟》和《青黄》强烈反映了他对语言的探索和对汉语新的可能性的发掘。格非在文字上的运用方式上汲取了西方文学的营养，他的这种文本意义上的实验是非常重要的，其影响也是深远的。也许正是基于语言的特点，格非的叙述风格自有特色：当情节停止或趋于停止时，叙述却在延宕不休，于是语言呈现一种悬浮的状态。对于

①② 蒋韵. 晚祷［M］. 北京：作家出版社，2015.

读者而言，一种阅读的期待由此增强或减弱了。格非叙述上的特定意义恰在其叙述方式中，那便是让读者重视时间性的感受和思悟：瞬间即永恒，永恒即瞬间。

在格非的小说特色中，场面的铺垫、线索之间的环环相扣、叙述的跳跃空缺都是他的长处。读者需要了解格非文体中的含蓄特色，才能抓住在文字后面的作者意图，这也是文学上的一种游戏。格非的小说是既传统又现代的。首先，他的作品不同于故事破碎的现代小说，而是具备充实的故事性；其次，格非小说以其形式、文体浸染着现代小说的扑朔迷离、神秘奇特。雷达在《动荡的低谷：论 1988 小说潮汐》说道："'格非迷宫'可能是目前小说界最奇特的现象之一。"① 《迷舟》和《青黄》两部小说充满了博尔赫斯式的诡谲与自我指涉色彩，传统小说的"完整性"被"空缺"顷刻瓦解，十分写实的叙事因"空缺"而变得疑难重重。巧妙的"叙述空缺"给读者带来更多的想象空间，而这个空间营造了一股深邃的含蓄之美。

《迷舟》是一篇具有浓郁抒情风格的小说。故事的开头非常引人入胜："棋山守军所属三十二旅旅长萧在一天深夜潜入棋山对岸的村落小河，七天后突然下落不明。"② 这不禁给读者留下一个谜，萧究竟经历了一件什么事情？当然，作者并没有平铺直叙地告诉我们真相，而是处处留下一些微妙的提示。

在他的白马跃下山坡的时候，他想起了前些日子在师部开会时听到的战报：三日二十一日攻占榆关的恰恰是他哥哥的部队。

……

"当心你的酒盅。"

道人含糊地说了一句。

---

① 雷达. 动荡的低谷：论 1988 小说潮汐［J］. 小说选刊，1989（2）.

② 格非. 迷舟［M］. 广州：花城出版社，2013.

……

萧蹲在杏不远处的侧面，除了杏秀颀的身体轮廓外，他的眼前一片空白。①

随着时间一天天过去，故事一步步展开，读者心中的疑团越积越多，萧的命运似乎被掌握在哥哥、酒盅或者杏的身上。待到萧与杏的事情败露，三顺扬言要杀死萧，谜底似乎准备被揭晓，并且当萧在去榆关的路上，他已具备一切“必死的条件”：萧在涟水河边无路可退，萧匆忙间未带手枪，萧的警卫员不在身边等，但谁也料想不到三顺忽然失去杀萧的兴致。而故事的真正结尾，是萧的警卫员认为他是通敌，按照指令枪决了萧。正如小说里的那段话：“他回忆起道人闪烁其辞的忠告，现在，迫使他跨入地狱之门的似乎不是盛满美酒的酒盅，而是黑乎乎的枪口，他莫名其妙地感到了一丝遗憾。”② 故事的发展不断改变着预定的方向，重要情节的缺漏产生了荒诞与神秘。

《迷舟》的语言是精致的，也是迷幻的，它用确切的时间讲述不可捉摸的命运，留下更多回味的空间。而《青黄》的奇谲语言造成的叙述缺失，同样置小说题旨于无解的境地。

陈晓明在《无边的挑战：中国先锋文学的后现代性》中说：“青黄作为故事的起源，随着叙事的进展变得越来越模糊，故事越是讨论青黄，越是远离青黄；故事远离青黄，却在切进青黄。由于青黄起源性的空缺，因而叙事进行中出现的空缺与空缺间形成互相补充的关系网络，空缺对空缺的补充有可能使故事重新组合，也可能使故事陷进迷宫。”③“青黄”一词的意义因消解而重建。在这篇小说中，起源的空缺以及引申的空缺使故事破碎而完整，故事与故

①② 格非．迷舟［M］．广州：花城出版社，2013.

③ 陈晓明．无边的挑战：中国先锋文学的后现代性［M］．桂林：广西师范大学出版社，2004.

事之间的联系被全部割裂，最终只剩下开头的那句话："你到了那里将一无所获。"

在《众妙之门：重建文本细读的批评方法》中，陈晓明再次阐释："格非的小说就是这样表达对真相的怀疑，它总以探究真相为始，以迷失真相告终。"①《青黄》这个称不上故事的故事，反复地运用了"叙述空缺"，以求含蓄地表达作者不对历史、不对真相做出绝对的论断和解释。对于不同的人，"青黄"便是不同的东西：第一种"青黄"无非和妓女有关，可能是作者描述的一本被带上岸的书，文中说是对于年迈妓女的关于凄惨的描述，可能就是象征妓女这个行业的兴衰。第二种是李贵口中的狗，是他对于自己过错因后悔，所以不愿意承担而撒下的谎话。他晚年找到归宿，终于对于年轻时候的事后悔了，他把"我"叫到住处，因为"我"知道这件事情。他给狗起名字"青黄"，是作者对于后悔的暗示。这也许就是常见的、时间洗刷过的、难以描述的孤独后悔的痛苦，就像人一样，年轻时"青"（无畏），年老会"黄"（后悔）。第三种是一种草本植物。故事刚发展到高潮，便没有下文。也正如格非本人所说："作家要维持住读者的兴趣和耐心，必须依赖各种技巧。比如，在故事发生的过程中，长篇小说家往往会设法'延缓'故事高潮的来临，而当代作家并不是用此方式，而是让故事一个接一个地发生，也就是说通过一个次要情节引出一个主要情节。"

"空缺"作为格非叙事中常用的手段，表达的是格非对生存状态的一种理解。借助"空缺"，格非不仅使自己的小说完成了一种对于现代生活的描绘与揭示——当今是一个破碎的、矛盾的、不完整的世界，生活空缺无所不在，"空缺"是我们生存状态中的一种真实写照。

---

① 陈晓明．众妙之门：重建文本细读的批评方法［M］．北京：北京大学出版社，2015.

三

含蓄是中国人所崇扬的人格美的根源。含蓄的审美在意识上符合我们民族传统上的欣赏心理，也与隐秀的民族品格相契合。与西方大胆而外露的生活传统不同，东方人更愿意转换另一种内敛的方式去进行沟通表达。含蓄也是一种隐藏着的力量，是不显露的美。中国的哲人们经过长久的历史过程去寻找的美学便是在外壳中隐藏的内在忠实性，逐渐走向西方化、现代化的中国社会所应坚持的传统价值，并不是保守主义者或复古主义者所主张的过去的生活方式，而是蕴含在其中的原理，其中之一便是含蓄之美。

汉语中的“含蓄”极为微妙，它所囊括的“妙不可言”抑或“一切尽在不言中”都是细碎感情的收纳容器。汉语之中的含蓄之美，不仅由来已久，而且历久弥新，在不同的时代语境下散发着舒心的魅力，通过文字来传达人类的无法言喻的感官，充分发挥文学的想象。有时它是怯懦的，像少女与有情郎鬓间的窃窃私语；有时它是喜悦的，像久别重逢的空谷足音；有时它是疼痛的，是呼愁般镌刻下的寸寸伤痕。

含蓄之美是作家们留给读者各自启发自己固有的情绪、能力来理解的空地，他们用文学的技法来隐藏心中的理念。好的作品常常包含着含蓄之美的普遍性，因为这普遍性，作者与不同时代、不同文化、不同场所的读者相会、交谈。蒋韵和格非了解含蓄之美的价值，在他们的文学世界中，我们可以处处找寻到其独特的含蓄之美。

第十章

感伤之美

——巴金《家》和鲁迅《伤逝》的语言风格

感受，多数条件下是由外界的人或事引起的心理上的变化。感伤作为感受的一种，首先是一种内在的心理活动，特指外部环境引起的低落、沮丧、悲伤。如果把“感伤”比作香水，那么前味肯定是“悲”和“伤”，随着中味的过渡，后味却有一种让人难忘的“美感”。中国的古诗词，很多都夹杂着感伤之情，如“感时花溅泪，恨别鸟惊心”“念天地之悠悠，独怆然而涕下”。如此之多的感伤之诗流传至今，表明诗句本身是有其独特美感的。“孤影”“残烛”“荒村”，这些画面使人们内心产生凄凉、感伤的情绪。想象一下：一个脸上写满忧愁、伤感的少女，坐在夕阳下的石阶上，用手托着腮，目光呆呆地看着落日……这番描述定是令人伤感不已。但从另一个角度来欣赏，“少女”“夕阳”这些元素又勾勒出一幅极美的画卷。作家或者其他文艺工作者们创作这些带有感伤色彩的作品，并得到了受众的欢迎，或许就是因为感伤具有独特的魅力，同时人们也真切地感受到，这种感伤之美可以洗涤心灵、启发并引领迷失的人们不再沉浸其中。

语言与文学作品之间的关系，类似于小船之于渡河的人——载体之于客体的关系。作者创作文学作品为的是传情达意，即表达思想、发表看法。但如何来表达却没有固定模式，选择用怎样的语言来完成作品，完全由创作者决定。我们不能否认内容对于作品的重要性，但是我们也不能因此就否定语言的重要性。如果把作品比作一栋盖好的房子，那么内容就是砖瓦。而怎么设计，怎么把那些杂乱无章的砖瓦摞起来，盖成整齐漂亮的楼房，就完全由设计师自己把握。现实生活中，能“盖房子”的人比比皆是，但可以把“房子”盖好、盖漂亮的人却寥寥无几。

汪曾祺曾经说过：“写小说就是写语言。”我们在分析作家的创作特色时，大多是从作品的创作语言入手。一部好的作品就好比一曲动听的歌。众所周知，歌曲由词和曲组成，同样的一篇歌词，由不同的作曲家谱曲，最后呈现的效果会大相径庭。巴金与鲁迅是非常出色的语言大师，巴金的《家》和鲁迅的《伤逝》都是具有“感伤之美”语言风格的作品。

鲁迅是一位杰出的语言大师。《伤逝》作为鲁迅为数不多的书写爱情的作品，单单从标题就可以感受到满满的感伤，更遑论读过整部作品后确确实实感受到的感伤。但我们首先要明确一点，即我们不是在读完整个故事之后才心生感伤，也就是说我们的感伤并不是完全来自内容本身，而是在我们读到某句话、某个词语、甚至某个字的时候，就已经产生了感伤之情。这就是语言的魅力。鲁迅正是借助文学语言来完成作品的感情书写。同样，巴金也是一位著名的小说家、一位出色的语言大师。相较于其他人，巴金的成长环境是比较优越的。他出身于一个文化氛围浓厚的大家庭里，自小就受到含儒家文化在内的多种文化的熏陶。巴金的母亲对其做人、写文章等方面影响颇大。她是其成长过程中的第一任老师，常常教育他对待他人要做到一视同仁，不管对方是穷人还是富人，都不能区别对待，不能歧视对方，要宽容并理解对方。在巴金的文化教育方面，他的母亲常常将儒家文化等传统文化作为他学习的内容，比如传统戏曲。儒家文化的教化占据了巴金幼年的大部分时间，这使得巴金对儒家思想非常重视与认同，在巴金的创作中也可以看到儒家思想的影子。例如，在巴金的众多作品中，“仁爱之心”是其创作的主题思想与主旋律。他在表达“仁爱之心”的同时，也发展出与之同在的感伤情怀，并在感受到人生中痛苦与悲哀时，强化了这些情绪的体验。这就形成了巴金创作中感伤的一面。他将感伤情怀映射到所写的作品当中去，因此人们读巴金的小说总会心生感伤。从对巴金、鲁迅作品的文本分析中可以发现，感伤字词的运用与修辞手法的运用，对于营造感伤之美非常重要。

一、感伤字词的运用

巴金对于语言的驾驭能力自然是卓尔不群的。以巴金“激流三部曲”中的《家》为例，正如巴金在访谈录中向读者所讲的那样，他是在没有夹杂任何感情色彩与主观意识的情况下，完成了这部感伤故事的叙述与“仁爱”主题的表达。小说描述的故事发生在中华人民共和国成立之前成都的一个公馆里，公馆主人姓高。故事的男主人公是觉新、觉民、觉慧等，女主人公是梅表姐、瑞珏和诸多丫鬟。高老太爷是这个大家庭的最高权威，在整个大家族里言出必行、说一不二。作为故事男主人公之一的高觉新是这个封建大家庭里的长孙，也是故事的主要叙写对象。在故事拉开序幕不久，他就被迫接受与被迫选择了长辈给他安排的爱情与学业。先是放弃了从小就两情相悦、一直挚爱的梅表姐，与父亲给他指定的、陌生姑娘瑞珏结了婚。在婚后，觉新又在父亲的安排下进入西蜀实业公司事务所就职与发展。不久之后，父亲去世，觉新就顺应祖宗家法成为整个家族的承重者与继承者。而故事的另外两个男主人公觉民与觉慧，他们与觉新在思想上是不同的，究其原因，是他们接受了西方文化知识的熏陶与洗礼，思想方面显然要比觉新先进。他们是新时代的青年代表与探索者，最后走的道路自会与觉新截然不同。小说的情节围绕男主人觉新的婚姻、事业、家族责任感等方面展开。读这篇小说时，感伤的情绪会伴随始终，有故事本身带来的感伤，有为男女主人公不幸的命运安排而产生的感伤，有为故事的不幸结局而产生的感伤。但语言带来的感伤体验，也是非常重要的一点，并且时常被我们忽视。

《家》中，感伤字词的运用比较普遍。巴金的小说里表达“感伤”的字词很多，这些感伤字词组成的句子，虽带有悲伤的情怀，但这些悲伤并不是特别地沉重，有一种娓娓道来的“轻松”感。品读过程中，一种让人身心舒展的美感同时在心中产生。这就是感伤之美，它洗涤着我们的心灵，对我们感伤的心绪产生一丝慰藉，让我们不安的心停止躁动。

夜死了。黑暗统治着这所大公馆。电灯光死去时发出的凄惨的叫声还在空中荡漾，虽然声音很低，却是无所不在，连屋角里也似乎有极其低微的哭泣。欢乐的时期已经过去，现在是悲泣的时候了。①

这段话中，巴金通过“死”“黑暗”“凄惨”“哭泣”“悲泣”这些让人感伤的字词来刺激读者的神经，一系列词语的反复运用，任是“铁石心肠”也不难感受到作品传达的感伤情怀。“夜死了”首先是运用了拟人的修辞手法。“夜”在这里，本有一种悲伤的意味，但作者觉得这样的悲伤还不够，所以写“夜死了”。一个“死”字，预示着所有光明的终结，黑夜过后不会再是光明，把读者带入了深深的绝望之中，难以自拔。通过这一系列的刻画写尽了环境的凄惨，完成了对感伤之情的环境渲染，对情节的进展起到了推进作用。同时，这些感伤色彩的描写也令读者的心安静下来，整个世界都因为感伤而沉寂，不被外面喧哗的世界所打扰，感伤之美得到体现。

这时候什么都没有了，两个大字不住地在她的脑子里打转，这就是大小姐生前常常向她说起的“薄命”。

这两个字不住地鞭打她的心，她在被窝里哭起来。声音很低。她害怕惊醒别人。灯光又渐渐地黯淡下去。风在外面高声叹息。②

这两段中的“薄命”“哭”“害怕”“黯淡”“叹息”等字词有些是描写人物心理活动的，有些是描写面部表情的，还有些是描写周围环境的。虽然所描述的对象有所不同，但都带有一定的致人感伤的成分，与上段分析中描写环境的那些感伤词语具有相同的艺术效果。“在被窝里哭”表达出女主人公难以抑制的悲伤，但此刻她的内心不仅是悲伤的，还是恐惧的，她害怕自己的哭声打扰到别人。这样的负面心理活动不禁使读者为之感伤，又加上对周围环境的描写——灯“黯淡”，风“叹息”，使读者本已感伤的心又蒙上一层暗淡的纱，内心对女主人公产生怜悯之情，唤醒人性中美好的

---

① 巴金．家［M］．北京：人民文学出版社，2013：17.

② 巴金．家［M］．北京：人民文学出版社，2013：20.

一面。也许，这也是感伤之美在另一层面上的体现。

他的心里充满了悲哀，他为死去的父亲而哭，他却不曾想到他自己的处境变得更可悲了。他的悲哀不久便逐渐消去，在父亲的棺木入土以后，他似乎把父亲完全忘记了。他不仅忘记了父亲，同时他还忘记了过去的一切，他甚至忘记了自己的青春。他平静地把这个大家庭的担子放在他的年轻的肩上。①

最能让人内心感到悲伤的莫过于“他似乎把父亲完全忘记了”。看似这么不可思议的事情，却实实在在地发生了，这其实是与人性相违背的。而正是如此违背人性、违背常理的事情，才能体现出男主人公内心是多么的压抑。此时，感伤的美感体现在呼吁读者正视自身需要，合理排解压抑，避免人性的冷漠。

对感伤的刻画，除了大段描写外，还有很多散布在情节中的较为零散的描写。这些描写看似不起眼，却对于故事情节的推进至关重要。在《家》中，觉新、瑞珏、梅表姐、觉民、觉慧、大房丫鬟鸣凤、三房丫鬟琬儿、四房丫鬟倩儿，都带有感伤情怀。觉新在整篇小说中是最能体现感伤情绪的一个代表性个体，作为封建家庭的“孝子贤孙”与“家族继承者”，他比其他人更能切身体会到这个封建大家庭内部的矛盾和腐朽。因此，他不光清醒地认识与觉察到封建家庭制度必然崩溃的命运，同时还清醒地认识与预计到自己的悲剧性命运。他说“自己愿意做一个牺牲者”，单单一个指代词“牺牲者”就足以让读者预测到觉新悲惨的命运安排，使觉新这个人物形象多了一分“感伤色彩”，但巴金在描写觉新这个充满感伤色彩的悲剧式人物形象时，并没有止步于“牺牲者”这三个字，小说中提到的是觉新“自己愿意”来做这个“牺牲者”，更是给人物形象的感伤色彩添加了浓重的一笔。当一个人甘愿做这个牺牲者的时候，也就意味着他的内心已经绝望，已经不对这个家族抱有任何

① 巴金. 家［M］. 北京：人民文学出版社，2013：30.

希望。更残酷的是，他自己也已经认识到了自己终会成为一个“牺牲者”，但是他无力反抗。他对生命已经没有了任何企盼，支撑他活下去的，只有责任。觉新说道：“只要使弟妹们长大，好好地做人，替爹妈争口气，我一生的志愿也就实现了。”我们可以看到觉新当时其实已经心死，但他并没有结束自己的生命，是因为他还有责任在身。觉新本来的命运就已经够悲惨了，可他连死的权利都没有，因为他还要为弟弟妹妹活，这也不难看出作者塑造的觉新这个感伤的人物形象是如此成功。人物形象是小说的灵魂，成功的人物形象塑造是成功小说的重要标志。面对觉新这个感伤的人物形象，读者会产生怜悯、同情之情，也会有不解，甚至是不满，不满于他的逆来顺受。这样的双重感受能够引起读者广泛的关注与讨论，进而使读者在以后遇到类似事件时，不会像觉新那样，而是能够做出正确的选择。

与《家》中的女性不同，总体来看，《伤逝》里的子君是一位缺乏理智的、出走的“娜拉”。在当时半殖民地半封建的中国，子君作为一个接受了新式教育的新女性，对落后的思想是极度不认可的，她的那句“我是我自己的，他们谁也没有干涉我的权利”① 是如此的新潮与勇敢，这恐怕也是吸引涓生的地方。这句话也是子君成为“出走的娜拉”的思想支撑，但子君只想着逃出父亲与叔父的男权统治下的封建家庭，没有想清楚出走后的情况，因此说她是不理智的。她与涓生的相识也只有半年之余，作为一个涉世未深的小姑娘，她真的了解涓生吗？

“夜阑人静，是相对温习的时候了，我常是被质问，被考验，并且被命复述当时的言语，然而常须由她补足，由她纠正，像一个丁等的学生。②

“被质问”“被考验”，鲁迅连用两个被动词语，充分体现了涓

---

① 鲁迅. 呐喊·彷徨［M］. 北京：文化艺术出版社，2004：99.

② 鲁迅. 呐喊·彷徨［M］. 北京：文化艺术出版社，2004：101.

生的不情愿，把涓生内心的无奈写活了，这与子君在温习这些事情时的积极、主动形成了鲜明对比。由此可见，子君并没有充分了解涓生，她认为的涓生只是她脑海里希望的那个样子，但这并不是真正的涓生，从这点看，也为子君以后的悲剧命运埋下了伏笔。子君离开父亲与叔父，投入涓生的怀抱，涓生就会跟她的父亲、她的叔父有根本的不同吗？且不说这些深层次的问题，子君与涓生在一起后，单是经济上的拮据，就已经超出了她的想象。她更加想不到的是，涓生会因为她失去还算体面的工作，更是因为她失去了平时还算热络的朋友，“常见她包藏着不快活的颜色，尤其使我不乐的是她要装作勉强的笑容”①。“不快活的颜色”营造出子君从生到灭的整个悲剧氛围，但她还要“包藏”这些“不快活的颜色”，把子君当时的心路历程呈现给我们。子君和涓生在一起后并不是像她预想的那般快乐，也是有不愉快的，但子君不想承认自己的不快乐，所以她要把不快乐的自己隐藏。“包藏”两个字同时也把子君当时的艰难处境写得淋漓尽致。精确的语言描述、巧妙的情节构思，加重了子君形象浓郁的感伤色彩。故事发展到这里，如果没有其他的“劫难”降临到这对特殊年代的“新潮情侣”身上，他们的爱情生活或许就这么平平淡淡、普普通通地过着，但压死骆驼的最后一根稻草终究还是降临了，不管这是不是涓生早就预料到的，但对涓生与子君的“婚姻生活”确实是致命的一击。面对失业的涓生，子君没有用实际而有力的行动来证明他们可以渡过难关，而是也变得怯弱，昔日的勇敢无畏更是荡然无存。“她的话没有说完；不知怎地，那声音在我听去却只是浮浮的；灯光也觉得格外黯淡。”② 通过对子君声音的描写“浮浮的”，可以显现出子君当时已经被将要面对的失业的打击所击败，没了精神，没了底气，对灯光的描写也给子君平添了几分感伤情怀。子君从此变得平庸起来了，使涓生不满、

---

① 鲁迅．呐喊·彷徨［M］．北京：文化艺术出版社，2004：103.

② 鲁迅．呐喊·彷徨［M］．北京：文化艺术出版社，2004：104.

愤怒，进而绝望于爱情。迫于生计，子君宰吃了所饲养的油鸡，放掉了所喂养的狗，之后，又为失去油鸡和狗而凄苦、无聊、颓唐。她虽接受了新思想，但接受的只是个性解放的思想，且只是在婚姻自主这一层意义上的个性解放思想；同时，她“还未脱尽旧思想的束缚”，她把封建的“女子治内，服侍丈夫”的礼俗视为理所当然，在家庭中并无经济地位，靠丈夫养活，仍然是男子的附属品。因此，她从走出封建旧家庭到走进新式小家庭，从本质上来说，是冲出一个牢笼又陷进了另一个牢笼，并未取得真正的解放，这就注定了她最后在社会的压迫下无奈地回到封建旧家庭抑郁而死。子君的遭遇是令人感伤的，但与感伤之情并存的是对当代女性的警醒。感伤之美的主要特点正是小说在带给读者感伤的同时，会令读者去反思、去改正、去学习，进而更有力量地大步向前。

二、修辞的运用

排比、比喻的修辞手法是巴金和鲁迅用来书写感伤情怀的有利法宝。众所周知，排比对加强语气的效果极其明显。原本就带有感伤色彩的语言，在排比的助推下更显感伤。以巴金小说为例：

谁都感觉到那个不可抗拒的恐怖，都明白自己是逼近生命的边沿了。众人静静地等候着，没有呻吟，没有哀号，没有挣扎。不管觉新跟梅见了面，不管梅经过了几年的风波以后又到这个公馆来，都不曾给众人带来一种新的感觉。那个不断地在空中飞翔的死的恐怖把一切别的感觉都赶走了。①

这一段通过三个“没有”突出了小说人物的麻木无情。排比的运用更能突出主人公的无奈、抑郁和惆怅，读完后让人心生感伤。这些排比修辞的运用，无一例外地把作品中的感伤之情推上了高潮。修辞可以说是文学创作的增色剂，于悄无声息间给作家的语言

---

① 巴金．家［M］．北京：人民文学出版社，2013：150.

增添了一抹亮色，使原本普通的文字变得更加生动灵现，这也是众多作家钟情于修辞手法的一个原因。巴金在塑造《家》中的觉新、瑞珏、觉慧、觉民这些有血有肉的悲剧人物时，其内心也是与人物同悲伤共命运的。《家》显然是在批判残旧的封建制度，同时也是对主人公悲惨命运的控诉，从中可以看出巴金当时思想的先进性与对受害者的人道主义关怀。巴金能叙写出这些，与其自身深厚的文字功底是密切相关的，与其对修辞手法的熟练运用也是不可分割的。他利用这些修辞手法，将小说推上了更高的艺术殿堂，使要表达的感伤情怀更具穿透力，使读者能更加深刻地感受作品传达的感伤之情。更重要的是，感伤过后留在我们心底的，不只是伤，更是对我们灵魂的洗礼。

鲁迅的《伤逝》里比喻的修辞手法用得也是恰到好处。

外来的打击其实倒是振作了我们的精神。局里的生活，原如鸟贩子手里的禽鸟一般，仅有一点小米维系残生，决不会肥胖；日子一久，只落得麻痹了翅子，即使放出笼外，早已不能奋飞。现在总算脱出这牢笼了，我从此要在新的开阔的天空中翱翔，趁我还未忘却了我的翅子的扇动。①

我们总算度过了极难忍受的冬天，这北京的冬天；就如蜻蜓落在恶作剧的坏孩子的手里一般，被系着细线，尽情玩弄，虐待，虽然幸而没有送掉性命，结果也还是躺在地上，只争着一个迟早之间。②

这两个比喻句的本体是涓生现实的工作境遇及其内心的切实感受，而喻体是被把玩的“笼中鸟”和“蜻蜓”，都是一些任人玩弄、不能自己把握命运的生物。小说通过这些比喻把生活的不如意以及内心的愤恨之情，写得形象具体，把这些无法用言语描述的抽象化感受，通过形象的比喻传递给读者，使读者更能体会涓生生活

① 鲁迅．呐喊·彷徨［M］．北京：文化艺术出版社，2004：105.
② 鲁迅．呐喊·彷徨［M］．北京：文化艺术出版社，2004：110－111.

的无奈与感伤，进而引起读者对生活的思考。

她从此又开始了往事的温习和新的考验，逼我做出许多虚伪的温存的答案来，将温存示给她，虚伪的草稿便写在自己的心上。我的心渐被这些草稿填满了，常觉得难于呼吸。我在苦恼中常常想，说真实自然须有极大的勇气的。①

在这个比喻中，“虚伪的草稿”这一喻体可谓选得非常妙。“虚伪”本来就已经不应该了，更不用说“虚伪的草稿”，这里将“虚伪”写到了极致。由此可见，人物的内心已经是多么的不堪重负。这些比喻，是鲁迅在描写主人公的内心活动时所用到的。鲁迅成功地把人物看不见、摸不着的心理变化，通过可见可感的喻体直观地展现在读者面前，使其形象化，可谓用心良苦。这也正是鲁迅语言的一贯风格。从另一个角度看，把我们看不见、摸不着的心理变化写得形象具体、活灵活现，其语言功底可见一斑。

我们在进行文学作品赏读的时候，通常有这样的发现：一部作品带给我们感伤情绪的同时，也会给我们带来许多的思考与启发。由此可见，感伤之美也有其独特魅力。人生是不完美的，我们要在不完美的人生中学会发现美，学会用理性的眼光来观察世界，通过对生活当中痛苦的感知与反思，来了解生活当中美的真谛。人生的欢乐恰恰寓于痛苦之中，而痛苦往往只是短暂的，痛苦留给我们的回忆却是长久甚至是永恒的。当我们在观赏这些带有感伤色彩的文学作品时，我们发现的是生活当中的美，这恰恰就是汉语言的感伤之美。

---

① 鲁迅. 呐喊·彷徨［M］. 北京：文化艺术出版社，2004：108.

第十一章

婉约之美

——凌叔华小说的语言艺术风格

凌叔华的作品主要叙写了转型时期中国女性的生存处境和心路历程，她以自己独特的创作特色屹立于女作家之林。作为小说家，凌叔华在艺术创作上是高度自觉的，并且形成了自己独有的创作风格。《酒后》一经问世，就在文坛引起了不小的轰动，甚至出现了“酒后派”，影响深远。其短篇小说集《花之寺》更是受到文坛大师鲁迅、徐志摩等人的赞赏。随后她在20世纪30年代出版了小说集《女人》和短篇儿童小说集《小哥儿俩》等。在文学创作中，凌叔华有独立的创作意识，表现出与众不同的创作气质，将自己的性格、情感、经验熔铸为一体，体现出婉约动人的语言艺术风格。

一、语言与风格的形成

文学注重词句的锻造。文学的艺术风格，常通过语言的特点呈现出来。语词是表现风格的第一要素。总体来说，读者对作品的解读，往往从语词的色彩、意义、韵味中获得。凌叔华小说非常讲究遣词造句，她的作品风格与她的语言紧密相连。她的作品不是稚嫩的学生气，也不是文墨气息很重的书卷气，而是婉约、质朴的风格，描写与叙写都充满了温婉、淡雅之感，用词特别考究。她的语言总体特色是：质朴、简洁、清新。她特有的细致、敏感的性格特征使她的文学作品有着与众不同的魅力。她有意追求语言的雅俗共赏，善于利用色彩丰富的词汇去装饰自己想要描述的人物、事件和情景，以明艳或者暗淡的色彩反差来营造绚丽的景象，这种对比恰到好处，也使得她的文字富有张力。凌叔华的《花之寺》，叙写含蓄委婉，读来沁人心脾，像隔雾看花，清香悠远，让人在幻梦幻醒间沉醉不知归路，读完不但醉心于景，更醉心于人。

“东方美人”，这是那个年代人们对凌叔华的美称。这不仅是对她的相貌的高度赞美，更是对她的婉约淡雅文风的赞许。凌叔华温柔含蓄的个性与她从小生长的环境有着千丝万缕的联系。文人世家的家庭背景，使她耳濡目染，对古典诗词、山水文人画的追求，让她浑身充满娴静优雅的气质，这种浓厚的内在修养体现于创作中，就是对婉约风格的坚定追求。她的作品充斥着浓郁的东方优雅女性的气质和婉约动人的色彩。凌叔华自幼师从辜鸿铭，大学期间专攻西方文学，很有造诣。中西合璧的天然优势将凌叔华的文学审美提高到超高的境界：既有中国婉约细致的涵养，又积极运用了西方的创作技巧，最终展示出婉约、蕴藉、细致的风格。在具体创作中，这种风格主要以冷静写实的心理描写表现出来。

我国古代女子素以婉约美与男子的阳刚气相对立。《红楼梦》中对林黛玉容貌的描写："态生两靥之愁，娇袭一身之病"；"闲静似娇花照水，行动如弱柳扶风，……病如西子胜三分"。极尽含蓄婉约之态。凌叔华小说中的女子形象大多都具有这类古典型的"温婉"。其中，一类形象是少女。如《吃茶》《绣枕》《说有这么一回事》等作品中的女性形象。这些女性多数生活在校园这片净土，或者是生活在闺阁中，很少有机会看到外面丰富多彩的世界。正因如此，她们在遇到热血男儿之后就会面露娇羞，春心荡漾。《绣枕》中的大小姐选择沉默地用多彩秀丽的绣枕含蓄地书写自己的真心。另一类形象是已婚妇女。她们都是传统的中国女性，恪守妇道，相夫教子，默默付出，无怨无悔。《花之寺》中妻子的精心设计使夫妻两人重温初恋情景，加深了二人的感情，同时也稳固了婚姻的堡垒。她的形象是宽容厚道，服侍丈夫，抚养子女。《中秋晚》中的太太在寂寞、冷清中纵容丈夫在外鬼混。《送车》中的白太太知道丈夫不满意自己，内心悲愤交加，但在他面前，仍不敢表达出来。《女人》中的太太不动声色地暗地里打败了第三者，夺回丈夫，然而面对犯了错的丈夫却没有表达自己的任何不满。如是者众多。

我国古代美学最讲究"度"，即"适可而止"，因而"中和""犹抱琵琶半遮面"下的话，婉约含蓄更是备受推崇。凌叔华的小说充分体现了这种古典的美学追求，尤其是体现在对年轻女性的情爱追求和表露方式的把握上，离动于静，欲语还休。①

有什么样的情感就会有什么样的表达，人物的心情在对话的过程中不是一成不变的，而是会随着对话的深入，联系越来越多，情景越来越复杂，也就是潜台词和明台词，这需要读者自己去揣摩。每个人的理解不同，同一句话可能会有不同的解读。明潜台词的转换同样需要读者与作者的默契，作者希望这种潜台词能被读者领会，读者也会随着剧情的深入有所理解。凌叔华的语言能把读者带入阅读情境中，使读者和她达成共识，这样明朗的人物形象才能跃然纸上，而不再是扁平的虚构人物。《疯了的诗人》中，两个主人公相互挽着行走在园子里，对话不断深入，相互体会彼此心境的变化，读者在阅读时也被带入那样的情景中，相信此时此刻她们的真情流露。

夜气渐凉，他打了个冷噤道："冷了！"

她一把拉他过去，拿自己披的外套，分一半替他披在肩上，手触到他身上带潮湿的衣服，说道："你的衣服湿了。"

"露水湿的。"

"这是天上星星的眼泪吧，莺儿哭得太可怜了。"

以上这段对话描写，绵绵的情意透过一系列动作和话语表达了出来。"星星的眼泪""莺儿哭"等，一切景语皆情语，字里行间流露出来的沁人心脾的诗情与本就富有诗情的环境相得益彰，其中描摹的婉约含蓄的心态，更使人有难言的情思了。

二、语言艺术特色的具体表现

第一，叙述视角的灵活转换。

凌叔华对小说的叙述是特别客观理智的。在她的作品中，叙述

① 陈娇华，樊臻纯．论凌叔华小说中的古典美［J］．镇江师专学报，1999（3）．

者并非是全知全能的，他会向读者叙述必须要交代的客观事实，但情感不外露，避免主观态度。这并不是因为凌叔华在情感上匮乏，而是出于对情感的控制表达。作品中也存在着许多情感的力量，只不过这力量不是来自作者的感情偏向，而是来自对人物、事件的客观呈现以及叙述结构、艺术形象的整体。

《绣枕》大体上采用的是外视角的纯客观叙事方式。叙述者的叙述一直是冷静客观的，像一台摄像机，拍到什么就播放什么，把该省略的都省略了，没有一句废话，给读者留了很大的想象空间。用纯客观叙事技巧的作家不在少数，然而能把这一技巧运用得炉火纯青的作家，除了鲁迅外就很少见了，凌叔华正是那少见的作家中的一员。“五四”时期，是中国转型的重要时期，很多女性是在“鸟笼”中长大的，如《绣枕》中的女主人公大小姐就是在封建社会长大的典型女性。她生活的范围左右逃离不了封闭无趣的香闺，能做的只有记住自己的身份，一直默默无闻地绣靠枕，似乎绣枕就是她来到世上的使命，那荷花瓣上的嫩粉色的线她洗完手都不敢拿。对于大小姐来说，在家庭中似乎只有不停地绣枕才能表达她的喜怒哀乐。在这个大家庭中，她好像是被遗忘的，没有人在乎她的心情，父亲和母亲也从来不在意她。叙述者事不关己地讲述着这一切，让人读起来更加伤感悲哀，同情大小姐的遭遇。这种手法在鲁迅的小说中很常见，与已无关的看客式的漠视嘴脸更加让人感到悲愤，而引申到对人性的解读上又是另一个考验，凌叔华的小说具备了这种能力。

除了外视角叙事方式，凌叔华作品中也有很多内视角叙事方式的运用，充分达到了婉约而丰富的内涵。内视角叙述者的叙述有局限，不能全知全能地发现每一个人物的内心和窥探每一个人物的想法，更不能对故事做出解说。但因为叙述者本人在现场，可以是本人经历也可以是转述见闻，通过这种表述进一步提高了话语的可信度和直观性，这就使小说语言顺理成章地超过了全知全能的语言。

在现代小说中，很多作家选择用内视角叙述的原因就在于此。

他认得她今晚穿的衣裙，是春天新婚第三天穿过的那一套湖色华丝葛，肩帔上袖口及裙脚都绣着金碧折枝花。今日因为走动多些，她脸上不似平日那样苍白，从颊上匀着的淡淡胭脂里透露出可爱的桃红色。他觉得她今晚非常的美。

他望见她红肿的鼻子显得非常硕大，那两片觉得可爱的嘴唇，已褪尽胭红的颜色，只见一个酱紫的扁着想哭的嘴。她的眼睛平常本来就不美俏，因为相爱，所以觉不出毛病来，此时他看出她的眼角是吊起的……这是结婚以后第一次他觉得他的女人难看。①

这段描写将外视角转化为内视角，将人物情感的表达展现出来，丰富了作品的内容。作品中对敬仁太太的肖像进行了描述，同时也刻画了敬仁太太的情绪和感觉。太太的神态举止使敬仁产生了爱与恨的心情变换，同时，他又把这种心情反馈给太太，构成两幅以体现情绪、感觉为主的肖像描写。虽然都是对敬仁太太的肖像描写，但是前后对比鲜明，敬仁的态度也形成了巨大的反差。这种对比，写出了敬仁对太太由爱到恨的变化轨迹。

第二，细腻的心理描写。

凌叔华的短篇小说中，细腻的心理描写有很多，往往是婉约含蓄的。《酒后》对女性心理微妙的变化进行了着重表现，但在作品中没有过多的心理描写，凌叔华也没有对此做过多的表述。人物的情感和精神的转变都在主人公的语言和动作上表现了出来。不需要过多的解释与说明，单从人物的对话和行为动作就能看出人物的心理动态。

脸上奇热，心内奇跳……一会儿她脸上热退了，心内亦猛然停止了强密的跳。她便三步并两步的走回永璋身前，一语不发，低头坐下。

这些动作神态描写，把主人公采苕内心紧张、害羞，不知如何

---

① 凌叔华. 中秋晚［M］. 广州：新世纪出版社，1998.

表达，只能借助动作的情态表现得淋漓尽致，从紧张到心情低落的转变，不需要通过任何心理的描写，就能向读者传达主人公的心情，充分展现了作者技艺的高超。在夜阑人静的客厅，永璋面对自己深爱的对象采苕，大胆真诚地诉说着。此时此刻，采苕正忙着照顾心仪之人，对子仪充满怜爱，无暇顾及永璋。采苕对两人采取的不同态度具体到作品里就是人物心理变化的过程。自然的生活情态和人物的内心情感通过行动反映了出来，不需要过多解释，就达到了婉约审美的效果。

《绣枕》中的大小姐绣枕这一行为寄寓了她内心对爱情的向往。在封建礼教的熏陶下成长起来的她不可能用大胆热情的语言来表达对爱情的渴望。听到张妈点破老爷叫她绣靠垫的用意时，她嘴上说张妈胡扯，同时“脸上微微红晕起来”①。脸部表情的骤然改变，正是她内心泛起涟漪的表达，反映了她内心对爱的热烈追求和向往。凌叔华对这一细节的描写，体现了其创作中婉约凝练的语言特色。

三、“文中有画”的语言风格

凌叔华出身书香世家，外曾祖父和父亲都是文人，擅长书画。凌叔华从小就受家庭的熏陶学习画画，并接受了严格的训练，曾拜缪素筠、王竹林等名家为师。良好的天赋加上勤奋好学的精神，使凌叔华具备了深厚的绘画功底。绘画的技能使她的文学创作如虎添翼，写至酣畅淋漓处总忍不住勾勒几笔。在她的小说中，随处可见她内心自由、崇尚自由表达的风格。

凌叔华一直注重中国画的气韵。中国画不似油画那么逼真写实，而是抓住人物或者景色的特征，勾勒出主要的形态。齐白石的虾、徐悲鸿的马都抓住了主要特征，再赋予生命，才会让画作名扬天下。凌叔华以画解人，把画作里追求气韵的艺术特色转移到小说

---

① 樊青美. 凌叔华小说的艺术特色［J］. 山西广播电视大学学报，2005(5).

的创作中，在对人物的刻画上，往往用最简单的笔法，寥寥几笔，就将人物的神韵和特色展示出来。大小姐这个鲜活的形象，不是用传统手法来塑造的，而是用笔简单勾勒出来的。《绣枕》的结构完整，反映的生活有两年之久，而实际上它只是由大小姐的两幅生活画面、两幅素描相连而成。第一幅是大小姐用尽心力，充满希望地绣靠枕；第二幅是她绝望地对着两块残破的绣花片子不知所措。在第一幅素描中，她容光焕发，满面红光，对生活满怀希望；而到了第二幅画中，她消沉、失落、衰颓，对生活失去信心。前后两幅素描对比，人物鲜活，转变自然，形象地写出了大小姐性情、思想的发展变化和无法阻止命运悲剧的无奈和忧伤。这种以画入文的非凡能力，在现代作家中除凌叔华外不多见。

凌叔华以画入文主要体现在她的文字上，她的文字总体上是婉约清新的。

转过一个山腰，雨已稍止，前面是一排三四丈高古柏，笔直的树身中间垂着润泽的墨绿色扁柏叶子，树顶差不多都是桠杈的枯枝，那曲直分明的枝子好似宋元人山水画的古拙的线条一样有力气有神采。从柏树林中隐隐露出几段旧朱砂色的短墙，墙头上显出一座黄琉璃瓦的佛塔……

这是《疯了的诗人》中的一个片段，细致的描写，婉约处带有清新冲淡的意蕴，看似平淡，实则不然，朴实无华的字眼更需要才情的支撑。张爱玲的文字是犀利刻薄的，丁玲的文字是大气有势的，三毛的文字是幽默浪漫的，而凌叔华的语言是温婉淡雅的，有一种外柔内刚的坚定和深入内心的力量使人相信她的文字是有力的。尤其在这种平静的客观叙述中，简约朴实的语言才显得极富张力。

在艺术上，凌叔华一直将自己的审美和才情相结合，创造出一个个灵活有生命的人物形象。她把自己擅长的语言天赋发挥得淋漓尽致。婉约风格的建立，叙述视角的灵活转换，以及“文中有画”的语言风格，都体现了她高超的创作水平。

第十二章

孤独之美

——迟子建散文中的“孤独”语言风格

迟子建的眼光是独到的，她善于从人们习以为常的，甚至是不愿意关注的事物中，发现一些被遮蔽在时间角落中的温情故事，发掘他们身上最具有人情味的一切。阅读迟子建的散文，仿佛能看到她在淡淡的温暖与感怀的忧伤中行走，在对所感所知的表述中倾注了自身对世间万物的思考和态度。迟子建的散文内容多涉及故乡、童年，神话、宗教，命运、死亡，风俗文化、世事人情等，其作品常因题材集中、地域特色明显，被文学研究者和评论家定义为“乡土散文”“地域特征”。她的散文确实是朝向故乡的深情写作。她常常回温童年的美好记忆，沉溺于妖娆、鲜活而又独特的自然风景。由“视”而“知”，由“知”从而产生“力”。“故乡”“童年”“自然”，是迟子建散文中出现得最为频繁的字眼，但这只能称得上是迟子建散文创作中的“视”，并不能说是迟子建散文的全部特征。“视”的范围决定了“知”的深度，自然的风姿绰约在迟子建的笔下力透纸背，但她的创作并不只是泛泛地留恋于自然风光的旖旎。故乡、童年被她写得温馨、浪漫，但故乡与童年也不仅仅是她创作的素材，更是其灵魂的归依之处。她的散文始终透着一种与自然、事物和谐的气息，然而这种和谐的气息底下，住着一个忧郁、孤独的灵魂，孤独中又带有一种宁静，宁静是对自然与万物的透过“知”之后的自然反应。因此，与其说将迟子建的散文定义为“乡土散文”，倒不如说是她创作中的“孤独意识”让她趋向在童年、故乡与自然中寻找，同时又给散文中的哲思披上一层“地域性特征”的外衣。

迟子建在自己的作品中不止一次地提到“孤独”。如《我们到哪里去散步》中说：“人在本质上是孤独的，自然社会往往能给我们孤独的心灵带来某种安慰，可城市中的我们，离自然是越来越远了，我们的孤独，又有谁知呢!”① 自然不仅是她回忆的主体，更

① 迟子建．迟子建散文：插图珍藏版［M］．北京：人民文学出版社，2008：141．

是她情绪外化的客观载体。作品中的自然，呈现出来的不是一个直接的图景，而是一种意识的折光或反射，是自然现实经过作者意识、情绪内化之后的图景，形成“主观中的客观”。这种从“外化”的手段来描写人的内心意识的方法，又使读者不自觉地与作者产生一种情感上的契合，她的意识、情绪、心理气氛即孤独意识在其中起到一定的作用。因此，描绘自然不是迟子建的最终目的，关键所在是作者借叙述事物来“模仿情绪”“展示情绪”，给自己的情绪找一个安稳之所。在迟子建的另一篇散文《生命中不能承受之“重”》中，她提道：“那些在昏暗的灯影下拥吻的同性恋者，也许在内心深处也是孤独的。我们不该耻笑孤独，因为我们投映在大地的影子也是孤独的！”① 正是出于对生活中地位、尊严、名誉等之“重”的感悟，正是对“人在本质上是孤独的”的理解，她才赋予作品一种对世界万物的尊重与包容，这也形成了迟子建散文的审美特征：没有鲜明的爱憎褒贬，更没有强加于人的独断与偏执，她以细腻与温情，以动人的温馨与难言的忧伤来告诉人们，灵魂里最突出的是光明与甜蜜，以及人性中最具有人情味的一切。

一

迟子建笔下的故乡是一片神奇的土地：位于祖国最北端的神奇的北极村，白雪皑皑的大兴安岭，奔腾不息的漠河和雄浑的黑龙江，宁静的北国村落，在短暂的夏天疯狂生长的植物，暮色中的炊烟，采山伐木的日常，火炉边的温暖和记忆以及父亲制作的小灯。饱含生活气息与个体生命体验的文字书写中折射出作者对家乡、自然和生活的热爱，透露着她在漫长风雪中对蓬勃生命力和温暖的向往与礼赞，以及希望生命能够像北方河流一样坚强坚韧、奔腾不息

---

① 迟子建．迟子建散文：插图珍藏版［M］．北京：人民文学出版社，2008：232.

的渴望与理想。迟子建的独特风格在于：她在表现那片土地的神秘的同时，也展现了神秘中的诗意。①

《文心雕龙》中对想象有传情的表述：“形在江海上，心存魏阙之下。”② 迟子建的想象已从她创作的题材中溢出，延展到想象的空间，因此笔下的每一件事、每一道风景、每一个人都夹带着作者的个体体验和审美想象。迟子建的散文创作擅长从身边的事物和记忆中攫取灵感和感悟，她创作的笔触敏感地触及各事各物。如一只虫子做出的“惊天动地”的事：“我”被“深深地震撼了，这一年来，我从来没有忘记过它，它就像一盏灯，在我心情最灰暗的时刻，送来一缕明媚的光”③。会“唱歌”的火炉：“我觉得柴火燃烧的声音就是歌声，火炉它会唱歌。火炉在漫长的冬季中就是一个有着金嗓子的歌手，它天天歌唱，不知疲倦。”④ 让北方人赖以生存又引以为傲的盐：“盐那雪白的颜色常使我联想到雪。在北方，盐与雪正如雷与电，它们的美是裹挟在一起呈现的。”⑤ 鲁镇里被人践踏的门槛：“我想这门槛在寂静的深夜，也许会为自己身上无端地沾染了陌生人脚上的尘土而感到难过，它也许会捂着被践踏得伤痕累累的脸，对着屋顶的残瓦或者天井中的老树而哭泣。”⑥ 周庄中所遇到的痴女：“‘痴’是一种可以使心灵自由飞翔的生存状态，它像一座永远开着窗口的房屋，可以迎接

① 樊星，赵涵漠．守候乡土的魂灵：论迟子建对沈从文散文化小说的继承及其流变［J］．学术交流，2007（9）：153－155.

② 文心雕龙选译［M］．周振甫，译注．南京：凤凰出版社，2011：89.

③ 迟子建．迟子建散文：插图珍藏版［M］．北京：人民文学出版社，2008：98.

④ 迟子建．迟子建散文：插图珍藏版［M］．北京：人民文学出版社，2008：63.

⑤ 迟子建．迟子建散文：插图珍藏版［M］．北京：人民文学出版社，2008：119.

⑥ 迟子建．迟子建散文：插图珍藏版［M］．北京：人民文学出版社，2008：198.

八面来风。”① 在迟子建的笔下，一只萤火虫能映照出万年的光阴从而使人思接万载，一滴水能流动于各处润泽心灵的田泽，一道门槛传递出历史的回音令人不禁思忖，其散文内容可以说包含了大与小、轻与重、虚与实等各个方面。但不论是家庭琐事还是民族大事，在她的散文中都被置于平等的位置，目的是要展现生活底部的最有价值的东西，凸显平凡、普通事物的非凡魅力。

在迟子建的散文中，可以明显感受到一种忧伤的气息，宛如唱出的一首首凄婉、优美的歌。《暮色中的炊烟》中外表冷漠平静、内心奔放热烈的俄罗斯老太太在一个冬季孤独地悄然死去。因为国籍和种族的不同，俄罗斯老太太的生活是孤立而孤单的，但是人们可以通过炊烟判断这个老太太的生活状况：“老毛子在冬季时静悄悄地死了，她是孤独地离开这个冰雪世界的。……人们是通过她家的烟囱感觉她出了事的。”② 俄罗斯老太太会吆喝“我”去她家玩、吃零食，会在“我”面前翩翩起舞，“我”看到这个孤独的老太太拥有一颗自由的灵魂的心，但她的离世是孤独而美丽的，就像她家的炊烟一样是房顶升起的云朵。《雪山的长夜》中那沐浴着月光的雪山及隐隐发亮的雪痕，散发出一种孤寂的美：“在这个失眠的故乡的冬夜，我却于不经意间领略到了冬夜的那种孤寂之美。”“一个人走在雪路上，是多么渴望雪山能够张开它宽阔的胸怀，拥我入怀啊。”③ 这雪山是故乡独有的风景，它于作者而言已是不可替代的慰藉。孤独的人想要投入自然的怀抱，因为孤独的人深谙这雪山的包容性，雪山可以包容作者的思念、泪水与孤寂。《鲁镇的黑夜与

---

① 迟子建. 迟子建散文：插图珍藏版［M］. 北京：人民文学出版社，2008：196.

② 迟子建. 迟子建散文：插图珍藏版［M］. 北京：人民文学出版社，2008：54.

③ 迟子建. 迟子建散文：插图珍藏版［M］. 北京：人民文学出版社，2008：145.

白天》中无端沾染陌生人脚上灰尘的门槛在寂静的深夜，捂着伤痕累累的脸，对着屋顶的残瓦或天井中的老树而哭泣，这是作者的情感投射在历史文物之中，使之亦拥有了和作者一样的思考和情感。《灯祭》中“我”迎来千万盏灯，却再迎不来幼年时父亲送的那盏灯，“我”点亮千万盏灯，却不能帮助父亲照亮回家的路，灯火如同我思念父亲的心，烛光明明灭灭却虽灭尤燃……脉脉温情叙述之下总是隐藏着一颗忧伤、悲悯的心，神奇的边地风光孕育了迟子建特有的浪漫性格及诗意的情怀，也培养了她一颗善感的心。

童年已逝，故乡远去，自然变幻莫测，永恒且绵延不绝的热爱面对万事万物的消逝、破败、沧桑，就于内心自然而然产生一种悲悯的情怀。文中虽描写、叙述的主体各异，但各事各物生存模式雷同，世界万物彼此联系，但更多的是相对独立。在本质上，孤独本身就成为一种常态。正是出于对生活、对生命的热爱，迟子建才选择将细微之物与人生哲理放在一起共同描写与叙述，表现出一种写作态度。另外，作者的叙述节奏循序渐进，在作品内容的设置上没有让事物担任太多的意义、内涵，而是善于捕捉事物在常态之下的非凡魅力与哲思，对事物也不多加评论，但是作品的逻辑足以表达道德、审美的要求，通过她质朴、温情的叙述就可以让读者有所体悟。

二

迟子建散文的独特魅力不在于华丽的语言与精深的哲思，而在于真。人、景、情、心、愿都是真，所感所悟也是真。这是一种写作态度、思维模式，也是作家的生活理念和存在方式。在表达的时候，作家的选择已确定，而文字背后的情感和意味自然不言而喻。迟子建的散文是温情的、唯美的，又是忧伤的、哲思的。童年已逝，故乡远去，这种“回望式”的寻找总会因消逝而为热爱本身笼罩一层忧伤的气息，流连于自然似乎也总能让人感受到一种“物是人非”的味道。正是迟子建这种对生命、事物消逝无可奈何的宿命色彩的理解，让其生出一种对生命本身的体悟。她没有走向自怨自艾、顾影自怜，也没有走向开阔、豁达，而是走向一种包容与哲思。迟子建始终在提醒我们：“人在本质上是孤独的。”承认孤独，接受孤独，是人生的本质与常态。正因为这样，她才会寻找一种适宜的情绪与心态，来接纳这个自己深爱的世界，才可以从对事物温情脉脉的情感抒发，上升到对现实万物、对历史百态的理性思考。

散文是一种倾诉内心、表现自我的文学艺术，说到底是一种心灵的写作。对于一个散文家来说，作品获得成功的关键不在于抒情架势的“大”和“小”，而在于作家有一颗真实和真诚、可以被读者触摸到的“散文心”。① 散文感人的地方不在于篇幅的大小、感情的深浅，而在于文字所传递出的情感能与读者产生共鸣。纯真又多元、清澈而明净的诗意描写需要情感的滋润，但单纯的情感流露只能满足于展示情绪、表达爱憎的需要，理性的思考意味着站在现实的整体之上，需要与写作对象有一种距离感。这距离是一种观照与审视，是作者的智慧所在，是创造性与想象性和审美性的融合。这种距离感运用到作品中并不是坏事，在作者与事物之间插入一段距离，使事件超出我们需求和目的的范围，能更客观、超然地看待事物。作者将镜头拉长得以看到事物的总体，跳出执着于自我内心情感的思维定式，发现普通事物身上的哲理之思。

在《生命中不能承受之“重”》中，作者看到“女孩与女孩接着热吻，男人与男人耳鬓厮磨，我感觉身上就像爬着无数只毛毛虫，有一种说不出的滋味”②，理性分析“整个人类越来越强烈的

---

① 陈剑晖．诗性想象：百年散文理论体系与文化话语建构［M］．广州：广东人民出版社，2014：55．

② 迟子建．迟子建散文：插图珍藏版［M］．北京：人民文学出版社，2008：231．

孤独感与厌世情绪”，如何给“同性恋的聚合提供最天然的环境”，以致最后的哲理升华：“那些在昏暗的灯影下拥吻的同性恋者，也许在内心深处也是孤独的。我们不该耻笑孤独，因为我们投射在大地的影子也是孤独的！”① 在《土著的落日》中，从“肤色黝黑、四肢细如枯枝、肚子微微凸起”的土著人的形象描述，到欣赏其如暮色衰微般经受着威胁的艺术之美，到对何为“边缘人”、何为“主人”的理性分析，作者在表达对一个民族衰落的惋惜之情的同时，探讨其内在原因——对人性及文明的冷漠。在《是谁扼杀了哀愁》一文中，作者意识到现代人对哀愁普遍的鄙夷情绪、对世俗欲望张扬的趋势，别出心裁地笔锋一转：“我是那么地喜欢哀愁。我从来没有把哀愁看作颓废、腐朽的代名词。相反，真正的哀愁是一种悲天悯人的情怀，是可以让人生长智慧、增长力量的。”作者的文笔带有思辨哲学的特征，与智慧的思考、丰沛的心灵相结合，根据社会的演进和世态人心变化的推演，对“哀愁”一词进行独到新颖的思索和解释，颠覆了人们的思维习惯。正是因为对人生、生活的孤独之感，作者才会对万事万物抱有一种包容的姿态，以为人在本质上是孤独的，才自然地接受同性恋生命中不能承认之“重”，才会对暮色衰微的土著文化依然保留着一种热爱与崇仰。同时，正是接受人在本质上是孤独的这一现实，她才能从骂声中体会到浪漫，体会到一种对生活情趣的理解及艺术趣味的释放。

迟子建认为，“人的怜悯之心是裹挟在哀愁之中的，而缺乏了怜悯的艺术是不会有生命力的”。在这样的时代，迟子建对万事万物的心态是怜悯而包容的。迟子建追求内心的丰盈，而不仅仅是现实的喧嚣和富足，她将看似富足实则空虚的生活状态喻为“自慰的空碗”。基于对生命的思考和尊重，唯有对万物的包容与怜悯，我

---

① 迟子建. 迟子建散文：插图珍藏版［M］. 北京：人民文学出版社，2008：232.

们的脚步才能不至于“在不断拔起的摩天大楼的玻璃幕墙间变得机械和迟缓”，我们的目光才能不至于“在形形色色的庆典的烟火中变得干涩和贫乏”，我们的心灵才不至于“在第一时间获知了发生在世界任何一个角落的新闻时却变得茫然和焦渴”。包容与哲思是对孤独本质的深刻理解。也正是有了对万事万物的包容及触发的哲思，迟子建的散文才表现出了一种独特的魅力。可以说“孤独意识”使作者在创作之初就将自我置于一个特定的境地，在思考中通过自己的热爱与悲悯做出自主选择，使作品走向包容与哲思。

三

迟子建对现代化和现代文明总是持着怀疑的态度，有着足够的戒心。在她看来，人类社会的进步是以自然的毁坏、人心的迷失、人性的扭曲为代价的。为了寻找自然人性，迟子建把目光放在“过去”和“乡村（自然）”。[①] 在迟子建的散文创作中，她乐于写浪漫奇幻的自然风光、浓郁淳朴的民俗风情、奇特温馨的异国情调，同时善于发掘故乡人的精神境界中一切有价值的东西：自然纯朴的人性、值得赞美的道德情操、健康的生活趣味等。在她的散文作品中，可以看出她对自然、对故乡达到一种近乎痴迷的状态。大自然与故乡，在她看来就是一种宗教，一块石头、一棵树、一盏灯就能让人产生一种天然的敬畏感，因此抒写它们就成为作者创作上一种自觉的行为。

“迟子建往往将自身丰富的情感世界与灵动的大自然巧妙地结合起来，使读者在自我的世界里充分感受自然与情感的双重冲击，大自然每一次灵动的瞬间都在迟子建的描绘下栩栩如生起来，定格

---

① 史玉丰. 迟子建的文学追求：自然人性［J］. 青岛大学师范学院学报，2012（1）：101－105.

在永恒的时空范围内。”① 迟子建将自己的家乡定义为“梦开始的地方”，这个在北纬53度左右的小村子依山傍水，风景优美。“我对人生最初的认识，完全是从自然界的一些变化而感悟来的。”②迟子建有一颗敏感忧伤而柔软的心，作品中的大自然的植物上都投射了作者的主观情感。这个位于特殊地理环境的小村子有漫长的寒冷，冬天似乎无穷无尽。作者发现一些植物到了昼长夜短的夏天就几近疯狂地生长，但北极村的夏天大多短暂，当某一种植物还在旺盛的生命期之时，秋霜冬雪不期而至，所有的植物都面临在一夜间憔悴的境遇，大自然的风云变幻所带来的植物被迫凋零，令人痛心和震撼。作者在此并未把草木当作无情的对象，而是赋予了灵魂与感知，因此由大自然的风云变幻联想到人命运的不可预测，“感觉什么都是有灵魂的，我觉得这些没有成熟的果实，都有一颗心，这么多颗心寂灭了，特别伤感。我很小的时候就爱伤感，骨子有一种天然的忧伤，可能与此相关。没熟的果子死了，冬天突然就来了，大自然是那么多变。而人的命运呢，其实也是如此”③。作者在家乡看到老人走到生命的终点，归于自然；也亲身经历爱人遭遇车祸，不幸离世的打击。可见，生命有自然的终点，也有突然的脱轨。“大自然的风霜雨雪，还有一些朋友、邻居命运的变故，包括我个人经历的父亲和爱人的早逝，等等，让我觉得生命真的很脆弱，人生真是非常的苍凉。”④

“人在本质上是孤独的”，但生活总不能在面对孤独时一味地“无能为力”，适应孤独是对热爱生活所做出的一种自然的反应。在迟子建的笔下，这对于“孤独”的理解与适应，被放置在故乡的温

---

① 崔宗超. 论迟子建散文的伤怀之美［J］. 当代文坛，2015（6）：135－138.

② 迟子建. 迟子建散文：插图珍藏版［M］. 北京：人民文学出版社，2008：148.

③④ 迟子建. 文学的“求经之路”［J］. 中国现代、当代文学研究，2017（6）：181－186.

情与自然的旖旎中，故乡与自然不仅成为作者情感的栖息地，也成为她灵魂的依托之处。《雪山的长夜》中，失眠之夜给予作者重新一个人看风景的勇气，爱人已去，但只要有雪山在，就仍然能找到所要注视的地方，就能融化摆在头顶上的黑夜。在《尼亚加拉的彩虹》中，彩虹的出现与消逝是对大瀑布最美的礼赞。而死亡有时候也是对生命最大的礼赞。彩虹给予作者莫大的温情与安慰，让作者体会到在永恒的孤独面前，死亡是渺小的，曾经拥有就不再遗憾。在那篇温情与伤感兼具的《灯祭》中，父亲带走了“我”永久的怀念，但“灯”却给了“我”永恒的念想，提着剩下最亮的灯光回家也成了“我”最大的愿望。

也许是因为神话的滋养，我记忆中的房屋、牛栏、猪舍、菜园、坟茔、山川河流、日月星辰等等，它们无一不沾染了神话的色彩和气韵。

……

也许是我童年生活的环境与大自然紧紧相拥的缘故吧，我特别喜欢做一些色彩斑斓的梦。在梦境里，与我相伴的不是人，而是动物和植物。白日里所企盼的一朵花没开，它在夜里却开得汪洋恣肆、如火如荼。我所到过的一处河湾，在现实中它是浅蓝色的，可在梦里它却焕发出彩虹一样的妖娆颜色。①

故乡是一片充满灵性的土地，神话和传说遍地都是。因此，自幼围在炉火旁听到的神话故事成为迟子建的文学启蒙。作品中类似这些事物的描写，并不只是单单为了展现作者的故乡情结与童年乐趣及自然的风姿，“孤独”写作使“雪山”“彩虹”“灯”等从一个特定事物上升为基本的意象，它们赋予作品中那个“美丽、忧伤的故事”以含而不露、饱满丰盈的背景画面，在作为情感表征的同

---

① 迟子建. 迟子建散文：插图珍藏版［M］. 北京：人民文学出版社，2008：151.

时，也象征着作者隐忍、丰富、包容的内心。另外，迟子建的散文创作非常善于从普通景物、普通意象出发，来展现一个阔大的生活画面，将人生百态、酸甜苦辣一举囊括其中。因此看她的散文并不轻松，善于浅尝辄止的读者乐于从她的散文作品中感受到一个简单、感动的故事，却忘记去发掘其背后是如何的沉重与饱满。孤独是永恒的，时间在变，对故乡与自然永恒的热爱与悲悯不变，变的是不断的包容与充盈的哲思。

“乡土散文”“民间写作”“地域特征”等标签，只能说是迟子建散文创作中的某些特征。她的散文创作不能被局限地定义在“乡土”“地域”的狭小范围中，她所要表现的是人类所共有的情感与本质——孤独，只不过是作品的细腻与善感使其蒙上了一层温情、唯美的面纱而已。迟子建拥有一颗忧伤的心灵和感伤的思绪，在她悲天悯人的情怀之下，世间万事万物均得以温柔地注目。她没有强加于人的盛气凌人，亦没有偏执与独断，而是以感同身受的体验去触摸人生的柔软与悲痛。她对外界、对他人、对生命的悲悯情怀弥漫在她的散文中，使她的文字有了一种张力。① 这种力源自于作者对人生、生命背后深深的孤独的认知和体验。揭开迟子建散文温情、唯美的面纱，对于孤独的书写便已显而易见。

---

① 崔淑琴. 朝向故乡的深情书写：论迟子建散文中的地域文化特色［J］. 当代文坛，2009（5）：85－88.

第十三章

混沌之美

——张炜小说的叙述语言风格

语言是人类交际的关键媒介，也是民族文化的重要载体及特征，“通过一种语言，一个人类群体才得以凝聚成民族，一个民族的特性只有在其语言中才完整地铸刻下来”①。汉语经由漫长的历史演变，在文学当中始终作为一种流动性的载体，在不同的语境中具有各自的阐释，并且往往承传着某种形而上的意义。这便是汉语之美。

随着科技文明的进步和时空距离的延伸，人们对于汉语的理解与使用正在逐渐发生改变。《文学报》在 2006 年 9 月 28 日以《呼吁回归汉语之美》为题，发布“海峡两岸文学艺术高端论坛”相关报道。时任中国作协名誉副主席邓友梅痛斥：欲望化写作为引人注目抛弃了“汉语之美”，而一个民族的精神内核往往蕴含在其语言之美当中。评论家贺绍俊指出，语言是文学的根基，对母语尊严的遗弃在当下社会表现得尤为严重。汉语为人们营造的精神家园已被遗弃，在语言工具化盛行的今天，行业套语、成语滥用等语言垃圾充斥着人们的生活。②

因此，立足于当下视野，对中国现当代文学进行考察，很有必要重拾“汉语之美”。本章选取汉语的“混沌之美”，其蕴含并不拘泥于前人的概念定义，而是建立在文本基础之上对“混沌”语言的暗示性、象征性和表现力等重新进行阐释，以此证实唤醒及延续汉语经典文化价值的重要意义。

一

古人想象中的“混沌”，一般被看作是世界开辟前的状态。作为思想家、文学家关于宇宙起源的重要概念，众多古典著述都曾直

---

① 洪堡特. 论人类语言结构的差异及其对人类精神发展的影响［M］. 姚小平，译. 北京：商务印书馆，2002：62.

② 丁丽洁. 呼吁回归汉语之美［N］. 文学报，2006－09－28.

接或间接地描述解释过“混沌”一词。《三五历纪》说：“天地浑沌如鸡子，盘古生其中。万八千岁，天地开辟，阳清为天，阴浊为地。”①《周易·乾卦》有云：“《彖》曰：大哉乾元！万物资始，乃统天。云行雨施，品物流形。”②《老子》也写道：“有物混成，先天地生。寂兮寥兮，独立而不改，周行而不殆，可以为天地母。吾不知其名，强字之曰‘道’，强为之名曰‘大’。大曰‘逝’，逝曰‘远’，远曰‘反’。”③ 这些语句中，“混沌”“元”“道”即指万物的开端和本源。

从上述引文可以得见，在古典的概念或者传统的经验里，“混沌”可以是一个名词，也可以是一个形容词，甚至可以是一个动词，暗示一种潜在的动态过程。“混沌”的英文通常译作“chaos”，源自古希腊神话，一说是孕育世界的神明，也用以指称宇宙形成前的状态，与古代中国描述相似。《圣经·旧约》也试图用一种体系化的神学宇宙论阐明世界的发生过程，即上帝与原始“混沌”共同存在，而后由上帝从混乱中带来秩序。因此，“混沌”本身既是朦胧的非秩序状态，又时刻昭示某个瞬间的转变。正是这种不确定性，使得它具备更多演绎的可能。由此一来，“混沌”一词被古今中外的文学、艺术、宗教典籍和科学著作不断采用。

回顾中国现当代文学发展至今的百年历史，汉语的“混沌”是一个独特的存在。语言的使用直接影响文学的发生。鲁迅以中国现代文学史上第一篇用现代体式创作的白话短篇小说《狂人日记》，开启了中国现代小说的现代化特征。鲁迅从小接受传统文化与民间文化的熏陶，而后又广泛接触西方文化，中西交合的思想文化碰

---

① 顾之京，佟德真．中国古代短篇小说选［M］．石家庄：花山文艺出版社，1982：1．

② 周易［M］．郭彧，译注．北京：中华书局，2006：2．

③ 老子［M］．饶尚宽，译注．北京：中华书局，2006：63．

撞，使得鲁迅在文学上“追求表达的含蓄、节制，以及简约、凝练的语言风格”①，达到入木三分的强烈效果。从另一个角度来说，鲁迅的文学思想旨在“启蒙”，又因个人与时代的不稳定结构、中西文化的交杂分歧，一种新的语言规范便从“混沌”的边缘确立起来。这一特征在现代文学“第一个十年”作家作品中大量存在，部分作家创作语言的“欧化”痕迹明显。

到 20 世纪 30 年代，无产阶级文学与民主主义、自由主义文学各自发展演变，但总的来说，“‘中国社会向何处去’成为时代意识的中心”②。从对人生意义的追求转向对社会出路的探求，文学创作语言同样经历了一个“混沌”的过程。40 年代文学的主题主要是“救亡”与“解放”，毛泽东《在延安文艺座谈会上的讲话》提出“工农兵方向”，但在沦陷区仍有张爱玲、苏青等作家的优秀作品涌现，作品语言各具特色。

对于 20 世纪 50—70 年代文学，洪子诚曾用“一体化”概念进行论述：“中国的‘左翼文学’（‘革命文学’），经由 40 年代解放区文学的‘改造’，它的文学形态和文学规范……在 50—70 年代，凭借其影响力，也凭借政治的力量的‘体制化’，成为唯一可以合法存在的形态和规范。”③ 在此期间，实际也存在一些“地下写作”“潜在写作”等文学创作形式，诸如作家书信、日记等当时尚未公之于众的私密文字。

20 世纪 80 年代，中国文学把西方文学、文艺思潮作为革新的主要参照，各类文学作品以井喷式的状态呈现。在纪实与追忆中，部分作家注重追求哲学层面的艺术价值，语言的使用也更加富含深

---

① 钱理群，温儒敏，吴福辉．中国现代文学三十年［M］．北京：北京大学出版社，1998：36.

② 钱理群，温儒敏，吴福辉．中国现代文学三十年［M］．北京：北京大学出版社，1998：160.

③ 洪子诚．中国当代文学史［M］．北京：北京大学出版社，1994：4.

意，是作为作家个体的精神哲学与文学作品的艺术表现的双重存在。而90年代以来，商品文化语境与传统文明产生冲突，文学逐渐丧失人文精神，但必须肯定的是，拥有理性良知的作家仍然坚守文学操守，以各自的方式演绎对现实人生的体悟与精神世界的追寻。

综观中国现当代文学中的语言观念以及语言实践，不论是承继古典或“欧化”，还是“大众化”“一体化”“多元化”，包括“失语症”等，其存在状态都可以用“混沌”加以涵盖。因此，汉语的“混沌”就是建立在汉语基本规律之上的，一种全整的、暧昧的、绵延的存在状态。“混沌之美”也即在于它呈现出高蹈的精神维度，而不局限在单一的格调当中。

二

本章选择张炜小说作为考察对象，是因为他的小说内涵丰富，语言风格独特，具有较大的解读性。正如他在《融入野地》中所说的那样：“我所追求的语言是能够通行四方、源发于山脉和土壤的某种东西，它活泼如生命，坚硬如顽石，有形无形，有声无声。”①张炜并未对这种语言进行命名，却彰显出一种万物共生、天人合一的“混沌之美”。总的来看，张炜小说叙述语言的“混沌之美”至少包含以下三个方面。

首先，“混沌”表现语言的一种原初状态，即方言向生活的回归。张炜的文学创作从20世纪70年代开始，始终高擎浪漫主义、理想主义的大旗，把目光投向自然大地。这种尝试回归自然生活的途径，切入口便在于语言。方言的大量使用，促成张炜小说的原生态叙事。当然，“原初”并非意味着拒绝修辞，而是呈现为整体上的朦胧、苍茫与素野。

---

① 张炜．九月寓言［M］．北京：人民文学出版社，2005：299.

其次，“混沌”映照语言的一种杂糅之感，即文化碰撞中的复调叙述。语言的杂糅是文学创作中的特殊现象，不仅取决于作家接受教育、阅读经验、个人喜好等情况，还取决于创作技法的使用。张炜一方面吸收齐鲁文化、古典文学的精髓；另一方面也深受外国文学尤其是俄国文学的影响，反映在小说语言当中便是思想文化的外在碰撞与内在糅合。

最后，“混沌”隐含语言的一种澄明之境，即由“混沌”抵达“澄明”。关于“存在”命题的思索，张炜与存在主义代表哲学家海德格尔殊途同归。海德格尔以深刻的思辨洞悉了人的生存状况，提出“人，诗意地安居”这一召唤，契合了张炜内心深处的“野地”情怀与还乡情结。语言是存在之家，张炜小说通过语言接近本源，抵达形而上的境界。

当然，这三个方面的内容并非总是独立存在的，也常以相互渗透的方式呈现，有时一部作品可以包含多个阐释层面的“混沌”内涵。而这也正是张炜小说叙述语言的“混沌之美”的魅力所在。

张炜十分注重语言的考究，他认为，“一个成熟的写作者会苛刻地对待自己每一个文字和标点，如果一定要用得多，一定有巨大的理由，这是一种简朴。这种不夸张、不奢侈的态度渗透生活，人是语言动物，语言的简朴解决了，生活的简朴就解决了”①。“简朴”的方言最接近原初的“混沌”语言。张炜出生在山东龙口市，龙口市位于胶东半岛的一片海滩冲积平原上，西部和北部濒临大海，只有市区南部是山地。如此开阔、丰沃的生长环境，使张炜拥有活跃的思维和流畅的文笔，通过对方言的精心驾驭回归生活的真实。

一方面，使用方言能够保持生活的原汁原味，凸显地方色彩。这些方言大都夹杂粗鄙的字眼、绕口的土话，形成阅读上的“阻

---

① 张炜. 方言是真正的语言［N］. 南方都市报，2011－08－03.

碍”，但极为符合说话者的身份，使小说的内容与形式和谐统一。

①我日，闲话少拉。上会跟你前任说了，一春一冬让孩儿识下八千字，我请吃酒哩。(《丑行或浪漫》)

②老少爷们儿支棱起耳朵吧，俺经的苦处从这会说到大天亮，只当是说了个头儿。(《九月寓言》)

③我日他妈橹窝里捣出的杂种！臭海蜇皮都吃不上的饿马死龟烂尾巴根！九条水蛇缠在一疙瘩的老鳊鱼、刀鱼梢儿小虾米、抹上大酱就要下锅的黄花鱼，你要这会儿死了也就好了，咱毛哈也就用不着千里万里寻你个水鳖了……(《黑鲨洋》)

以上三句，“我日”“我日他妈”“杂种”“水鳖”等粗俗语随口而出，可以见得当地人豪放、实诚的性格。“拉”(说)、“支棱”(竖) 等方言动词的使用，以及“识下”“吃酒”等说法加深了语言的表现力。第③句中出现的鱼类名词，反映出说话者从事的劳动带有地域特色。方言是地域文化的重要载体，它表现出的素朴、野性与地域及其土著形成了一个共同体，它们之间相互依存。正因为如此，方言的“混沌之美”展示了集体无意识下的话语表述，并非有意为之，而是浑然天成。

另一方面，方言中的俚语、谚语甚至戏文等形式，对于人物形象的塑造具有积极作用，同时其幽默调侃的特点也增加了小说的趣味性。在《九月寓言》中，出工的人们经常和脏女人庆余谈笑：

“你今年多大了?”脏女人咯咯笑：“二十八，骑大马。”人们不信：“看样子四十哩，生过娃咪。”脏女人用手揉揉肚子：“小崽刚揣上，全靠你帮忙。”有人闹了个大红脸，旁边的人全去看他。有人又问：“你是从哪儿来的?”脏女人说：“苦命人哪有家，俺爹是个老水鸭。”大家哈哈大笑。开始赖牙在一边吸烟，这会儿也围过来。脏女人来了兴致，主动说话了：“出门人全靠两条腿，鼻子下面有张嘴……”金友凑过来说：“别听她拉长拉短，是个痴子。”脏女人眼神尖尖地盯住他，喊：“小崽刚揣上，全靠你帮忙。”大伙一阵哄笑。金友用手势骂她，她从地上捡个土块打金友。金祥提着裤子站在一边，说："听她说话哪像痴人。苦命人倒是真……听口音，千儿八百里外有了。"大家都不吭声了。

这段对话中，脏女人的回答都是押韵的对句，带有诙谐的成分，读来趣味横生。不同于他人的取笑，金祥觉察出脏女人的苦命。小说此后叙述了金祥经受过的非同一般的苦难，因此他能从脏女人的语言中感受同样苦难的命运。那种苦中作乐的自嘲方式，带有底层人物对命运的无告和苦难的消解。在语言中寻找命运的共鸣，这是人性原初"混沌"状态的内在连通。

除此之外，张炜的小说还经常使用方言语气词。这是一种说话习惯和书写方式，表示说话的情绪和态度。例如：

①哎哟哟，人家怎么就掌了这么大的权，福人哩！小村里不少人想去泡个澡儿。他们说："一池子脏水放了也就是放了，俺进去泡泡不行吗?"小驴说："不行。""哎哟，一点面子不给。俺这辈子还没到池子里洗过澡哩……"小驴叼上一支烟，说："你一辈子没做的事情多着哩，你睡过刺猬吗?""天哩，这个同志不说人话。"(《九月寓言》)

②那一天他磨磨蹭蹭，不停地摸着包红绸的手枪，心想：咱有这物件还用费那鸟劲？真恨不得迎着老刘懵一家的脑门点划几下，然后顺手牵得人回。也罢，这事儿瞒不得哩，先装样儿去他一遭，等那大水娃到了手再从头算账。好汉不吃眼前亏嘛。也真是的，这有什么难为情的？咱说到底还不是为了一个大水娃？嗬咦，快去哩。这样一想步子就迈开了。(《丑行或浪漫》)

第①段中，小驴使用"不""没"等否定词和问句，语气带有较为明显的强权意识，小村人话语中的"哎哟哟""哎哟""天哩"等语气词则带有讽刺和反抗的意味。第②段中，民兵连长"小油矬"依仗自己的权势，在一番轻蔑的假想和抱怨后，回到现实当中，"嗬咦"一声感叹，透出些许轻侮和迫不得已。方言语气词的运用，使人物思想情绪更为饱满，让小说叙事有了更加清晰的指向。

胡适曾在《海上花列传》的序言中说：“方言的文学所以可贵，正因为方言最能表现人的神理。通俗的白话固然远胜于古文，但终不如方言的能表现说话的人的神情口气。古文里的人物是死人；通俗官话里的人物是做作不自然的活人；方言土语里的人物是自然流露的人。”① 生活真实通过方言的叙述，在小说文本中转变为艺术真实。阅读带给读者的不论是淳朴与真诚也好，狡黠与虚伪也罢，都是这种“混沌”语言产生的效果，它由形而下的形式叙述了生活的全部所在，而这也正是抵达形而上境界的通途。

自明清时期大量西方传教士来华始，中国开始真正接触西方语言，到晚清时翻译文学大盛，推进国语运动。两百年间，西方语言思维方式对汉语的影响已初见成效。“五四”运动以后，现代汉语在寻求统一的同时，又不断纳入新的语言要素，因此有学者认为“当代中国作家是在一个越来越复杂甚至也可以说越来越分崩离析的语言背景下写作的”②。葆有较为“纯粹”的汉语基础，是文学创作的重要所在。

张炜小说语言的“纯粹”是一种氛围，这并不与“混沌”相矛盾。他小说中杂糅的“混沌”语言既包含文言文句式的混入，又包含外来语言的交杂。这种形式的背后，是不同文化间碰撞的火花。张炜对中国古典文学极为推崇，并且做过不少研究，还曾出过一本《楚辞笔记》。深厚的古典文学修养使他不仅能够延续文言书写，而且能够赋予其新的用义。例如：

---

① 欧阳哲生．胡适文集 4：胡适文存三集［M］．北京：北京大学出版社，1998：408.

② 郜元宝．汉语别史：现代中国的语言体验［M］．济南：山东教育出版社，2010：346.

①那温柔的水浪花抚摸在我身上，暖融融哉。我透过波涌间的低谷望着棒棒，看她在踩蛤蜊，心想你踩蛤蜊又何如？（《生长蘑菇的地方》）

②我们钻玉米地，就像刮了一阵风，爽哉！我们尽量不把玉米棒子碰折，而是侧着身子，沿着垄往里跑。跑得越深，天色越暗，大玉米地深处黑乎乎的，忒怕哉。（《钻玉米地》）

③二先生举着纸页随上他转，提高了嗓门并一字一顿："顽志既存，潜在民间苟延残喘，等候天赐良机。"（《古船》）

张炜所熟知的胶东方言本身保留了古代官话的部分样态。在第①②句中，"暖融融哉""爽哉""忒怕哉"等短语都含文言中常用的"哉"字，混入现代汉语，造成一种句式的陌生化，却具有古朴、典雅的语感。第③句中二先生说的话完全是文言，这既符合他的身份设定，也代表一种精神文化的现代呈现，带有语言的年代感和历史感。这种搭配的"美"就在于它的调和性，使"混沌"的语言在同一文本中运用自如，产生新奇的效果。

文白杂糅除了丰富小说的语言层次之外，有时也会承担小说的主题意义，被作者转化为思想文化隔膜的显现，具有充实的反讽效果。

他们谈不拢。主要原因是语言不通：一个书面语太多，另一个尽是小村俚语。"我到贵村为国育材，还望领导多多支持为盼。""腌臜孩儿耍刁咱就泼揍！叫驴尥蹶子那都是没阉哩！""来此地任职颇为忐忑，惟恐辜负父老乡亲殷殷期待。""老兵油子时不时就得换防，老在一个地方闲散，连一杆铳都扛不上哩！""我本是少才无能之辈，惟愿在教育岗位上克职尽责，死而后已。""这天底下的怪鸟多了，你我才见了几只。听人说南边山里有了人面雀，一对小奶儿鼓鼓着。""领导，您能听清我说话吧？""咱耳朵里一根驴毛也没塞呢，你肚里墨水多，咱这儿有大口尿罐接着哩。"雷丁的汗水在额上渗了一层，热得解了衣怀。就在这一刻黑儿愣住了，两眼尖尖再不眨动。因为他看出对面这个人是鸡胸。他笑了。“领导，我跟你说。”“说什么？话语不通哩。”“那我，那我就慢慢说个仔细吧，这总能听个明白吧?”黑儿一拍膝盖：“这不就结了！对人就得说人话哩，不能搬出北国骚鞑子那一套。来吧，你给我实打实地数叨。”（《丑行与浪漫》）

在这段话中，书面语与俚语交替出现，对话双方以各自的说话方式展开问答，整个场面十分滑稽。张炜设置这段对话场景很有意味，一方面是顺应小说情节的发展，另一方面也巧妙地隐含了官方话语与民间话语的差异，小村人并非无法理解对方的意图，而是厌恶对方说话“掉书袋”的方式以及高高在上的姿态，从“对人就得说人话”这句话便可看出“谈不拢”的真正原因。如此叙述不仅是生活场景的映照，也是文化价值冲突的体现，可谓小说创作的互文性。

杂糅还可以理解为多重声音的组合，这便类似于巴赫金提出的“复调”概念，即“各种独立的不相混合的声音与意识之多样性、各种有充分价值的声音”① 同时存在。张炜小说中的“复调叙述”也别具风味。例如：

闪婆真的老了，身上没有火气了，手脚冰凉。欢业把她的脚贴在肚子上暖，又把那双僵硬的手揣进怀里热着。这脚在野地上奔跑过上千上万里，这手为找吃物在棘棵子里抓挠过哩。妈吔，你受的苦楚没有数，你跟上俺爹钻庄稼地睡烂草窝，那时你还是又小又娇的媳妇，像千层菊花一样啊。你和爹成了野地人。你的身子是那些年熬干了的，一点点失了汁水。我身上的火气能给妈一些就好了，我是为妈活着的。妈妈的眼睁不开，可孩儿从未见过世上有谁的眼睛比得上你。你的眼最亮，水灵灵黑漆漆，像杏核儿像初秋里的葡

① 巴赫金. 陀思妥耶夫斯基的诗学问题［M］. 刘虎，译. 北京：中央编译出版社，2010：3.

萄。妈看着我长大，我记得住妈的眼。好孩儿妈要不行了，我一夜一夜听见你爹在那边喊我，老说准备好了吗，收拾停当俺接你走。我说急性儿等等，我舍不得孩儿，舍不得这个家哩。你听你爹又在叫我了，一声比一声急吔。妈吔妈吔，我不让你走，你走就领上孩儿。世上有一个孩儿是为妈妈活的，那个孩儿就是我。闪婆抱起欢业，欢业伏在她胸前泣哭。妈吔，你到了那世上，也得有孩儿为你扯手引路啊，爹岁数大了，手脚不灵便了。我还要跟去服侍你，去抱柴草碾瓜干哩。傻孩儿留下住土屋，娶个婆娘，接下班儿！（《九月寓言》）

这段话至少包含三个叙述者，分别是作者、闪婆、欢业。作者以全知全能视角讲述闪婆日益衰老的身体状况，欢业为母亲暖手暖脚的情景，表现母子深情以及些许凄凉的命运。闪婆、欢业各自呓语式的念叨，互诉衷肠，层层递进，没有段落、标点的区分，仅凭内容加以辨别，并且中间穿插作者的描述性语言。这种写法交织了三种人称话语，它们各自独立，又相互纠缠，使语言张力得到极大的发挥。

使用杂糅的“混沌”语言，一方面丰富了小说的情节和主题，是为作家创作技法、思维方式的创新。从另一方面来讲，这种写作范式的“泛滥”，透露出当下文坛的一个“短板”，即外来技法的本土化问题未得到充分解决，致使文学创作趋向扁平化。如何拉近我们与母语的距离，如何充分占有汉语资源，是当下不得不思考和实践的重要问题。

张炜早年曾孤身一人游走南山，直到 1978 年考取烟台师专，才结束这段行程。在小说创作上，张炜不自觉地把这种“流浪与还乡”的主体经验转接到文学中，形成了小说“逃离城市返回乡村野地”的基本主题。

海德格尔曾指出，人类安居的真正困境是无家可归。他在《我为什么住在乡下?》这篇文章里写到，住在乡下虽然使人“孤独”，但却不是城里人所认为的“寂寞”——感情上的匮乏，这种“孤独有某种特别的源始的魔力，不是孤立我们，而是将我们整个抛入所有到场事物本质而确凿的近处”①。所以，“还乡就是返回与本源的亲近”②。通过还乡，人类才能从沉沦于世界的非本真状态回归本真状态。

张炜的小说映衬了海德格尔的哲学观念，对万物“本源”进行文学回溯，并且通过“混沌”语言抵达“澄明”之境。他的理想主义和浪漫主义情怀，使他自觉使用一种“乌托邦情感的表达方式”，而“乌托邦首先是语言的乌托邦”③。张炜在小说中大量描写乡土风光的绝妙与乡村生活的美好，呈现出未经开凿的自然时空。例如：

①7 月的土地是灼热的，一望无际的麦子收割了，到处是闪亮的麦茬。一个接一个的大麦秸垛子耸起来，像一些肥嫩的蘑菇。白杨树挺立在路边，油绿油绿的叶子哗哗抖动……（《美妙雨夜》）

②谁见过这样一片荒野？疯长的茅草葛藤绞扭在灌木棵上，风一吹，落地日头一烤，像燃起腾腾的火。满泊野物吱吱叫唤，青生生的浆果气味刺鼻。兔子、草獾、刺猬、鼹鼠……刷刷刷奔来奔去。（《九月寓言》）

③这个季节的蜀葵刚刚长到腰际，宽大的叶片旁有豆粒大的苞蕾雏形。它们在坡地蔓延，吸取着河边上充足的水分，色深株壮。（《能不忆蜀葵》）

以上三段话，描写“麦子”“蘑菇”“白杨树”“茅草”“葛

① 海德格尔．人，诗意地安居：海德格尔语要［M］．郜元宝，译．上海：上海远东出版社，2011：84.

② 海德格尔．人，诗意地安居：海德格尔语要［M］．郜元宝，译．上海：上海远东出版社，2011：87.

③ 郜元宝．汉语别史：现代中国的语言体验［M］．济南：山东教育出版社，2010：304.

藤”“浆果”“蜀葵”等植物的生长状态，以及“兔子”“草獾”“刺猬”“鼹鼠”等动物的活泼生命力，俨然描绘了一个原始自由的天然乐园。第②段作为《九月寓言》的开头，展示了一方与世隔绝的天地。“谁见过这样一片荒野?”的反问句式意味着一种虚设，是作者乌托邦式的语言营构。第③段的叙述背景是淳于重返家乡，他曾在开满蜀葵的农村度过充满纯真理想和艺术激情的年少时光，城市的流浪生活荒芜了他的精神家园，“还乡”不仅是流浪途中末路的回归，更是迷惘人生的自省与决断。

张炜的“家”和“乡”并不是简单地指住所或乡村，还包括自然中的一切庇佑之地，更蕴含着情感体验和精神价值等形而上的东西。他的小说语言也浸透着一股神秘、希冀抑或是决绝的气息。

①一群鼹鼠从他身旁游过。破碎的瓦片被弄得沙沙响，接着又是咔嘣一声。他疑心有什么随着一只鼹鼠掉进了地裂里。满地裂隙直通地底，连接着纵横交错的地下巷道，也连接着父亲那颗阴暗的心。一群鼹鼠又转回来，在暗影里摸索，咬折了身旁的草秆，发出啪啪的声响。父亲的人究竟用了多长时间才掏空了一座村庄的基底呢？他宁可相信那是一个缓慢的、坚忍不拔的过程。一个老男人的耐性和勇气令人钦佩，不过他因此而仇恨这个人了。他们捣毁了一座村庄，而这座村庄是他爱的摇篮。此刻，他望着在茫茫夜色中摇动的枯草、一片断墙瓦砾，明白他心爱的肥再也找不到家了。

那个缠绵的村庄啊，如今何在？(《九月寓言》)

②肥却感到了从未有过的轻松。瞧这儿一眨眼变没了一座村庄。什么也没有了，只有沉寂和悲凉。我那不为人知的故事啊，我那浸透了汗液的衬衫啊，我那个夜夜降临的梦啊，都被九月的晚风吹跑了。在这冰凉的秋夜里，万千野物一齐歌唱，连茅草也发出了和声。大碾盘在阵阵歌声中开始了悠悠转动，宛若一张黑色唱片。她是磁针，探寻着密纹间的坎坷。她听到了一部完整的乡村音乐：劳作、喘息、责骂、嬉笑和哭泣，最后是雷鸣电闪、地底的轰鸣、

房屋倒塌、人群奔跑……所有的声息被如数拾起，再也不会遗落田野。（《九月寓言》）

③亲爱的肥你再不要哭泣，我已经无数次地吻去了你的泪水。亲爱的肥，紧贴在我身上吧，这样一路、这样一生！我们逃出来了，我们去找自己的生活。瞧瞧，时代真的变了，我们再不用像你的先辈们那样，赤脚穿过野地。我们乘车——看着一片片的庄稼在窗外飞闪。看看，多好的红薯地，望不到边……你最后看一眼就可以把它忘掉了。真的，因为你没有什么可以牵挂的了，你是没爹没娘的孩儿。

我的男人！你多么瘦弱，可你是我的男人哩！我原来也以为自己是没爹没娘的孩儿，这会儿才知道不是哩。我的男人，咱都没能赶上刨出一地瓜儿……（《九月寓言》）

《九月寓言》具有史诗的忧郁气质。以上选取的三个例子，都是描写村庄塌陷后的状况，一场现代文明给小村带来了灾难性毁灭。对于“那个缠绵的村庄啊，如今何在？”的追问，以及由于“没能赶上刨出一地瓜儿”而成为“没爹没娘的孩儿”，仅存“沉寂和悲凉”。这些焦虑背后，隐藏着作者的哲理性思考。乌托邦的幻灭，以语言的贲张来揭示，隐约暗示着一种无力的对抗。这便是张炜小说语言“混沌之美”的哲学向度。

在小说中，张炜始终以一种向下的抒情，表达迷途知返的现代人回到大地、寻找诗意居所的愿望。张炜徘徊于两种感觉之间：“一种是一直向前，走向很遥远的地方去，可以成为‘出发感’；一种是越走越近，正如远处返回来，可以叫做‘归来感’。”① 从荒原流浪到末路还乡的抉择，张炜以语言的方式实现了小说从“混沌”到“澄明”的意义升华。

---

① 张炜. 忧愤的归途［M］. 北京：华艺出版社，1995：18.

三

语言是一种连续的创造性精神活动。诚如洪堡特所说："一方面，整个人类只有一种语言；另一方面，每个人都拥有一种特殊的语言。"① 文学语言在于作家，始终是一个生长的状态，但同时没有脱离"修辞"的轨迹。陈望道先生曾在《修辞学发凡》中提出修辞和语辞使用的三境界，分别是"记述的境界——以记述事物的条理为目的""表现的境界——以表现生活的体验为目的""糅合的境界"。② 把"混沌"理解为一种修辞，并且由它带动文本记述事物、表现生活，传达作者的情感意图、思想观念，使读者产生足够共鸣，不失为一门高妙的艺术。张炜小说的"混沌"语言，不论是原初状态，还是杂糅之感、澄明之境，都能勾连起作家、作品、读者与世界的关系。

语言的"混沌之美"，归根到底在于如何理解"美"。海德格尔认为"语言"的本质是"诗"，"美"是与"语言"相连的东西。他形象地说明"美"如同一束光芒，"这种光照将自己射入作品，这种进入作品的照射正是美。美是作为敞开发生的真理的一种方式"③。显然，这种阐释带有某种诗性和神性。"混沌"既指向"纯粹"，又意味"含混"，既包含"庄穆"，又寄寓"狂欢"，经历了一个从隐晦到澄明的动态过程。因此，前文将"混沌之美"划分为三个层次，它的艺术价值也在其中得到合理体现。

陈志昂曾在《"混沌"之美》这篇文章中，专门梳理了古今中外关于"混沌"的审美范畴。他认为："在艺术创作中，我们要从

---

① 洪堡特. 论人类语言结构的差异及其对人类精神发展的影响［M］. 姚小平，译. 北京：商务印书馆，2002：62.

② 陈望道. 修辞学发凡［M］. 上海：复旦大学出版社，2008：3.

③ 海德格尔. 诗·语言·思［M］. 彭富春，译. 北京：文化艺术出版社，1991：54.

自然与历史的混沌运动中认识它的复杂性，从而再造混沌，实现阴阳互补刚柔相济的浑化之境，弘扬刚健有为自强不息、厚德载物博施济众的精神，这也就是审美创造的最高境界。"①这里所讲的"混沌"的再创造，并不是简单意义上的"返璞归真"，而是透过自然与历史演进过程的多种样态，从中发掘出谐和、中庸、宽博的精神向度。其间，语言不仅是手段，也是目的。以这种观念映照本章的阐述，能够在一个无限延展的场域里，审视已被遗忘的汉语之存在。

过去我们在谈论"语言"的时候，往往被固有的狭隘的条条框框所限定，在多元发展的当下，语言应该承载更多的内涵。"语言不仅是表达和交流的工具和手段，实际上是我们的生存方式，意味着文化的基本规范，追问语言，谈论语言就是在谈论生存方式本身，谈论文化的基本规范本身。"②当语言作为一种思维方式，在某个作家或某部作品中，就不一定存在单纯的风格，而这种糅合的风格也是为一种风格——笔者愿使用"混沌"一词来说明。语言形态彼此不同而能共同存在，这是当前中国文艺语言的局面。正如王一川所说：

"当前这种杂语共生情形颇与（20）世纪初至"五四"前夕类似。那时是文言小说、文言与白话夹杂小说并存时期。作家们敏感（地感受）到文言文的严重桎梏和口语白话的活力，却又无从获得决定性突破。但这种"阵痛"无疑具有促进意义，助成了"五四"白话文运动的大获全胜，确立起现代文艺语言规范。当然，目前的杂语共生现象远不如"五四"年代白话与文言的对立那么尖锐和水火不容。今天的问题不是根本性断裂而是创造性转型：在现代汉语规范基础上适当吸收古典汉语的某些因素和西方语言的合理成分，

① 陈志昂."混沌"之美［J］.文学理论与批评，1995（4）：115.

② 王一川.修辞论美学：文化语境中的20世纪中国文艺［M］.北京：中国人民大学出版社，2009：302.

以便建构新的现代汉语规范。”①

联系本章开头所引的《呼吁回归汉语之美》，既然当前的问题已经明确，那么就要寻找补救的方法和创新的途径。在全球化浪潮中，中国文化走向世界，汉语也必须和世界接轨。当然，这也并不是说“泥古”或者“西化”，因为语言始终处在变化当中，它的整体形态自然是“混沌”的。所以，论及汉语“混沌之美”的艺术价值，还在于它能在无形中积蓄力量、营造氛围，以一种退守、回归的姿态向前迈进。

语言是一个历时展开的过程，探索语言奥妙的路途漫长而艰险。当代部分作家正在努力尝试突破语言的樊篱，解开汉语的缠结，走向广袤的时空境域。张炜就是其中的践行者之一，他坚信：“一个人只要归来就会寻找，只要寻找就会如愿。”② 在跋涉与追寻的途中，只有不放弃、不丢失对精神价值和存在意义的垂问，才能够循着“汉语之美”的道路，开掘出更多的文学精品。

---

① 王一川. 修辞论美学：文化语境中的20世纪中国文艺［M］. 北京：中国人民大学出版社，2009：318.

② 张炜. 九月寓言［M］. 北京：人民文学出版社，2005：298.

第十四章

幽暗之美

——中国现当代小说中的“幽暗”语言风格

一

“幽暗”一词，《现代汉语词典》解释为“昏暗不明”之意，《辞海》解释为“不明亮，昏暗”之意，二者的解释不谋而合。汉代许慎的《说文解字》中将“幽”释为“隐而不现”，清代段玉裁注为“隐”也，隐，蔽也。楚人屈原《离骚》“唯夫党人之偷乐兮，路幽昧以险隘”中的“路幽昧”，意为路很隐蔽，不明亮。唐人白居易《琵琶行》“别有幽愁暗恨生，此时无声胜有声”中的“幽愁”指隐藏的愁绪。这两处的“幽”都有许慎所言的隐而不现之意。“暗”，许慎释为“虽在白天却没有光亮”之意，段玉裁注为“日无光也”。宋人张嵲《墨梅》“犹恨东风无意思，更吹烟雨暗黄昏”中的“暗黄昏”意为黄昏越发暗淡无光，“暗”意为白天没有光亮。“幽暗”一词最早出自《后汉书·窦武传》：“臣闻明主不讳讥刺之言，以探幽暗之实。”幽，幽静；暗，昏暗。“幽暗”本指幽静而昏暗，在这里指语言的隐晦与昏暗不明朗。随着社会的发展，有些词逐渐被淘汰，而有些词却仍然活跃在我们的话语系统之中。它们之所以至今仍在使用，就是因为它们本身也在发展之中，能为当代人所用。“幽暗”一词除了指空间、语言的隐晦不明亮，我们还把它引申为指称情绪，诸如人内在的不明朗、失落、颓废、暴力等情绪。

为什么这些消极的情绪能够进入审美范畴呢？它又是如何进入审美范畴的？这些情绪在作品中是通过语言文字来表达的。文学是人学，它和人息息相关。人的情绪变化莫测，不仅有高兴、激动、亢奋等积极的情绪，也有失落、压抑、不满、忧郁等较为消极的情绪。当作者想要通过文字来抒发这些消极情绪时，文字就成为承载消极情绪的载体，具有审美意义。这在古今文学作品中可以信手拈来。秦少游《踏莎行·郴州旅舍》写的就是词人被贬郴州时的一种失落的、凄苦的、幽怨的情绪，文字呈现出凄怆幽暗之美。“雾失楼台，月迷津渡，桃源望断无寻处。”大雾弥漫，楼台消隐，月色朦胧下渡口似有若无。这种迷离的景象，正是词人凄迷意绪的写照。词人想找寻一个理想中的世外桃源，可眼已望穿却无处可寻。这首词虽用词不十分明朗，但用字准确、生动，将词人当时那种幽暗的心绪抒发得淋漓尽致，故而成为千古绝唱。

残雪的处女作《污水上的肥皂泡》写“我”和母亲之间毫无亲情可言，“我”希望母亲能够早点在这个世界上消失，而母亲常常咒骂“我”，睡前大声关门窗、半夜翻箱倒柜使“我”半夜不能入眠。当母亲最终化作肥皂泡，街坊邻居前来探看，却只是为了来寻些乐子，并不是真正关心母亲是否变成了肥皂泡。这部小说中大多数文字都是幽暗的。母亲的动作描写是这样的：“我走进厨房，看见她将眼屎巴巴的小脸从墨黑的被头里伸出来，吐着牙间的秽物……她诡谲地笑着，像策划好了一个什么阴谋，只等我去上钩。”类似的文字在这部小说中还有很多。我们读这类文字的时候内心是很沉重的。不论是秦少游怅然若失的心绪，还是残雪小说中对人性扭曲的抒写，都能引起我们的深思。

陈思和在其主编的《中国当代文学史教程》中这样评价残雪的小说：“她用变异的感觉展示了一个荒诞、变形、梦魇般的世界，阴郁、晦涩、恐惧、焦虑、窥探和变态的人物心理及人性丑恶的相互仇视与倾轧，在她的作品中纠缠在一起，不仅写出了人类生存的悲剧，而且写出了人的某种本质性的丑陋特点。”① 这一评价是相对准确的，我们读残雪的作品时不难从中发现西方现代主义的影子。

西方现代主义是兴起于19世纪末、活跃至20世纪中期的，由很多现代主义创作手法派别汇成的一种文艺思潮，它不仅仅发生在

---

① 陈思和. 中国当代文学史教程［M］. 2版. 上海：复旦大学出版社，2006：272.

文学界，也发生在美术、音乐、戏剧和建筑等领域。19 世纪后期的工业革命打破了原有的文化传统。现代工业和城市化的兴起，使得人与人之间的关系愈加疏远冷漠，社会变成了人的一种异己力量，作为个体的人感到无比孤独。20 世纪初期的两次世界大战中，人类使用借助科技发明的武器大规模屠杀自己的同类，西方的自由、博爱、人道理想等观念被战争蹂躏得体无完肤。西方文明陷入了一场深刻的危机之中，具有明显消极、悲观、颓废、反讽、反动风格的现代主义应运而生。现代主义文学强调集中表现自我，手法比较怪诞，故事背景模糊不清，因果关系不明，语言风格背离传统。其代表作有海明威的《老人与海》、贝克特的《等待戈多》。现代主义作品在 20 世纪初传入中国。经历了文学黑暗的禁闭年代之后，20 世纪 80 年代末这种思潮在中国上演得空前热闹，残雪就是这一思潮的追随者。她的小说就像陈思和评价的那样充满了幽暗。在社会发生重大转型的特殊时期，人很容易感到焦虑和迷茫。幽暗这种不明晰的情绪，是人心理的本体结构与呈现。因此，这些特殊时期给予了幽暗文学很好的生长土壤，沿着现当代文学的发展脉络，我们会发现，不论是在辛亥革命失败、“五四”运动退潮后，还是“文化大革命”结束后的新时期都涌现出了大量这种类型的作品。

二

倡导自由个性的“五四”热潮散去之后，启蒙者和知识青年们陷入对“渺茫不可知的前途”的困惑、苦闷、彷徨，正如鲁迅所说：“但那时觉醒起来的知识青年的心情，是大抵热烈，然而悲凉的。即使寻找到一点光明，‘径一周三’，却更分明的看见了周围的无涯际的黑暗。”① 创作主体不仅细腻地感受到了青年这种情绪，而且用手中的笔将它写出来，供自己、时人、后人去细细体味，并从中发现某种启示。鲁迅是先行者之一，他早发现了端倪，在辛亥革命失败、“五四”运动退潮时，他渐渐感受到那种幽暗的情绪慢慢地笼罩在周遭曾激进的知识分子朋友、充满活力的青年学生的脸上、心上和行动上。经过两三年的沉淀，他驱使笔杆，在1924—1925年的一年多时间里写下了十余篇中短篇小说，即《彷徨》集。“彷徨”两个字就是对这本集子主题的高度概括。《在酒楼上》中“我”入住的旅馆“窗外只有渍痕斑驳的墙壁，帖着枯死的莓苔”，天是铅色的，“白皑皑的绝无精采”；吃饭的酒楼店面“狭小阴湿”，招牌“破旧”。这些语词为文章奠定了一种不明朗的基调，在这种环境之下，笼罩着故事主人公的情绪也必然不明朗。“我”看着酒楼外的废园，“渐渐的感到孤独，但又不愿有别的酒客上来。偶然听得楼梯上脚步响，便不由的有些懊恼，待到看见是堂倌，才又安心了”。“我”明明是孤独的，但又不愿意有别人来。这两者相互矛盾。“我”之所以会矛盾，是因为“我”的内心是苦闷、焦虑的，虽然感受到了一个人的孤独，但又不喜见人，这会让“我”越发焦虑、无所适从。“我”的旧同窗、旧同事吕纬甫当年行动“敏捷精悍”，现在却变得“格外迂缓”。他的须发是“乱蓬蓬的”，长方脸“苍白”而“衰瘦”，精神很“沉静”或“颓唐”。这虽是对初会吕纬甫的外在的白描，但我们可以透过一个“迂缓”，推断吕纬甫的内在精神或也是“迂缓的”。一个人的外在行动往往是其内在的显现。他现在也确实变得“敷敷衍衍”“模模胡胡”“随随便便”。这些幽暗的文字裹挟着那个时代特有的悲凉，散落在鲁迅的诸多作品中，共同构成了鲁迅作品独特的幽暗美。

---

① 《中国新文学大系·小说二集》导言［M］//鲁迅全集：第6卷. 北京：人民文学出版社，1998：244.

苏童是当代作家中具有幽暗写作倾向的一位。他从 20 世纪 80 年代开始创作以来，一直保持着自己独特的美学气韵，既体现在构思与文字的精致，意象营造的闪烁迷离，也表现在故事传奇的颓靡感伤。神奇、瑰丽、凄绝、忧郁的仿古旧风格，以及恬静的意绪、沉溺的叙述语调，都令人惊异。我们可以从他大量小说文本中判断他幽暗写作的特征，也可以从他的小说语言来印证。在《城北地带》中更多显露的是苏童小说语言中关于死亡、暴力、阴暗、忧郁等表现出来的幽暗之美。

苏童的“香椿树街”系列小说大多以“少年的视角”切入。《城北地带》也不例外地从“少年的视角”切入，其特殊之处在于作者用了双重叙事视角：一是通过达生的视角叙述，一是从幽灵美琪的视角切入。但小说中的主人公却原不止这两位，作者在这里运用“群体描绘式”刻画人物。他在写作手法上也打破了传统现实主义的手法，而采用虚实结合的方法来写这部小说，使得整部小说都笼罩着一种狂欢氛围。

苏童的小说语言之所以给读者一种幽暗感，首先源于他善于用看似平实的语言营造意境。《城北地带》开篇第一段只有简短的一句话，“三只大烟囱是城北的象征”，就把读者引入作者看似漫不经心、实则精心营造的意境中。葛红兵在《苏童的意象主义写作》中曾说过苏童从中国传统文学中汲取了养料，“读苏童的小说，我们很容易会联想到唐诗、宋词的意境，苏童的小说是以意境取胜的，苏童的小说，使用的是一种意象性语言，一种在唐诗、宋词、元曲中流传着的具有汉语言特殊情韵的语言方式”①。但在《城北地带》中，这种意境中除了有虚幻美之外，还处处透着死亡、神秘和幽暗。充斥着“城北”天空的是工业油烟，“香椿树街”人家窗台上蒙上的是“炭黑”和“水泥的微粒”混合成的厚厚的粉尘。“城北”和“香椿树

---

① 葛红兵. 苏童的意象主义写作［J］. 社会科学，2003（3）：60.

街”就像泼墨挥笔的大写意，是作者特别营造的环境，只是作者使用写实的手法，让其更有可信度，真实存在于作者营造的文学世界。灰暗是“城北”和“香椿树街”的底色，它们无形中给人压抑感，而作者却用一种看似明亮的色彩来缓解这种压抑：“孩子们往往误以为是一层面粉。而化工厂烟囱是一种美丽的橘红色……即使他们了解苯酐、樟脑或洗衣粉的生产过程，有时也难免产生一种稚气的幻觉，他们认为那是一只奇异的芬芳刺鼻的烟囱。”“面粉”“美丽的橘红色”“芬芳刺鼻的烟囱”这些带有明亮色彩的语词的使用，为这个压抑的地方增添了一抹亮色、些许生机和美感。在这个暗色系的城北，在这条潮湿的香椿树街，死亡层出不穷；开篇就描写了达生的父亲因达生偷走了他上班的交通工具——自行车，不得已借了邻居老年失修的破自行车，却不幸在途经北门大桥时刹车失灵，被一辆大卡车带走了；天真善良的小姑娘美琪因被邻居红旗奸污，不堪忍受人们的闲言碎语，跳河自杀了；锦红的父亲因不满其将要恋爱嫁人而设置门禁，导致锦红晚上约会超时而不得入门，夜晚在街上游荡时被三个小流氓杀害。故事中的人物接二连三地逝去，并未让人感觉有不妥之处，反而觉得在这样的环境下，没有人伤亡倒显得有些不合乎情理。作者写到美琪的幽灵回到“香椿树街”游荡，与作者所造之景融合，为之添了分神秘色彩。

人本就是一个复杂的个体，人的七情六欲及各种变化，需要相应的形式与渠道去释放，文学作品部分地承担了这种方式。因此不论是经历过辛亥革命失败、“五四”运动退潮的鲁迅，还是身处“文化大革命”后新时期的苏童，他们的汉语选择与构成，都表现出对这种方式的寻找，他们的用语大多是灰色的、幽暗的。幽暗的文字表达重在宣泄。通过文学通道，人的幽暗情绪在作品中得到释放，人性的幽暗面在作品中得以呈现，事理也变得明朗，幽暗自然成为一种审美。

第十五章

隽永之美

——史铁生散文的语言风格

一

“隽永”一词出自《汉书》，主要指言辞诗文或其他事物意味深长、引人入胜，后常用此词来比喻艺术形式所表达的思想深沉幽怨，意味深长。《现代汉语词典》对“隽永”的解释是：“形容词，（言语、诗文）意味深长：语颇隽永，耐人寻味。”这也是古人所说的“余音绕梁，三日不绝”，讲求言有尽而意无穷，也用来表述艺术性较高的作品的审美效果。宋代诗人陆游《午枕》一诗：“书中至味人不知，隽永无穷胜粱肉。”陆游品出书文的味道，常人不为所知，所谓“隽永无穷”，胜似当时尤为珍贵的“粱肉”。显然，对于陆游来说，“粱肉”这种食之果腹的物质满足不了他，还要加上“读书”这种精神上的愉悦，前者追求的是可以满足胃部和味觉需求的一时快感，而真正意味无穷、可以反复咀嚼的只有“书中至味”。

海德格尔 1946 年在《关于人道主义的书信》里曾经说过：“语言是存在的家。”他在其他著述中也有与此相关的论述，如《在通向语言的途中》等著作。海德格尔曾说过，语言是人与生俱来就存在于其中的东西，人就在语言之中，不可能离开语言而存在，人只能存在语言之中，人也只有在先于他的语言的引导下，才能理解自我和世界。语言预先给他规定了视野，引导着他的眼光，为世界万物赋予意义并为世界万物命名。语言对于人，就像他生息于其上的大地，就像他须臾不可或离的家园。人在语言中，因此海德格尔说“语言是存在的家”。在文学作品中，语言也发挥同等重要的作用。对于史铁生的散文，我们必须通过阅读他的文字语言，分析他的语言之美，才能领悟到语言背后所承载的思想。这么说来，语言是一件沟通作者心魂与读者的工具。

陈剑晖教授在《诗性散文》一书中提道：“人性必然是含孕着诗性的语言。诗性的语言，将引领着现代人在语言的虹桥上迈进诗意的人生。那么，作为一种古典、优雅的文学的代表，散文的语言毫无疑问也应是诗性的。”从中国文学的发展看来，当代散文仍保留了诗性，一篇好的散文总是有意境的。史铁生的散文正是这样做的：营造出一种意境，以隽永的语言来表达自己的思想。《秋天的怀念》中“北海的菊花开了”，“妹妹推我去北海看了菊花。黄色的花淡雅，白色的花高洁，紫红色的花热烈而深沉，泼泼洒洒，秋风中正开得烂漫。我懂得母亲没有说完的话。妹妹也懂。我俩在一块儿，要好好儿活……”通过菊花勾起对母亲的怀念，母亲出去了就再也没有回来了，“我”因为残疾而变得暴躁，忽略了顾及母亲的感受与健康。此文既包含了作者深深的自责，也是母亲对儿子深深的爱护。这种爱是深入骨髓的，甚至深入泥土根部，在里面开出一朵花。

史铁生的散文兼具了感性与理性两者。散文中独特的语言既是形式上的，也是他作为一位残疾作家个性气质和生命情调的显现。这种语言风格既来自中国古典文学的语言之美，也深深印下了当代发展的烙印。史铁生的文字语言大都是质朴自然的，脱掉华丽的外套，还原生活本来的面目。他的过人之处更在于，他的文字值得好好回味，即所谓隽永。《合欢树》里“悲伤也成享受”，语出惊人。史铁生用自己的生命体验告诉我们这句话的真实性，倘若第一次读，还真不能领会到短短的六个字所承载的感情与内容。

生命是一个过程。“所谓命运，就是说，这一出‘人间戏剧’需要各种各样的角色，你只能是其中之一，不可以随意调换的。”在史铁生独有的生命经历和体验中，充满了对生与死的哲思。他的文字对生命这一过程进行了独到的阐释和探求。可以说，史铁生一直以“向死而生”的态度来观望生命，描摹生命。他的文字中关乎灵魂与命运的哲思都归结为“向死而生”的生命观，生包含着死，死亦包含着生。正是因为如此跨越传统死亡观的立场和态度，才决定了史铁生文章中对生与死颇具哲学意义的阐释与探寻。

史铁生是一个卓越的作家，同时也是一个顽强的职业病人。他的作品淳朴自然却又感人至极，他的散文在中国当代文学发展上拥有无法取代的地位。

散文创作相对于其他类型的文学作品来说，对于艺术技巧的讲究相对少一点，却更注意去琢磨和锤炼闪烁着文采的语言，并将感情和思想结合、渗透其中。史铁生作为中国当代深入开掘散文内涵的作家之一，他的散文语言虽不能说是“天衣无缝”，却能显现出个性的光彩，成为当代散文一道独特的风景。史铁生散文的语言熔客观性、抒情性和思辨性于一炉，形成了寓深远于朴素、寄激情于从容、含关怀于幽默、蓄智慧于认真的总体风格。

二

史铁生作品“隽永”的语言风格主要体现在以下几点。

1. 叙述性语言：蕴真情

隽永的语言之美，其一表现是史铁生的散文蕴含真情，尤需细细品味。

母子之情是人类最神圣的情感之一，也是中国文学言之不尽的主题。史铁生散文的特别之处在于他对母爱的书写和对母亲的怀念，处处见真情。他并不是一味赞扬母亲，而是还原母亲在生活中的形象，既让读者看到一位普通母亲的不完美，也把笔尖直抵自己的内心世界，直面自己的自私、暴戾、软弱等缺点。

你会自然而然地被他那平实的文字打动。然而，这种情感的表达却是在母亲去世之后，这使得他与母亲的沟通成为永远的不可能，文字成为他与逝去的母亲沟通的“桥梁”，与其说他在怀念母亲，倒不如说他用文字直面生活，用笔尖直抵内心。遗憾的东西在文学抒写中总是美好的，因为它属于过去的时间，无法回去弥补，造成生活中的缺失，让人去追忆，成为读者心中永远的痛。这等同于悲剧的艺术魅力。也正因此，作者对这段情感的描述，成为世上最动人的诗篇。

双腿瘫痪后，我的脾气变得暴怒无常。望着望着天上北归的雁阵，我会突然把面前的玻璃砸碎；听着听着李谷一甜美的歌声，我会猛地把手边的东西摔向四周的墙壁。母亲就悄悄的躲出去，在我看不见的地方偷偷地听着我的动静。当一切恢复沉寂，她又悄悄地进来，眼边红红的，看着我。

原来直立灵活的双腿变成行动不便，一个有尊严的年轻人怎么能接受这么残酷的现实？只能用摔东西这种行为来发泄自己内心的暴躁和烦闷。母亲把这一切都看在眼里，把儿子的苦痛都加倍收藏在心里。而母子之间的这种相互隐忍的爱，是史铁生文字隽永风格形成的其中一个原因。

我那时脾气坏到极点，经常是发了疯一样地离开家，从那园子里回来又中了魔似的什么话都不说。母亲知道有些事不宜问，便犹犹豫豫地想问而终于不敢问。

从砸玻璃、摔东西、"发了疯一样地离开家"、"中了魔似的"、不说话等一系列的动作描写中，我们看到作者患病之后的精神状态已经坏到极点，残疾对人的折磨由外向内，由身体上的疼痛转为精神上的痛苦。"悄悄地进来""犹犹豫豫地"一系列词组中，从作状语成分的"悄悄地""犹犹豫豫地"可以看到母亲如此小心翼翼地爱，生怕触碰到瘫痪的儿子那敏感脆弱的心灵。"眼边红红的"作为补语成分来修饰补充母亲的情感。深爱儿子，理解儿子，想帮儿子，而又无可奈何的内心极度痛苦，外化为"眼边红红的"。遗憾的是，作者在母亲过早去世后才理解了母爱的无私和伟大，只能用笔抒写自己的悔恨。那是一种再也无法弥补的遗憾。

在史铁生最悲观的时候，母亲用宽容与爱陪他走过人生低谷的日子，而在他用残疾的身体为自己找到一片天空的时候，母亲却永远离他而去。只是在母亲猝然去世之后，作者才有余暇设想：当"我"不在家里的那些漫长的时间，母亲是怎样心神不定坐卧不安，兼带痛苦与惊恐与母亲最低限度的祈求。自己原来是给了母亲怎样的伤害啊。于是作者对天长叹："一心以为自己是世上最不幸的一个，不知道儿子的不幸在母亲那儿总是要加倍的。她情愿截瘫的是自己而不是儿子，可这事无法代替；她想，只要儿子能活下去，哪怕自己去死呢也行。"这是一位普通的母亲的内心独白。本是平凡的日子，突来的疾病夺取了儿子的健康，造成儿子的不幸，也造成一个家庭的不幸。然而这位承载了儿子的不幸和自己的不幸的母亲，在苦难面前表现出来的隐忍与坚韧却是如此不简单。儿子忏悔的语言更是刺心透髓。这忏悔先说自己"不幸"，后说母亲"不幸"。前者是说肢体的残疾，后者是说心灵的苦难。将两个人两种不同的不幸的无奈和痛苦放在一起，更突出了作者对母亲痛苦心理的感同身受，是对母亲深切的理解，以此揭示了母子之间各以对方为重的纯真感人的深情厚谊，极具震撼力，而这种震撼力需要读者仔细斟酌方能品出。

生活在这种环境中的母亲，生活之路注定是不平坦的。

坐在小公园（指地坛）安静的树林里，我闭上眼睛，想：上帝为什么早早地召母亲回去呢？很久很久，迷迷糊糊地，我听见回答："她心里太苦了。上帝看她受不住了，就召她回去。"

母亲日日夜夜生活在愁苦与忧虑之中，她是世上"活得最苦的母亲"。她的命运多么"艰难"。可是，她并没有向苦难妥协，而是默默地关注着"我"的生活、变化和命运，直至她猝然去世，这是无人知道的，只有"我"才能体会得最深最切。这份情感最终由作者用文字叙述出来，文章无处不是深切的爱。

"这园中不单是处处都有过我的车辙，有过我的车辙的地方也都有过母亲的脚印。"看似简单的文字叙述，却大有深意。作者将"我"的"车辙"和母亲的"脚印"联系在一起，一方面勾勒了"我"与公园的密切关系，表现了"我"与地坛的特殊情缘；另一方面也说明了母亲来公园寻找"我"的艰难历程。"我"的残疾给母亲带来了极大的痛苦，她不得不以“我”的行踪为她魂牵梦绕的线索，为她全部生活的焦点。这是一曲母子相依相怜、共度患难、感人肺腑、催人泪下的人间颂歌。在那一刹间，我们感受到了一种来自心底的痛苦和愧疚，更感受到作者那浓浓的真情。

2. 描述性语言：含哲理

隽永的语言之美，其二表现是史铁生的散文饱含哲理，尤需参禅。“哲理”一词似乎神秘深奥，但它其实就在我们身边。史铁生在平实的叙述中向人们阐述了人生的哲理。

学者邓晓芒说过：“史铁生在当代作家中是哲学素养最高的作家，这一点最集中地体现在他的《务虚笔记》之中。”《务虚笔记》是史铁生的首部长篇小说，也是他的半自传式作品。作者通过动物的繁殖、植物的生死，通过童年的经验、革命和叛变、爱情等来思考虚无。

不仅仅是小说，史铁生散文的哲学思辨更是随处可见，隽永而富有哲理的语句信手拈来。“地坛离我家很近。或者我家离地坛很近。”这是对于距离的思辨色彩，以“我家”为中心，向外辐射，延及地坛。“地坛离我家”与“我家离地坛”，同样的五个汉字，排序先后不同，其侧重点也不一样。前者强调“地坛”，后者侧重于“我家”，物理上的距离是一样的，但这样反复说明“很近”，形成一种语言使用上的艺术美感，让读者过目不忘。“死是一件不必急于求成的事，死是一个必然会降临的节日。”这里用了两次“死是一……的……”句型来作为对死亡的思考，史铁生想以此表达这样的哲学思想：人只有百年左右的生命，相对于亿万年计算的宇宙来说，简直是沧海一粟。如果把生与死两种状态进行对比，死比生的时间长得多，我们又何必去缩短有限的生的时间，投入无尽的死亡当中呢？这样一些语言在他的散文中比比皆是，常给人启迪，令人回味无穷，形成所谓“隽永”。

一般来说，人会认为目的重于过程，因为人总是以目的作为实现自我追求的标志，作为人生价值实现的衡量尺度。然而，目的与实现目的的能力之间永远有着不可逾越的鸿沟，因此需要人类不断去努力。退一步说，即便是一切目的都达到了，随着死亡的到来，一切也都将化为乌有，这就是生命的目的，所谓“向死而生”。而人类无论怎样都摆脱不了这种绝境。相反，如果人生从重视目的转向重视过程，那情形可就不太一样了。“一个只想使过程精彩的人是无法被剥夺的，因为死神也无法将一个精彩的过程变成不精彩的过程，因为坏运也无法阻挡你去创造一个精彩的过程。”这段描述性文字表现了史铁生坚实的语言功底。一个是目的，一个是过程，史铁生这么一说，就让人明白目的不过是虚设，它的作用在于引出过程，人生就是要使过程更加精彩。

生与死是人生的大事。当年，在史铁生 20 岁的时候，“活到最狂妄的年龄上忽地残废了双腿”。可以想象他所遭受的打击有多么巨大，他内心的痛苦有多么沉重，特别是在“找不到工作，找不到去路，忽然间几乎什么都找不到了”的时候，他自然想到了死，然而他最终选择了活。

这些文字叙述，是真实的，是作者最贴切的写照。“我一连几小时专心致志地想关于死的事，也以同样的耐心和方式想过我为什么要生。这样想了好几年”，到后来“我”终于明白“一个人，出生了，这就不再是一个可以辩论的问题，而只是上帝交给他的一个事实；上帝在交给我们这件事实的时候，已经顺便保证了它的结果，所以死是一件不必急于求成的事，死是一个必然会降临的节日……剩下的就是怎样活的问题了”。至此，人生中生与死的大问题，作者想了好几年的问题，就这样以一种平静的语调向读者做了倾诉，语言极为平实，然而这平实中却蕴含着人生哲理。生，不再是可以辩论的，死，也是不必急于求成的，剩下的就是怎样活的问题了！怎样活呢？作者以他直面自己惨淡的人生的勇气和接受苦难的胸怀告诉人们，他是“中国当代以残疾人的身份书写超越人类精神困境的一个精神上最没有残疾的人”。我们在他散文的语言中看到的不是作者挣扎中的呐喊，而是挣扎中的微笑和坦然，是对人生的大彻大悟。这无疑增添了他语言叙述的深度。

作者在对自然景物的描写中也蕴含着超自然的哲理分析，他用现代汉语解读自己的同时，也解读了生命。散文中像这样蕴含着对生命的理解的景物描写还有很多：“在满园弥漫的沉静光芒中，一个人更容易看到时间，并看到自己的身影。”这是简单的叙述，但简单背后蕴含了不简单的内涵。作者残疾之后，地坛公园就与他结下不解之缘。正是这一独特的“沉静”环境，使他活过来，使他感悟到人生的意义，从而产生了质的飞跃和超越。这“弥漫”，这沉静的“光芒”，正是培养他飞跃的土壤。这“光芒”让作者看到了光明和希望。他感受到了“时间”无声无息的流逝，更看到自己残疾的“身影”。可见，这句话将环境、时间和个人的遭遇紧紧联系在一起，揭示了时间的无情和现实的残酷，同时，也表现了作者勇敢面对现实的坚强意志。

3. 抒情性语言：现悲怆

隽永的语言之美，其三表现是史铁生的散文弥漫着悲怆之情，尤需用心感受。这种悲怆是当今生活极为需要的。人们处在浮躁荒唐的社会中，需要这种悲怆去唤醒内心的良知和爱。

悲怆是指人类在灾难或不幸面前表现出来的一种不屈的精神。这种感情是厚重的，古今中外无数艺术家运用各种艺术手法抒发悲怆情感：音乐大师贝多芬用宏大的交响乐演奏《悲怆奏鸣曲》；画家用浓重的色彩和奇特的视觉构图抒发悲怆情感；而史铁生则运用朴实无华的语言来描述他的特殊经历，其作品在看似严实的语言中充满悲怆。

当疾病和残疾猝不及防地降临，命运残酷地捉弄，人的身体和精神陷入无尽的痛苦和无助时，他陷入了深深的思考，这思考来自他的内心深处，没有经历过痛苦的人是写不出那些悲怆文字的。悲怆弥漫在整篇作品中。例如，对于古园地坛历尽沧桑的描写，“四百多年里，它一面剥蚀了古殿檐头浮夸的琉璃，淡褪了门壁上炫耀的朱红，坍圮了一段段高墙又散落了玉砌雕栏，祭坛四周的老柏树愈见苍幽，到处的野草荒藤也都茂盛得自在坦荡”，是自己内心的真实写照。“剥蚀”“淡褪”“散落”这组消极的动词的使用，为文字背景增添了悲凉，似乎能让我们读到作者本是青春追梦年华向惨淡人生滑落的动态过程。“老柏”“野草”“荒藤”这组词中，用“老”“野”“荒”做定语成分分别修饰“柏”“草”“藤”，为这些自然植物融入个人色彩成分，达到了王国维所说的“有我之境”，处于消极状态的作者眼里看到的世界万物也是悲凉的。但是，尾句用了“茂盛”和“自在坦荡”这组形容词，作者笔锋一转，感情由低落处走向平地，让我们在苍凉中看到一种希望。

譬如祭坛石门中的落日，寂静的光辉平铺的一刻，地上的每一个坎坷都被映照得灿烂；譬如在园中最为落寞的时间，一群雨燕便出来高歌，把天地都叫喊得苍凉……譬如那些苍黑的古柏，你忧郁的时候它们镇静地站在那儿，你欣喜的时候它们依然镇静地站在那儿，它们没日没夜地站在那儿从你没有出生一直站到这个世界上又没了你的时候。

在这段话里，作者用了三个“譬如”的排比，反复强调书写自己灰暗的心情。第一句中“落日”二字暗示自己的人生轨迹，然后“寂静”“平铺”动静结合，写得很形象，尽管“坎坷”却不失“灿烂”。这组反义词语的使用，表现了作者在悲怆中不乏理智，能全面乐观地看问题。第二句中，“落寞”原本是人类的情感，作者将其意化使用来修饰“时间”这个无生命状态的名词，赋予“时间”感情色彩。这“落寞”是作者的“落寞”。雨燕高歌，本是动物的一种本能现象，作者使用夸张和拟人化的手法，把雨燕的叫喊声拟人化为高歌，将原本只是简单的叫喊夸张为能震撼天地，“把天地都叫喊得苍凉”，似乎让我们走进《上邪》中“山无棱，江水为竭，冬雷震震，夏雨雪，天地合”那种决绝而绝望的境界，夸张得来又尽是苍凉。第三句用“苍黑”做定语来修饰“古柏”，不但苍凉而且带黑色，双层负面情感的汉字组合，加重抒写了作者“忧郁”的心情。无论你“忧郁”“欣喜”“没有出生”，还是“世界上又没了你”，古柏都一直“镇静”地站在那里。既有动静结合，又有人与物的对比，人作为高级动物，有意识、有情感，而植物却不具备，无论作者如何悲怆，此时这棵古柏也不能理解和分担作者一丝的感情。人类的生死与古柏无关，事不关己，高高挂起。既写出作者无法疏泄的悲怆之情，又写出了古柏薄凉的绝情，哀极生哀。

这些悲怆的文字，不仅表现在对自然景物的描写中，更表现在对生死、命运这样重大问题的感悟上。作家对生死的感悟是：“这却不是在某一个瞬间就能完全想透的，不是能够一次性解决的事，怕是活多久就要想它多久了，这像是伴你终生的魔鬼或恋人。”如此的叙述，这样的比喻，真是平实中见悲怆。在作家看来，人生就是一种不可捉摸的命运的造就，包括生命中最不堪的残酷与伤痛也都是不能选择的，人对于由超越个体生命的外在力量所设定的事实显然是没有任何可改变的余地。而命运的造就也就决定了角色的分配和承担的方式，有些人仿佛生来就是为了承受苦难，在苦难中默默地忍受着命运的重压。正是看到了这一点，作者把不能忍受的一切都扔给命运，然后再去调整自我与命运的关系，将自我从这生命的残酷和伤痛中剥离出来，将一己的生命放在天地宇宙之间而不觉其小，反而因背景的宏大和深邃更显生命之大。

于是作者才能听到有唢呐声在夜空中低吟高唱，“清清楚楚地听出它响在过去，响在现在，响在未来，回旋飘转亘古不散”。就在这融会了过去、现在和未来，融会了死生的时刻里，史铁生看到了包容任何孤独的个体生命在内的更大的生命本相。在时间中的自我就是这样处于稍纵即逝的无常，但是这无常却又仿佛太阳般永远地轮回往复，“它每时每刻都是夕阳也都是旭日。当它熄灭着走下山去收尽苍凉残照之际，正是它在另一面燃烧着爬上山巅布散烈烈朝晖之时”。由此可见，作者已将其个人的有限融入生命的永恒之中，由对个体的沉思转到对生命的关注，个体对苦难的承受已不再是绝望，而是人类生生不息的悲壮。

三

“其实文学和足球一样，根本是在困惑和狂欢时的聆听，立足于地而向苍天的询问，魂游于天而对土地的关怀。”史铁生的散文在他灵魂和情感扎根于地、行马于天的历程中形成了诚挚自然、蕴含深厚的个性化语言，体现了当代散文自然、智慧、悲天悯人的人文特征。郭小东在《中国知青文学史稿》中说：“自阿城《棋王》之后，史铁生《我的遥远的清平湾》独树一帜。史铁生写作所处时期的开放性和宽容度，使他有了营构多种多样生命视野的可能，以东方式的豁达和天人合一的神秘境界，乃至老庄等古代哲学精神等等，去消化并理解西方的基督精神或其他什么宗教精神的精髓，从而在创作实践中加以运用与表述。如阿城的《棋王》、汪曾祺的《大淖纪事》《受戒》等作品一样，把中国大而化之的古代哲学精神予以细微描写。史铁生的生命视野，是极近旷达开阔且近乎圆通的。他的作品处处袒露一种通达的生命解释，对卑微人生的崇高礼赞以及对日常生存细节的欣赏，对平朴的性格特质的生命关怀等等，都以一种善解人意的和暖方式予以表达。”

这段话对史铁生的创作内容和创作动机做了极好的归纳和分析。史铁生写作所处时期的特殊性塑造了作家的性格，这种哲学式的思维融合了中西方文化的特点。史铁生用特殊的人生阅历去解释这个世界，探究生与死的问题——这是他独一无二的生命视野——从而构成其文字的隽永之风。

《中国知青文学史稿》还对史铁生在中国现当代文学的地位给予了肯定：“在中国当代文坛，史铁生致力于在作品中倾注某种信念，努力为这种信念寻找现实的创作资源，并把这种资源转化成为自己文学创作的知识谱系。尽管这种努力显得势单力薄，但至少，他的努力对于中国当代文学价值观的建立，是非常有意义的。”

史铁生在文学作品中努力寻找的某种信念，给当时的文坛注入一股新生力量。虽然这股力量因为新而显得单薄，但对后来文学作品思想深度的建塑影响深远。哪怕是现在，他的作品的成就仍然无法被超越，有才情又身有残疾的作家毕竟是凤毛麟角。而由于肢体的残缺，这一特殊群体对生活的感悟和对性命的理解，比肢体健全的普通人来得更加深刻。

史铁生善于将情思、哲理、悲怆娓娓诉来，其作品充满了浓厚的真情实感和哲学气息，形成隽永之美感，让读者回味无穷。“作家在‘活到最狂妄的年龄上忽地残废了双腿’，因而被迫思考着生与死、残缺与爱情、苦难与信仰、写作与艺术等重大问题，并力图解答‘我’与他人如何活出意义来这一普遍性的精神难题”，这些都大大加深了其散文思考的深度，其散文所承载的厚度，当然还有对生命长度的探索，这样一来，史铁生的散文形成了立体的思想、艺术空间的维度，读者无法不深陷其中。每一次的阅读体验，都如余音绕梁，回味无穷。

史铁生说：“这篇文章（《我与地坛》）是一篇带有自传、自诉意味的散文，我以真实的身份投入到创作主体中，坦诚地表现自己，所以写景、叙事、绘人自始至终都饱含着情感，而且都是真情实感的流露。”史铁生在《我与地坛》中从理性、情感、欲望等方面阐释了人生的价值，他对死亡的坦然与自我超越，是难能可贵的作家品格。作家形而上的哲学思考，也是其内在的生命体验，呈现出一种“存在之澄明”的哲学理性。

张路黎在《史铁生哲思文体论》中评史铁生的文体特征说：“史铁生经过自觉地文体探索和实验，创建了一种合适于个人哲理思考的文体形式，这种哲思文体以务虚为主，凭借生命印象点染人物，以平视的心态叙事，通过哲学意象的营造、周而复始的结构与混淆重叠的方法，来倾诉心魂、追问命运、展现哲思。这种新的文体形式正是史铁生对当代文学的重要贡献。”这种生命哲思，通过语言的表达，与文学艺术形式完美地结合，便形成一种艺术美感的存在，这种美感是包含内在思想深度的，隽永之意无处不在。在人心浮躁、物欲横流的当下社会里，史铁生《我与地坛》中对苦痛的释然和对生命的追问，具有无可比拟的现实指导意义。

参考文献

[1] 史铁生. 我与地坛 [J]. 上海文学，2011.
[2] 陈剑晖. 诗性散文 [M]. 广州：广东教育出版社，2009.
[3] 郭小东. 中国知青文学史稿 [M]. 北京：北京十月文艺出版社，2012.
[4] 郭小东. 现代主义视野下的知青文学 [M]. 武汉：武汉大学出版社，2013.
[5] 赵素兰. 史铁生散文语言特色初探 [J]. 名作欣赏，2007 (4).
[6] 张英伟. 史铁生散文语言的审美特征 [J]. 北方工业大学学报，2008 (1).
[7] 张路黎. 史铁生哲思文体论 [M]. 北京：中国社会科学出版社，2013.
[8] 史铁生. 史铁生作品精选 [M]. 武汉：长江文艺出版社，2015.

第十六章

平淡之美

——沈从文《湘行散记》的语言风格

绚烂之极，归于平淡。文学大师的语言越到精妙之处，越是归于平淡质朴，真正达到了“质朴高醇，自然高妙”的境界。在沈从文的作品里，我们较少看到积极的修辞手法、浓墨重彩的表述和繁复华丽的辞藻，而多朴实、自然的语言，平淡之中有深邃之美，质朴之中蕴丰腴之境，大抵是“学功夫已多，读书贯穿，自当造平淡”（黄庭坚《与洪驹父书》）。认识沈从文是从他的小说《边城》开始的。事实上，散文家沈从文与小说家沈从文一样是出色的。在中国散文史上，沈从文的散文颇具特色。《湘行散记》就是一部氤氲着沈从文特有气息的散文，完成于创作成熟期，也是其散文成就的高峰。读《湘行散记》，仿佛乘着“油得黄黄的”新船，听着“水在船底流过的细碎声音”①，徜徉在通往湘西古老文明的绵长水路上，感受着在简古、平淡的语言外壳中蕴含的深远、隽永的诗境与诗意。

《湘行散记》之淡美，一方面在于以自然、素朴的语言包孕着一种湘西自发、蓬勃的生命力；另一方面体现在主体精神层面的生命“诗性”，热情赞颂了生之庄严忠实的同时，感知了单纯孤苦生命的隐痛。

“语言美学观不是孤立的东西，是一个人的世界观的一个方面，是一个人的个性的体现。”② 沿路追溯沈从文生命的来路，他的世界观与个性的形成源于一个莽莽苍苍的充满蓬勃生命力的湘西世界，平淡的美学之境与现实的人生之境紧密相连。因此，在追求生命本真的时候，其语言往往自然而淳朴，精当而巧妙，一种真正的美质在极其和谐、平淡自然的语言形式中流露。

在中国古代，以淡为美的审美境界都曾有过较普遍的表现，尤其是在陶渊明诗、唐代和宋代的诗歌实践与理论中的表现最为突

---

① 沈从文. 湘行散记［M］. 北京. 北京十月文艺出版社，2008：21，22.

② 王焕运. 汉语风格学简论［M］. 石家庄：河北教育出版社，1993：10.

出。陶诗素朴，“‘开千古平淡之宗’（胡应麟《诗薮·内编》卷三），使中国诗歌从唐朝始确立以平淡、朴素、自然为上，反对刻意雕琢的最高的艺术标准”①。进入唐代，以淡美为其风格特色者渐趋增多。至宋代，在诗歌和理论方面都自觉、刻意、普遍追求淡美。“平淡而山高水深，似欲不可企及，文章成就，更无斧凿痕，乃为佳耳。”（王若虚《与王复观书》）“作诗无古今，惟造平淡难。”（梅尧臣《读邵不疑学士诗卷》）“凡文字，少小时须令气象峥嵘，彩色绚烂，渐老渐熟，乃造平淡。”（苏轼《与侄书》）“大抵欲造平淡，当自组丽中来，落其华芬，然后可造平淡之境。”（葛立方《韵语阳秋》）由此我们更能看出平淡之境的价值所在。“平淡”实则是一种纯熟精巧、一支笔可为我随意驱遣的境界，所谓四两拨千斤，看似平常，实际非力所及，为没有深厚的文学功底和多年的经验积累者所不能达。

明人胡应麟说：“惟陶之五言，开千古平淡之宗。”（《诗薮·内编》卷三）黄文焕说：“古今尊陶，统归平淡。”（《陶诗析义》）清人施山说：“渊明为平淡之极品。”（《漱芳阁丛钞》卷一）以陶诗为例，这种平易淡远的风格具体表现为用平淡素朴的语言和白描的手法书写平淡的田园风光和日常农村生活。

陶渊明几经挣扎于朝廷的腐败和官场的黑暗，最终弃官归隐，日出而作，日落而息，并用诗歌记录下平凡的田园生活。在陶渊明所有反映田园生活的诗歌中，《归园田居》组诗是最具代表性、最为大众熟知的作品。《归园田居·其一》有“方宅十余亩，草屋八九间。榆柳荫后檐，桃李罗堂前。暧暧远人村，依依墟里烟。狗吠深巷中，鸡鸣桑树巅”，诗人选取了“方宅”“草屋”“榆柳”“桃李”“狗吠”“鸡鸣”等最普通的物象、最世俗的声音，共同构成

① 高建新. 关于陶诗“自然”“平淡”的美学评价［J］. 内蒙古大学学报（人文社会科学版），2002（1）：17.

了一幅恬淡自然的田园图景，采用了最简洁、不事雕饰的语言勾勒出归田后的生活环境，通过平淡无奇的诗歌意象传达出对安逸平静与自在生存状态的颂赞与欢愉。《归园田居·其三》中“种豆南山下，草盛豆苗稀。晨兴理荒秽，带月荷锄归”，选取了诗人耕种的场景，用平淡朴素的语言述说自己种豆的体验。诗人归隐后宁静美好的心情自然而然地从朴实无华的诗句中流露出来，没有大量铺排，没有任何做作与卖弄，如“相见无杂言，但道桑麻长”（《归园田居·其二》），“采菊东篱下，悠然见南山。山气日夕佳，飞鸟相与还”（《饮酒·其五》），“人生无根蒂，飘如陌上尘”（《杂诗·其一》），“山涧清且浅，可以濯我足”（《归园田居·其五》），“幽兰生前庭，含薰待清风”（《饮酒·其十七》）。将丰盈的意蕴、深厚的情感，熔铸于简单的意象和古朴的语言中。这样不渲染、不造作的白描手法反而获得了一种纯净质朴又韵味悠长的审美境界。

在“平淡”的历史批评语境下，我们再来看沈从文作品中所蕴含的淡美，将会得到更为丰厚的理解，具有了一种审美境界的互文性。相较于陶诗中“平淡”之境具体表现在归隐后的田园生活，沈从文作品中的淡美则来源于他背后有着单纯美好的生命状态的湘西。在追求平淡的过程中，若能做到“散而庄、淡而腴”，则颇能见出作者的语言功力。

……只听到许多人骂野话，许多篙子钉在浅水石头上的声音，且有……①

眼看这些船筏各戴上白雪浮江而下，这里那里扬着红红的火焰同白烟，两岸高山则直矗而上，如对立巨魔，颜色淡白，无雪处皆作一片墨绿。奇景当前，有不可形容的瑰丽。②

这里河水可同一股火样子，太热情了一点，好像只想把人攫

---

① 沈从文. 湘行散记［M］. 北京：北京十月文艺出版社，2008：50.

② 沈从文. 湘行散记［M］. 北京：北京十月文艺出版社，2008：309－310.

走，且好像完全凭自己意见做去。①

原来得了苹果后，并不立即返船，仍然又到吊脚楼人家去了。他一定把苹果献给那个妇人……②

朴素的语言中，蕴藏着精巧传神的用字，使整个句子都熠熠生辉、意蕴丰富。傍晚时分，摇橹唱歌的大船迫近了“我”的船，且有人大嚷大骂，一个“钉”字就说明了篙子落入水中的力度和声音之大，得以在嘈杂的环境中被作者注意到，倘若换了别的什么字，都不能囊括如此多的含义。“戴”字的使用瞬间赋予船筏以俏皮的拟人感，突出了船筏在画面中的主体性。“扬着红红的火焰同白烟”的船筏丝毫不畏惧“如对立巨魔”的两岸高山，景物获得了更大的自由和生机，把读者带回景色的现场。“攫”字与“热情”的同时使用，将水势之凶猛表现得淋漓尽致。最妙的是“献”字，作者用了一个“献”字，不是“送”，不是“给”，就将两人的柔情蜜意和水手的殷勤爱慕刻画得淋漓尽致，将男女间普通的一个行为描述得极为真挚而诗意，以诗的审美性穿透日常生活的表象，在平淡的叙述中渗透着一股细致与深情。这样的语言现象，在《湘行散记》中还有很多。“我相信你从这纸上也可以听到一种摇橹人歌声的，因为这张纸差不多浸透了好听的歌声！”③ 纸上“浸透”歌声，将摇橹人的歌声可视化，极尽歌声之美之多。“回忆中就浸透了摇船人催橹的歌声，且被印象中一点儿小雨，仿佛把心也弄湿了。”④此处不仅再次采用这种手法，而且形成了时间和空间上的交错纵横，“回忆中”的歌声，“印象中一点儿小雨”被作者转移到当下的情境中。沈从文的文字大多如此，细细品味，“似淡而实美”。

---

① 沈从文．湘行散记［M］．北京：北京十月文艺出版社，2008：123.
② 沈从文．湘行散记［M］．北京：北京十月文艺出版社，2008：314.
③ 沈从文．湘行散记［M］．北京：北京十月文艺出版社，2008：29，30.
④ 沈从文．湘行散记［M］．北京：北京十月文艺出版社，2008：390.

沈从文散文中的修辞手法不在多在于精，他恰如其分地运用各类修辞格，能于简单纯净的文字中达到韵味悠长的审美境界。

一列青黛崭削的石壁，夹江高矗，被夕阳烘炙成为一个五彩屏障。①

鼓声起处，船便如一支没羽箭，在平静无波的长潭上来去如飞。②

倒茶的是个十五六岁的白脸长身头发黑亮亮的女孩子，腰身小，嘴唇小，眼目清明如两粒水晶球儿，见人只是转个不停。③

河水已平，水流渐缓，两岸小山皆接连如佛珠，触目苍翠汝江南的五月。④

半夜后天空有流星曳了长长的光明下坠。滩声长流，如对历史有所陈诉埋怨。⑤

或石壁，或龙船，或两岸小山，或姑娘的眼目，甚至是长流的滩声，经过沈从文的打磨，都显得越发精致。所运用的比喻修辞并不复杂花哨，人与景的特征就被描摹得淋漓尽致，简单却传神。特别是，将自己对“时间”的警醒和思考与流星下坠、“滩声长流”自然地融合在一起，产生一种普遍化的感情，感叹命运与时间的不可把握。除比喻外，还有拟人、排比修辞手法相辅相成。“四点钟左右，黄昏已逐渐腐蚀了山峦与树石轮廓，占领了屋角隅”⑥ 一句赋予黄昏夕阳以富侵略性的动态美，从山峦树石再到屋角，从高到低，从远到近，景物的选取也吻合了我们的日常体验。“地方静得

---

① 沈从文. 湘行散记［M］. 北京：北京十月文艺出版社，2008：356.
② 沈从文. 湘行散记［M］. 北京：北京十月文艺出版社，2008：357.
③ 沈从文. 湘行散记［M］. 北京：北京十月文艺出版社，2008：241.
④ 沈从文. 湘行散记［M］. 北京：北京十月文艺出版社，2008：211.
⑤ 沈从文. 湘行散记［M］. 北京：北京十月文艺出版社，2008：394.
⑥ 沈从文. 湘行散记［M］. 北京：北京十月文艺出版社，2008：364.

很，河边无一只船，无一个人，无一堆柴”①，“无一”句式的铺排，极言环境之幽静、严寒、萧条。“我不看重鼻子，不相信命运，不承认目前形势，却尊敬时间”② 一句，字字掷地有声，温厚地批判了像“爱惜鼻子的朋友”一样的国民劣根性，将自己的前程寄托在迷信上，失去了生命本来蓬勃的激情和动力，但是又“了然时间对这个世界同我个人的严重意义”，“时间正在改造一切，尽强健的爬起，尽懦怯的灭亡”，昭示了人物命运的悲剧性。老舍曾说：“世界上最好的文字，就是最亲切的文字。所谓亲切，就是普通的话，大家这么说，我也这么说，不是用了一大车大家不了解的词汇字汇。世界上最好的文字，也是最精练的文字，哪怕只几个字，别人可是说不出来。简单、经济、亲切的文字，才是有生命的文字。”③事实上，真正能经过时间淘洗、筛选留下的文字，大抵都具有一种平淡却触动人心的力量。

炉火纯青地使用白描是散文能够融奇崛与平淡于一体的重要原因。在白描用笔的轻重徐急、方圆转折中，最关乎功力与气韵，最可见资质与性情。

在《湘行散记》中，沈从文总是力避华丽的辞藻，将白描运用到极致，随意点染几笔，便得“微言透世深”的意境。1934 年沈从文在返乡途中画了许多速写，在每一幅速写的下面都有他简洁的说明文字，或写景或抒情，寥寥数语，便将情感的跃动表现得淋漓尽致。在他的文字世界里，能听出草是怎样生长的，河水是怎样欢快地流淌的，甚至可以想见岸上的吊脚楼灯光是怎样引诱船上水手的目光的。在驾驭语言方面，在 20 世纪 30 年代的中国文坛上，沈从文可以说是独树一帜的。他把对故乡的爱全然寄托在自己喜爱的

---

① 沈从文．湘行散记［M］．北京：北京十月文艺出版社，2008：140.
② 沈从文．湘行散记［M］．北京：北京十月文艺出版社，2008：441.
③ 老舍．出口成章［M］．北京：作家出版社，1962：63.

人物身上，尔后又从他们的嘴中流露出来。

河面一片红光，古怪声音也就从红光一面掠水而来。……到了半夜，把一个从船头伸在水面的铁兜，盛上燃着熊熊烈火的油柴，一面用木棒槌有节奏地敲着船舷各处漂去。身在水中见了火光而来与受了柝声吃惊四窜的鱼类，便在这种情形中触了网，成为渔人的俘虏。①

我们不难发现，这段描写没有一个浓墨重彩的词，全是朴素的字眼。然而透过这些平淡的描写和白描的手法，我们却能立刻感受到他心中念念不忘的那种意境和江夜的静美。“油柴”点燃后河面上出现的“红光”使夜晚的那种沉重都好像随着火焰在跳跃、晃动；“棒槌”敲击船舷的声音，给静谧的江景打着鼓点，这样的画面最能让人想起山野之中自然原始的情态，而这一点，正是沈从文要描摹的地域风情。他的散文，常常是漫不经心的一笔，出神入化的一抹，便体现了他精湛的艺术素养，令人叹为观止。

小船上尽长滩后，到了一个小小水村边。有母鸡生蛋的声音，有人隔河喊人的声音，两山不高而翠色迎人。许多等待修理的小船，一字排开斜卧在岸上，有人在一只船边敲敲打打。我知道他们正用麻头与桐油石灰嵌进船缝里去，一个木筏上面还搁了一只小船，在平潭中溜着。②

这虽是一段朴素的文字，但是一种“野渡无人舟自横”的静穆美已深深地打动读者的心。尽管文字淡雅，画面却别样的丰腴——有山有水有人，有光有声有色，来自远方的诗意萦绕在心间。沈从文散文的独到之处，不限于一时一地景物情事的美感上，而是在于通过文字引发人的思绪向更阔大更深远的境界伸展，让人感受到一种幽深、崇高和雄浑的美。沈从文不愧是造境的高手，他在风俗景

① 沈从文．湘行散记［M］．北京：北京十月文艺出版社，2008：282，283.

② 沈从文．湘行散记［M］．北京：北京十月文艺出版社，2008：291.

象中捕捉神韵，将自己的文格和人格追求一同熔铸在他自己设造的独特意境中，为读者营造了湘西悠远的美，反映出他作为一个“大家”的独特审美视角。

沈从文提供了一种不同于“五四”主流的文学写作范式，他对于人性重建有自己的一套想法，忠诚于自己的实感体验，对于生命和生活有一种“诗性”的观照和体悟。应该承认，“诗性”二字，是一种难以把握，甚至只可意会、难以言传的社会生活、自然状态和精神感觉的复合体。它“如山上之色，水中之味，花中之光，女中之态，虽善说者不能下一语，唯会心者知之”①，“它是人类最深层的生存智慧，是这种智慧的最丰富和最生动的形态；……它是流荡于万事万物和人的心灵里的一种纯美的本质……它是生命力的呈现和凝聚……”② 文学活动从根本上说就是一种生命活动，从生命化育而来，终归指向生命。因此，生命“诗性”是文学中的一个重要维度。《湘行散记》就是这样一个承载着生命内涵的“诗性”范本，它以独特的生命视角去审视生活，以平淡之美的语言效果渗透着独特的生命“诗性”。

“散文在通往生命的途中……抵达诗性的最有效的办法，就是体验。”③ 生命体验不是外在的镜像反映，不是经验的被动机械叠加，而是感性个体主动进行的心灵感悟。这种感悟离不开“融入”和“倾听”两种技巧。

“融入是指从外部返回生命本身，也是一种外在世界的心灵化、内敛化过程。融入是人在无边无际的宇宙大自然中‘融入’，在融入中获得生命的内在节律。”④ 沈从文把自己“融入”湘西的遥山

---

① 袁宏道．叙陈正甫会心集［M］．上海：上海古籍出版社，1981：1.
② 陈剑晖．诗性散文［M］．广州：广东教育出版社，2009：5.
③ 陈剑晖．诗性散文［M］．广州：广东教育出版社，2009：80.
④ 陈剑晖．诗性散文［M］．广州：广东教育出版社，2009：83.

远水里。在摇荡的橹声中，在河岸透出微弱灯光的吊脚楼上，人的心灵没有随着一路湘西景致的飘然而至不断膨胀，自然空间也没有被吞噬为“人”的附庸，相反，人的视角被淡化。这种“融入”是人与自然的融合，是主体与客体之间鸿沟的消弭，是二者深层次的和谐共生。沈从文的文学世界不是以“把人作为一般性主体”的世界作为依托的，“他的文学世界大于人的世界”①。他不是要用技巧、理论以及自己的个性束缚这个世界，而是让这个世界自己表现自己，文章弥漫着“天地运行”的混沌之美。

我仿佛被一个极熟的人喊了又喊，人清醒后那个声音还在耳朵边。原来我的小船已开行了许久，这时节正在一个长潭中顺风滑行，河水从船舷轻轻擦过，把我弄醒了。②

这是一段对沅水的描写，水流擦过船舷的声音成为半梦半醒间“极熟的人”的喊声，喊声是故乡的喃喃，它化作水声喊“我”，叫醒“我”，呼唤“我”。沈从文只是感受到了，并没有多加渲染，不带自己的主观情绪。人置身在光景中，不存在对物的反观思维，没有所谓的以景衬人，“我”与“沅水”之间消解了主体与客体的界限，就像天平的两端，具有了对话的意味。向着故乡的方向顺风滑行，时空在梦境与现实、恍惚之思与清醒之态中绵延、转换、流动、伸展。自然之境在沈从文笔下以不囿于人的视野的方式呈示，他以整个身心的“融入”抵达并获得生命的诗性，让我们时时感受到自然、质朴的文字间蓬勃的生命气息。

远山包了近山，水在山弯里找出路，一个陌生人见到了，也许还以为在湖里玩的。③

这里河水可同一股火样子，太热情了一点。好像只想把人攫

---

① 张新颖．沈从文九讲［M］．北京：中华书局，2015：101.
② 沈从文．湘行散记［M］．北京：北京十月文艺出版社，2008：285.
③ 沈从文．湘行散记［M］．北京：北京十月文艺出版社，2008：83.

走，且好像完全凭自己意见做去。①

在这样的句子里足以见出他心灵的丰富性，特别是他用整个生命来感受大自然的细节。都是普通的文字、简单的排列，这些细节却能在他的笔下都幻化成有生命和感性思维的个体。“水在山弯里找出路”一句，山水仿佛在天地间嬉戏打闹，一个不留神，山就夹带着水，水缠绕着山，从字里行间偷溜出来一样。作者则对山水听之任之，突出了山水的主体性。河水“好像只想把人攫走”，并没有将河水波涛汹涌之状作为单纯的自然环境和背景动态来表现，而是将其当作主体性的描摹对象，把人物淡化至无。“人虽在这个背景中凸出，但终无从与自然分离。有些篇章中，且把人缩小到极不重要的一点上，听其全部消失于自然中。”② 这说明他的精神是在场的，注重从事物的内部而不是外部，以心去统摄、去体味天地间的万物万象，从而使文章显露出生命气韵的流动贯通。这些丰富、细微而曲折的东西便是生命诗性的闪光。

“与‘融入’密切相连、互为表征的，就是‘倾听’。倾听是生命体验的另一种方式，它是个体生命把握人生意义和感受宇宙自然的一种特殊的认识功能。”③ 倾听使沈从文更贴近生活的内核，使《湘行散记》的生命表达更加真实和远离功利，更能够体现出生活的审美化。

在这条河上最多的是歌声，麻阳人好像完全是吃歌声长大的。④

小妇人虽同邮船水手谈到岁暮年末水面上的情形，但一颗心却

---

① 沈从文．湘行散记［M］．北京：北京十月文艺出版社，2008：123．

② 沈从文．沈从文全集：13 卷［M］．太原：北岳文艺出版社，2002：340，341．

③ 陈剑晖．诗性散文［M］．广州：广东教育出版社，2009：84．

④ 沈从文．湘行散记［M］．北京：北京十月文艺出版社，2008：49．

一定在另外一件事情上驰骋。[1]

沈从文以整个身心融入这一番归程，倾听着河面荡漾的歌声，更倾听了小妇人“驰骋”的心事，同样也倾听自己的内心，倾听天地人的对话。在倾听中，他摆脱了个体生命的寂寞，体悟到来自其他生命的孤独苍凉却充满张力灵性的美。在倾听中，他获得了理解、爱与宽容。它们闪耀在波光里，潜藏于天地间，等着人们寻觅与发掘。通过倾听，他对人的生存意义擎以深切的关注和触及灵魂的悲悯，对人文情怀的写作初衷也更加虔诚和执着。在倾听中，他并不把社会价值掺加进去，来估定自己的爱憎。沈从文曾说：“……我不大能领会伦理的美。接近人生时我永远是个艺术家的感情，却绝不是所谓道德君子的感情。”[2] 在倾听中，正因他不为一般的社会价值所局限，才有这样的大格局，才能感受到自身以外的天地万物，人也在其中获得完整的存在。沈从文对于生命的倾听，使得灵魂呓语般悠扬的歌声，在山水之间幻化成最温暖真切的呼唤，“使它们原始的新鲜感和物性原原本本地呈现”[3]。倾听成就了他对“命运里应有的那一份哀乐”的敬畏和感动，成就了对生命“诗性”的展现。

生命“诗性”最首要的形态便是“敬畏与呵护生命”。“散文触及生命时，首先要面对的是如何‘敬畏’和‘呵护’生命的问题。”[4] 在《湘行散记》这部返乡散文中，路途所遇之人皆被记录进去。无论是辛苦的拉船人还是吊脚楼妓女，没有主次之分，沈从文没有将他们划分为三六九等，而是以一颗广泛的敬畏之心来体恤、想象、感受这些社会底层人的艰辛和对生命的追求，这些湘西

① 沈从文. 湘行散记［M］. 北京：北京十月文艺出版社，2008：325.
② 沈从文. 沈从文全集：13卷［M］. 太原：北岳文艺出版社，2002：323.
③ 叶维廉. 中国诗学［M］. 北京：生活·读书·新知三联书店，1992：89.
④ 陈剑晖. 诗性散文［M］. 广州：广东教育出版社，2009：63.

人在沈从文笔下熠熠生辉。平淡的语言下涌动着一股生命的潜流，漾起生命“诗性”的涟漪。

沈从文对“荡桨”“背了纤索”的水手饱藏一颗悲悯之心，兴致勃勃地听他们说“野话”，熟悉他们简单的哀乐。

他们的希望只是多吃一碗饭，多吃一片肉，拢岸时得了钱，就拿去花到吊脚楼上女人身上去，一回两回，钱完事了，船又应当下行了。天气虽有冷热，这些人生活却永远是一样的。他们也不高兴，为了船搁浅，为了太冷太热，为了租船人太苛刻。他们也常大笑大乐，为了顺风扯篷，为了吃酒吃肉，为了说点粗糙的关于女人的故事。他们也是个人，但与我们都市上的所谓“人”却相离多远！一看到这些人说话，一同到这些人接近，就使我想起一件事情，我想好好的来写他们一次。我相信若我动手来写，一定写得很好。但我总嫌力量不及，因为本来这些人就太大了。①

写人物，写生命，他从来都是从自己的内心出发，去发现他们的世界。他没有把自己放得很大或者放得很高，这样才能感受到来自那些平等生命释放的庄严与神圣。沈从文深埋在骨子里的对生命的敬畏，使得在这个世界上很卑微的人——妓女、士兵、水手、船夫，在沈从文的文学世界中格外地“大”，格外地散发出蓬勃的生气和令人感动的力量。

一颗心为作者“驰骋”的小妇人夭夭更是一种诗性的存在，散发着生命的美与自由的光芒，让作者为其“站在河边寒风中痴了许久”。这“痴”也就是敬畏。“原来这小妇人虽生在不能爱好的环境里，却天生有种爱好的性格。老烟鬼用名分缚着了她的身体，然而那颗心却无从拘束。”② 同样的一个人，在现代的城市人眼中会被百般诟病，沈从文却能感受到她无拘无束的心灵，体味到“他们

---

① 沈从文．湘行散记［M］．北京：北京十月文艺出版社，2008：38，39.

② 沈从文．湘行散记［M］．北京：北京十月文艺出版社，2008：329，330.

的欲望同悲哀都十分神圣”，接触到不为他者看到的灵魂。沈从文说：“我不配用钱或别的方法渗进他们命运里去，扰乱他们生活上那一分应有的哀乐。”① 他由最初的“同情”到后来的感觉“神圣”，感情的细微变化折射出的正是感性与智性的交错和对待生命态度的反思。这种反思使他对生命的敬畏与呵护体现得更加突出。

对生命的敬畏不是空话，沈从文不只对自己的态度进行反思，对于生命存在本身也有一份深刻的思索。他的小船因为需要加了一个临时纤手，是个老头。看到那个老头为了一点点钱那么出力，他就想：“这人为什么而活下去？他想不想过为什么活下去这件事？”继而联想到：“这种多数人真是为生而生的。但少数人呢，却看得远一点，为民族为人类而生。这种少数人常常为一个民族的代表……”② 但是随后，在给妻子的信里，沈从文就解开了自己早些时候的疑惑。

我先前一时不还提到过这些人可怜的生，无所为的生吗？不，三三，我错了。这些人不需要我们来可怜，我们应当来尊敬来爱。他们那么庄严忠实的生，却在自然上各担负自己那分命运，为自己，为儿女而活下去。不管怎么样活，却从不逃避为了活而应有的一切努力。他们在他们那分习惯生活里、命运里，也依然是哭、笑、吃、喝，对于寒暑的来临，更感觉到这四时交递的严重。三三，我不知为什么，我感动得很！我希望活得长一点，同时把生活完全发展到我自己这份工作上来。我会用自己的力量，为所谓人生，解释得比任何人皆庄严些与透入些！三三，我看久了水，从水里的石头得到一点平时好像不能得到的东西，对于人生，对于爱憎，仿佛全然与人不同了。③

① 沈从文. 湘行散记［M］. 北京：北京十月文艺出版社，2008：331.
② 沈从文. 湘行散记［M］. 北京：北京十月文艺出版社，2008：161，162.
③ 沈从文. 湘行散记［M］. 北京：北京十月文艺出版社，2008：169，170.

这份“全然与人不同”的爱憎来源于对生命形态的明悟，来源于沈从文依托的天地万物与生命个体的广阔视野和思想维度，是质疑、思索后对久远恒常又现实逼真的生存和生命的洞察。他不仅看到了人类在大自然面前的渺小如草芥，也看到了个体生命的神圣与严肃，意识到他们“忠实庄严的生活”，“不问所过的是如何贫贱艰难的日子，却从不逃避为了求生而应有的一切努力”。看透了生之渺小与卑微，仍然带着一颗赤诚之心去赞扬生之壮美，俨然有一种“看清这个世界，然后爱它”的透入与庄严。湘西世界是一个绵延不绝的原始生命传承的地域空间，湘西人所保留的最原始的生命冲动、最强烈的生命意志和最传统的生存规则使沈从文更洞悉了从人的生命最深处生发出来的，没有被现代文明套上层层枷锁的生命的本己。不追问活着之外的“意义”而活着，忠实于活着本身而使生存和生命自显庄严，这便是生命“诗性”的高度呈现。郎吉弩斯在《论崇高》中说过：“从生命开始，大自然就向我们人类心灵里注进去一种不可克服的永恒的爱。……一个人如果把生命谛视一番，看出事物中凡是不平凡的、伟大和优美的都巍然高耸着，他就会马上体会到我们人是为什么生在世间的。”① 这种“不可克服的永恒的爱”在沈从文身上注入得格外的多，以至于他在散文中多次毫不遮掩地表达“我爱了世界，爱了人类”。这绝不是喊口号，沈从文对生命有期待，认为生而为人、生而为生命就该有那种蓬蓬勃勃的生长的状态，那些被规定、习俗所限制的生命太过拘谨、苍白、没有生气。“活得胆大包天，色彩浓烈，痛快淋漓”，这才是他眼中生命该有的样子。这种纯粹的爱和敬畏充斥在返乡途中，化作生命“诗性”呈现在《湘行散记》里。

生命“诗性”的呈示除了敬畏生命，还来源于对“孤独生命

---

① 陈剑晖．诗性散文［M］．广州：广东教育出版社，2009：60.

的痛苦盘旋”① 的感知。沈从文并没有放任情感泛滥而使视野模糊，他“不仅在他所写的那个世界之中，他同时也在这个世界之外。他有两个世界：他能够感受到他所写的那个世界，甚至其中最细微曲折的地方都能感受得到；但他又能够跳出这个世界，感受到完全淹没在这个世界之中的人不一定能够清楚意识到的悲哀的一面”②。这个视点可以说是理智对感情的控制。沈从文在张扬湘西原始酣畅的生命的同时，对湘西生命一直以静态方式存在进行审视，对湘西恒久不变的历史发展进行反思。他最终看到了湘西在它生命美达到诗意灵动状态的同时，也达到了生命力最为脆弱的晦暗状态，“生命在这片山水中被浪掷”③。

提到这些时我是很忧郁的，因为我认识他们的哀乐，看他们也依然在那里把每个日子打发下去，我不知道怎么样总有点忧郁。正同读一篇描写西伯利亚方面农人的作品一样，看到那些文章，使人引起无言的哀戚。我如今不止看到这些人生活的表面，还用过去一分经验接触这种人的灵魂。真是可哀的事！我想我写到这些人生活的作品，还应当更多一些！④

散文中的主体情绪是复杂的：一方面是因为他们“忠实庄严的生”而“感到生存或生命”，他“爱这种地方、这些人物”；另一方面是“他们生活的单纯，使我永远有点忧郁”，此时已是境遇的两重，他们越来越难以担负日复一日同样的命运。在情感层面，时隔多年，再次面对这交织着哀与乐的人和事，他的寂寞是悠长的；在理性层面，面对这一永恒静态的生命存在，他所产生的是对湘西前途及其间人们生存的隐忧。沈从文在《从文小说习作选集·代

---

① 陈剑晖．诗性散文［M］．广州：广东教育出版社，2009：66.

② 张新颖．沈从文九讲［M］．北京：中华书局，2015：15.

③ 云冬．沈从文湘西题材散文研究述评［J］．南京大学学报（哲学·人文科学社会科学版），1995（4）：143.

④ 沈从文．湘行散记［M］．北京：北京十月文艺出版社，2008：90.

序》中提道："你们能欣赏我故事的清新，照例那作品背后蕴藏的热情却忽略了，你们能欣赏我文字的朴实，照例那作品背后隐伏的悲痛也忽略了。"这段话为我们更深刻地理解《湘行散记》打开了一个重要思路。

这一个经过昔日的繁荣而衰败了多年的码头，三十年前是这个地方繁荣达到顶点的时代。十六年前地方业已大大衰落，那时节沿河长街的油坊，尚常有三两千新油篓晒在太阳下，沿河七个用青石作成的码头，有一半还停泊了结实高大四橹五舱运油船。①

浦市的颓败与昔日的辉煌形成了强烈反差，让沈从文不禁感喟：

这个民族，在这一堆长长日子里，为内战，毒物，饥馑，水灾，如何向堕落与灭亡大路走去。一切人生活习惯，又如何在巨大压力下失去了它原来的纯朴型范，形成一种难于设想的模式！②

从城市返乡的沈从文其实用城市的视角对湘西未来命运进行了审视，工业文明的到来使得城市发展突飞猛进，这为促使沈从文思考追索湘西所遭受的政治压迫、经济衰败等摧残提供了一个契机。他意识到湘西的生命形态虽"可爱可敬"，能对城市生命所欠缺的东西做积极的补偿，但"古今如一"，始终在"原地打转"逐渐走向衰落引起他的深切忧虑，从已经衰败的现实与历史遗留下的辉煌相照中发出这样的感慨：

浦市地方屠户也这么瘦小，是谁的责任？希望到这个地面上，还有一群精悍结实的青年，来驾驭钢铁征服自然，这责任应当归谁？③

正如他后来所说："这个小册子表面上虽只像是涉笔成趣不加

---

① 沈从文．湘行散记［M］．北京：北京十月文艺出版社，2008：352.

② 沈从文．湘行散记［M］．北京：北京十月文艺出版社，2008：351.

③ 沈从文．湘行散记［M］．北京：北京十月文艺出版社，2008：355.

剪裁的一般性游记，其实每个篇章都于谐趣中有深一层感慨和寓意，一个细心的读者，当很容易理会到。内中写的尽管只是沅水流域各个水码头及一只小船上纤夫水手等等琐细平凡人事得失哀乐，其实对于他们的过去和当前，都怀着不易形诸笔墨的沉痛和隐忧，预感到他们明天的命运——即这么一种平凡卑微生活，也不容易维持下去，终将受一种来自外部另一方面的巨大势能所摧毁。生命似异而实同，结束于无可奈何情形中。”① 散文中时时处处融入了对湘西两难生存困境的担忧。这种用整个心灵呼唤出来的对湘西满怀眷恋、隐痛与忧郁的声音，自然也就最富诗性。

对生命进行的整个身心的融入与倾听是诗性，作品背后蕴藏的对自在生命的热情颂赞是诗性，作品背后隐伏的对孤苦命运的悲痛忧虑更是诗性。沈从文用充满诗意的笔触加以升华和提炼，以不完全拘泥于个人经历的眼光和艺术化表达的方式塑造了湘西儿女。这些朴实的生命给过沈从文最温暖的慰藉。沈从文对他们用情至深，以诗性的视角去理解和感悟生命本身孤立无援却依旧庄严的生散发出的苍凉的美。

---

① 沈从文．沈从文全集：16卷［M］．太原：北岳文艺出版社，2002：390.

第十七章

细腻之美

——苏青《结婚十年》的语言风格

语言是构成作品的基本要素。小说通过语言来展现自身的艺术形式，通过语言的变化编织出一个更加深广的艺术空间。作家用语言文字去展现人物的内心，剖析人物深层的心理纠葛。语言带有浓郁的个人色彩，所展现出的风格也大有不同。因此，不同的小说有着不同的语言风格，这不仅是源于作者个人的语言风格，也是作者的艺术选择。

苏青的作品，不论是小说还是散文，其细腻的语言风格都让人过目不忘。苏青的自传体小说《结婚十年》出版于 20 世纪 40 年代，成为半年间印行九版的畅销书。苏青用其温暖细腻的笔墨书写着女性的幸福与痛苦。小说穿插着许多女性的话语与心理感受，贴近生活又高于生活。小说中对生活、民俗细节的细致还原也使小说语言细腻而真实。方铭在《苏青文集·小说卷（上）》的序中说道：

苏青的小说风格总体上是明朗、坦白、平实的。它世俗而不俚俗，平实而不清浅。有人说，从她那里，往往没有得到什么启示，却感受了现实生活的活力与热情。①

苏青生活化的叙事尽管看起来琐碎，却能够把平淡无奇的生活中最隐秘的情感和生活哲学表现出来。与其说苏青把艺术糅进生活，倒不如说苏青重新发现生活中的艺术。

小说语言风格的形成与作者的性格、气质、人生经历等密切相关。《结婚十年》是苏青的自传体小说，并且小说是以第一人称来讲述的，作者情感的代入会更加充沛，描写（尤其是心理描写）自然也细腻得多。苏青的人生理想是“住在自己的房子里，常常请客，来往的朋友都是谈得来的，女朋友当然也很多，不过都是年纪比她略大两岁，容貌比她略微差一点的，免得麻烦。丈夫的职业性质是常常要有短期的旅行的，那么家庭生活也不至于太刻板无变

---

① 方铭. 苏青文集：小说卷（上）[M]. 合肥：安徽文艺出版社，2016：4.

化。丈夫不在的时候她可以匀出时间来应酬女朋友（因为到底还是不放心）。偶然生一场病，朋友都来慰问，带了吃的来，还有花，电话铃声不断”①。从这段话可以看出，苏青看重的是平淡充实的日常生活，十分注重生活的仪式感和细节。苏青小说中呈现出的细腻的日常生活化叙事与其自身的人生理想十分符合。

首先，《结婚十年》的细腻之美体现在小说用女性话语深入展现女性心理，充分展示了已婚女性对婚姻、对自身处境的思考。古往今来，文学创作者一般以男性居多，而在文学创作过程中，男性或者是女性作家所使用的语言方式和思维角度多局域于男权话语体系，很多女性作家作品在不经意间流露出男权话语操控的痕迹。苏青的散文、小说等，都是在谈论婚姻、谈论女人，通过女人敏感而锐利的目光来看待自己身边的种种事情。《结婚十年》以第一人称的叙述视角来讲述这十年婚姻中的喜怒哀乐。主人公苏怀青不问时事、不问礼俗，以自己对生活、对爱的渴望为最大的前提，用女性绵柔而细腻的语言，道出了婚姻中许多鲜为人知的女性难以启齿的心理，其中突出的是苏怀青对男女关系的思考和对生育的感受。苏青的作品能够在絮絮叨叨的叙说过程中，让读者不自觉地代入自己的生命体验，引起强烈的共鸣，这正是苏青细腻的语言风格所带来的魅力。

小说以主人公苏怀青为叙述者，从苏怀青的经历、所思所感来讲述故事。《结婚十年》展示了一个无忧无虑、天真的女孩在婚姻、家庭中如何追求自我，逐渐成长为一个独立、充满母爱的女人。新婚燕尔，苏怀青却悲哀地感觉到，丈夫与自己行房仅出于生理需求，而不是爱。苏怀青大胆地写出女性内心深处对爱的渴求。

女子是决不希求男子的尊敬，而是很想获得他的爱的！只要他

---

① 张爱玲．我看苏青［M］//苏青．饮食男女．北京：新世界出版社，2003：304．

肯喜欢她，哪怕是调戏，是恶谑，是玩弄，是强迫，都能够使她增加自信，自信自己是青春，是美丽的。①

历来正统的文学作品中极少会去表现已婚女子敏感的内心，极少如此直白地写出已为人妻的女子对于自己丈夫如此强烈的爱的需求。“调戏”“恶谑”“玩弄”“强迫”这些词语都颠覆了传统对夫妻之道的理解与认识。苏怀青认为一个女子为了得到丈夫的爱，哪怕是要做出一些牺牲也是愿意的。苏怀青极其反对丈夫把妻子仅仅当作传宗接代的工具。

不然只把太太当做传宗接代的工具，还说传的是你的宗，接的是你的代，哪个又高兴替你千辛万苦的养育孩子来？②

很多女人在婚姻中，会为了家庭，选择隐忍与退让。女人的感受不仅被他人忽略了，连自己也选择了遗忘。但苏怀青的个性与学识让她能够一针见血地指出婚姻关系的不公。她感慨道：

我很奇怪，另外有许多女人为什么会兴高采烈的撺掇着丈夫上舞场来，这里多的是一条条蛇似的女人，紧紧缠住你丈夫，恨不得一口把他连钱包都吞下了，撇得你冷清清地在一旁，牙齿痒痒的发恨，却又不得不装大方。这里的音乐也许是迷人的，但也带些酸楚与凄凉，仿佛有着幽情没诉说处，丈夫在倾听别人的，就是抱着你舞时也眼望着别处，搂着别人时倒像贴心贴意，他以为你也可以拣个把好看的舞女跳，但是天晓得，女人同女人搂着跳着究竟有什么意思呀？③

这段文字讲述的是丈夫为了转移苏怀青对知识的兴趣，尝试让苏怀青去接触不一样的事物，而苏怀青尝试去配合，却总是无法真

①② 方铭. 苏青文集：小说卷（上）[M]. 合肥：安徽文艺出版社，2016：75.

③ 方铭. 苏青文集：小说卷（上）[M]. 合肥：安徽文艺出版社，2016：135－136.

正地苟同丈夫的爱好。这段自述揭示了社会上普遍存在的对已婚女性的忽视，但已婚女性往往无法选择离开，只能强迫自己在悲哀中去认同、接受。

生育是女人一项神圣又痛苦的任务。苏青纪实般地记录下一个初历生育的女人内心的惶恐与痛苦。苏青不遗余力地仔细描写生育时的过程，她更加侧重于写女人的感受，把生育过程中女人混乱而矛盾的想法描述得淋漓尽致。生孩子是什么感觉？苏青说，就是“痛不像痛，想大便又不能大便，像有一块很大很大的东西，堵在后面，用力迸，只是迸不出来”。

生育时的极端疼痛会让女人产生“一世也不要理男人的想法”，会让女人痛得开始诅咒这个孩子的出生：“可恨的孩子！可咒诅的生育！假如这个叫做什么德的出来了，我一定不理他，让他活活的饿死！”疼痛到极点，已经无法思考，连感官都已经开始麻木。

痛呀，痛呀，痛得好难忍受；起初是哭嚷，后来声音低哑了，后来只透不过气来，后来连力气也微弱了，医生说：“剪吧！”飕的一阵冷，裂开了似的，很大很大的东西出来些，再迸阵气，便滑出来了，接着是哇哇的婴儿哭声。①

极度的痛苦结束的那一瞬间，以往不顺遂的事情相比起来都是那么的不值一提，此时，人短暂进入了一个澄明之境。

像解脱了大难似的，我的心中充满了安慰。我只觉得整个宇宙是澄清的，母亲公婆，请你们恕我已往的不孝，贤啊，请原谅我过去的不是处；甚至于杏英，甚至于瑞仙，我都要请你们宽恕我，我再也不同你们一样的小心眼儿了。②

第一次生育让苏怀青真正从一个女人蜕变成为一位母亲。从初时的惶恐不安，到最后充满感恩与满足，苏青的描述剥去了生育的

---

①② 方铭．苏青文集：小说卷（上）［M］．合肥：安徽文艺出版社，2016：49－50．

神秘面纱，用纪实的方式展现女人的艰苦与不易。

小说中除了用大量的自述来深刻地展现女性的心理世界外，一些修辞手法的运用也让小说语言萦绕着女性的柔软与细腻。如比喻、拟人等。修辞手法能够增加语言表达的艺术效果，是语言不可或缺的重要表达方法。比喻是苏青小说中用得最多的修辞方法，常常出现在描摹事物、表达内心情感的段落中。小说多用清新自然之物作为喻体，如湖水、天空、花、星星等，喻体都是身边较为日常可见之物，充满阴柔宁静的色彩。《结婚十年》中的比喻手法，其出彩之处在于喻体简单而蕴含深意，对于喻体的选择也表达着主人公苏怀青在不同时刻的情感和态度。王国维在《人间词话》里说道："一切景语皆情语。"寓情于景是传统的抒情方式。苏青的语言很显然也深受传统表达的影响。比喻手法的运用能够让叙述者更加生动形象地去展现内心世界，表达一些难以言述的情感，也让小说语言更加细腻清丽，富有女性气息。例如："自己的命运不是正像桃花瓣儿，片片给摧残了，散落在地上，还是没有主儿来收拾吗？"① 主人公也是受过古典熏陶的，这段话让人联想到《红楼梦》中黛玉葬花的场面。《红楼梦》中的落花尚且有黛玉收来埋葬，而自己却连个可以依靠的人都没有，孤零零一个人躺在宿舍里。自己原来的家是回不去的了，而婆家却处处难做人。新婚的丈夫不了解自己，心更加不在自己身上。一个 18 岁的年轻女子，糊里糊涂嫁了人，心中的茫然孤独可见一斑。

苏怀青的第一个孩子是女孩，一诞生便饱受周围人的嫌弃，这却更加激起了苏怀青要保护自己的女儿的欲望。"我觉得我的女孩像一朵娇红的蔷薇，我就替她取乳名叫做薇薇。"蔷薇的美丽自然不必说，花朵带刺则是影射了苏怀青对自己，也是对女儿强烈的保护欲。"薇薇"一名寄托着苏怀青对女儿满满的爱与希望，也表达

---

① 方铭. 苏青文集：小说卷（上）[M]. 合肥：安徽文艺出版社，2016：27.

了自己不甘于在这种束缚人的环境中了此一生的态度。再如："老黄妈替我拿来件绸旗袍，浅蓝色的，像窗格子外面的悠悠天空。"①把绸旗袍上的浅蓝色比作窗外悠悠的蓝天，这样想象决不仅仅是为了向读者生动形象地说明绸旗袍颜色之蓝，而是寓情于景，苏怀青内心对自由、对爱情的渴望在这样的联想中一览无遗。苏怀青自嫁人以来，在婆家如履薄冰，与丈夫的爱情婚姻也并不是自己想象中的样子。丈夫长期不在身边，自己的母亲见不到，甚至连自己的孩子也难见到。对于一个 19 岁、接受过教育的女子来说，不仅要遭受生理上的痛楚，更要忍受种种繁文缛节。这种精神上的桎梏对一个青春鲜活的生命来说无疑是更大的打击。

拟人手法主要出现在已婚的苏怀青对房间内的家具不同的感受中。月子中的苏怀青百无聊赖，被要求时刻躺在床上，没有事情能做，也没有人能陪。失去了自由的苏怀青同时也失去了生活的活力与热情。在她眼里，"一件件笨重的雕刻得过于繁琐的红木器具都呆板着脸孔站直着，没有丝毫新鲜生动的气象"②。好不容易把丈夫盼回来了，内心的喜悦激动不可言喻，这时候屋内的红木家具在她眼里"一齐都活泼有生气了，窗外虽在飞雪，但里面的空气却仍是温暖而新鲜的"③。

张爱玲在《我看苏青》一文中说道："有人批评她的技巧不够，其实她的技巧正在那不知不觉中，喜欢花哨的稚气些的读者是不能领略的。"苏青所用的修辞手法都十分简单，没有太多的技巧可言。然而正是这样的简单造就了苏青细腻的语言风格。

除了心理情感展现，小说中细节的展现也造就了小说细腻的语言风格。细节包括民俗细节和语言细节。苏青在小说中描写了很多

---

① 方铭．苏青文集：小说卷（上）[M]．合肥：安徽文艺出版社，2016：62.
② 方铭．苏青文集：小说卷（上）[M]．合肥：安徽文艺出版社，2016：57.
③ 方铭．苏青文集：小说卷（上）[M]．合肥：安徽文艺出版社，2016：73.

宁波民俗，如结婚礼俗、家庭礼仪等，别具一般民俗风味。这些礼俗的细节描写细腻又不失理性，包含着苏怀青站在新时代的思考。

苏青在小说中较为纪实地描述了宁波传统的、复杂的婚嫁礼俗。每一个环节都有严格的流程和步骤，没有遵循则会被视为不吉利或者为众人耻笑。如姑娘出嫁的前一个晚上：

娘该伴着女儿睡，好在夜里细细教她做媳妇的道理。

……

你年青不明白道理，这双红缎鞋子却大有讲究，你穿着它上轿，换下来便妥为保存，将来等到你公婆百年之后，你要把它拿出来缝上孝布，留出鞋跟头一阔条红的，那便是照你公婆们上天堂的红灯，假使你今天穿了皮鞋，将来又怎能缝上孝布呢？不是害你公婆只好黑暗中摸索着上天堂了吗？

……

据说那时我应该呜呜的哭，表示不愿意上轿，由弟弟把我硬抱上。①

苏青在小说中不吝笔墨地插入这些宁波的真实的民俗礼节规矩，补充说明情节，增加了小说语言的亲和力和真实性，这些描写也辅助小说形成细腻的语言风格。

除了对民俗礼节的介绍，苏青还着重描写具体化的细节。如苏怀青回娘家时所穿的服饰：

我那天穿的是淡红绸薄夹袍，领上、袖口、胸前都绣着花。外套浅灰色短大衣，一条五彩花手帕插在左袋口，半露出像朵杂色的鸡冠花……她今天也给打扮得花团锦簇，一套金黄色软缎制的连衣连裤簇新的服装，背后扣钮子，上面绣着仙鹤衔珞珠图，一只只飞的姿势不同，身上羽毛是白的，翼尖，尾巴，头顶都夹着黑色，脚爪像是看不清楚的暗灰。她的祖母说：端午日，薇薇还是仍旧穿老

① 方铭. 苏青文集：小说卷（上）[M]. 合肥：安徽文艺出版社，2016：1－4.

虎鞋吧，只是要拣双新的。金锁片，银项圈，一古脑儿都是给她挂上，还要用五彩丝线打络了给串上本黄历，说那是镇压的，又可以辟邪。薇薇的帽子，前面半环形缀着十八尊空心的小金罗汉……最后，她们给她在鼻尖上搽了一大瓣墨迹，这也是老规矩，初次到外婆家去应该是“乌鼻头”的。①

苏青的文笔十分朴实细致，把苏怀青和薇薇回娘家时所穿的服饰纪实般地写下来。颜色纷繁，衣服质地柔软讲究，饰物品种繁多，写出了当时大户人家的气派与归宁时热闹非凡的场面，也忠实地再现了地方民俗的礼节。苏怀青从夫家带着的礼物也非常讲究，粽子“顶要紧的是一只顶角。长长尖尖的茁在上顶，下面三个角给它支平稳了”。

此外，礼物还有“二封包头，一封是莲子与冰糖，一封茯苓糕与百果糕。其他还有咸光饼一大串，约有百只光景，这是N城人的大礼。此外尚有蛋糕啦，椒桃片啦，豆酥糖啦，绿糕啦，各式糕饼，以及橘子啦，香蕉啦，梨头啦，水蜜桃啦，各式水果都有”。对于日渐西化的上海来说，这样的细致复杂的礼节着实让人大开眼界。这样精致入微的场面描写充满节日的气息，让人重拾久违的对生活的感受，重新感受这些看似极为烦琐的细节背后，踏实生活的烟火气给人带来的充实感与安全感，这对于当时身处沦陷区的人来说是充满向往的。

语言细节体现在人物对话中上海方言词的使用。方言词的使用能够凸显地方的语言特色和风土人情，让小说语言更加细腻，与小说环境更好地贴合，画面感更加立体。

这个新娘子是N城人打扮，吪没上海派头。②

---

① 方铭. 苏青文集：小说卷（上）[M]. 合肥：安徽文艺出版社，2016：89.

② 方铭. 苏青文集：小说卷（上）[M]. 合肥：安徽文艺出版社，2016：5.

她是个苗条身子，在笑我生得矮小，哼！①

我狠狠地自己啮着拇指，一面暗骂自己好不识羞，少了个男人又有什么，他不是叫你自己挣饭吃吗？这种男人还要他作什么用？②

……写出去后自己决定把它当做吃介事……

新郎若是个爱花俏的，可不是要被她丑死了。③

……里面满是豆沙馅，渍过猪油，甜腻腻的，定是怪可口儿……

那是最大最好的一种馒头，甜而油的，饶你怎样好胃口也吃不上大半只。④

关注生活细节正符合叙述者的身份，也让苏青的作品惯有的、大众的写作方式，在一定程度上挣脱了男权话语的束缚，获得自己独有的写作个性。

《结婚十年》作为一部有关女性情感的作品，从语言到思想皆能从女人的真实出发，在温婉细腻中娓娓道来。小说故事在讲述的过程中也透着苏青的个性：大胆率直。敢说敢做的个性让苏青在作品中能够自由地思考与言说，更深一层地思考女人的生存状况与男女关系。苏青的作品是中国历来女性言说作品的不可缺位的重要存在。

---

① 方铭．苏青文集：小说卷（上）［M］．合肥：安徽文艺出版社，2016：8.

② 方铭．苏青文集：小说卷（上）［M］．合肥：安徽文艺出版社，2016：126.

③④ 方铭．苏青文集：小说卷（上）［M］．合肥：安徽文艺出版社，2016：132－133.

第十八章

悲凉之美

——迟子建《额尔古纳河右岸》的语言风格

迟子建1983年开始文学创作。从1985年发表第一篇短篇小说《那丢失的……》到2015年的《群山之巅》，迟子建已走过30年的创作历程。早年被称为“北极村逆行精灵”的她，凭借《额尔古纳河右岸》于2008年成为第七届茅盾文学奖的得主。看过迟子建作品的读者应该都有一种感觉，即她的许多小说，例如《树下》《白雪乌鸦》《世界上所有的夜晚》《白雪的墓园》等，无论是情调氛围的营造还是语言修辞，总有一种怀伤、悲凉之感。她也曾在一次访谈上说过：“其实我的很多作品意象是苍凉的，情调是忧伤的。”① 悲凉的背后呈现的往往是一种神秘幽渺的美学风格和恬静温情的诗意氛围。小说的情调和氛围，除了故事本身外，往往是由叙述故事的语言来呈现的。

长篇小说《额尔古纳河右岸》以一位年届九旬的酋长女人为叙事视角，讲述了鄂温克族百年的生存演化与文化变迁的历史，呈现了苍凉神秘的原始森林，以及在这和谐神秘的自然中生死爱恨等人类情感伦理的交织与碰撞，展示了鄂温克族与历史相随的衰落与沧桑。小说的基调依旧延续着她以往苍凉的创作风格，这种悲凉不仅在于小说所营造的鄂温克族人经历的沧桑，还在于小说语言的悲凉古雅、凄美清澈，字里行间充溢着一种悲凉。这种悲凉是优美的，因为这种悲凉不是撕心裂肺的，不是绝望的。这与她相信和追求美和爱的创作信念有关，正如她在获得“茅盾文学奖”的致辞中引用俄罗斯作家拉斯普京的那句话所说的：“这个世界的恶是强大的，但是爱与美更强大。”

一、苍凉神秘的原始森林

迟子建出生在漠河北极村。这个中国最北端的辽阔大地，贯穿

---

① 方守金，迟子建. 自然化育文学精灵：迟子建访谈录［J］. 文艺评论，2001（3）：80-86.

了她从童年到大学的整个青春成长期。她一路走来所生成的气质都与辽阔无垠的大兴安岭血脉相通，于是，迟子建的作品便扎根于这北国遥远的冻土地里。例如《北极村童话》《清水洗尘》《树下》，还有《额尔古纳河右岸》等，它们就像萧红笔下的呼兰河、沈从文笔下的湘西、汪曾祺笔下的苏北高邮。迟子建笔下的大兴安岭，有着鲜明、强烈、浓艳的地域色彩。鄂温克族、鄂伦春人生活的原始森林充满着苍凉神秘的气息。森林极寒、昼短夜长、边民萨满等自然特点在迟子建笔下化为冬天、黑夜、萨满等冷色调的意象。

通过《额尔古纳河右岸》的语言描述，我们可以知道，鄂伦春人生活的地方森林稠密，原野广袤，地大人稀，苍茫寒冷感扑鼻而来。因为所处纬度高，冬季在四季中占据的时间最长。“我”出生在冬天，在“我”的记忆中，冬日的阳光无论多么的亮堂，总给人冷清的感觉，生命中许多时候都有皎洁的白雪与刺骨的寒冷相陪伴。

可我不相信有一个世界永远是春天，永远那么温暖。因为从我出生的时候起，我每年都会经历漫长的冬天和寒冷。①

“冬天”与“寒冷”这两个词语让我们脑海里浮现出一幅北国白雪皑皑、人烟稀少的萧条和苍凉画面。季节的描写很多时候能反映人物的心情和心境，甚至很多时候季节成了贯穿人物命运的暗线。在小说中，严寒的冬季成为许多人生命的终结点：“我”的一个姐姐由于严寒致病而夭折，“我”的第一任丈夫拉吉米在雪地里被冻死，达西在冬天被狼吃掉，果格力在一个冬天从树上摔死……冬季本是一个极度萧条的季节，死亡发生在寒风刺骨的冬季，悲伤似乎也会加倍。

在我们的生活中，狼就是朝我们袭来的一股股寒流。可我们是

① 迟子建. 额尔古纳河右岸［M］. 北京：北京十月文艺出版社，2005：13.

消灭不了它们的，就像我们无法让冬天不来一样。①

生活在森林中，狼和寒流一样，都是威胁鄂伦春人生命的一个重要因素，都是让鄂伦春人无法逃避、无法消灭的存在。“寒流”这一意象本身就具有一种苍凉之感，作者在这里用比喻的修辞手法，把“狼”比作冬天的寒流，将“寒流”和“狼”组合在一起，更形成一种凄苦、无奈的氛围。

北国的黑夜承载着许多故事，见证了许多生离死别。“我”这辈子是伴着星星度过黑夜的，不愿意睡在午夜梦醒时分看不到星星的屋子。黑夜和萨满的关系也十分密切：只有黑夜降临，萨满才可以敲起神鼓，开始跳神驱邪；萨满为许多族人举行的婚礼与葬礼仪式多在黑夜之时……例如，弟弟鲁尼的婚礼仪式延续到这天的夜晚，大家都渐渐回家，已经跳了一个晚上舞的母亲达玛拉，仍然还在篝火旁旋转：“我走的时候，陪伴着母亲的，只有昏睡的伊兰、惨淡的篝火和天边的残月。”② 母亲达玛拉随着岁月的流逝日益苍老，又因连续遭受了父亲林克被雷电劈死、与尼都萨满的爱情受到氏族传统的陈规陋习压抑等一系列情感打击，已经变得脖子弯曲、腰背佝偻，但在弟弟鲁尼的婚礼这天，却突然像换了一个人，高昂着头，腰板挺直，穿上尼都萨满送她的羽毛裙子开始跳舞。深夜已至，宾客散去，只剩下母亲仍在独自跳舞，然而，篝火已经变得惨淡，月亮也变得残缺。“昏睡”“惨淡”“残月”这几个词语共同营造了一种毫无生机、奄奄一息之感，它们既与一直舞蹈不愿停歇的母亲形成对比，又和母亲今天的反常一起预示着母亲生命即将终结。父亲林克的生命终于雷电，母亲达玛拉穿着漂亮的羽毛裙子以一个舞者的身姿离开。母亲的死就像一朵花的凋谢，悲凉中带着美感。

---

① 迟子建．额尔古纳河右岸［M］．北京：北京十月文艺出版社，2005：50.

② 迟子建．额尔古纳河右岸［M］．北京：北京十月文艺出版社，2005：94.

二、忧伤却温和的死亡叙事

在这部作品中，迟子建带给我们的不仅仅是北国边境少数民族神秘的自然和民俗风情史，还通过对许多不期而至的死亡的书写，不断地为我们描写生命的苍凉，但同时又注入了感性关怀，努力淡化死亡带来的悲痛，让我们更多地感受到了一种相反的、向上的温情力量。

死亡叙事是文学作品不可避免的重大课题，甚至有些作家对其产生了不自觉的迷恋。例如先锋作家余华《在劫难逃》冷酷、血腥、暴力的死亡叙事，《檀香刑》还原了酷刑下血腥又残忍的死亡方式。迟子建在《额尔古纳河右岸》中也大量地描写了死亡，“我”作为整个民族史的追叙者，最早对世界的认知开始于驯鹿仔的死亡，奠定了整部小说悲凉的基调。但与先锋作家乐于刻画死亡过程中的细节描写不同，这部小说隐去了对死亡的细节描写，并尽量淡化了恐怖和血腥的场面，将冰冷、阴郁的死亡描述得那么云淡风轻。

父亲弯曲着身子，趴在一个断裂的树桩上，垂着头和胳膊，好像走累了，在休息。暴雨后的夜空格外的明净，月光照亮了每一棵树，也照亮了父亲。①

瘟疫让驯鹿的体质下降，导致新出生的鹿仔先天不足，父亲决定去阿巴河边的斯特若衣查节上换回一头强壮的驯鹿。为了赶上这个庆祝丰收的传统节日，父亲林克在一个天气阴沉、乌云密布的日子出发了。不幸的是，父亲最后被雷电击中身亡。“弯曲着身子”“垂着头和胳膊”，父亲的死是如此平静，在月光的照耀下显得那么安详。父亲的死同时也是悲伤壮丽的，充满着神圣的光辉。他为驯鹿而死，为氏族而死。

---

① 迟子建．额尔古纳河右岸［M］．北京：北京十月文艺出版社，2005：55.

小说对姐姐列娜的死亡的语言描述是平静的，字里行间充满着作者对温情的眷顾。

父亲说，他找到列娜的时候，她紧闭着眼睛，嘴角还挂着笑，好像在做一个美梦。她一定是睡熟了，才从驯鹿身上掉下去。困倦的她跌到柔软的雪地上，接着睡下去。她是在睡梦中被冻死的。①

"我"把已经离开人世的姐姐看成了一个正在做着美梦的少女，极度的悲怆在"我"心中化成淡淡的惋惜和伤感，"我"更愿意相信姐姐死的时候是安详静好的而非痛苦的。在作者对死亡的委婉表达中，我们并没有感受到死亡带给人们的恐惧和绝望之感，相反地，是一种向上的温情力量，明媚的春光消散了阴暗晦涩的死亡阴影，温暖的春风消融了寒冬的冷寂，死亡不是残忍的，不是血腥的，反而散发着一种忧伤却温和的美。

超然的生死观既是鄂温克族人对待死亡的态度，也是迟子建通过理性的文字间接传达出来的生死态度。她在死亡叙述的过程中倾注了许多感性的关怀，挖掘出隐藏在死亡身后的精神力量。

镜子里反射着暖融融的阳光、洁白的云朵和绿色的山峦，那小圆镜子似要被春光撑破的样子，那么地饱满，又那么地湿润和明亮！②

罗林斯基来到我们的营地，他得知列娜死后，把本来要送给列娜的礼物挂在了一棵小松树上。"我"从挂在树上的镜子里看到了绮丽的春光，在这里作者几乎是用诗人的笔法写出了"我"对死去的姐姐列娜最温情、最浪漫的悼念。

虽然《额尔古纳河右岸》充满历史感，但作者不曾力求情节的引人入胜，更多的是对于大历史背景下小人物面对生离死别的细致摹写，追求一种脉脉的温情、一种舒缓的沉重。在她缓缓的叙述

---

① 迟子建. 额尔古纳河右岸［M］. 北京：北京十月文艺出版社，2005：32.
② 迟子建. 额尔古纳河右岸［M］. 北京：北京十月文艺出版社，2005：33.

中，我们总能发现沉痛的牺牲与死亡背后闪耀着人性的光辉。

小说以大量的笔墨塑造了尼都萨满和妮浩萨满两位萨满。作为人和神的沟通者，他们是整个氏族的捍卫者。小说多次写到了萨满跳神驱邪、治病救人的场面。尼都萨满为患瘟疫的驯鹿变得苍老，为杀死入侵的日军战马，体力消耗过度而死去。妮浩萨满每救一个人都要以失去自己的一个孩子为代价。最痛心的一次是妮浩萨满快要临产的时候，为了救因饥荒偷驯鹿吃而吃撑的少年跳神，最后导致肚子里的孩子未生先死。

鼓点是那么的急促，可以想见妮浩跳得是多么的激动、有力。她的身子是那么的娇小，又带着个待产的孩子，她怎么能承受得了呢！鼓声对我们来说就像寒流中呼啸的北风一样，让人冷得发抖。①

这段话将声音和动作相结合，身怀六甲却还在努力跳神救人的妮浩仿佛就在我们眼前，然而，鼓声越是“急促”，舞动越是“有力”，妮浩肚子里的孩子就越是危险，“我们”的心就越是紧张。而读者的心也会被这种语言的艺术张力所牵动，一起进入紧张的氛围。妮浩超越世俗的情感也在这种紧张的氛围中得到升华，令人动容。

三、惆怅凄美的爱情书写

爱情向来是文学作品最永恒的主题，《额尔古纳河右岸》作为一部精妙的长篇小说更不例外。在这部小说中，迟子建用女性特有的抒情笔触，书写了动人的爱情画卷：母亲达玛拉与父亲林克纯真忠实的爱；“我”和两任丈夫拉吉达与、瓦加罗真挚的感情；伊万对娜杰什卡不渝的真情……

然而，爱情缠绕纠葛的凄美在“我”的母亲达拉玛与父亲林

---

① 迟子建．额尔古纳河右岸［M］．北京：北京十月文艺出版社，2005：193.

克、伯父尼都萨满三人之间得到了诠释。父亲和伯父都喜欢母亲，后来父亲林克在一次比赛中胜出而娶了母亲。林克死后，尼都萨满对母亲压抑了已久的感情也终于喷薄而出。

搬迁的时候，尼都萨满喜欢跟在母亲身后，我想他是想偷偷看母亲的背影吧。母亲的背影对他来说也许就是太阳和月亮，不然他怎么老是要追逐她呢？①

这段话描写了尼都萨满对母亲爱而不得的凄凉之美。把母亲比作“太阳”和“月亮”，是她照亮了尼都萨满生命中的每一个白天与黑夜。如太阳和月亮一样的母亲又是尼都萨满一生对爱的执着与信仰，所以他一直没有放弃对母亲的爱。然而，由于鄂温克族有“弟弟去世后哥哥不能娶弟媳为妻，而哥哥死去了弟弟可以娶兄嫂为妻”的族规，尼都萨满不能娶达玛拉为妻，他对母亲的爱与渴望之火最后只能被氏族规矩一点点熄灭。作为儿女的“我们”因无法理解而抵制了他们之间的情感，母亲也从此陷入了孤独的冰冷之中。他们的爱情染上了一层无可奈何的悲凉色彩。

尼都萨满对母亲的爱是无私的，自始至终都饱含深情。那种默默守护，只甘愿付出不求回报的爱可以说是人世间最纯洁的一种感情。在母亲去世后，尼都萨满还为她唱起了葬歌：

滔滔血河啊，请你架起桥来吧！走到你面前的，是一个善良的女人！……只要让她到达幸福的彼岸，哪怕将来让我融化在血河中，我也不会呜咽。②

母亲的生命已经终结，尼都萨满希望用自己将来“融化在血河”的代价来换取母亲“到达幸福的彼岸”。这是尼都萨满用他特殊的身份表达了对母亲最后的爱与祝福，同时也是他为自己一生所执着的信仰破灭而举行的一次仪式。

---

① 迟子建．额尔古纳河右岸［M］．北京：北京十月文艺出版社，2005：57.
② 迟子建．额尔古纳河右岸［M］．北京：北京十月文艺出版社，2005：95.

伊万和娜杰什卡彼此相爱，并且生育了两个活泼健康的孩子。他们的爱情跨越国界跨越种族，但是因为日军的入侵，他们最终还是难逃被迫分离的命运。伊万从俄国“安达”手中救出少女娜杰什卡，并不顾父亲的反对娶其为妻子。伊万及时拯救了娜杰什卡的命运，使其幸免于被逼迫为娼妓。当娜杰什卡因惧怕日本人的到来而带着孩子逃走后，伊万并没有去追，并且认为“你们不要去找，想走的人是留不住的”①。伊万对娜杰什卡的爱不是占有，而有一种愿意放手的悲壮之美。娜杰什卡害怕自己因为是蓝眼睛的人而会被日本人抓走，伊万理解娜杰什卡的恐惧，因此纵然有千般不舍，他也只能放手让她们离开，并且相信她们总有一天会回来。在他往后的时光里，他一直毫无怨言一往情深地等待着，临死前要求坟前树一个十字架，头朝着额尔古纳河的方向土葬，以特有的方式寄托对娜杰什卡的思念。但伊万至死都没能与她们团圆，在孤独中度过了漫长的人生时光。

四、百年兴衰的叙事架构

修辞是利用多种语言手段收到尽可能好的表达效果的一种语言活动。传统修辞学最为关注的是从微观的层面雕琢词语和句子，而如何从整体出发，如何设计开头、结尾，则属于从宏观的修辞层面对小说进行叙事架构。②

从小说的整体架构来看，《额尔古纳河右岸》像是一首伤逝的哀歌。鄂温克族历经了上千年的繁衍才从额尔古纳河左岸走向右岸，因为黑色的现代工业文明汹涌而来，不到百年的时间从山林走向山外，甚至从存在走向消失。小说开头第一段就奠定了令人黯然神伤的基调。

---

① 迟子建．额尔古纳河右岸［M］．北京：北京十月文艺出版社，2005：73.

② 胡习之．核心修辞学［M］．北京：中国社会科学出版社，2014：207.

我是雨和雪的老熟人了，我有九十岁了。雨雪看老了我，我也把它们给看老了。如今夏季的雨越来越稀疏，冬季的雪也逐年稀薄了。它们就像我身下的已被磨得脱了毛的狍皮褥子，那些浓密的绒毛都随风而逝了，留下的是岁月的累累瘢痕。坐在这样的褥子上，我就像守着一片碱场的猎手，可我等来的不是那些竖着美丽犄角的鹿，而是裹挟着沙尘的狂风。①

雨和雪随着“我”的衰老和整个民族的沧桑一起老去，变得“稀疏”和“稀薄”，狍皮褥子曾经“浓密的绒毛”也随风而逝。这里作者把“我”比作猎手，曾经有着浓密的绒毛的狍皮褥子就像一片碱场，这样的碱场不再能给作为我们民族的象征的鹿供给天然的养料。叙述语调虽是平静的，但衰落感扑鼻而来，随之而来的是历经沧桑与无奈的一种悲痛。

由于时代的变迁与外来的冲击，鄂温克族已经变得面目全非，尤其是年轻一代的鄂温克人，他们有的已经死去或者失踪，有的带着身心双重的伤痕，有的坐牢，也有的成了堕落乱情者。种种残酷的现实乱象，预示着鄂温克族的衰落，而这不仅仅是一个民族的悲哀，更是人类的悲哀。

伊莲娜是“我”的外孙女，她是受到现代工业文明冲击的鄂伦春人的代表。她常常在城市与森林间往返，既留恋原始森林的自然淳朴，又渴望现代城市所带来的名利和光环，但最终因为无法承受城市喧嚣带来的压抑，无法处理内心的矛盾而选择了自杀。在小说的结尾，“我”在伊莲娜跳河后尸体漂浮所在的地方找到一块白色的岩石，为她画了一盏灯。

我希望她在没有月亮的黑夜漂游的时候，它会为她照亮。我知道，那是我这一生画的最后一幅岩画了。②

---

① 迟子建. 额尔古纳河右岸［M］. 北京：北京十月文艺出版社，2005：3.

② 迟子建. 额尔古纳河右岸［M］. 北京：北京十月文艺出版社，2005：142.

“我”画的这盏灯寓意深厚，它不仅仅是为照亮伊莲娜漂游之路而画，更是“我”从历史的角度为鄂温克族的悠久与沧桑而画。它既照亮鄂温克族曾经走过的历程，又照亮鄂温克族今后的历程。

《额尔古纳河右岸》的语言基调是苍凉忧伤的，悲凉中却又有恬静温情的诗意氛围。历史像一本厚重的书一页页翻过，但其间总有翻不过去的东西，也许是人们记忆中似春光般明媚的温馨生活，又或者是人们内心无法彻底抹去的隐痛。这一切都像是一个充满悲凉的梦，有着诗意的色彩，寄托着作者关于现代人对家园与故土的一个遥远的文化怀想。

第十九章

平实之美

——汪曾祺短篇小说的散文化语言风貌

一、中国文学语言的平实性

汉语言文字历史悠久，是世界上最为古老的语言文字之一。中国文学是以汉语文学为主干的各民族文学的共同体。因此，构成中国文学主干的汉语文学，密切受到汉语文字本身特点的影响。汉语文字具有表意为主、一字一音、单文独义和“四声”音调的特点，其突出的特征使汉语具有丰富的意象联想性、组合性和韵律感。因而以汉语文字为主要书写语言的中国文学，便同时具有了丰富的审美风貌和民族个性。

文字构成文学作品字、词、句、段和章的基础，与文学作品相对应的语言表现为描述性语言、叙述性语言等，文字本身具有的审美情趣也自然地投射到文学作品之中。清人袁枚曾说：“总须字立纸上，不可卧纸上。”（《随园诗话》）指出了写作者著文章时下笔凝字的重要性。在汉语诗歌中，一个字用得恰到好处，就能使诗句饱含意境之美。比如“绿”字，在《辞源》中以反切法标注为力玉切读音时，释义为“青黄色”，一般作形容词用。① 单就“绿”字看，本义和用法都平实无常，但汉字之美妙在于其本身的运用以及和其他字、词的搭配上。例如王安石的名句“春风又绿江南岸”，其令人称叹之处在于作者活用“绿”字（改为动词词性），形象生动地描绘出江南春意盎然、生机勃勃的动人意境。从这些分析可以看出，“绿”字看似平淡，但若在作品中运用恰当便不乏意蕴，汉语之美可见一斑。

本章将从汉语之美的“平实”角度出发，结合中国现当代文学尤其是当代小说的具体作者和作品，鉴赏与品析平实之美在小说中的投射，以及小说蕴含的美感。

---

① 商务印书馆编辑部. 辞源：修订本．［M］．北京：商务印书馆，1998：1329.

《现代汉语词典》将“平实”一词作为形容词，释义为“平易朴实”，举例有“文笔平实”。[①] 从该例中可以看出，“平实”一词能够概括某些文学作品语言的相关特征。而根据汉字单文独义的特征，笔者将“平实”一词拆分为“平”与“实”两字，同时采用追根溯源法查阅相关工具书，进而深入探究“平”与“实”两字涉及文学作品语言的相关内涵。

“平”字在《辞源》中具有十一种释义[②]，从中筛选出论及作品语言内涵的解释则是“平”字的第七条解释：“平常，普通”。同理筛选出“平”字的相关复词为“平淡”，《辞源》将其解释为“平常自然”[③]，如南朝梁国钟嵘《诗品》卷中曾载：“晋弘农太守郭璞诗，宪章潘岳，文体相辉，彪炳可玩。始变永嘉平淡之体，故称中兴第一，翰林以为诗首。”“平淡”也作“平澹”，而“平澹”一词出自唐代韩愈《韩昌黎集五》之《送无本师归范阳》：“奸穷怪变得，往往造平澹。”无论是“平淡”还是“平澹”，在所处语境中皆言诗文质朴之意。

“实”字在《辞源》中具有九种释义[④]，从中筛选出能够解释为作品语言内涵的为“实”字的第三条解释：“果实，结实。”该解释为“实”的引申义，在某些语境下则可作衍生义表示“内容”。如《醒世恒言》中的《苏小妹三难新郎》：“好文字！此必聪明才子所做。但秀气泄尽，华而不实，恐非久长之器。”

结合以上的语义和词义，“平实”可定义为“平淡但并无平乏味，实则具有一定的内容”。同理，语言的平实之美表现出兼有平淡之美和内容之美的双重内涵。但在此需要强调，语言的“平淡

① 中国社会科学院语言研究所词典编辑室．现代汉语词典［M］．6版．北京：商务印书馆，2012：1002．

② 商务印书馆编辑部．辞源：修订本［M］．北京：商务印书馆，1998：536．

③ 商务印书馆编辑部．辞源：修订本［M］．北京：商务印书馆，1998：537．

④ 商务印书馆编辑部．辞源：修订本［M］．北京：商务印书馆，1998：465．

美”和“内容美”是一个问题的两个方面，是非矛盾而相互融合的关系。语言的“平”是内在“实”的基础，内在的“实”则是语言的“平”的深层体现。

中国古代文人就“文”与“道”的关系进行了长期的争论，有“明道”“贯道”和“载道”说等。他们皆重视“道”的作用，但对“文”的地位与作用的认识却不尽相同，其中一种较为客观的结论为“应既重道又重文”。“文”在古代文论中从微观层面看涉及字、词和句读，从宏观层面看涉及段与章；“道”在古代文论中更多地体现为长期在中国文坛居统治地位的儒家之道（一种政治思想）。因此，本章所讨论的语言的“平实之美”所兼具的两个方面，便可相应地追溯到“文”与“道”的关系及“文”的地位与作用上。

一方面，部分古代文人强调“文”的修辞“适用性”。唐代柳宗元在《答韦中立论师道书》中说：“始吾幼且少，为文章，以辞为工。及长，乃知文者以明道，是固不苟为炳炳烺烺、务采色、夸声音而以为能也。”宋代王安石在《上人书》中说：“所谓文者，务为有补于世而已矣。所谓辞者，犹器之有刻镂绘画也……诚使适用，亦不必巧且华。”前者认为明道之“文”不可以一味追求词采、声色，后者则强调不能离开内容片面追求辞采，应以“适用”为前提。《文心雕龙·情采》篇所谓“翠纶桂饵，反所以失鱼。‘言隐荣华’，殆谓此也”就是此意。另一方面，部分古代文人注重文辞的自然平易。颜之推《颜氏家训·文章》篇说：“沈隐侯曰：‘文章当从三易：易见事，一也；易识字，二也；易诵读，三也。’”元好问《论诗三十首》说：“一语天然万古新，豪华落尽见真淳。”两者皆强调“文”之自然平易性。此外，部分古代文人指出“文”应“流畅如话”且避“诡异”。刘勰《文心雕龙·炼字》篇在论及“缀字属篇，必须练择”时道：“一避诡异……诡异者，字体瑰怪也。”清代刘熙载在《文概》中曾言“文中用字，在当不在奇”。古代大部分名家在遣词造句时以通顺妥帖为本，不以佶屈聱牙为贵。清代李渔《窥词管见》道：“‘一气如话’四字……‘一气’则少隔绝之痕，‘如话’则无隐晦之弊。”在实际写作中，“文”须自然流畅“如话”才能贯通“一气”。

古人讲究“文以意为主”，以达到“明道”“载道”的目的。范晔在《狱中与诸甥侄书自序》中道：“常谓情之所托，故当以意为主，以文传意。以意为主，则其旨必见；以文传意，则其词不流；然后抽其芬芳，振其金石耳。”该段话表达了写作时作者应坚持以意为主，以凸显文章主旨，自然文词也不会流于奢华萎靡的观点。清代王夫之在《夕堂永日绪论·内篇》中所提出的“无论诗歌与长行文字，俱以意为主，意犹帅也。无帅之兵，谓之乌合”同为此意。

从以上论述可以看出，在重“道”以“立意”的前提下，部分古代文人推崇“文”之“平淡性”，认为“平淡”并非“无文采”，炼字造句应尽量“流畅如话”，修辞应以“适用”为准则，从而以一种平淡感来“达意”。以现代性的视角来讲，便是要求现当代作者注重文章的“平实性”，即文章在用字、遣词、造句及谋篇布局等方面应注意语言的平淡性和自然流畅感，从而以语言的“平淡美”体现其所蕴含的“内容美”。

二、汪曾祺短篇小说的语言观

中国现当代文学流派众多，不同流派的作品其语言之美也不尽相同。京派作为其中一个派别，有着独特的流派特征。京派小说是京派文学的重要组成部分，该派的小说家大多数具有较强的创作个性和审美情趣。京派作家对于小说创作的贡献之一是促进了小说与诗歌、小说与散文的内化与融合。京派小说家重视个体情感的自然抒发，沈从文称之为“情绪的体操”，这样的情感体现便使创作者自然地淡化了传统小说以情节为中心的结构模式。他们在叙事结构上一般并不追求完整的故事情节，在语言的运用上更注重古朴性、自然性和简约性。更为重要的是，京派小说注重文学“美”的凸显，其最基本、最核心的是表现“人情美和人性美”。这样的创作理念和写作实践决定了京派小说整体风格的“和谐”性。

京派小说的代表作家沈从文在晚年回忆自己于 1932 年秋所写的《从文自传》时说：“……当时我正在青岛大学教散文习作。本人学习用笔还不到十年，手中一支笔，也只能说正逐渐在成熟中，慢慢脱去矜持、浮夸、生硬、做作，日益接近自然。”① 他所追崇的下笔“自然”性同样地影响了其学生汪曾祺的写作语言风格和审美情趣。

汪曾祺是中国现当代文学史上比较有特色的一位作家，同时也是一位衔接现当代文学的作家。20 世纪 80 年代，年逾花甲的汪曾祺携着他的短篇小说《受戒》重返文坛，其人和作品开始引起人们的广泛关注。同一时期，汪曾祺一连写了好几篇有关沈从文的文章，包括《沈从文和他的〈边城〉》《沈从文的寂寞——浅谈他的散文》等。汪曾祺在这些文章当中都有意无意地表达了自己的小说创作受到其老师沈从文的影响。此外，在《谈风格》一文中，汪曾祺谈到自己受到古人归有光，中国现代作家鲁迅、沈从文、废名，外国作家契诃夫和阿左林②较深的影响。因此严家炎在《中国现代小说流派史》中把汪曾祺定位为“京派最后一个作家”③ 也不无道理。

作为一位有着高度语言修养和文化内涵的作家，汪曾祺注重吸收和借鉴中国古代笔记小说、桐城派散文、古代戏曲、民间方言和

---

① 沈从文. 沈从文全集：13 卷［M］. 太原：北岳文艺出版社，2002：366.

② 邓九平. 汪曾祺全集：卷三　散文卷［M］. 北京：北京师范大学出版社，1998：335.

③ 严家炎. 中国现代小说流派史［M］. 北京：人民文学出版社，1989：225.

现代文学语言等诸多方面的资源。汪曾祺本身更偏爱短篇小说，他指出“短，是现代小说的特征之一”①。汪曾祺认为中、长篇小说情节过于曲折，描写过多，对话多，议论和抒情太多，句子长而太规整②，这些因素与特征不符合现代生活的方式与节奏。他认为现代小说不要过多的情节、描写与对话，语言方面要像说话，要有语态。在另外一篇文章《小说的散文化》中，汪曾祺表现出他对现代小说散文化趋势的推崇与喜爱。在文章题材方面，他认为散文化的小说一般不写重大题材，更多关注的往往是小事，生活的一角落、一片段。因而散文化小说读起来像抒情诗。在小说构成要素方面，汪曾祺认为散文化的小说不应过分地刻画人物，结构松散则是其最明显的外部特征，而情节更多只是一种意境；对于语言，汪曾祺则希望其平易、精确与雅致。③ 汪曾祺独特的小说创作理念和文学素养造就了他语言风格的平淡感和朴拙性，这样的特征同样使其语言具有了“平实之美”。

“什么是接近一个作家的可靠途径？——语言。”④ 汪曾祺写过许多关于语言方面的文章。从这些文章着手分析与探讨汪曾祺小说的语言观，更能深入地理解其小说语言的平实之美。

“写小说，就是写语言”⑤ 体现了汪曾祺独具个人特色的语言观。他认为语言不仅是形式，也是内容，语言和内容（思想）是同

---

①② 邓九平．汪曾祺全集：卷三　散文卷［M］．北京：北京师范大学出版社，1998：223.

③ 邓九平．汪曾祺全集：卷四　散文卷［M］．北京：北京师范大学出版社，1998：78.

④ 邓九平．汪曾祺全集：卷四　散文卷［M］．北京：北京师范大学出版社，1998：7.

⑤ 邓九平．汪曾祺全集：卷四　散文卷［M］．北京：北京师范大学出版社，1998：103.

时存在，不可剥离的。“语言不只是载体，是本体。”① 汪曾祺的小说语言“本体观”不同于中国传统的语言“工具论”，这反映了他本身对于语言地位的强调与重视。汪曾祺倾向于使用较为平淡、朴实的语言，以保留小说的本色。而平淡并非枯淡，“平淡而有味，材料、功夫都要到家”②。比如汪曾祺的《塞下人物记》，写了五个有关塞下人物的故事，其中有一篇叫《俩老头》，讲的是两个已过70岁关系要好的郭老头与耿老头的平常事。第一段中有一处人物描写处理得极为精巧，文中写俩老头非常“要好”（爱干净爱整齐的意思）——“浑身的衣服，袖子是袖子，领子是领子，一个纽扣也不短”。汪曾祺在描述俩老头衣服整齐和洁净时，并无刻意，没赘过于精细化的语言，而是将其精练为17个文字，乍看是相当的平淡，哪里有人夸奖他人衣服整洁会用“袖子是袖子，领子是领子”这些过分平淡的字眼。但细品后发现，“袖子是袖子，领子是领子”的背后不仅点出来两人衣服的干净程度，更是将他们爱整齐的特点凸显出来。倘若有人衣服不平整、皱巴巴，领子或袖子大概也会呈皱缩状，在旁人眼中铁定不会是“袖子是袖子，领子是领子”的状态。而“一个纽扣也不短”更是用朴实的口头化文字“短”替代规范书面化的“少”字，从细节之处再次强调俩老头衣服“齐整”的特点。同样的，在《受戒》中描写大小英子仪态端正容颜好时，汪曾祺仅用了10个字——“浑身上下，头是头，脚是脚”。一样平淡无常的文字，构成一样平淡的句式“……是……”，但在这里却是对姐妹俩仪态容颜的最高评价，再多的妙笔生花也抵不过对她们从头到脚点到即止的感叹。这些朴实的没有

---

① 邓九平. 汪曾祺全集：卷六　散文卷［M］. 北京：北京师范大学出版社，1998：74.

② 邓九平. 汪曾祺全集：卷六　散文卷［M］. 北京：北京师范大学出版社，1998：1-2.

一丝绚丽的人物描写是汪曾祺写作时对语言反复思索与凝练的结果体现。所以汪曾祺认为的平淡是苦思冥想的结果,[①] 如同葛立方在《韵语阳秋》中说:“大抵欲造平淡,当自组丽中来,然后可造平淡之境。落其华芬,然后可造平淡之境。”因此,汪曾祺苦思冥想出的“平淡”背后蕴藏了较为完整的语言审美构成体系。

第一,在语言本身的运用方面,汪曾祺提出语言应以准确为标准。准确在他看来是语言本身的简单与普通,但同时要“把你对周围世界、对那个人的观察、感受,找到那个最合适的词儿表达出来”[②]。如《职业》开篇,汪曾祺描绘一个专收旧衣烂衫的中年女人吆喝时的嗓子之脆时写道:“我一辈子也没有听见过这么脆的嗓子,就像一个牙口极好的人咬着一个脆萝卜似的。”一般形容人嗓音的脆亮时大概会联想到黄鹂鸟等动物的嗓音特性来加以衬托,但是汪曾祺却将普通人或是在日常生活中都会吃脆萝卜的经历与嗓音描述联系起来,并以“咬”这个动词来映衬嗓子发音的“脆亮”感,可谓是把吆喝者的发音特性与听者的听觉综合到一起加以表现,以普通的语言准确地将吆喝画面描述得形象而灵动。《卖蚯蚓的人》所讲的故事如题目,是对北京一个退休了的男人卖蚯蚓故事的展述。文中有一段人物描写说的是外貌衣着等,其中一句是对脸色的描绘,汪曾祺用了9个字予以概括——“只看到风、太阳和尘土”。风、太阳、尘土是人们平日生活中最常见最能感受到的“自然”,也是平凡的劳动者工作时碰触最多的“辛苦”。汪曾祺把他在玉渊潭观察多日的劳动者与最为平常多见的事物联系起来,间接地以脸色牵引出卖蚯蚓的人的朴素老实,以及他找蚯蚓、挖蚯蚓的

---

① 邓九平. 汪曾祺全集:卷六 散文卷［M］. 北京:北京师范大学出版社,1998:1-2.

② 邓九平. 汪曾祺全集:卷四 散文卷［M］. 北京:北京师范大学出版社,1998:227.

耐性与不辞辛苦。从这些皆能看出汪曾祺只有对周围的人事进行细致的观察后，才能将其转化为笔下准确恰当的语言表述。汪曾祺还特别注重口语化、方言等语言的使用。他认为写有地方特点的小说应适当地用一点本地方言，而较为口语化的文字更能够彰显作品的平淡，当然这里他提出的口语化语言是经过加工提炼后的文字；第二，在造句方面，汪曾祺主张适当地用一点四字句。这样的句子既能使文章有点中国味儿，又能比自然状态下使用的口语更为简洁与传神。第三，在修辞方面，汪曾祺并不倾向于使用华丽的辞藻，而是主张像归有光所写的散文那样，追求文辞的自然与干净，他在更多时候注重语句的押韵、对仗，或者是使用比喻、拟人、叠词等最为基础的修辞表达。第四，从语言构成的文章整体来看，汪曾祺并不刻意创造小说故事情节的“高潮”以及小说结构的完整性。他认为写小说应当如同章太炎《蓟汉微言》论汪容甫的骈体文那样，“起止自在，无首尾呼应之式”。从汪曾祺的语言观来看，不论是他追求的运字、遣词造句的标准性，还是希望达到的结构的自然感，其最终目的仍是更好地表现内心所思与所想，由此，其小说语言的“平实之美”便呼之欲出。

通过上述几部分的分析，汪曾祺小说语言的平实之美从整体上看内藏于他的短篇小说的以下几个方面：第一是小说的炼字、遣词与选择来源；第二是小说的造句与选择；第三是小说的修辞；第四是小说的整体架构；第五是小说体现的思想性。

三、汪曾祺小说语言的平实之美

翻阅《汪曾祺全集》，会发现汪曾祺的小说仅占两卷，其数量并不算太多，这大概与他写作的断断续续有关。汪曾祺的小说皆为短篇且易读，没有矫揉造作的词语，也没有晦涩难懂的语句。汪曾祺曾表达过自身对《世说新语》的喜爱，以及对宋人笔记的称赞。刘义庆的《世说新语》以写实的笔法为基础，其写人状物，往往仅三言两语，写人时并不描写人的全貌，两三件事或是两三句话便可读出这些人的性格特征。宋人笔记大多短小简单，多数以速写式的散文笔触刻画人物，叙事也是点水般着两三小事加以铺陈。汪曾祺的小说便继承了这种似“简单平淡”的叙述与描写风格。单线性的时间铺展是汪曾祺小说叙述风格的典型特征，从细微处观察不难发现，汪曾祺偏爱对四季流动的简单概写。《鉴赏家》中对叶三卖果子种类的叙述便是依照四季线索展开的，“立春前后，卖青萝卜……杏子、桃子下来时卖鸡蛋大的香白杏……再下来是樱桃……端午前后，枇杷。夏天卖瓜。七八月卖河鲜……重阳近了，卖梨……菊花开过了，卖金橘……入冬以后，卖栗子……卖碧绿生鲜的檀香橄榄”。再从小说整体的故事发展看，汪曾祺同样倾向于线性且少追溯少插叙的叙述方式。仍看《鉴赏家》，该篇小说主要讲的是卖果子为生又懂得鉴赏画的叶三和大画家季匋民的友谊之情。全篇先是介绍叶三的卖果子身份和经历，再从其卖果子已有 30 年，儿子都已成家而不再想让老爷子过完 50 岁生日后继续卖果子，引出该故事另一个主人公季匋民。简单地勾勒出季匋民爱边吃果子边作画的习惯后便将二人的交集牵扯出，随后便是对二人友谊的平直叙述。直到文章最后，汪曾祺写道“十多年过去了”，六个字点出了叶三为季匋民送果子，季匋民请叶三赏画的故事已进行了十多年之久，再往后依旧是时间的单向流动——季匋民死了……叶三死了——知音者惺惺相惜的动人故事便戛然而止了。同样，汪曾祺的小说对于空间的语言描写也是极为平淡朴实的。“米市，菜市，肉市。柴驮子，炭驮子。马粪。粗细瓷碗，砂锅铁锅。焖鸡米，烧饵块。金钱片腿，牛干巴……”（《钓人的孩子》）汪曾祺对昆明大西门外浮世象的描写，如同《木兰诗》中“东市买骏马，西市买鞍鞯，南市买辔头，北市买长鞭”般使用了普通常见的各种物件名称，却赋予了大西门外普通的卖市以可感的东西南北空间性和跳跃般的连续感。不论是单线性的时间叙述方式，还是简单平淡的空间语言描述，皆构成了汪曾祺笔调的平淡感与朴实性。但细读品味后，会发现汪曾祺的小说仿佛立于读者面前，扁平化的语言转化成跃然纸上的故事娓娓道来。

且看《岁寒三友》，篇幅不长却也写了三个人物：王瘦吾、陶虎臣和靳彝甫。这仨人皆为小说主角，不分前后，每人着以三个小事件便构成了该篇小说。小说开头“……他们是从小一块长大的……”，仅十个字就道出了三个人虽非亲兄弟但有兄弟情的背景。再看“三个人的名声倒都是好的……对地方的公益，从不袖手旁观……遇有这一类的事，需要捐款，首事者把捐簿伸到他们的面前时，他们都会提笔写下一个谁看了也会点头的数目”。这一段叙述性语言极为平淡，围绕三个人的名声为何好展开，然而从这些平淡得不能再平淡的语言中可以看出这仨人乐善好施、心地善良的品行。从该篇开头总结来看，便交代了人物的两方面——兄弟情和心地善良，着墨不多但足矣。一说王瘦吾，开绒线店，但店小收入少而家人多。一般来讲，对主人公的拮据生活，写者应该会从“吃、穿、住、行”等方面进行叙述，但汪曾祺写法极妙：“两个大的，一儿一女，已经都在上小学了。不用说穿衣，就是穿鞋也是个愁人的事。”他只是抽取了百姓平日“穿”的一面，同时并没有从众化地挑取“衣”这个经常拿来使用以衬托人物贫困的物件，而是巧妙地转向叙述“鞋”。当然，“穿鞋”也是平常事，穿鞋两字也是普通词，但这种平凡却造就了汪曾祺不平淡的独特叙事视角：“儿子最恨下雨”，因为“只有他穿了还是他父亲穿过的钉鞋”；女儿“眼泪不停地往下滴”，因为“一双球鞋，要好几块钱”。一个视角两件平常事便活生生地将王瘦吾家庭的困难拽到了读者面前。二说陶虎臣，开炮仗店，本人做花炮、焰火手艺极好。“坏了一只眼睛……他依然随时是和颜悦色的，带着宽厚而慈祥的笑容。这种笑容，只有与世无争，生活上容易满足的人才会有。”这段话极为平淡地刻画出陶虎臣安于生活的状态。但下一段第一句话的描述便打破了陶虎臣带给读者的宁静，“但是他的这种心满意足的神情逐年在消退”。如此容易满足于生活的陶虎臣肯定是因为店铺生意实在是低迷才肯心满意足逐年消退。三看靳彝甫，画画的，有三块爱若性命的田黄石章。生活半饥半饱，但他活得有滋有味。即使在“吃不饱的时候，只要把这三块图章拿出来看看，他就觉得对这个世界没有什么可抱怨的了”。简简单单“没什么可抱怨”六个字可看出靳彝甫是发自内心地爱这三块田黄石章，易满足和爱石形象随即树立。

汪曾祺有部短篇小说叫《徙》，开篇这样写道：“很多歌消失了。”多年后汪曾祺回忆《徙》这部作品时谈到它原本的开头是“世界上曾有过很多歌，都已经消失了”①，散步回去后浓缩为“很多歌消失了”。简洁的开却更加蕴含作者深厚的情感。先看该篇小说的主要内容，平平白白、结结实实地讲了县城小学教员高北溟的一生，其中没有难解字句和难懂段落，但读来却带有些许伤感和喟然。全文的哀婉基调从汪曾祺更改后简洁的开篇六字便得以铺垫。“很多歌消失了”的背后包含的不止是人、事、物的消逝，如多年以后高北溟所做的第五小学校歌的逐渐消去，高北溟恩师谈先生离世，女儿高雪病逝，其所住过的东街老屋倒塌，以及最终高北溟逝世，更是含蓄地投射出高北溟因愿望（刻印恩师诗文、女儿高雪的前途和婚事）不得实现而郁郁寡欢的一生。很多歌消失了，消失的只是歌吗？曲终人散亦可回忆，曲消人亡亦可感怀，可最怕歌消亡、斯人邈矣，一生恍恍惚惚志难酬，可怜可叹北溟鹏终未徙。

汪曾祺在《学话常谈》中说：“运用语言，要有取舍，不能拿

---

① 邓九平. 汪曾祺全集：卷三 散文卷［M］. 北京：北京师范大学出版社，1998：226.

起笔来就写。”① 便是讲“简”这个道理。在民间生活中，口语化的语言是常态，单音词的使用频率远远高于双音词这样的书面语。来看《八千岁》中的一个片段，讲到一个叫宋侉子的怪人很会相骡子和马，文中这样叙述：

他相骡子相马有一绝，看中了一匹，敲敲牙齿，捏捏后胯，然后拉着缰绳领起走三圈，忽然用力把嚼子往下一拽。他力气很大，一般的骡马禁不起他这一拽，当时就会打一个趔趄。像这样的，他不要。

这里汪曾祺用了极为普通的“拽”字，却打破了前面讲述宋侉子相骡马相对静缓的状态，发音上的短促有力也显示出宋侉子用力的快与猛，这样的单音词更能凸显其相骡马的“绝”技。《受戒》中在讲明子开蒙入学时有句话说：“村里都夸他字写得很好，很黑。”在日常生活中，很少人会用“黑”来形容字写得好的，它与以前的“字”放在一起使用更多的是表达墨汁的色浓。这样平淡的词却是出自民间人的口中，用的出乎读者意料，却也生动幽默地写出了村里人对好字标准的独特界定。

因此，不论是简练而有所取舍的字词，还是刻意淡化的人物白描；不论是冥思细察后平淡而准确的描写，还是依附“时间簿”展开的故事叙述，都是汪曾祺平淡语言的具体体现，都是汪曾祺平实笔调的构成因素。而与平实的笔调相适应，汪曾祺在修辞上的运用也很朴实。如《受戒》中描写英子姐妹外貌的句子：“两个女儿，长得跟她娘像一个模子里脱出来的。眼睛长得尤其像，白眼珠鸭蛋青，黑眼珠棋子黑，定神时如清水，闪动时像星星。”该句仅用了比喻，且喻体为“鸭蛋”“棋子”“清水”“星星”这样的一般物，极富生活性，读来像是没有用修辞那般朴实无华。另外，在《岁寒

---

① 邓九平．汪曾祺全集：卷六　散文卷［M］．北京：北京师范大学出版社，1998：2.

三友》中，汪曾祺不经意地运用四字句，如“万里无云，一天皓月”“岁暮天寒，彤云酿雪”等，既能简练地写出人物所处的自然环境，又能自然地烘托人物当时的处境。

汪曾祺在西南联合大学读书时，其老师沈从文就他写的一篇小说（有许多对话）说：“你这不是对话，是两个聪明脑袋打架!”① 从此他意识到小说中的对话就是人物所说的普普通通的话，要尽量写得朴实。汪曾祺同时认为小说学的精髓是沈从文经常说的“要贴到人物来写”②，理解下来则是作者的“心”要紧贴人物，笔下不能浮、泛、飘、滑，花里胡哨，故弄玄虚。作者的叙述语言要和人物相协调，要具有淳朴的现实主义精神。③ 且看《异秉》中这样一句话：“即以王二而论，他这些年飞黄腾达，财源茂盛，也必有其异秉。”该话一出可谓近似古代文人腔调，“即以”“而论”“也必有其”像极“之乎者也”，并且一句附带两个成语，让读者感受到此说话者具有一定的知识涵养。待看说话者，张汉，前文已交代此人是个“百事通”，熟读《子不语》《夜雨秋灯录》等书籍，因此汪曾祺写下的这句话是符合张汉这个人的身份特征的。再说《王四海的黄昏》中，貂蝉在店里若没事便坐在门边的一张旧躺椅上嗑瓜子，有时哼着小调：“一把扇子七寸长，一个人扇风二人凉……”“或拿一面镜子，用一把小镊子对着镜子夹眉毛。觉得门前有人走过，就放下镜子看一眼，似有情，又似无意。”貂蝉哼的这个小调是汪曾祺家乡苏北地区的民歌《扇子歌》的前两句，该小调表达的是新一代女性主动追求爱情和美好生活的愿望。小说中的貂蝉，其丈夫已经50多岁，患有痨病，整日卧床，而貂蝉长得俊俏，自然不愿意这样度过一生，20多岁的她渴望具有生命力的鲜活爱情。汪曾祺以轻轻哼着《扇子歌》这样简单朴实的语言描写便间接地将

①②③ 邓九平. 汪曾祺全集：卷三　散文卷［M］. 北京：北京师范大学出版社，1998：465.

貂蝉的人物内心和性格抖搂了出来，并自然地为下文貂蝉和王四海好上做了铺垫。当然，对话不仅要贴着人物还要尽量自然朴素，《受戒》中明海和小英子初次见面时的对话如下：

“是你要到荸荠庵当和尚吗？”

明子点点头。

“当和尚要烧戒疤呕！你不怕？”

明子不知道怎么回答，就含含糊糊地摇了摇头。

“你叫什么？”

“明海。”

“在家的时候？”

“叫明子。”

“明子！我叫小英子！我们是邻居。我家挨着荸荠庵。——给你！”

从这段对话中可以看出小英子的性格比较活泼，很快能和明子说上话，而明子作为男孩性格较为沉稳。另外可以看到小英子在问明子的称呼时话语显得干净利落，小说人物的语言读起来和日常对话并无两样。

汪曾祺平实语言的背后是平淡自然、朴素简洁的字词句凝练。汪曾祺曾言，单独的语言是没有美的，必须组织在一起，产生一种运动，产生一种关系，产生内在的流动。① 该句背后显示出汪曾祺对语言的独特审美倾向。一段话甚至是一整句话拆开来看，其字、词、短句并无独特之处，淡然如水，无曲折突兀，但放在一起可读出节奏、读出韵律、读出自然流畅的美感。如在小说《受戒》中，英子和明子两个年轻人私订终身后，汪曾祺写道：

芦花才吐新穗。紫灰色的芦穗，发着银光，软软的，滑溜溜

---

① 邓九平．汪曾祺全集：卷八　其它［M］．北京：北京师范大学出版社，1998：81.

的，像一串丝线。有的地方结了蒲棒，通红的，像一枝一枝小蜡烛，青浮萍，紫浮萍。长脚蚊子，水蜘蛛。野菱角开着四瓣的小白花。惊起一只青桩（一种水鸟），擦着芦穗，扑鲁鲁鲁飞远了。

这是一段对主人公所处的自然环境的描写，从字词句层面看，本段多为名词、形容词、象声词等中性词；从句子表达形式看，整个叙述都是直陈式的形式，仅仅是描绘景物的一般特征，并无新颖和惊奇之处。然而这些平淡自然的字词句相互组合，营造出声、光、色兼备的如诗般的美丽意境。同时，对这对年轻人的美好初恋、幸福时光的感叹也蕴藏其中。

汪曾祺曾说自己不善于讲故事，其小说呈散文化，且最明显的特征是结构松散。若在结构上实现大解放，则应打破定势。① 《岁寒三友》讲的是王瘦吾、陶虎臣、靳彝甫三人由日子不太好过到忽然都交了好运再到跌入困境互持相助的故事。从时间发展来看，该篇小说采用的是直线形的叙述模式；从故事架构来看，三人除开头、中间和结尾有所交集外，其他地方几乎无瓜葛，一直都是先写王瘦吾再写陶虎臣后写靳彝甫。这种全知客观视角的叙事模式类似于把散文和小说的边界进行了模糊化的交叉处理，实则呈现出一种“自然松散”的结构。汪曾祺这种松散的叙述文风类似于古代的章回体小说。如《水浒传》便是典型的串糖葫芦结构，常常先将重要人物集中几回加以工细描绘，同时带出较为次要的人物，而后当有关这一人物的故事讲完后，再继续写下一个主要人物，其中间几乎没有倒叙和插叙。

散文化小说的另一个特点就是不讲究故事结构的完整性和情节的起承转合。仍看《岁寒三友》，如前文所说，故事主人公们虽是好友但并无明显交集，直到小说结尾处，三人的活动交叉才多了起

---

① 邓九平．汪曾祺全集：卷八 其它［M］．北京：北京师范大学出版社，1998：78．

来。王瘦吾和陶虎臣生计寡淡，变得穷困潦倒，靳彝甫回来得知二人情况后，先去探望二人，而后约他们到如意楼喝酒。此处情节汪曾祺是这样写的：

他从内衣口袋里掏出两封洋钱，外面裹着红纸。一看就知道，一封是一百。他在两位老友面前，各放了一封。

“先用着。”

“这钱——?”

靳彝甫笑了笑。

那两个都明白了：彝甫把三块田黄给季匋民送去了。

靳彝甫端起酒杯说：“咱们今天醉一次。”

那两个同意。

“好，醉一次！”

这天是腊月三十。这样的时候，是不会有人上酒馆喝酒的。如意楼空荡荡的，就只有这三个人。

外面，正下着大雪。

原本应该是突出表现靳彝甫与他的好友们真挚友情的高潮部分，汪曾祺却将故事情节处理得极为平淡自然。他没有细写靳彝甫在面对好友困境时割舍心头好的复杂情绪和矛盾情节，也没有多绘有关靳彝甫帮助两位好友并送出两百大洋时的豪言壮语。语言再多的矫揉造作也抵不过靳彝甫刚开口道出的“先用着”，简练的三个字刻画出了靳彝甫的善良，仿佛作者知道他一定会把心爱的田黄石给卖掉换钱帮助两位朋友。“咱们今天醉一次。”“好，醉一次！”为不久前艰难人生没有过去的坎而醉，醉醒后要更加坚强；为三人醇香如酒的友谊而醉，醉醒后要更加守望相助。饮一杯，喝去了苦，嗅出了醇，品到了甘，而最后“外面，正下着大雪”如诗意般似将三人的境遇合与雪中。年末岁寒，却有三友；岁寒透骨，却有人情。再艰辛的日子终究只是漫漫人生路的一段时光，冰冷的大雪却总是雪白的，似那纯粹的友谊和美好的人性。淡墨描着的三人如意楼醉酒画面此刻像是定格了，镶嵌在窗外的漫天风雪中，苦恼、埋怨逐渐散去，看得见的是终究会化去的雪，看不见的是能够感知到的守望情。因此，汪曾祺将浓烈的友情片段处理得极为平淡柔和，把简洁的故事情节延伸为与大雪融为一体的意境，进而自然地烘托出人性中的友情美。而这样平淡的语句、淡化的结尾与无尽的意蕴正是汪曾祺独特语言审美的体现。

四、汪曾祺小说风格的和谐美

所谓“一方水土养一方人”，汪曾祺出生在江苏高邮，家乡是一水乡。汪曾祺在《自报家门》中这样写道：“水不但于不自觉中成了我的一些小说的背景，并且也影响了我的小说风格。水有时是汹涌澎湃的，但我们那里的水平常总是柔软的，平和的，静静地流着。”① 不仅家乡的水影响着汪曾祺的小说语言审美，其家庭也潜移默化地影响着他。汪曾祺出身于书香世家，祖父是清朝末科的“拔贡”，教他读过《论语》。父亲多才多艺，金石书画皆通，汪曾祺自认为其审美意识的形成与从小看父亲作画有关。他的父亲比较有同情心，能平等待人，这样的脾性影响了他对自己所写人物的态度。汪曾祺是较早有意识地将传统文化与现代创作结合起来的作家。他认为自己的思想受儒家影响较深，觉得孔夫子是个很有人情味的人，是个诗人，并且认为儒家是爱人的，因此自诩为“中国式的人道主义者”。

这样的成长环境滋养了汪曾祺富有“仁爱”的精神世界。纵览《汪曾祺全集》之《小说卷》，不难发现汪曾祺从内心喜爱“小城人事”。在他的小说中，人物都是平凡的，如开熏烧店的王二（《异秉》），卖椒盐饼子西洋糕的小孩儿（《职业》），开米店的八

---

① 邓九平. 汪曾祺全集：卷四　散文卷［M］. 北京：北京师范大学出版社，1998：281.

千岁（《八千岁》），做小学教员的高北溟（《徙》）等。而这些小说人物大部分是汪曾祺所熟悉的或是记忆当中的家乡人物。同样的，小说中的故事也是平凡的、琐碎的。像是讲述明子和小英子初恋的《受戒》，便是汪曾祺从在家乡人身上发生的故事中抽取的素材。“小英子的一家，如我所写的那样。这一家，人特别的勤劳……小英子眉眼的明秀，性格的开放爽朗，身体姿态的优美和健康，都使我留下难忘的印象……”①

汪曾祺的“仁爱”心和善于观察家乡与周围的人和事的习惯，使得他善于发现平凡人与平凡事的美。而这种美更多地集中体现在“人性的和谐美”上。如《岁寒三友》的友人情，《徙》中的高北溟对恩师的师徒情，《七里茶坊》中掏粪人的勤恳互助，《受戒》中单纯的初恋情感，《黄油烙饼》中奶娘对萧胜的疼爱情和萧胜对逝去奶奶的思念情，等等。诚如汪曾祺所说：“我的作品没有那种崇高的、悲壮的效果。我追求的不是深刻，而是和谐。”②

自幼生活和学习环境的温厚亲和，使得汪曾祺拥有一种似“水”般的人生态度。他将这种态度自然地融入他的文学创作中，融入他的语言观当中。因此他的小说语言呈现一种平淡自然而朴实温厚的“平实之美”，而这样的语言美背后蕴藏着一种淡而醇的人情味。汪曾祺的小说即使没有华丽的辞藻、跌宕的人物故事、曲折的故事情节等，也仍然富有一种深刻的“和谐”之境。这大概是因为汪曾祺“宠辱不惊，看庭前花落花开”的人生态度，抑或是向往“浴乎沂，风乎舞雩，咏而归”③ 的生活境界。

---

① 邓九平. 汪曾祺全集：卷六　散文卷［M］. 北京：北京师范大学出版社，1998：337.

② 邓九平. 汪曾祺全集：卷八　其它［M］. 北京：北京师范大学出版社，1998：60.

③ 邓九平. 汪曾祺全集：卷八　其它［M］. 北京：北京师范大学出版社，1998：8.

参考文献

[1] 查振科. 京派小说风格论［J］. 文学评论，1996（4）.

[2] 文学武. 京派小说的文体特征［J］. 学术月刊，1998（11）.

[3] 严家炎. 论京派小说的风貌和特征［J］. 中国现代文学研究丛刊，1990（3）.

[4] 肖莉. 汪曾祺小说的文体语言特征［J］. 修辞学习，2000（2）.

[5] 肖莉. “写小说就是写语言”：汪曾祺小说语言观阐释［J］. 福建论坛（人文社会科学版），2007（4）.

[6] 金云琴. 论归有光古文思想对桐城派的影响［D］. 北京：首都师范大学，2007.

[7] 李娅辉. 论汪曾祺的小说文体观［D］. 重庆：重庆师范大学，2008.

[8] 邓九平. 汪曾祺全集：卷一　小说卷［M］. 北京：北京师范大学出版社，1998.

[9] 邓九平. 汪曾祺全集：卷二　小说卷［M］. 北京：北京师范大学出版社，1998.

第二十章

冲淡之美

——汪曾祺小说的语言风格

一、冲淡之境，归于淡泊

“冲淡”是《二十四诗品》里的第二品：“素处以默，妙机其微。饮之太和，独鹤与飞。犹之惠风，荏苒在衣。阅音修篁，美曰载归。遇之匪深，即之愈稀。脱有形似，握手已违。”① 首四句体现了“冲淡”的精神境界。“素”是无杂、单一、纯洁。“处以默”则要求保持一种静默的精神状态。“素处以默”，是说创作者需要保持一颗稳定、沉静、无杂念、无言却洞察清晰的心境。“妙机其微”则指出具有这样的心境才可以洞察一切。虚静才能心静，心静才能观察到世间的微妙之处。“饮之太和”，指饱含天地元气，大自然与世间万物融为一体。鹤是高贵的鸟类，从古至今与仙人、仙境有所关联，与仙鹤独飞，既表达了与大自然融合，也表现创作者需要有如鹤鸟般脱俗、素白、纯净的心态。与仙鹤同飞，可以把人带入仙境，看到另一番景象，进入淡定冲和之境。这四句描写的是冲淡的境界，冲淡的意味在无形中溢出纸外，让人感觉十分舒服但却不可捉摸。在幽静的竹林中享受着美妙的音乐，感受天人合一的自然静谧，产生欲与之俱归的念想。意思在于自然而然地遇合，不在于极力去深究。如果勉强去追寻，反而虚幻难求。冲淡的意境在于神会，不是人为就可以得到的，而是偶然遇之，强求是没法达到那样的境界的。这里阐释的是作家的心境，从心境的诉说与解释中表达人生态度和人格修养。在创作时，把注意力投射到创造主体的艺术表现和美上，而不是用尽技巧去做过多的展现。

中国古代以冲淡为美的审美由来已久。创作者自在的心境，创作形式的简约，创作对象的清新平凡，都是形成冲淡风格的原因。追崇冲淡之美的人，是对自身保持清高素洁的人格修养的坚持，是

① 邵盈午．诗品解说［M］．北京：中央编译出版社，2015：67.

对生命与自由之理想的人生态度的坚持。冲淡风格的形成表现在很多方面，如字数上不累赘、语言简单口语化、思想感情的表达方式直白单纯；文章中恰当的留白，能调节小说叙述的节奏，也能给读者留下无限的想象空间和猜想余地；还有描写对象的单纯化，即不过多叙述对象以外的事情；专门选择云淡风轻、诗情画意的人和事来作为描写对象，都会形成平淡、平稳、冲和的叙述风格。冲淡可以说是不过分表达思想感情，实则感情非常浓烈。三两句对话，出其不意的留白，诗情画意的情景，都隐藏了作者强烈、暗涌的情绪。一切都不是没有，而是没有说出口。

从古至今，冲淡美作为一种审美形态，表现在艺术、文学创作等方面。老子与庄子的作品里涉及冲淡的观点。从东晋到盛唐的田园诗人有陶渊明、王维、孟浩然等，他们的作品充满了田野生活痕迹，大自然里的美丽风光是诗人的心灵慰藉。诗人把精神寄托于山水之间，欣赏山野之美，在万物中抒发情怀，自然作品也充满恬淡、清静之意。"冲淡美的最基本的特征，一是审美对象内在情韵的冲和淡泊，恬静幽远；二是外在表现形式的质素单纯，浅淡平易。"① 东晋诗人陶渊明的作品中冲淡的意境美表现得很突出。诗人是真正融入田园生活，作为自然的一分子去抒发情感。无论是作品的内在思韵还是外在结构，都散发着淡淡的冲和、闲适的味道。

结庐在人境，而无车马喧。
问君何能尔？心远地自偏。
采菊东篱下，悠然见南山。
山气日夕佳，飞鸟相与还。
此中有真意，欲辨已忘言。

（陶渊明《饮酒》）

诗人远离世俗，选择在幽静的山野定居。环境能让人心静，诗

① 张海明. 论冲淡美［J］. 文学遗产，1988（2）：10－20.

人能自由自在地不受人事影响。问诗人为什么能身处如此僻静偏远之地，诗人答："采菊东篱下，悠然见南山。"这句诗表达的是诗人的心情因美景而自得，景色也因诗人自如的心情而变得动人。这里的冲淡美表现在诗人的心境与他笔下幽静的景色。冲淡特色的诗人超然物外，自然风光是他们笔下常见的描写对象，他们借自然的美好事物寄托情感，赋予希冀。

冲淡美也体现在中国画上。中国传统绘画以水墨画为主，成就最大。水墨画以水和墨为原料，运笔简练，不加任何艳丽的颜色，淡淡水墨中自有佳作千古流传。"八大山人"之一的朱耷作水墨禽鸟图，一只禽鸟站在水中枯石上，凝望着远处的石壁上垂下的枯枝。禽鸟与石壁间留出一片空白，空灵、静默，浓淡有致。冲淡之美，美在色彩的单一却不单调，美在画面中的孤鸟与枯枝，美在留白中空无一人的空灵恬淡，美在独是花鸟图又不只是花鸟图。画中色彩的单一、画面的留白、画家的情感，需要观者细细体会，待体会之后才会发现画面的丰富。

冲淡及与其相关的词语如"冲和""冲静""平淡"等被大量应用于人物性情的评价中。它指作家的心境与性情，就如魏晋文人濯足清流，不染尘俗。作家对安静、美好的理想境界的憧憬，自然会体现在他的作品里，形成一种清淡平和的文章风格，而组成文章的语言必定也是冲淡、平和的。语言是文学作品的组成符号，是思维和信息的传递工具。语言是构成文学作品的基础。创作者在冲淡的心境下创作的语言和文字，就会形成清新脱俗、平淡冲和的文学风格。创作者无论写何种题材，都有一股淡淡的冲和恬淡之气，醇美有味，留香持久。

二、冲淡之美，归于极简

在中国现当代，冲淡美也体现在小说中。周作人的作品于平淡的叙述中有人生的况味，在冲淡的自然美中给人以启发。废名的文风也是冲淡的，他常以孩子的角度去叙述事情，文字恬淡自然，毫无雕饰与做作，充满禅趣。文章中大量使用留白，具有水墨画的优美诗意。沈从文的小说俨然一幅幅灵动的山水画卷。他热爱笔下的故乡湘西，用优美又有着淡淡哀伤的笔调去描绘他的理想家园。汪曾祺的小说不拘一格，运用了诗一样的语言写小说，文笔淡泊清新，是表现冲淡美的典范。

汪曾祺极重视语言，语言不仅是“载体”，还是本体。汪曾祺用语言去表达主题与情感，用极简的语言去表达最深层的意思。汪曾祺是位多才多艺的作家，不仅进行小说散文创作，在绘画创作上也有所擅长。他说过：“我的调色碟里没有颜色，只有墨，从褐黑焦墨到浅得像清水一样的淡墨。”① 这也体现在汪曾祺的文学创作上，他擅长用冲淡平和的语言去书写。沈从文是他的老师，对他的为人、创作影响很大。沈从文曾对他说：“在任何逆境之中也不能丧失对于生活带有抒情意味的情趣。”② 汪曾祺的作品里多是平和温情之事，多是朴实、温暖的人。汪曾祺的古典文学修养对于他的冲淡文风也深有影响。他曾说自己的创作受明代散文家归有光的影响。“归有光以清淡之笔写平常的人情，我是喜欢的。”③ 汪曾祺喜欢宋代文人笔记和《世说新语》，而且在创作中也体现出了古代文体的神韵。因此汪曾祺的作品多用简洁的语言。《大淖纪事》中十一子养伤时和巧云的对话，《受戒》中明海烫戒后与小英子的话语都十分简洁，三两句对话里蕴含的深意耐人寻味。

“你受了戒啦？”

“受了。”

“疼吗？”

---

① 汪曾祺. 汪曾祺自述［M］. 郑州：大象出版社，2002：234.

② 汪曾祺. 汪曾祺自述［M］. 郑州：大象出版社，2002：226.

③ 汪曾祺. 汪曾祺自述［M］. 郑州：大象出版社，2002：224.

"疼。"

"现在还疼吗?"

"现在疼过去了。"

"你哪天回去?"

"后天。"

"上午? 下午?"

"下午。"

"我来接你!"

"好!"①

汪曾祺笔下的高邮水乡美丽、宁静，让人流连忘返。恬静的景致与亲切的乡风都是他所迷恋的。有关乡土人情的故事在冲淡的意境中一个个展开。文章的冲淡美来自简短的人物间的对话，互相喊着对方的名字，围绕受戒的询问，到最后一个对话："我来接你!""好!"是直白的，又是含蓄的，是简单的你和我背后的无限想念。配合长短句子搭配，错落有致，韵律感极强，读来朗朗上口，而他所选用的又都是经过推敲后的普通、朴素的字和句，让人在漫不经心的词句中可以发掘出深层的美，对美的意境展开想象。这段对话多用短句，甚至一两个字。越是简短的对话，越能看出小英子的坦率和直白，也在另一方面表现了小姑娘表达情感的勇敢与决断。汪曾祺的语言简单、短小，单看并没有很深的意味，但是组合起来却是另一番意境和风味，这正是冲淡美的表现。汪曾祺在《受戒》中运用冲淡的语言风格，营造了一种轻松活泼的情感基调，让人情美发生在田园美中，让这篇优美文字从头到尾都充满了吸引人的气质。

汪曾祺叙说故事就像水一样，缓和而温柔。《岁寒三友》的开头是："这三个人是……"继而简单介绍了王瘦吾、陶虎臣、靳彝甫的生平经历。小说开头的平易近人的一句口语，交代了三个人合

---

① 汪曾祺. 汪曾祺小说［M］. 杭州：浙江文艺出版社，2003：122－123.

传的原因。接着分叙每个人的生存状态和性格特征，中间分别写了三个人的好运和厄运，最后在大年三十的雪夜，三人聚集在如意楼喝酒，又合起来。没有主要人物，三个人物平行发展，分头叙述，最后命运交叉在一起。整体叙述较为平和，中间写故事有转折，王瘦吾发了小财，陶虎臣的炮仗生意火了，而靳彝甫居然也在上海办画展了，还卖出了几幅画，斗蟋蟀还赢了钱。节奏从开头的局促走向舒缓。然而好景不长，“这三年啊”之后王瘦吾的绳厂被欺压同行的人收购了，陶虎臣的炮仗厂关门了，甚至到了卖儿卖女的地步，靳彝甫也远走他乡。最后，“这天是腊月三十”，小说结束了。岁寒三友，人间有情温暖如火。叙述的口吻平稳，文字平淡，如同将一个普通的故事娓娓道来。虽然故事发生在最严寒的腊月，但是读来却能体会到最深层的温暖。普通到不能再普通的语言，组合在一起就是最打动人的人间情感。这里语言的冲淡美，是一种审美享受。最平淡、冷静地去叙述人与人之间最浓烈的感情，在这里，最是恰当，最是打动人。

汪曾祺的散文、小说，从不追求技巧的新颖，而是始终秉承传统的白描手法，通过人物的语言、举止和细节来展示人物的内心世界，让读者回味起来意味绵长。《受戒》里有段写小英子家周围的状况，写小英子家的地理状况，写岛上种的树，菜园子种的菜，大门上的春联，尽是最直白的描写。汪曾祺把生活的恬淡写在纸上。他在文章里经常留白，引起人联想。字数的减少并没有减少情感的表达，这样的写法在以另一种形式述说感情。汪曾祺在《陈小手》里不详细介绍主人公，却花了不少字数去描写马。马的外表、皮毛颜色、品种，用这马的独一无二引出主角陈小手。也从马的稀少，暗含了陈小手作为产科医生的稀少，为下文故事发展做了铺垫。汪曾祺认为不能什么都写尽，要留出适当的余地，让读者去捉摸、去思索、去补充。他节制句子与情感写出的小说，能引起人们去思考更多的寓意和道理。淡中有味，意蕴暗流涌动。《陈小手》的故事情节，平实得就如小溪。他的文章从开始到结尾都没有抒情。没有抒情，不代表没有情感，情，藏在字里行间。

正因为有这样高品位的语言追求，在众多的小说作家中，汪曾祺的小说语言显得别具一格，非同凡俗。文字清丽，文化味儿浓郁，句子长短搭配、错落有致，韵律感极强，读来朗朗上口。而汪曾祺所选用的字眼词句又都是极普通的、朴素的，在貌似随意的、漫不经心的叙述中，酝酿着极其诱人的审美效应。这样的小说语言朴素、平易，但韵味无穷。

三、冲淡之美，归于情韵

在沈从文的作品中，很少涉及战争和政坛。汪曾祺的小说中更是没有坏人，有的只是乡土人情。他们的作品让我们看到现实之外的世外桃源，并沉醉其中。汪曾祺的《虐猫》描写"文化大革命"也只是有背景而已，文章主题不涉及"文化大革命"。他是要通过小人物的命运揭示历史的变劫与时代的沧桑，或者说表现历史的巨大变动对小人物命运的深刻影响。《云致秋行状》即使写到"文化大革命"十年的动荡生活，也不写批斗、造反，罗列"造反派"的罪状，而是挑了一两个富于戏剧性的场面，从侧面衬托出"文化大革命"的荒诞。作家用喜剧性的语言形式表现这些带有深刻悲剧性的事情，这种逆境中的美与欢乐是作家冲淡，旷达的人生态度的反映。"淡泊，是人品，也是文品。"① 冲淡的审美观是作家人生态度和人格修养的体现。作品中美好的人与事也是作家们在现实中的心之所向。

《黄油烙饼》这篇文章可以分为两大部分：第一部分写我在奶奶身边生活的时光，第二部分写奶奶去世后我回到父母身边的故事。描写萧胜跟着奶奶一起生活的经历，是萧胜对过去七年生活的

---

① 汪曾祺．汪曾祺自述［M］．郑州：大象出版社，2002：243.

粗略回忆。越往后的事件，萧胜回忆得越详细。作家把笔墨的着力点放到了“大跃进”中全村人吃食堂和萧胜的奶奶去世这两件密切相关的事情上。小说前后两部分各有情感力度的平缓与波澜以及叙事基调上的张弛。第一部分从文章开始到描写全村人吃公共食堂之间，总体上保持一种平淡舒缓的叙述语调，但作家紧接着写村里人到公共食堂吃饭后生活质量的严重下降和萧胜奶奶的死，语气也变得冷峻悲凉起来；第二部分也是如此。中间的写作都收平缓的，结尾凝聚在最后一句，言简意赅而又含蓄深沉的话语中戛然而止，但仍然让人回味无穷。正因为两个时间段的回忆的前半部分是平缓的语气，两部分结尾处平淡的文字背后暗藏的意味和情感更容易让人为之触动。第一部分的结尾，萧胜第一次体会“死”，他的奶奶没了，他躺在有奶奶气味的枕头上哭。第二部分结尾，萧胜吃着奶奶留给他的黄油烙饼，边吃边流眼泪。黄油烙饼是甜的，甜在奶奶的爱，眼泪是咸的，流尽了对奶奶的思念。汪曾祺没有具体描写现实的状况，通过简短的对话就表达出来事情的经过、感情的起起伏伏，越少的字数就越明显，越简短的对话就越具有针对性，这是平白的日常对话，也是最真实的讽刺。

汪曾祺的小说通常都有意味深长的结尾。用冲淡的文字作小说的结尾，更有一番耐人寻味的意境。小说语言素雅、含蓄、简洁而不简单。汪曾祺善于运用具有诗意的词句，给人以别具一格的审美享受。结尾部分的轻描淡写实则意味深长。

小说《陈小手》的结尾干净利落，给读者留下大片想象空间。峰回路转的结尾结构预示着陈小手命运的改变。汪曾祺没有写团长的心理活动，但情理之中的这种意外之死的独是情节，简短的对话隐含的艺术魅力，都足以引发读者思考团长的行为是否真的委屈。只要写到位了，读者自然会感受到作家想要表达什么。作家的感情是蕴藏在文字间的，如“陈小手活人多矣”。可以看出来，如果陈小手没死，在那地方，仍然在他的手下还会生出许许多多新的生命，他的存在还会给许许多多人带来希望。但团长向他开了一枪，等于打死了许许多多新的生命。陈小手的冤透过这么轻描淡写的语言陈述出来。

在语言文字上，汪曾祺虽不注重跌宕起伏、大开大合，但在从容不迫的叙述中总有神来之笔，使作品境界在最后得到升华。《陈小手》写封建愚昧的团长，草菅人命、狭隘阴毒。陈小手与团长的对话少之又少，但是却因他们之间的几句对话而情节陡转，人物形象因语言瞬间变得立体、鲜活。《岁寒三友》的结尾写道：

这天是腊月三十。这样的时候，是不会有人上酒馆喝酒的。如意楼空荡荡的，就只有这三个人。

外面，正下着大雪。①

大年三十是岁末，大雪纷飞，即使简短的结尾，也体现汪曾祺先生的文风所在，汪曾祺只用了一句最日常的口语，“正下着大雪”，没有一句形容和修饰语，不著一字，境界全出。外面下着大雪与酒楼里坐着三个人形成明显的对比，小说全篇写了三个人命运的起伏，写三个人生存的困厄，但始终洋溢着一种暖意，暖意是友情，是中国济贫救难的慈悲情怀，也是视朋友的安危和冷暖为己事的君子风范。

致秋死后，偶尔还有人谈起他：“致秋人不错。”

一个人死了，还会有人想起他，就算不错。②

汪曾祺通篇都是在平稳地记叙云致秋的生平事迹，但这个短小精致的结尾，已是汪曾祺对致秋为人的最高评价。虽然句子没有情感，虽然句子并不绵长，但汪曾祺把感情深藏于平铺直叙的三言两语里，在直白与无言中达到至浅至深的意境。汪曾祺的文字是美与和谐的，是极致的浅白与极致的深意。

---

① 汪曾祺．汪曾祺小说［M］．杭州：浙江文艺出版社，2003：142－143.
② 汪曾祺．汪曾祺小说［M］．杭州：浙江文艺出版社，2003：339.

冲淡美具有独特的审美价值，历史上的许多艺术作品都体现了冲淡美的意境，冲淡美已是一种审美标志。而汪曾祺的语言文字最具冲淡美的特质，是他文化修养孕育的成果。语言是作品的生命线，语言形成作品的基调和整体氛围。作家的语言风格形成他作品的特色，深入解读作家的语言特点能更好地研读他的作品，对作家的体会感同身受，能更深入了解作家。汪曾祺的小说没有波澜壮阔的情感变化，没有绚丽多彩、复杂多变的语言文字，但表达的感情却如暗流一般冲击着人的心灵。他的文字，质朴沉静，却又最能打动人，让人读了唇齿留香。他的感情藏于笔墨之间，越是平淡的河面，底下越是汹涌的情绪波动，是冲淡语言之美的典型范例。

后　　记

本书各章撰写人员名单排列如下：郭小东负责全书统稿及撰写第一章、第二章和第六章，周建江撰写第三章，郭蕤撰写第四章和第五章，林继昌撰写第七章，余若昭撰写第八章，郑仕敏撰写第九章，董霖源撰写第十章，王乐撰写第十一章，吴士杰撰写第十二章，黄明海撰写第十三章，任华菊撰写第十四章，巫洁莹撰写第十五章，李旭冉撰写第十六章，陈庆婷撰写第十七章，韦丁心撰写第十八章，张思楚撰写第十九章，林奕伽撰写第二十章。

刘琴琴、张灵英对本书的编辑有所贡献。特此致谢。

郭小东

2018 年 11 月 19 日